Schon seit frühester Kindheit ist die österreichisch-amerikanische Autorin begeistert von romantischen Liebesgeschichten mit Tiefgang. Stundenlang dachte sie sich selbst unterschiedlichste Geschichten aus und schrieb diese mit Leidenschaft auf.
Mit zwölf Jahren beschloss Jessica, eines Tages selbst Bücher zu schreiben. Diesen Traum vergaß sie auch über viele Jahre mit Höhen und Tiefen des Lebens nicht.

Heute lebt Jessica mit ihrem Mann in der Nähe von Linz, liebt ihren Beruf als Sonderpädagogin und genießt es abends und nachts, ihre nicht enden wollenden Ideen auf Papier zu bringen und ihren Figuren mit unterschiedlichsten Hintergründen und Lebensumständen Stimmen zu verleihen.
Solange du bleibst ist die Fortsetzung ihres Debütromans *Bis du wieder atmen kannst*.

Mehr zur Autorin: www.jessica-winter.com
www.facebook.com/AutorinJessicaWinter

Jessica Winter

Solange du bleibst

2. Band

Roman

1. Auflage, November 2015

Lektorat: Antonia Barboric, www.antoniabarboric.info
Umschlaggestaltung: Alexa Zwölfer, www.schmetterlingsfabrik.at
Umschlagfotos: © Anna Taitl

Jessica Winter
c/o AutorenServices.de
König-Konrad-Str. 22
36039 Fulda

Taschenbuch ISBN: 978-1518869471

www.jessica-winter.com

Für Lukas,
meine größte Liebe,
meinen besten Freund,
meine Zukunft.

Kapitel 1

Jeremy

„Wow, Mann! Das klingt ziemlich ernst. Was willst du jetzt machen?“, fragt mich Max, mein bester Freund seit der Grundschule stirnrunzelnd, während er auf der Rückenlehne unserer Couch hockt. Zum wiederholten Mal liest er die letzte Nachricht von dieser Katherine aus New York auf meinem Laptop, weil mein Handy vorhin den Geist aufgegeben hat und es nun am Ladekabel hängt. Max weiß ja schon lange, dass mir irgendwelche Mädchen aus ihrer Schule ständig schreiben und wechselweise Freundschaftsanfragen geschickt haben. Er half mir dabei, ihre Mails in einem „Sonstiges“-Ordner verschwinden zu lassen, damit sie mich nicht mehr nerven. Von ihrer vorletzten Mail, die doch wieder in meinem Postfach lag, hatte ich ihm noch nicht erzählt, weil es mir zu dem Zeitpunkt nebensächlich erschien. Immerhin hatte ich andere Sorgen wie als das Ende meiner Saison wegen meiner ausgekugelten Schulter und vor allem Julias Familiengeschichte.

Aber Katherines letzte Nachricht ließ mich beim Lesen zusammenzucken und ernsthaft daran zweifeln, dass es sich bei ihr bloß um ein albernes Mädchen handelt, die verzweifelt versucht, einen älteren Freund zu ergattern. In ihrer Mail betonte sie, wichtige Informationen bezüglich meiner Familie zu haben, die enorm bedeutsam für mich wären. Sie war sogar bereit, nach Massachusetts zu kommen, um mir diese persönlich mitzuteilen.

„Ich habe keine Ahnung, Max“, antworte ich kopfschüttelnd. Da unser Verhältnis bis zu meinem Unfall ein wenig angespannt war, weil ich ihm einiges verschwiegen hatte und er sich deswegen – zu Recht – hinters Licht geführt fühlte, habe ich ihn heute Nachmittag sofort angerufen und gebeten zu kommen, um ihm von Katherine zu berichten. Natürlich kann ich ihm nach wie vor nicht alles erzählen, was mich die letzten Wochen beschäftigt hat, denn der Großteil davon betrifft nicht mich, sondern Dinge, die ich mit Julia erlebt habe, und es steht mir nicht zu, ihre Geschichte ohne ihr Einverständnis mit jemand anderem zu teilen. Ich bin dankbar, dass sie mir endlich vertraut. Das will ich auf keinen Fall aufs Spiel setzen, indem ich sie so hintergehe, denn damit könnte ich sie verlieren.

„Wirst du mit deinem Dad darüber reden?“

„Keine Ahnung!“ Genervt von meinen einfallslosen Antworten reibe ich mir den Nasenrücken.

Innerlich hoffe ich mittlerweile inständig, dass Katherines Nachricht ein Köder war, mich dazu zu bringen, sie doch anzurufen. Aber in Anbetracht dessen, dass ich dieses Mädchen in meinem ganzen Leben noch nie gesehen habe, stehen die Chancen dafür minimal.

Wen meint sie mit „Familie“? Geht es um Dad? Hat er eine Vergangenheit, von der ich bisher nichts wusste? Zum Beispiel in Form einer fünfzehnjährigen, unehelichen Tochter, die beschlossen hat, ihren leiblichen Vater aufzusuchen?

Klar, könnte ich Dad danach fragen, doch damit würde ich ihn auf diese Sache aufmerksam machen und ich bin nicht sicher, ob ich das möchte. Ich will ihn auf keinen Fall verletzen, nachdem er nach dem Drama mit meiner biologischen Mutter, als sie uns kurz nach meiner Geburt verließ, mit Claire sein Glück gefunden hat.

Oder – und vor dieser Möglichkeit graut mir am meisten – hängt dieses mir fremde Mädchen unter Umständen mit meiner leiblichen Mutter zusammen? Dieser Gedanke wirft hunderte weitere Fragen auf, die mich bereits seit Stunden quälen und dazu führen, dass ich noch rastloser werde.

Seit gestern Nacht habe ich nichts mehr von Julia gesehen oder gehört. Sie hat mir in ihrem Brief geschrieben, Grace im Krankenhaus besuchen und danach einige Sachen von zu Hause holen zu wollen. Obwohl es mir den Magen umdreht, mir vorzustellen, wie sie alleine auf ihre Eltern trifft, nachdem die ihre Tochter buchstäblich aus dem Haus geworfen und damit gedroht haben, mir eine versuchte Vergewaltigung anzuhängen, kann ich ihr ja wohl kaum vor dem Krankenhaus auflauern und sie davon abhalten. Trotzdem werde ich unruhiger, je später es wird. Natürlich kann es sein, dass sie noch immer bei Grace ist. Die zwei haben sicher viel zu bereden, und Grace braucht ihre beste Freundin im Moment wahrscheinlich mehr denn je. Und umgekehrt ist es genauso.

Aber meine innere Unruhe sagt mir, dass etwas nicht stimmt. Dazu kommt, dass mein dämliches Handy so lange braucht, um sich nach dem totalen Blackout eben wieder anzuschalten.

Als mein Handy endlich vibriert, falle ich fast von der Couch und springe zur Steckdose, um die Nachricht zu lesen, die sie mir – *verdammt* noch mal – schon vor zwanzig Minuten geschickt hat. Scheiß-Akku!

Jeremy? Ist alles, was darin steht, doch es reicht, um meinen Puls in die Höhe schießen zu lassen. Glaubt sie, ich schlafe bereits, und weiß nicht, ob sie mich wecken darf – oder ist ihr womöglich wirklich etwas zugestoßen? Hat sie nicht angerufen, weil sie nicht laut reden konnte?

„Was ist mit dir, Mann? Du siehst ziemlich blass aus. Brennt's irgendwo?“, erkundigt sich Max verwirrt. Ich werfe ihm lediglich einen hektischen Blick zu, zerre das Kabel aus dem Gerät und schreibe Jules zurück. Später kann ich mir immer noch überlegen, wie ich Max mein Verhalten erklären soll.

Wo bist du?

Fluchend vor Ungeduld, lasse ich mich zurück auf die Couch fallen.

„Willst du mir vielleicht sagen, was los ist?"

„Keine Ahnung! Das versuche ich gerade herauszufinden."

„Braucht Julia Hilfe?" Mein Kopf schnellt hoch, meine Hand umklammert weiterhin das Handy, damit ich die Vibration nicht verpasse.

„Woher weißt du …?" Er hebt eine Augenbraue und deutet mit dem Kopf auf mein Display.

„Ich kann lesen. Und ob du es glaubst oder nicht, bin ich nicht erst gestern auf die Welt gekommen. Denkst du, mir wäre entgangen, dass du mir seit Monaten Fragen über sie und ihre Familie stellst? Du hast Angst um sie. Ich weiß nur noch nicht, weshalb."

Widerwillig schüttle ich den Kopf, kurz davor, alles rauszulassen, was sich in mir in der letzten Zeit aufgestaut hat. „Ich kann jetzt wirklich nicht darüber sprechen, okay? Es tut mir leid! Wenn du gehen willst, verstehe ich das."

„Machst du Witze? Ich gehe nirgendwohin. Du siehst aus, als hättest du einen Geist gesehen." Dankbar nicke ich, dann fliegen meine Finger erneut über die Tasten, weil ich dringend eine Antwort brauche.

Alles okay?

„Vergiss die dämlichen SMS. Ich rufe jetzt an." Es läutet und läutet.

„Vielleicht sollte ich nach ihr suchen."

„Sollen wir uns aufteilen?", bietet Max an. Doch da vibriert endlich das Handy kurz, um Jules Abnehmen zu signalisieren.

„Hallo?“ Ihre Stimme klingt grauenhaft, belegt und zittrig. Mein Magen verkrampft sich, als ich wieder von der Couch hochfahre.

„Julia?“

„Es tut mir leid, ich wusste nicht, wo ich sonst hingehen sollte ...“, stammelt sie.

„Was ist passiert?“

„Ich glaube, ich habe mir etwas gebrochen.“ Verdammter Mist! Sie muss tatsächlich nach Hause gegangen sein. Ich koche vor Wut, versuche aber die Nerven zu behalten. Gleichzeitig höre ich am anderen Ende der Leitung ihre Zähne klappern, den ins Telefon pfeifende Wind. Auf jeden Fall klingt es nicht, als wäre sie jetzt noch bei ihren Eltern.

„Wo bist du gerade? Ich hole dich ab.“

„Draußen in deinem Garten. Mir ist ziemlich schwindelig.“ Sie ist hier? Ich blicke vom konsternierten Max, der mich ratlos ansieht, zur Terrassentür.

„Ich komme“, keuche ich und lege auf. Mein Herz rast, als ich das Handy auf die Couch werfe und zur Terrasse sprinte. Mit einem schnellen Ruck reiße ich die Türe auf und renne in den Garten. Bis auf das Licht, das aus dem Wohnzimmer strömt, ist es hier draußen stockdunkel, was die Suche nach Jules erschwert. Laut genug, dass sie es hören müsste, leise genug, um niemand anderen hellhörig werden zu lassen rufe ich ihren Namen, erhalte aber keine Antwort. Stattdessen vernehme ich einige Meter neben mir einen dumpfen Aufprall, der mich erzittern lässt. Ich biege um die Ecke, und meine schlimmste Befürchtung bewahrheitet sich, als ich Julia ohnmächtig im Gras liegen sehe. Beim Anblick ihres leblosen Körpers und ihres Kopfes nur Zentimeter von der Mauer entfernt, jedoch trotzdem zum Teil im Schotter des Weges, gehe ich beinahe in die Knie.

„Reiß dich zusammen!“, befehle ich mir selbst und stürze neben ihr zu Boden. Vorsichtig hebe ich ihren Kopf leicht an, um hören zu können, ob sie atmet. Mein Herz entspannt sich erst etwas, als ein leiser Laut aus ihrem Mund an mein Ohr dringt.

„Julia! Hörst du mich? Bitte wach auf!“, flehe ich und streiche ihr fahrig die zerzausten Haare aus dem Gesicht.

Hinter mir taucht Max mit der Faust vor seinem Mund und einem gequälten Ausdruck in den Augen auf. Sie wird es hassen, dass er sie in diesem Zustand gesehen hat, doch ich nehme es ihm nicht übel, dass er mir gefolgt ist. Ich hätte das Gleiche getan. Seine Fassung zurückgewonnen, hockt er sich neben mir ins Gras.

„Weißt du, wie schwer sie verletzt ist?“, will er wissen. Verärgert über mich selbst, in diesem Augenblick zu aufgewühlt zu sein, um die Ruhe zu bewahren, die ich bräuchte, schüttle ich den Kopf.

„Sie sagte, etwas sei gebrochen. Ich weiß aber nicht, was.“ Es könnte alles Mögliche sein, deswegen kann ich nicht das Risiko eingehen, sie unter Umständen durch eine falsche Bewegung gröber zu verletzen.

„Du musst mir helfen, sie möglichst flach ins Zimmer zu tragen! Und mir versprechen, niemandem davon zu erzählen, okay?“

„Jer…“, beginnt er zu protestieren, verständnislos über mein Schweigen über ihre Verletzungen, nachdem auch er nun Julias Geheimnis kennt.

„Max, bitte! Nicht jetzt!“ Ungläubig und verständnislos sieht er mich an. Schließlich nickt er, und gemeinsam schieben wir, unsere Arme unter Jules’ schlaffen Körper. Auf mein Kommando heben wir sie vom Boden auf. Durch die Terrassentür tragen wir sie ins Wohnzimmer, wo ich verbissen das Zimmer nach einem geeigneten Platz absuche, wo wir sie hinlegen können. Für eine Untersuchung sollte sie auf hartem Untergrund liegen. Max reagiert schneller als ich und steuert auf den Küchentisch zu. Nachdem er ihre Beine abgelegt hat, befreit er den Tisch von jeglichem Kram, der darauf liegt. Dann lege ich ihren Oberkörper und den Kopf vollständig ab.

Beim Anblick ihres beschädigten, zierlichen Körpers, der flachen, aber schnelleren Atmung, der blauen, rissigen Lippen und des kleinen Cut seitlich ihres Kinns drehe ich mich in Panik von ihr weg. Ich bin so wütend und zugleich absolut hilflos. Ich hätte sie nicht alleine zu diesen Monstern fahren lassen dürfen. Wäre ich doch einfach früher aufgestanden, hätte ich sie zu Grace begleitet und draußen gewartet, um mit ihr gemeinsam ihre Sachen zu holen. Nach der gestrigen Eskalation, die ich bei ihr zu Hause miterleben musste, hätte ich kommen sehen müssen, wie eine Rückkehr in das Haus ausgehen würde.

Wieder ist Max derjenige, der einen kühlen Kopf bewahrt. Er legt mir eine Hand auf die Schulter. „Jer! Du musst es deinem Dad sagen. Er soll sie untersuchen."

Er hat recht. Sie braucht dringend einen Arzt. Selbst wenn sie mich später dafür hassen sollte, weil ich andere hineingezogen habe, kann ich das Risiko innerer Blutungen oder anderer schwerer Verletzungen nicht eingehen. Nach einem letzten Blick auf Jules hetze ich die Treppen hinauf, rufe dabei bereits nach meinem Vater. Als ich das Schlafzimmer erreiche, öffnet er die Türe und kommt mir besorgt entgegen.

„Was ist passiert?"

„Julia! Sie ist verletzt. Du musst ihr helfen. Bitte", erkläre ich abgehackt, fühle mich dabei aber wie ein unmündiges Kind, das ohne seine Eltern total hilflos ist.

Claire erscheint hinter meinem Vater und bindet ihren Morgenmantel zu, als ich bereits kehrtmache und die Treppen hinunterspringe.

„Claire, bitte bring mir meinen Koffer!“ Dad tritt zu uns an den Küchentisch. Auch er sucht als Erstes Jules' Puls. Ihre Lider zieht er mit dem Daumen hoch, um die Pupillen betrachten zu können. Er hebt ihren Pullover und ihr Shirt an, um sie abhören zu können. Seine Augen weiten sich beim Anblick der etlichen Hämatome auf ihrem Oberkörper.

„Wie ist das passiert?“, fragt er schockiert und schiebt die Ärmel ihres Pullovers nach oben, um weitere Blutergüsse an ihren Armen zu entdecken. Max verzieht das Gesicht. Verstört und fragend blickt er mich an und zum ersten Mal wird mir richtig bewusst, dass ich nie hätte schweigen dürfen, sondern gleich etwas unternehmen hätte müssen.

„Um Gottes willen!“, ruft Claire entsetzt, als sie Dads Koffer neben Julias Beinen aufklappt. Erschüttert, sie derart zugerichtet sehen zu müssen, werfe ich den Kopf in den Nacken und drücke meine Handballen in meine geschlossenen Augen.

„Wusstest du davon?“ Dads Stimme klingt sachlich, doch der frustrierte, enttäuschte Unterton ist unverkennbar. Beschämt nicke ich, worauf er seine Aufmerksamkeit wieder Jules widmet.

„Kleinflächige Blutung im Bereich der siebten und achten Rippe.“ Er legt seine Hände auf die Stelle und tastet sie ab. „Krepitation. Die Rippen sind eindeutig gebrochen.“

Das groteske Krachen ihrer Knochen dreht mir den Magen um. Ich vergrabe meinen Kopf in meinen Händen, damit ich das Geräusch nicht mehr hören muss. Weggehen kann ich jedoch auch nicht.

„Max, vielleicht solltet ihr lieber oben warten“, schlägt Claire vor, wohl wissend, wie viel mir dieses Mädchen bedeutet.

„Nein! Ich bleibe!“

„Blaue Lippen“, unterbricht mich Dad.

Claire hebt und inspiziert Julias Hand. „Die Finger auch. Sauerstoffmangel?“

„Die Lunge könnte verletzt worden sein.“

„Vielleicht ist ihr einfach nur kalt. Sie muss zu Fuß gekommen sein und trägt keine Jacke“, stammele ich und klammere mich dabei an jeden Strohhalm, den ich fassen kann. Keiner der beiden geht weiter auf mich ein.

Dad hört sie mit dem Stethoskop ab. „Gesteigerte, asymmetrische Atmung. Keine Anzeichen eines Hautemphysems oder eines hypersonoren Klopfschalls.“

„Max! Hilf mir mal, sie vorsichtig vorzubeugen“, bittet Claire, und ich bewundere sie für ihre Ruhe. Froh darüber, dass Claire Max und nicht mich eingeteilt hat, beobachte ich meine zitternden Hände, während er Julias Körper von der einen, Claire von der anderen Seite anhebt.

„Hört sich nicht so an, als wäre Luft ins Brustfell vorgedrungen. Ich denke, wir haben Glück, und es handelt sich nur um eine Fraktur. Trotzdem fahre ich mit ihr in die Klinik und untersuche sie dort weiter“, erklärt Dad und verstaut sein Stethoskop im Arztkoffer.

„Hilf Max, sie ins Auto zu tragen, Jeremy! Wir müssen uns schnell etwas überziehen.“ Ohne mich zweimal bitten zu lassen, löse ich Claire beim Halten ab, warte, bis sie Jules Kleidung wieder in Ordnung gebracht hat, und trage sie dann mit Max zum Auto. Vorsichtig legen wir sie auf den Rücksitz.

„Ich fahre mit“, informiere ich Dad, als er mit Claire die Treppen hinunterkommt und ins Auto steigen will. Dad legt seine Hand auf meinen Kopf und sieht mich eindringlich an.

„Du bleibst hier! Während der Untersuchung kannst du ihr ohnehin nicht helfen, und ich möchte keine Fragen gestellt bekommen, die ich nicht beantworten kann. Claire wird die ganze Zeit über bei ihr sein, in Ordnung? Ich rufe dich an, sollte etwas sein.“

Selbst wenn er vielleicht sauer auf mich ist, nimmt er mich kurz in den Arm.

„Sie kann dort nicht bleiben, Dad, okay? Lass sie nicht dort!“, flehe ich ihn an.

„Das kann ich noch nicht versprechen. Sollte sie einen Pneumothorax haben oder das Herz betroffen sein, braucht sie eine Drainage und Sauerstoff.“

Zum wiederholten Mal in dieser Nacht schnürt es mir die Brust zu, und ich kämpfe gegen die brennende Flüssigkeit in meinen Augen an.

„Wir tun, was wir können, Schatz, okay?“, schließt Claire, bevor auch sie ins Auto steigt und mit Dad und Julia wegfährt.

Max legt mir einen Arm um die Schulter. „Keine Sorge, Mann. Dein Dad hat das im Griff, und Jules ist stark. Sie wird das durchstehen.“

Julia

„Eigentlich wundert es mich ja, dass Mom uns bisher nur angeschrien hat und nicht ...“ Verwirrt hebt mein Bruder eine Augenbraue und legt das Buch, welches er die ganze Zeit schon zu lesen versucht, auf seinen Bauch. Ich sitze auf seinem Bett, mit dem Rücken an die Wand gelehnt, meine Beine lagern auf seinen. Das Gefühl, ihn zu spüren, gibt mir Sicherheit. „Na ja ... mehr als das vorhin. Also mehr als hier und da mal fester zuzugreifen meine ich.“

„Wie kommst du immer auf solche Gedanken?“, lacht er. Beinahe gelingt es ihm, mir glauben zu machen, er hätte nicht selbst schon oft daran gedacht.

„Keine Ahnung. Manchmal hab ich das Gefühl, dass nicht mehr viel fehlt.“

„Du machst dir eindeutig zu viele Sorgen, Mädchen. Mom wird dir nichts tun. Sie nörgelt und schreit zwar dauernd, aber für mehr ist sie einfach nicht der Typ. Stell dir lieber mal vor, wie witzig das wäre, würde sie versuchen, mich zu treffen. Ich müsste nur den Arm ausstrecken und könnte sie an der Stirn von mir weghalten. Sie hätte keine Chance“, spottet er grinsend, doch ist sein Grinsen nicht echt. Ich verschränke die Arme vor meiner Brust und starre wieder an die Decke. Josh tippt ein paar Sekunden lang angespannt auf seinen Oberschenkeln, ehe er sich auf die Seite dreht und seinen Kopf auf seinen Arm stützt.

„Versprich mir was, okay?“ Prüfend blickt er mich an. Die Heiterkeit in seinem Tonfall ist verschwunden.

„Mhm?“

„Sollte sie dir doch, wider Erwarten, irgendwann einmal wehtun, wenn ich nicht da bin – und damit meine ich auch nur

so was wie eine Ohrfeige –, dann musst du es mir sofort erzählen, okay?"

„Und dann? Was willst du dagegen machen, oh weiser, großer Bruder?" Ich versuche zu scherzen, finde jedoch eigentlich selbst nichts Lustiges an dem Gedanken.

„Dich einpacken und von hier verschwinden natürlich. Dabei sehe ich ihr sicher nicht zu."

Ich schnaube. „Na klar, weil das ja so einfach ist."

„Jules, in zwei Monaten bin ich achtzehn. Ich kann ausziehen, wenn ich will, und gehen, wohin ich will. Und mit meiner kleinen Bohnenstange von Schwester werde ich wohl auch noch fertigwerden."

Das vielleicht schon. Aber ich weiß ganz genau, dass sie mich nie mit ihm würden gehen lassen. Doch ich belasse es dabei und drehe mich so, dass ich direkt neben ihm liege. Meinen Kopf bette ich auf seinen Arm. Mom ist eine tickende Zeitbombe, und Josh weiß das ebenso gut, wie mir bewusst ist, dass er nichts gegen sie ausrichten kann.

Allmählich schwindet das Gesicht meines Bruders, das gerade noch so dicht an meinem war, und ich finde mich in der Realität wieder. Gedämpftes Murmeln, das wegen des leisen Brummens eines Wagens kaum zu vernehmen ist, drängt sich in mein Bewusstsein. Erinnerungsfetzen tauchen vor meinem geistigen Auge auf, und der Schmerz in meiner Brust wird unerträglich. Jäh reiße ich die Augen auf und hebe den Kopf. Meine Hand tastet sich zu meiner Seite vor. Nichts davon ist eine gute Idee. Ich verspüre ein höllisches Stechen, in meinem Kopf dreht es sich, und mein Magen droht sich zu entleeren. Die Augen wieder schließend, halte ich die Luft an und bete, dass die Beschwerden doch abklingen mögen.

„Keine starken Bewegungen! Du musst jetzt so ruhig liegen bleiben, wie du kannst, okay? Versuch regelmäßig, aber nicht allzu tief zu atmen", weist mich eine Frau an. Die Stimme kommt mir bekannt vor.

Bevor ich irgendwelche Fragen stellen kann oder mich zu schämen beginne, weil mein Geheimnis nun unwiderruflich gelüftet ist, tue ich, wie mir gesagt wurde, und hoffe, dass sich dadurch die Übelkeit legt. Irgendwann starte ich einen neuen Versuch die Augen zu öffnen und drehe langsam den Kopf, bis ich in Claires lächelndes Gesicht sehe, die sich auf dem Beifahrersitz zu mir nach hinten gedreht hat.

„Was ist passiert?" Bei meiner Frage presse ich sofort meine Lippen aufeinander. Tatsächlich scheine ich einige Gedächtnislücken hinsichtlich bestimmter vergangener Ereignisse zu haben, doch da ich nicht vorhabe, jene mit ihnen zu teilen, die ich sehr wohl behalten habe, kommt mir die Frage extrem blöd vor.

„Erinnerst du dich nicht?", fragt Jeremys Dad und blickt dabei wiederholt in den Rückspiegel. Gott sei Dank ist es dunkel im Auto, denn ich bin sicher, dass meine Wangen gerade vor Scham erröten. Natürlich erinnere ich mich, ich bin mir nur leider nicht sicher, wie viel er schon weiß. Ich hoffe nichts.

„Weißt du, wie du heißt?"

„Julia Carter."

„Weißt du, wer wir sind?"

„Sicher, Jeremys Eltern – aber wo fahren wir hin?" Wieso kommen Sätze aus meinem Mund, die ich vorher nicht abgesegnet habe? *Wo fahren wir hin?* Denk mal nach, Julia!

„In meine Klinik", bestätigt Jeremys Vater meine Befürchtung.

„Nein!", rufe ich etwas zu energisch und ernte dafür auch gleich einen fragenden Blick von Jeremys Vater durch den Rückspiegel. Claire greift nach meiner Hand und streichelt sie.

„Schon gut, Kleines. Wir bleiben bei dir."

Ich versuche den Kopf zu schütteln, wodurch er zu explodieren droht und meine Lider wieder zufallen. Das Schaukeln des Wagens ist nicht unbedingt hilfreich.

„Sie verstehen nicht …“, presse ich heraus.

„Julia, du hast eine gebrochene Rippe, und ich muss mit einem Röntgen sicherstellen, dass nichts Schlimmeres als das passiert ist.“

„Das geht nicht. Die werden fragen, wie …“

„Hör zu! Du könntest in fünfzehn Minuten tot sein, wenn ich nicht nachsehe, ob eines deiner Organe beschädigt wurde. Ich werde darauf achten, dass du vorerst keine Fragen beantworten musst, die du nicht beantworten willst, denn deine Gesundheit hat jetzt Priorität. Um den Rest kümmern wir uns, wenn es dir besser geht. Aber früher oder später wirst du jemandem Rede und Antwort stehen müssen.“

Ich widerspreche nicht mehr und bin zum ersten Mal dankbar dafür, die Augen nicht öffnen zu können. Gleichzeitig hoffe ich, dass dieser Zeitpunkt des Fragens und Antwortens eher später als früher kommt und dass ich es bis dahin geschafft haben werde, mir zu überlegen, wie es mit mir weitergeht. Nach Hause gehe ich bestimmt nicht zurück. Fragt sich nur, welche Alterative ich habe.

Jeremy

Zum gefühlt tausendsten Mal blicke ich auf die Uhr über der Esszimmertüre und frage mich, wie lange es dauern kann, eine Person zu untersuchen. Bis jetzt hat sich weder Claire noch Dad gerührt. Mehrmals musste Max mich davon abhalten, sie anzurufen und womöglich bei irgendetwas Wichtigem zu stören. Er meinte, solange sie sich nicht melden, wäre das ein gutes Zeichen.

Wir sitzen an dem Esstisch, auf dem Julia vor wenigen Stunden noch bewusstlos gelegen war. Max' Arm ruht nach wie vor auf meinen Schultern. Erschöpft und hundemüde nach diesem Wochenende wegen meiner Sorgen, meiner Schuldgefühle, weiß ich es besonders zu schätzen, dass Max bisher nicht eine einzige Frage gestellt hat, seit wir zurück ins Haus gegangen sind. Seit knapp drei Stunden sitzen wir mittlerweile in der Küche und schweigen uns an. Irgendwann hat er den Fernseher eingeschaltet, wahrscheinlich um mir zu zeigen, dass es okay für ihn ist, wenn ich nicht rede. Vielleicht hat er es aber auch getan, um sich selbst davon abzuhalten einzuschlafen, denn es ist schon nach ein Uhr morgens.

„Danke, Mann!", krächze ich heiser und räuspere mich. „Für … du weißt schon. Alles eben."

„Kein Ding, Jer. Ich bin für dich da. Und für sie, wenn du das willst."

Auf einmal kann ich nicht anders, als meinen Frust mit ihm zu teilen. Er ist mein bester Freund, zum Henker. Seit der Volksschule teile ich alles mit ihm. Außerdem kann er zwei und zwei zusammenzählen und fragt wahrscheinlich auch deswegen nicht, wer ihr das angetan hat, weil er es sich bereits ausmalen kann.

Also erzähle ich ihm davon, wie ich Julia das erste Mal vorm Sport im Umkleideraum gesehen habe, ich erzähle ihm von den etlichen Versuchen, sie zum Reden zu bringen, davon, wie sie mich auf Distanz gehalten hat und wie ich sie schließlich im Klassenzimmer überrumpelt und damit beinahe alles versaut habe. Ich erzähle ihm von O'Mallys Party, wie sie dort zusammengebrochen ist und mir mit ihren dunklen Gedanken eine Heidenangst eingejagt hat; von der niederträchtigen Art, wie sie am nächsten Tag von ihrer Mutter behandelt wurde. Der Gedanke an den gestrigen Abend, als sie bei uns geschlafen hat, lässt mein Herz höherschlagen.

„Ich habe mich in sie verliebt", gestehe ich mir vor ihm ein und locke mir selbst damit ein kleines Lächeln hervor, denn es tut gut, es auszusprechen. „Nicht weil sie Hilfe braucht oder ich den Beschützer spielen kann, sondern weil sie unglaublich ist. Sie ist durch die Hölle gegangen und trotzdem so stark, hoffnungsvoll."

Nicht nur das Gefühl der inneren Ruhe und des Gebrauchtwerdens, war so schön, als ich sie neben mir atmen hörte. Es war die Tatsache, dass sie mir so sehr vertraut, mich tatsächlich zu wecken, weil es ihr nicht gut ging. Schließlich konnte sie sogar durch meine Anwesenheit besser einschlafen, während ich ihre Hand hielt und sie streichelte.

„Die letzten Monate waren der Horror. Sie hat mich praktisch angefleht, niemandem von ihrer Familie zu erzählen, und ich konnte es einfach nicht tun. Erst war es aus Feigheit, dann aus Sorge, was das für sie bedeuten könnte, und vor allem aus Angst, ich könnte sie verlieren.

Es bringt mich *um,* zu sehen, wie weit es gekommen ist, und bestätigt zu sehen, dass ich in Wahrheit mit nichts anderem gerechnet habe, als dass es eines Tages genau so ausgehen würde, wie es jetzt der Fall war. Oder noch schlimmer. Aber ich konnte sie nicht dazu zwingen, sich helfen zu lassen. Ich dachte ernsthaft, sie irgendwie abschirmen, aufbauen, beschützen zu können. *Irgendwas*. Es ist exakt dieselbe Situation wie jetzt – ich will etwas tun. Aber genau das kann ich nicht. Mir sind die Hände gebunden, und es macht mich *krank.*" Zitternd vor Aufregung atme ich heftig aus, erleichtert, mir endlich alles von der Seele geredet zu haben, dankbar darüber, meine Gefühle für sie zumindest vor Max nicht länger verstecken zu müssen.

Max bläst die Backen auf und pfeift dann leise durch die Zähne. „Wow. Dich hat's ganz schön erwischt, mein Freund."

Wenn der wüsste …

Vor dem Haus werden drei Autotüren auf- und zugeknallt. Erleichterung breitet sich aus, da das bedeutet, meine Eltern sind mit Julia gemeinsam nach Hause gekommen. Gleichzeitig schlucke ich wieder diesen Kloß in meinem Hals hinunter, als Max mir auffordernd auf den Rücken klopft. Ich bekomme das Bild ihres gebrochenen Körpers einfach nicht aus dem Kopf und habe Angst vor den Gefühlen, die sie damit in mir ausgelöst hat. Noch nie im meinem ganzen Leben habe ich solche Panik um einen Menschen verspürt, die mir die Kehle derart zuschnürt. Ich bin nicht sicher, ob ich mich im Griff habe, wenn ich ihr jetzt begegne, oder ob ich einfach durchdrehe. Und gleichzeitig fürchte ich, sie könnte wütend auf mich sein, weil ich meine Eltern und Max involviert habe.

Langsam setze ich mich auf und reibe mir die müden Augen, ehe ich Max folge. „Alles wird gut, Mann!", versichert mir mein bester Freund, als die Tür aufgeht und erst Claire, dann Jules und Dad hereinkommen. Dad stützt sie beim Gehen, während Jules sich mit verbissenem Gesichtsausdruck darauf zu konzentrieren scheint, einen Fuß vor den anderen zu setzen, ohne dabei zu stürzen.

Als sie zu mir aufblickt, saugt sie in einer unsicheren Geste ihre Unterlippe ein. Warum sieht sie mich an, als hätte *sie* ein schlechtes Gewissen?

Dicht vor ihr bleibe ich stehen. Dad lässt sie los, um seine Schuhe auszuziehen. Ich habe ihr so viel zu sagen, und trotzdem kommt kein Wort über meine Lippen. Müde und zurückhaltend sieht Jules mich an.

Max räuspert sich und klopft mir auf die Schulter. „Jap, das ist mein Stichwort. Ich verschwinde dann mal. Bis morgen, Jer." Anschließend streift er einmal leicht mit dem Handrücken über Jules Arm. „Wir sehen uns!"

„Bye, Max, und danke", flüstert sie verlegen.

Claire tritt an mich heran und haucht mir einen Kuss auf die Wange. „Wir gehen ins Bett. Jeremy, kümmerst du dich darum, dass Julia alles hat, was sie braucht, um sich gut erholen zu können?" Ich nicke lediglich, kann Jules jedoch nicht aus den Augen lassen.

„Vielen Dank für alles, Mrs. Houser."

„Ich heiße Claire, Schätzchen, das weißt du doch." Jules sieht auf den Boden und bedankt sich erneut.

„Sollten die Schmerzen wieder stärker werden, kannst du ruhig noch eine Tablette nehmen, okay? Ich denke aber, die Dosis müsste reichen, um dich einschlafen zu lassen, sobald du im Bett liegst. Ansonsten weißt du ja, wo du uns findest", erklärt Dad Julia, bevor auch er die Treppen in Angriff nimmt.

„Danke!", ruft sie ihm nach. Als die Türe zum Schlafzimmer geschlossen wird, blickt Julia langsam auf.

„Hast du mitgezählt, wie oft ich in den letzten fünf Minuten ‚Danke' gesagt habe?", versucht sie zu scherzen, doch ihre traurigen Augen machen das unmöglich.

„Mir brauchst du jedenfalls nicht zu danken", versichere ich ihr.

„Hatte ich auch nicht vor. Ich meine …" Verwirrt, leicht kopfschüttelnd sieht sie weg. „Doch, klar! Aber viel eher muss ich mich bei dir entschuldigen."

Ich möchte protestieren, doch sie hebt ihre Hand – wahrscheinlich, um mich daran zu hindern. Dann lässt sie diese mit schmerzverzogenem Gesicht wieder fallen, und ich höre einfach zu, was sie zu sagen hat.

„Es tut mir leid, dass ich dich mithineingezogen und mit meinen Problemen belastet habe. Tut mir leid, dass ich dich beunruhigt und in solch eine schwierige Lage gebracht habe. Ich kann mir vorstellen, wie schwer es für dich gewesen sein muss, mit der Situation umzugehen."

In Wahrheit hat sie keine Ahnung, aber ich werde es ihr nicht erklären, da ich es im Moment nicht ertrage zu sehen, wie sie meinetwegen Schuldgefühle hat. Stattdessen strecke ich vorsichtig meine Hand aus und lege sie auf ihre Wange. Die andere Seite ihres Gesichtes ist leicht geschwollen, und ein Streifen Heftpflaster bedeckt ihr Cut. Als meine Finger ihre Haut berühren, schließt sie kurz die Augen und lehnt sich näher zu mir. Das ist alles, was ich brauche, um die Lücke zwischen uns zu füllen und sie in eine vorsichtige Umarmung zu ziehen. Julia zuckt sofort zusammen und seufzt. Ein Schauer jagt mir über den Rücken und ich weiche zurück. Verärgert über meine Unachtsamkeit raufe ich mir die Haare und murmele: „Tut mir leid!"

Ich schätze, das ist der Zeitpunkt, an dem ich endgültig die Nerven verliere. Die Situation ist verdammt real, und ich habe keine Ahnung, wie ich mit ihr umgehen soll.

„Jeremy! Sieh mich an!" Angespannt wende ich mich ihr zu. „Es ist okay. Mir geht es gut. … also den Umständen entsprechend", fügt sie mit flatternden Lidern hinzu. „Aber vielleicht kannst du mich ins Zimmer bringen, denn ich glaube, ich müsste mich demnächst hinlegen." Ich bin sofort an ihrer Seite um sie zu halten, als ich sie schwanken sehe.

„Dieses *OxyContin* hat es echt in sich", kichert sie und drückt meinen Arm so fest, dass es beinahe wehtut. Nachdem wir die endlosen Stufen erklommen haben, liefere ich Jules im Bad ab und überziehe das Bett frisch, während sie sich die Zähne putzt. Ich muss ihr dabei helfen, aus ihrem dünnen Pullover in einen meiner übergroßen zu schlüpfen. Das Ausziehen ihrer Jeans erweist sich als Herausforderung, da sie den Oberkörper nicht beugen kann. Nach kurzem Zögern öffnet sie also lediglich den Knopf und den Reißverschluss, und ich ziehe die Hosenbeine über ihre Füße. Eigentlich hätte Claire das Umziehen mit Jules übernehmen sollen. Ihren roten Wangen nach zu urteilen war die Aktion nicht nur hart für mich.

Jules legt sich vorsichtig flach auf den Rücken, hält dabei die Luft an und ihre Hand an ihrer Seite. Ich werfe ihre Sachen über den Schreibtischsessel und trete einige Schritte zurück, bis ich meinen Platz an der Türe gefunden habe, an dem ich bereits vorgestern gesessen war, um etwas Abstand zwischen uns zu gewinnen. Wieder lasse ich mich auf den Boden sinken und lehne meinen Hinterkopf an das Holz. Schweigend schließe ich meine Augen, warte, bis sie einschläft oder das Gespräch mit mir sucht. Je nachdem, wonach ihr nun eher ist.

„Ich bin sehr froh, dass du da bist. Und deine Eltern auch. Beide waren unglaublich nett zu mir. Das Röntgen und vor allem der Ultraschall waren nicht gerade angenehm, und dann haben dein Dad und Claire ständig dafür gesorgt, dass mir nur die nötigsten Fragen gestellt werden, um nicht lügen zu müssen. Dem Chefarzt hat natürlich niemand widersprochen, als er sagte, er selbst würde den Bericht schreiben. Meinen Organen geht es scheinbar gut, obwohl zwei Rippen gebrochen sind“, murmelt sie in ihr Kissen. Bei ihren Worten erschaudere ich.

„Außerdem habe ich mir beim Sturz in eurem Garten eine leichte Gehirnerschütterung zugezogen. Aber da eine Gehirnblutung durch die Untersuchungen ausgeschlossen wurde, darf ich Gott sei Dank schlafen.“ Sie gähnt kurz. „Für die gebrochenen Rippen kann man jedenfalls außer Schmerztherapie und körperlicher Schonung nicht viel tun."

„Wie lange?"

„Sechs Wochen in etwa. Mal sehen."

Ich lasse meinen Kopf hängen und kratze mir betreten mit beiden Händen den Nacken. „Max weiß Bescheid. Er war da, als du …" Wie soll ich diesen Satz nur zu Ende bringen?

„Okay", kommt Jules mir zuvor.

Ich hebe meinen Kopf. „Okay?"

Kaum merklich zuckt sie mit der Schulter. „Du vertraust ihm. Und ich vertraue dir, also kann ich damit leben." Sie dreht ihr Gesicht zu mir und lacht leise, als sie meinen skeptischen Blick sieht. „Wer weiß, was ich morgen dazu sage, aber für heute scheinen mich diese Tabletten auf jeden Fall zu besänftigen."

Etliche Minuten vergehen, in denen ich ihr leiderfüllt dabei zusehe, wie sie versucht, eine für sie erträgliche Schlafposition einzunehmen. Schließlich öffnet sie noch mal ihre Augen und lächelt müde.

„Jeremy, du kannst ins Bett gehen, ehrlich. Du musst morgen in die Schule. Ich weiß ja, was ich tun muss, sollte ich nicht bald schlafen können." Schmunzelnd deutet sie ein Klopfen gegen meine Zimmerwand an.

„Schon gut. Ich bleibe lieber noch hier", entgegne ich.

Sie seufzt. „Hör mal, ich weiß, du wünscht dir Antworten. Die verdienst du auch, und du wirst sie bekommen. Versprochen! Nur nicht heute, okay? Heute möchte ich einfach an nichts mehr denken müssen und diese angenehme Schläfrigkeit, die die Pillen auslösen, auskosten."

Ich verschränke meine Hände hinter meinem Kopf und fahre mir wiederholt vom Haaransatz in den Nacken und zurück.

„Jules, ich erwarte mir gar nichts von dir. Ich werde dich auch in keiner Weise unter Druck setzen, mir irgendetwas zu erzählen, aber ich hoffe, es ist okay für dich, wenn ich einfach noch ein bisschen hier sitzen bleibe, denn der Abend war der reinste Albtraum. Um irgendwie zur Ruhe kommen zu können, brauche ich jetzt einfach die Gewissheit, dass du wirklich hier und damit in Sicherheit bist."

Jules schweigt, und ich wage es nicht aufzusehen, bis ich ein Rascheln und Julia einatmen höre. Sie versucht, aus dem Bett zu klettern. Ihre nackten Füße stehen bereits auf dem Boden, und für den Bruchteil einer Sekunde kann ich nicht anders, als auf ihre Beine zu starren, die erst ab der Mitte ihres Oberschenkels von meinem Pullover verdeckt werden. Sie sind lang und durch die Muskeln des jahrelangen Tanztrainings schön geformt. Mich selbst zur Besinnung rufend, konzentriere ich mich wieder auf das Wesentliche.

„Brauchst du etwas?", stoße ich hervor und springe sofort auf, um sie beim Aufstehen zu stützen. Obwohl sie nun alleine steht, lasse ich meine Hände unter ihren gebeugten Ellbogen verweilen und studiere ihr Gesicht.

„Tja, ehrlich gesagt könnte ich gerade eine Umarmung ganz gut vertragen." Sie zwinkert und steckt mich mit ihrem schüchternen Lächeln an. Dann schlingt sie langsam ihre Arme hinter meinen Rücken und verknotet dort ihre Hände. Etwas verkrampft, lege ich eine Hand in ihren Nacken, die andere unter ihr Schulterblatt und lasse das inzwischen vertraute Gefühl der schwirrenden Schmetterlinge durch meinen Körper strömen, als Jules ihr Ohr an meine Brust legt und tief einatmet.

Kapitel 2

Jeremy

„Mann! Wenn mir noch eine Person erzählt, wie schade sie es findet, dass wir ausgeschieden sind, dann wickle ich sie in Salatblätter und verfüttere sie an die Schnecken. Das wird ein langsamer Tod“, schnauzt Tommy, von seinem Frühstücksbagel abbeißend, während wir uns zur ersten großen Pause in die Cafeteria begeben. Die Unterhaltung zwischen ihm, Max und Aaron bekomme ich nur am Rande mit, weil ich mit meinen Gedanken ganz woanders bin.

„Es ist so gut wie Winter, du Leuchte. Schnecken sind hinüber“, kontert Aaron grunzend.

„Dann fange ich eben einfach an, Justin-Bieber-Songs zu singen, bis ihnen die Ohren bluten.“

Max bricht in Gelächter aus. „Alter! Wäre das nicht für dich schlimmer als für jeden anderen?“

„Du hast mich ganz klar noch nie singen hören“, antwortet Tommy mit vollem Mund. Dann nickt er in meine Richtung und rammt mir seine Faust in die Lenden.

„Fraser hat sich in seiner neuen Rolle wirklich gut geschlagen, aber du hast einfach gefehlt, Mann. Mit dir als QB hätten wir es wirklich schaffen können.“

„Wer weiß. Aber das Ganze ist echt ätzend.“ Nicht wirklich bei der Sache, reibe ich mir die Augen und bin froh, dass Max das Gespräch wieder auf Tommy und das bevorstehende letzte Freundschaftsspiel am Thanksgiving-Wochenende lenkt. Ich war ja selbst nicht dabei, als wir das Viertelfinale gegen Xaverian verloren haben, weil Grace den Unfall hatte, Jules aus der

Klasse gestürmt war und ich abrufbereit sein wollte, sollte sie mich brauchen.

Natürlich kotzt es mich an, dass wir dieses Jahr so weit gekommen sind, nur um dann wegen zwei verfluchter Punkte auszuscheiden, aber es beschäftigt mich bei Weitem nicht dermaßen wie die anderen Jungs. Einerseits wahrscheinlich, weil ich seit einigen Wochen nicht selbst spielen konnte und mir deswegen auch keinen Vorwurf machen kann. Andererseits, weil die Ereignisse vom Wochenende alles in eine neue Perspektive gerückt haben.

Aaron und Tommy verschwinden hungrig in die Cafeteria, während Max und ich draußen stehen bleiben, um uns einen Kaffee vom Automaten zu holen.

„Die Schluchten unter deinen Augen verraten mir, dass du nicht zu sonderlich viel Schlaf gekommen bist", äußert sich Max schließlich. Ich lehne mich gegen die Plastikfront des Automaten und schließe meine brennenden Augen.

„Um vier Uhr bin ich in mein Zimmer gegangen und habe vielleicht eineinhalb Stunden geschlafen, weil ich mir ständig eingebildet habe, sie klopfen zu hören."

„Klopfen?"

„An meine Wand … Wir …" Die Augen verdrehend winke ich ab, zu müde, ihm etwas zu erklären. „Ach, vergiss es!"

Nicht, dass das die erste Nacht gewesen wäre, die ich so gut wie durchgemacht habe, doch kein einziges Mal fühlte ich mich danach dermaßen ausgelaugt wie heute.

„Houser! Wo ist deine Leine? Oder hast du die Besitzerin nach einer Nacht schon wieder gewechselt?" Bei seiner amüsierten Stimme muss ich mich zwingen, tief Luft zu holen. O'Mally hat mir heute gerade noch gefehlt.

Max hebt eine Augenbraue und tut die Bemerkung mit einem Schulterzucken ab. „Hey, O'Mally! Kennst du meinen Großvater? Du wiederholst nämlich genau seine alten Sprüche."

„Wer hat mit dir gesprochen, Mary Poppins? Musst du ihn neuerdings vertreten?“

Mir war klar, ich würde mich irgendwann mit ihm und den aufkochenden Gefühlen, die mit seiner Party einhergehen, als er Jules Verletzlichkeit ausnutzen wollte, auseinandersetzen müssen. Gehofft hätte ich jedoch, zu jenem Zeitpunkt mehr Energie in den Schlagabtausch stecken zu können. Diesmal hat er aber keinen seiner Freunde bei sich. Er muss sehr überzeugt von sich selbst sein zu denken, er könnte es mit mir alleine aufnehmen. Oder er ist wirklich dämlich genug zu glauben, ich würde ihm hier keine reinhauen. Um ihm zu zeigen, wie falsch er mit dieser Annahme liegt, mache ich einen Schritt auf ihn zu, werde jedoch von Max zurückgehalten. Er deutet Richtung Cafeteria, aus der soeben der Direktor und Vizerektor kommen und sich jetzt einige Meter neben uns angeregt unterhalten. Nun wird mir auch klar, weshalb O'Mally derart selbstbewusst ist.

„Verzieh dich, du Feigling!“, rate ich ihm mit zusammengebissenen Zähnen.

„Oje, da ist heute wohl jemand mit dem falschen Fuß aufgestanden. Dabei dachte ich wirklich, du wärst besser gelaunt, jetzt, da du von ihr endlich bekommen hast, was du die ganze Zeit wolltest.“ Mit seinem dreckigen Grinsen zwinkert er mir zu, doch mein Gesichtsausdruck bleibt eisig.

„Wo ist sie denn eigentlich? Ist ihr immer noch schlecht? Oder schon wieder?“

„Wenn du nicht bald das Weite suchst, O'Mally, wird dir deine erste, lang erwartete Periode wohl aus der Nase schießen“, geht Max dazwischen, als ich meine Hände bereits zu Fäusten balle. O'Mally verdreht süffisant die Augen.

„Wer hätte gedacht, dass Housers größte Schwachstelle die unscheinbare Julia sein würde.“

„Du kannst froh sein, dass ich dir dieses dämliche Grinsen nicht schon am Freitag aus deinem Gesicht gewischt habe. Fass sie noch einmal an, und ich halte mich nicht mehr zurück.“ Meine Stimme klingt beängstigend. Selbst für mich. Ich zwinge mich, ihm den Rücken zuzukehren.

„Alter! Komm mal klar! Glaubst du allen Ernstes, ich würde sie jetzt auch nur noch mit einer Pinzette angreifen wollen, nachdem du sie zu deiner …“

Mein Kopf schreit Nein, doch mein Herz ist schneller. Ungehalten schleudere ich meinen Rucksack zu Boden, drehe mich um und nutze den Schwung ebenso wie das Überraschungsmoment, um O'Mally mit meinem gegen seinen Kehlkopf gepressten Unterarm an die Wand zu drücken. Er krächzt. Seine Augen weiten sich nervös.

„Sprich diesen Satz zu Ende, und es wird das Letzte sein, was du für längere Zeit sagst.“

Seine Hände umklammern meine Handgelenke, wobei er versucht, mich von sich wegzuschieben. Ich habe keinen Schimmer, weshalb er sich nicht mehr wehrt, doch momentan interessiert mich nur die winzige Genugtuung, die ich durch seine Würgegeräuschen verspüre. Er hat immerhin förmlich darum gebettelt. Seine Augen wandern an meiner Schulter vorbei, und für den Bruchteil einer Sekunde zieht er seine Mundwinkel hoch.

„Aufhören! Auseinander!“, ruft eine strenge Stimme hinter meinem Ohr und ein Lehrer versucht, nach meinem Arm zu greifen. Es ist aber Max, der mich mit beiden Händen um meinen Oberkörper von O'Mally wegzieht. Dieser leistet in seiner Schauspielkunst ganze Arbeit, als er beinahe zu Boden zu fallen vorgibt.

„Lass den Scheiß, Mann! Genau das will er doch“, ermahnt mich Max leise, bevor er loslässt. Während O'Mally nach wie vor theatralisch hustet und sich vom Vizerektor umsorgen lässt, drehe ich mich von O'Mally weg, um mich zu beruhigen. Dabei sehe ich in die neugierigen Gesichter meiner Mitschüler, bis ich mich schließlich dem Direktor zuwende, der die Hände in die Hüfte gestemmt hat und mich vernichtend anfunkelt.

„Houser! In mein Büro. Sofort!“

„Da Ihr Sohn genau weiß, wie wir Gewaltausbrüche wie seinen heutigen an dieser Schule handhaben, wird es nicht überraschend für ihn sein, die nächsten drei Wochen nachsitzen zu müssen“, erklärt Mr. Sumpter Claire in einem schleimig-höflichen Ton und sieht mich dabei nicht ein einziges Mal an.

„Ich verstehe“, nickt Claire, während ich die Augen verdrehe. Mir fallen Dutzende Dinge ein, mit denen ich meine Zeit sinnvoller verbringen könnte, als jeden Tag länger als nötig in der Schule hocken zu müssen. Jede dieser Ideen inkludiert Jules.

„Mr. McLeery und Ms. Michaels haben sich zu seinen Gunsten geäußert und bestätigt, dass Mr. O'Mally ihn bewusst provoziert hat. Das war der einzig mildernde Grund, weshalb ich mich gegen eine Suspendierung entschieden habe.“

Das und die Tatsache, dass Sie es sich nicht leisten können, die Spenden meines Vaters aufs Spiel zu setzen, denke ich wütend.

Ms. Michaels hat es bestätigt ... Dass ich nicht lache. Melanie war nicht einmal in der Nähe, als die Geschichte passierte. Genervt sehe ich zu Claire hinüber, um ihre Reaktion einschätzen zu können, denn normalerweise spricht sie bei Weitem mehr. Dabei bemerke ich nicht nur ihre dunklen Ringe unter den Augen, sondern auch, wie sie ein Taschentuch in ihren Händen auseinanderfaltet und zerreißt.

„Beim nächsten Zwischenfall werde ich jedoch nicht mehr davon absehen können“, schließt er und begleitet uns danach aus seinem Büro.

„Jeremy, was hast du dir dabei gedacht?" Claires Ton ist ruhig, enttäuscht, doch nicht anklagend. Die Enttäuschung reicht jedoch ohnehin, um mich mies zu fühlen.

„Nicht viel! Ich wollte ihn ignorieren, ehrlich. Aber bei all dem Müll, den er über sie geredet hat, sind mir einfach die Sicherungen durchgebrannt."

Claire schüttelt leicht den Kopf und wirft das zerfetzte Taschentuch in ihre Handtasche. „Wie auch immer. Darüber reden wir ein anderes Mal. Wir haben momentan ein viel größeres Problem." Kraftlos fallen meine Arme an meine Seite. Was denn noch?

„Die Polizei sitzt in unserem Haus. Julias Eltern sind im Begriff, Anzeige gegen dich zu erstatten."

Julia

Als ich am späteren Vormittag wach werde, brauche ich erst ein paar Minuten, um zu begreifen, wo ich bin, was letzte Nacht tatsächlich passiert ist, und was sich lediglich mit meinen grässlichen Träumen vermischt hat. Obwohl ich über acht Stunden Schlaf bekommen habe, fühle ich mich furchtbar erschöpft, was wohl auf das Medikament zurückzuführen ist. Vielleicht ist es aber auch nur das Resultat der etlichen Albträume, denen ich nicht entfliehen konnte. Denn die Nacht war entgegen meiner Hoffnung in Wahrheit um nichts besser als all die anderen davor, nur mit dem Unterschied, dass ich dieses Mal nicht aus meinen Träumen flüchten konnte. Es fühlte sich an, als wäre ich in meinem eigenen Kopf gefangen. Das Auftreten von innerer Unruhe und Panik wurde bereits bei mehreren Patienten, die *OxyContin* einnahmen, beobachtet, hatte mir Jeremys Vater Robert erklärt. Er konnte ja nicht wissen, dass ich nachts auch ohne Medikamente an Angstzuständen leide. Gott sei Dank scheine ich aber keinen Ton von mir gegeben zu haben, denn dann hätte mich bestimmt jemand versucht zu wecken. Das wäre mir furchtbar unangenehm gewesen. Zu oft habe ich deswegen Moms Zorn und Spott auf mich gezogen. Jeremy zu bitten, mir Gesellschaft zu leisten, wenn ich nicht schlafen kann, ist eine Sache und erfordert genügend Überwindung. Seine ganze Familie durch mein Schreien und Schluchzen zu wecken, wäre schrecklich peinlich.

Ein Schwindelgefühl überkommt mich, als ich mich aufsetze und meine Beine auf den Bode stelle. Jeremys Pulli ist von Schweiß durchnässt, eigentlich ist mir aber kalt. Mein Magen knurrt, denn ich habe seit über zwei Tagen nicht mehr als ein paar Power- und Schokoriegel gegessen und bloß Kaffee getrunken. Meine Lippen sind rissig, meine Augen trocken und spröde. Vorsichtig taste ich zuerst meinen Bauch und meine Brust ab, um zu sehen, an welchen Stellen ich besonders vorsichtig sein muss. Ich stemme mich auf meiner gesunden Seite vom Bett weg und gehe ein paar winzige Schritte, bis ich wieder ein Gefühl in meinen Beinen habe und die weißen Blitze vor meinen Augen verschwunden sind.

Diese Tabletten sind mir nicht allzu geheuer, wenn man bedenkt, dass das stärkste Schmerzmittel, welches ich bisher je eingenommen habe, Paracetamol war. Ich werde Robert fragen, ob er mir etwas anderes verschreiben kann, denn auf diese Nebenwirkungen kann ich wirklich dankend verzichten. Erst nach dem Zähneputzen bemerke ich einen frischen Jogginganzug von Claire auf dem Sessel, wo Jeremy gestern Nacht meine Sachen hingelegt hat. Ich habe es mir wohl nicht eingebildet, dass vorhin jemand meinen Namen gesagt hat.

Die Jogginghose ist stark dehnbar und erleichtert das Anziehen, selbst wenn ich beim Umziehen das Bedürfnis verspüre, doch ein weiteres Mal zu dem Schmerzmittel zu greifen. Jeremys Pullover auszuziehen erweist sich als schwierigeres Unterfangen, für das ich mehrere Versuche benötige, ehe er endlich auf das Bett fällt. Die Weste lässt sich Gott sei Dank einfach überstreifen.
Notiz an mich selbst: In den kommenden Tagen ausschließlich Gewand mit Reißverschluss tragen.

Im Spiegel neben dem Fenster betrachte ich flüchtig mein grauenhaftes Erscheinungsbild, versuche gleich darauf mit großer Mühe meine Haare zusammenzuflechten und dabei das Pflaster an meinem Kiefer zu ignorieren. Doch meine Augen wandern immer wieder zu der Stelle und meine Gedanken zu der Szene, die mich hierher und letztlich wieder einmal ins Krankenhaus führte. Tränen schießen mir in die Augen, wenn ich an die unterschiedlichen Gesichter der gestrigen Nacht denke. Die Ausdrücke darin, die von purem Hass, Enttäuschung und Tobsucht bis hin zu Mitleid, Unverständnis und Sorge reichten. Ich kann nicht fassen, nicht glauben, dass Eltern – *meine* Eltern – dazu fähig wären, ihrem Kind so etwas anzutun. Warum habe ich in ihren Augen nichts Besseres verdient als geschlagen, beschimpft und verachtet zu werden?

Vor dem Haus vernehme ich ein bekanntes lautes Motorgeräusch und schaue auf die Uhr.

Wieso ist Jeremy um halb elf schon zu Hause? Er wird doch nicht meinetwegen schwänzen? Doch dann sticht mir ein anderes Fahrzeug in der Einfahrt ins Auge. Ein Polizeiwagen parkt vor der Türe und löst damit sofort ein erneutes Schwindelgefühl in mir aus. Ich greife nach der Kante des Schreibtisches, versuche ruhig zu bleiben.

Das darf doch nicht wahr sein! Was wollen die hier?

„Schätze, es gibt nur einen Weg, das herauszufinden", seufze ich mit klopfendem Herzen und öffne die Türe. Schon beim Hinuntergehen der Treppen höre ich gedämpfte Stimmen aus einem der unteren Zimmer dringen. Auf Zehenspitzen gehe ich nur so weit, bis ich mithören kann und trotzdem außer Sichtweite bleibe.

„Wo ist Julia?" Jeremys Ton hört sich nervös an.

„Sie ist oben. Wir werden warten, bis sie selbst bereit ist herunterzukommen, bevor die Herren sich mit ihr unterhalten. Das Mädchen hat viel durchgemacht."

„Julias Eltern haben sie als vermisst gemeldet, hatten aber die Vermutung, sie würde sich hier aufhalten", erklärt einer der Polizisten. Ich fasse es nicht, dass Mom und Dad tatsächlich behaupten, ich wäre weggelaufen – nach allem, was sie getan haben. Mit offenem Mund setze ich mich vorsichtig wie eine Hochschwangere auf eine der Stufen.

„Mr. Carter hat ausgesagt, dass Sie sich in der Nacht vor Julias Verschwinden ungebeten und unerlaubt in ihrem Zimmer aufgehalten hätten. Ist das richtig?"

„Nein, ich bin erst morgens gekommen, um nach ihr zu sehen."

„Und warum taten Sie das?"

Jeremy antwortet nicht, woraufhin der andere Beamte sich zu Wort meldet. „Mr. Houser! Mrs. Carter schilderte uns, dass ihre Tochter durch Ihren Einfluss alkoholisiert gewesen sei und Sie ihr gegenüber handgreiflich geworden wären, wäre Mr. Carter nicht dazwischengegangen."

„Das ist eine Lüge." Bestürzt schließe ich die Augen. Jetzt wälzen sie alles auf Jeremy ab.

„Wie erklären Sie sich dann die Verletzungen des Mädchens?"

„Vielleicht sollten Sie zuerst auf ihre Version warten, bevor sie mich verdächtigen. Wie erklären *Sie* sich denn die Tatsache, dass sie lieber hier bei mir bleiben will, wenn ich derjenige war, der sie verletzt haben soll?"

„Dazu gibt es mehrere Theorien. Der einzige Grund, weshalb wir Sie noch nicht in Gewahrsam genommen haben, *ist* der, dass wir auf Ms. Carters Aussage warten, doch wir brauchen auch von Ihnen Antworten. Wenn Sie sie uns diese nicht geben wollen, sehe ich mich gezwungen, Sie mit aufs Revier zu nehmen, um Sie dort einzuvernehmen. Verstehen Sie den Ernst der Sache?", beendet der eine Polizist seine Litanei.

Ich muss ihm helfen, die Geschichte klarzustellen, wie sie wirklich war. In dem Augenblick, da ich aufstehen will, kommt auch Claire durch die Türe und stößt zu den anderen ins Zimmer.

„Moment! Der Junge ist minderjährig und gilt als unschuldig, bis seine vermeintliche Schuld bewiesen werden kann. Sie dürfen froh sein, dass ich Sie so viele Fragen habe stellen lassen, ohne unseren Anwalt zuzuziehen. Also drohen Sie ihm bitte nicht“, mischt sich endlich Jeremys Vater ein. Sein Ton ist sachlich und souverän.

„Sie spielen im Footballteam, ist das richtig?“, will der zweite Polizist wissen, als wäre nichts gewesen. Das ist wohl, was sie unter der Methode „Guter Cop, böser Cop“ verstehen: ein Wechselspiel an freundlich formulierten Fragen und harten Anschuldigungen, um jemanden aus der Reserve zu locken.

„Nicht mehr“, antwortet Jer, wobei seine Stimme an der letzten Silbe nachgibt und er sich räuspert. Mein Herz blutet für ihn. Er hat das hier nicht verdient. Ich stehe auf und bringe die letzten Stufen hinter mich.

„Muss schwierig sein, die überschüssige Energie und Kraft, die sich in einem aufstauen, nicht mehr auf dem Feld auslassen zu dürfen.“

„Ist das jetzt Ihr Ernst? Mir mit diesem psychologischen Müll zu kommen, um mich auf welchem Weg auch immer dranzukriegen?“

„Wollen Sie damit sagen, dass kein Grund zur Sorge besteht, sollte ich mich in Ihrer Schule nach Ihrem Aggressionspotenzial umhören?“

Schweigen füllt für kurze Zeit den Raum.

„Ich möchte einen Moment mit meinem Sohn alleine sprechen, wenn Sie uns bitte entschuldigen.“

Hinter der Wand bleibe ich stehen, um meinen Mut zusammenzunehmen, hervorzutreten und ein für alle Mal reinen Tisch zu machen. Die Tür zur Küche wird geschlossen. Die Schritte von Jeremy und seinem Vater enden erst in dem Raum, der das Arbeitszimmer sein müsste.

„Ich werde dich jetzt genau einmal fragen, denn ich brauche eine ehrliche Antwort von dir, damit ich dich verteidigen kann. Hast du irgendetwas mit Julias Verletzungen zu tun?“

„Nein“, wispere ich.

„Nein! Ich habe sie nie angefasst. In keiner Weise“, antwortet er aufrichtig, betont.

„Weißt du, wer es getan hat?“

Schweigen. Ich nicke und wünsche mir irgendwo versteckt in meinem Herzen, dass Jeremy sein Versprechen doch bricht und mir damit die Bürde abnimmt, es erneut aussprechen zu müssen.

„Jeremy, wenn du etwas weißt, dann ist spätestens jetzt der richtige Zeitpunkt, es zu sagen.“

„Ich *kann* nicht. Es ist nicht *mein* Geheimnis.“ Jeremy klingt so ohnmächtig.

„Du wirst hier der Körperverletzung bezichtigt, verstehst du das? Wenn du der Polizei nicht sagst, wer es wirklich war, nehmen sie Julia mit, und es gibt nichts, was wir dagegen tun können.“

„Nein Dad! Das geht nicht. Du hast sie gesehen …“

Wie von selbst tragen mich meine Beine auf einmal ins Arbeitszimmer. Robert sieht mich als Erstes in der Türschwelle stehen und senkt seine in Ratlosigkeit hochgeworfenen Hände.

„Es war meine Mutter, und es war nicht das erste Mal. Es ist nur das erste Mal, dass es kein Zurück mehr geben wird.“

Ein paar Minuten oder Stunden, wie sie mir vorkommen, sagt niemand ein Wort. Jeremy sieht traurig auf den Boden, während sein Vater ein paar Schritte auf mich zugeht. Ich habe keine Ahnung, was er als Nächstes sagen wird. Das Warten macht mich schrecklich nervös.

Unerwartet legt er mir die Hand auf die Schulter, beugt sich etwas zu mir und sieht mich eindringlich an. „Danke, Julia. Es war sehr mutig von dir, mir das zu sagen. Wenn wir diese Information nun an die Polizei weitergeben, werden sie die Jugendwohlfahrt informieren. Damit wird ein schwerer Stein ins Rollen gebracht.“

Ich betrachte die Wand voller Auszeichnungen und Zeugnisse seitlich von ihm und frage mich, ob man mir ansehen kann, wie müde ich bin. Müde vom Streiten, müde vom Rechtfertigen, müde vom Lügen.

„Die wissen Bescheid.“

Robert richtet sich wieder auf und sucht erschüttert meinen Blick. „Wie war das?“

„Ich habe es bereits gemeldet. Zweimal.“

Jeremy

Julia hat sich nach dem Mittagessen wieder ins Bett gelegt. Sie sah blass aus, wobei sie beim Essen oder eher beim Verschlingen der Spaghetti kurzzeitig extrem lebendig wirkte, als wäre es ihre erste Mahlzeit seit Ewigkeiten gewesen. Claire ist dann mit ihr duschen gegangen. Zumindest war sie mit ihr im Bad, falls Jules sie brauchen sollte oder bestimmte Bewegungen nicht alleine ausführen konnte. Dad sagt, sie soll so viel Ruhe bekommen wie nur möglich und in ein paar Tagen, wenn der gröbste Schmerz abgeklungen ist, auch wieder regelmäßig an die frische Luft gehen.

Im Grunde haben wir alle keine Ahnung, was in den nächsten Tagen und Wochen auf uns und vor allem auf sie zukommt. Wenigstens war die Polizei einsichtig genug, Jules vorerst hier zu lassen, bis sie ihre Meldung bei der Jugendwohlfahrt überprüft haben. Die würden sich dann um alles Weitere kümmern, hieß es. Mal sehen, was das überhaupt bedeutet, denn auf Anschuldigungen auf ihre Kollegen reagieren die meisten nicht allzu verständnisvoll.

„Was passiert jetzt? Muss sie wieder zurück?“, frage ich meinen Dad, ohne den Blick von meinen ineinander verschränkten Händen zu nehmen. Ich liege ausgestreckt auf der Couch, Dad hat sich im Relaxsessel niedergelassen, in dem er das New England Journal der Medizin studiert. Er blättert ein letztes Mal weiter, ehe er die Zeitschrift auf seine Knie sinken lässt und sich mir seufzend zuwendet.

„Ich weiß es nicht, Jeremy. Die Geschichte ist kompliziert, und jeder Fall ist unterschiedlich. Wenn es sich tatsächlich so zugetragen hat, wie Julia die Sache geschildert hat, bringt das die Jugendwohlfahrt nun umso mehr in Zugzwang. Im Grunde ist es ja ein Fortschritt, Kinder nicht wie früher sofort aus dem gewohnten Umfeld zu reißen, sobald eine Meldung eintrifft, aber natürlich darf man jetzt weder zögern noch zweifeln. Da sehr deutlich Gefahr in Verzug ist, muss gehandelt werden."

„Das heißt, sie stecken sie ins Heim", schlussfolgere ich mit zusammengebissenen Zähnen.

„Das wird die letzte Alternative sein."

Die Frage ist nur, von wie vielen Möglichkeiten diese die letzte sein wird. Ich setze mich auf und drehe mich frontal zu meinem Dad. „Kann sie denn nicht bei uns bleiben?"

Dads Augenbrauen ziehen sich kurz zusammen, dann schüttelt er leicht den Kopf. „Jeremy, das geht nicht."

Enttäuscht schließe ich die Augen und ziehe eine Grimasse. „Weshalb? Wir haben etliche unbenutzte Zimmer in diesem Haus, und es geht nur um ein paar Monate, bis die Schule vorbei ist und sie sich etwas Eigenes finanzieren kann. Lebensmittel für sie werden wir uns ja wohl leisten können, und wenn nicht, dann streich eben etwas von meinem Taschengeld."

Dad schlägt die Zeitschrift zu und wirft sie ermattet auf den Couchtisch. Überfragt, wie er mit meiner Bitte umgehen soll, fährt er sich übers Gesicht. „Jeremy! Ich kann nicht einfach ein wildfremdes Mädchen bei uns wohnen lassen. Sie hat eine Familie. Die Behörde wird ihr Möglichstes tun, dort jemanden zu finden, der ihre Vormundschaft übernimmt."

„Welche Familie denn?", unterbreche ich lauter. „Ihr Bruder ist tot, ihre Mutter schlägt sie grün und blau und ihr Vater kümmert sich einen Dreck um sie. Jemand anderen hat sie nicht. Also wie viele Alternativen als das Heim bleiben ihr noch? Ich kann mir nicht vorstellen, dass irgendjemand in der Nähe eine Siebzehnjährige adoptieren möchte, damit sie die verbleibenden sieben Schulmonate weiterhin an unserer Highschool absolvieren kann."

„Wie gesagt, die letzte Alternative wird das Heim sein."

Verärgert werfe ich die Hände in die Luft. „Dann war all *das* umsonst." Mit meinem Zeigefinger deute ich auf das Esszimmer, den Tisch, auf dem Jules zerbrochener Körper gelegen war. „Der einzige Grund, weshalb sie die letzten Jahre hingenommen hat, war, eben nicht ins System gehen zu müssen. All die Schläge, die sie ertragen musste, all die Beleidigungen, die Verletzungen waren umsonst, wenn sie jetzt ins Heim muss."

„Es tut mir leid für das Mädchen …", beginnt Dad, und ich glaube ihm. Doch das reicht nicht.

„Das muss es nicht, Dad! Wir … Ihr könnt die Vormundschaft für sie beantragen. Sie kann hier bleiben, bis es für sie möglich ist, auf eigenen Beinen zu stehen. Sie hätte endlich das Leben, das eine Siebzehnjährige verdient, ohne täglich angeschrien, geschlagen und beschimpft zu werden."

„Hör mal, ich weiß nicht, was du für dieses Mädchen empfindest, aber ich kann es mir ungefähr vorstellen."

Ich widerspreche nicht oder weiche seinem prüfenden Blick aus. Im Moment ist es nicht angebracht, vor meinem Vater den Macho zu spielen oder zu versuchen, irgendetwas zu leugnen. Mehr noch, wenn es irgendwie hilft, erzähle ich ihm sogar in aller Ausführlichkeit von meinen Gefühlen für sie, doch etwas in seinen Augen verrät mir, dass es besser wäre, nicht ins Detail zu gehen.

„Ich verstehe deine Sorge um sie, und es ehrt dich, aber ich halte es nicht für klug, meinen Sohn mit einem Mädchen, das ich erst seit ein paar Stunden kenne und mit solch einer Geschichte behaftet ist, unter einem Dach wohnen zu lassen."

„Erstens: Was bitte hat ihre *Geschichte* mit ihr persönlich zu tun? Die sucht sich niemand aus. Und du bist normalerweise der Letzte, der jemanden nach seiner Vergangenheit verurteilt." Ich hebe bedeutungsvoll eine Augenbraue, damit er versteht, worauf ich hinauswill. Meine Kindheit war auch nicht perfekt. Meine Mom hat uns verlassen, über den Kopf meines Vaters hinweg entschieden, ihn mit mir alleine zu lassen, und uns damit vor vollendete Tatsachen gestellt. Das macht jedoch weder ihn noch mich zu einer weniger wertvollen Person. Diesen Satz hat er mir als Kind beinahe jede Nacht zugeflüstert, bis ich aufhörte, nach ihr zu fragen.

„Zweitens: Ganz ehrlich, Dad, denkst du nicht, wir könnten etwa eine Billiarde anderer Orte finden, um das zu tun, was du *denkst,* das passieren *könnte, wenn wir unter demselben Dach leben?* Dazu brauche ich ganz sicher nicht unter dem gleichen Dach zu wohnen. Aber auch darüber brauchst du dir keine Sorgen zu machen. Sie weiß ja nicht einmal, was ich für sie empfinde. Mit Julia ist es anders."

„Das freut mich aufrichtig zu hören, mein Sohn. Trotzdem ändert es nichts an meiner Meinung."

Genervt greife ich mir an die Stirn. „Gut, dann ziehe ich eben aus. Ich bin in ein paar Wochen achtzehn und kann mir eine eigene Wohnung leisten. Du kannst mich unterstützen, oder ich zapfe eben mein Sparbuch an. Mir egal."

Dad sieht mich missbilligend und augenrollend an. „Mach dich nicht lächerlich. Das kommt gar nicht infrage."

„Max! Ich ziehe inzwischen zu ihm, wenn euch das lieber ist. Wie auch immer lasse ich bestimmt nicht zu, dass sie umsonst gekämpft hat."

„Jetzt warten wir erst einmal ab, was das Jugendamt sagt."

Wie unter Strom stehe ich auf. „Ugh, Dad! Wir wissen beide, was sie sagen werden. *Jetzt* müssen wir darüber sprechen, nicht dann, wenn es bereits entschieden ist."

„Jeremy, es reicht! Ich werde dieses Thema nicht weiter mit meinem Sohn besprechen, der die Dinge momentan nicht objektiv sieht. Wir werden uns etwas einfallen lassen. Ich werde helfen, wo ich kann, aber vorerst ist dieses Gespräch beendet."

Frustriert stoße ich einen Seufzer aus, ringe mit mir, meinen Mund zu schließen, ehe ich etwas Beleidigendes sage. Zur Decke blickend drehe ich mich um und verschwinde nicht nur aus dem Wohnzimmer, sondern mit meinen Autoschlüsseln aus dem Haus.

„Ich muss dringend irgendetwas tun, sonst werde ich noch wahnsinnig“, erkläre ich Max, als wir aus der Umkleidekabine in den Trainingsraum marschieren.

„Alles klar. Cool, dass du wieder dabei sein kannst.“

„Ja, aber ich bin extrem eingeschränkt, was mein Bewegungsausmaß angeht.“ Ich reiche ihm den Zettel meines Physiotherapeuten, auf dem er die bestmöglichen Übungen für mich notiert hat. „Allein von den Gewichten her werde ich lange nicht ansatzweise dort sein, wo ich vorher war. Seit ich nur mehr zu Hause herumsitze, habe ich drei Kilo verloren.“

Max pfeift belustigt durch die Zähne und drückt mir den Zettel gegen die Brust, bis ich ihn zurücknehme. „Na, und? Sei froh, dass du nicht drei zugenommen hast, du Couch Potato, und hör auf rumzuheulen. Lass uns einfach sehen, was geht. Wenn deine Schulter sich zu Wort meldet, machen wir Pause.“

Abgesehen von den langweiligen Thera-Band-Übungen und den Liegestützen, die ich auch in meinem Zimmer mache, arbeite ich mit zwei Kilogramm Hanteln weiter an der Kräftigung meiner Schulter, ohne den Arm dabei um mehr als neunzig Grad zu heben oder zu drehen. Die meisten Übungen, für die ich früher in den Trainingsraum gegangen bin, die auf meine Wurfkraft abzielten, fallen flach, da sie das Gelenk viel zu sehr belasten würden. Also konzentriere ich mich auf meinen Bauch und die Beine. Anspruchsvollere Einheiten werde ich erst nach Weihnachten absolvieren können. Trotzdem fühlt es sich gut an, sich wieder einmal auszupowern.

„Meinst du, dein Dad lässt sich noch umstimmen?“, fragt Max, als er sich unter die Langhantelbank legt und die Stange umfasst. Schweigend warte ich, bis er seine fünfzehn Wiederholungen gedrückt hat, und helfe ihm dann, die Stange zurück in die Halterung zu legen.

„Ich weiß es nicht. Mann, ehrlich gesagt weiß ich ja selber nicht, ob es eine gute Idee wäre, wenn sie bei uns einzieht, aber im Stich lassen kann ich sie auf keinen Fall.“

„Ich könnte mit Mom reden, wenn du willst. Fragen, ob sie zumindest bei uns schlafen kann. Nur, wenn ich das tue, kann ich nicht dafür garantieren, dass nicht bald die ganze Nachbarschaft und damit auch die Schule davon weiß. Du kennst ja meine Mom“, meint er augenverdrehend und stemmt weitere fünfzehnmal die Langhantel. Ich lasse mir seinen Vorschlag einige Sekunden durch den Kopf gehen, verwerfe ihn dann jedoch.

„Danke, Max, aber warte bitte noch damit, bis ich nochmals mit Dad gesprochen habe. Ich möchte vermeiden, noch mehr Leute in die Sache hineinzuziehen, als bisher bereits beteiligt sind. Außerdem bin ich nicht sicher, ob ihr solch ein geringer Abstand zu ihren Eltern nicht eher schaden als helfen würde.“

Max schüttelt seine Arme aus, und dehnt seinen Nacken.

„Wie war es gestern an der UMass?“, frage ich, um das Thema zu wechseln.

„Ich habe mit dem Coach dort gesprochen. Er meinte, er hätte sich für dein Stipendium weit aus dem Fenster gelehnt, denn eigentlich hatten sie die Anzahl an verfügbaren Stipendien für das kommende Jahr bereits vergeben. Deswegen kann er mir auch keines anbieten. Er meinte, meine Agilität und Schnelligkeit wären noch ausbaufähig, aber trotzdem weit besser als jene der meisten Spieler, die zu ihm ans College kommen. Ich musste mir die Frage verkneifen, weshalb die ganzen Stipendien für Wide Receivers dann schon verpulvert wurden.“ Er verdreht die Augen und tippt sich mit dem Zeigefinger an die Stirn.

„Jedenfalls war ich froh, ihm meine Eckdaten und die Empfehlung von Coach Clay geben zu können, denn ich hätte all die Dinge, die er wissen wollte, wahrscheinlich gar nicht beantworten können. Im Endeffekt hat er mich als bevorzugten Walk-on auf die Liste gesetzt und gemeint, mein Platz im Team wäre ab März so gut wie sicher, sollte sich bis dahin nichts Gravierendes ändern. Das bekomme ich dann auch schriftlich. Ich muss mir also zumindest im ersten Jahr, vielleicht auch im Zweiten, die Studiengebühren selbst finanzieren. Wenn ich gut bin, kann ich immer noch ein Stipendium kriegen.“

„Cool, Mann! Auf jeden Fall wirst du Football spielen können, und die UMass spielt in der Division I. Das sind super Voraussetzungen.“

„Eben, und sieh dir beispielsweise Jordy Nelson an. Der war auch *nur* ein Walk-on und spielt jetzt bei den Packers“, erklärt er, Bestätigung suchend.

„Oder Jared Abbrederis. Santana Moss spielte bei den Dolphins“, ergänze ich.

„Wenn ich es irgendwie schaffe, trotz des Trainings arbeiten zu gehen, kann ich mir die fünfzehntausend Dollar pro Jahr leisten. Ich müsste aber genau wie Lucy weiterhin zu Hause wohnen, sonst wären es fünfundzwanzigtausend Dollar, und die werden nicht drin sein.“

Ich weiß, auch ich sollte langsam in die Gänge kommen, mir zu überlegen, wo ich was machen will. Doch all das wirkt immer noch so weit weg.

Ebenso wie die Nacht zuvor erwache ich um kurz vor halb zwei Uhr morgens durch das Geräusch, das ich als Julias Klopfen von der anderen Seite meiner Zimmerwand wahrnehme.

Es ist lediglich ein kurzes, schwaches Geräusch, das genauso ein einfaches Kratzen oder Streifen ihrer Hand an der Wand sein könnte.

Obwohl ich wirklich nicht viel Schlaf bekomme, seit Julia nun insgesamt die dritte Nacht im Nebenzimmer schläft, bin ich jetzt hellwach und spüre, wie mein beschleunigter Puls mit jeder Minute der Stille langsam abebbt. Konzentriert starre ich auf die Mauer, bis ich mir über das Gesicht und durch die Haare fahre, überzeugt, mich mal wieder getäuscht zu haben.

Gerade als ich mich zurück in meinen Polster fallen lasse, höre ich einen dumpfen Schlag gegen die Wand, gefolgt von einem lauten, klirrenden Geräusch und einem gedämpften Schrei. Augenblicklich schieße ich hoch und stürme aus meinem Zimmer in den Gang. Noch bevor ich Julias Türe öffnen kann, steht auch Claire im Flur vor ihrem Schlafzimmer und schaltet das Licht an.

„Hast du das gehört?"

„Ich sehe nach ihr und kümmere mich darum, Claire. Sollte ich etwas brauchen, melde ich mich. Geh wieder ins Bett", versuche ich sie zu beschwichtigen. Inzwischen vernehme ich leises Schluchzen und Wimmern aus dem Raum vor mir und warte angespannt auf Claires zögerliches Nicken, ehe ich endlich zu Julia gelange. Als ich in den Raum trete, sehe ich sofort die Ursache für das laute Geräusch, denn Julia hat wohl im Schlaf meine Nachttischlampe umgeworfen. Der Ständer ist heil, doch der Schirm ist zerrissen, und Scherben der Glühbirne liegen auf dem Boden ringsum verteilt.

Julia hingegen liegt abgedeckt, zitternd mit angewinkelten Beinen an die Wand gepresst, die Hände über den Ohren, die Augen zusammengekniffen. All die Gefühle von Sonntagnacht kommen bei diesem Anblick wieder in mir hoch; diese Wut über meine Ohnmacht, Hilflosigkeit, Frust und Schmerz, weil ich es nicht ertrage, dass es ihr schlecht geht.

„Julia!“, rufe ich, wobei ich keine Ahnung habe, ob sie noch schläft oder wach ist.

„Helft ihm!“, nuschelt sie in ihren Arm, den sie fest gegen ihren Mund gepresst hält. Ihre Hände drückt sie fest an ihre Ohren, die Nägel in die Kopfhaut gekrallt. Die Verzweiflung in ihrem Ton bringt mich um. Sie hat panische Angst.

„Es ist nur ein Traum, mach die Augen auf!“, flehe ich und greife nach ihren Armen, um sie daran zu hindern, sich zu verletzen. Sie ballt ihre Hände zu Fäusten und versucht krampfhaft schluchzend mich von sich zu drücken.

„Fass mich nicht an!“, würgt sie atemlos hervor.

Bitte wach auf!

„Jules! Ich bin’s, Jeremy. Du bist in Sicherheit.“

Endlich reißt sie die Lider auf. Erstaunen, Verwirrung, Verzweiflung, Angst, Erleichterung, Scham spiegeln sich in ihren weit aufgerissenen, fast schwarzen Augen, unter denen dunkle, blutergussähnliche Schatten liegen.

„Hey!“, flüstere ich und streiche ihr zärtlich die Haare aus dem Gesicht. Unter stotternden, hustenden Atemzügen sieht sie sich heftig blinzelnd im Zimmer um, ehe ihr wilder Blick endlich meinen findet und sich darin verankert.

„Du bist okay!“ Meinen lächerlichen Versuch ihr gut zuzureden kaufe nicht einmal ich mir ab. Sie ist absolut nicht okay, ebenso wenig wie ich. Mein Magen fühlt sich an, als wäre er gerade getreten worden.

Ihre feuchten, zitternden Hände umfassen meine noch fester, während ihr trauriger, wüster Blick durch Tränen verschleiert wird, die kurz darauf an den Seiten ihrer Wangen herabfließen. Mein Herz bricht.

„Nein …“, schluchzt sie atemlos, die Augen presst sie zusammen. Ihr lautloses Weinen ist so bitter, dass es mir selbst Flüssigkeit in die Augen jagt. Nie in meinem Leben musste ich Schmerz wie ihren erleben, erdulden, doch im

Moment fühlt es sich an wie mein eigener. So schrecklich hoffnungslos.

Ich tue das Einzige, wozu ich gerade imstande bin und nehme sie in den Arm. Sie lässt sich von mir halten, stützen, schlingt ihre Arme um meinen Nacken, klammert sich an mein Shirt und legt ihren Kopf auf meine Schulter. Meine Lippen senken sich auf die Beuge ihres Halses.

„Atme!“, flüstere ich in ihre Haut. „Ich bin bei dir.“

Langsam spüre ich, wie sich ihre Muskeln etwas entspannen. Ich fühle ihr rasendes Herz an meiner Brust, konzentriere mich auf meine Atmung, warte bis Jules sich ihr anpasst. So bleiben wir sitzen, bis sie etwas zusammensinkt und sich stöhnend von mir zurückzieht. Ihre Hand wandert zu ihren Rippen. Sanft unterstütze ich sie mit einer Hand auf ihrem Rücken und der anderen unter ihrem Kopf, damit sie sich wieder hinlegen kann. Ich selbst drehe mich etwas von ihr weg, um mich zu sammeln, zu verarbeiten, was ich gerade gesehen habe.

„Weshalb …“, stottere ich unbeholfen und schlucke hart, ohne den Kopf zu heben. „Ich meine, kannst du erklären, warum du so … verzweifelt warst, als du die Situation begriffen hast? Habe ich etwas Falsches gesagt?“

Einige Sekunden vergehen, bis sie mit zwei Fingern leicht an meinem Ärmel zupft, um mich dazu zu bewegen, mich umzudrehen und sie anzusehen. Ihre Augen sind verquollen, und etliche rote Stressflecken übersähen ihr schönes Gesicht.

„Meine Träume sind sehr … real, verstehst du?“ Sie wendet den Blick von mir ab und starrt stattdessen an die Decke, kopfschüttelnd. „In meinem Unterbewusstsein rekonstruiere ich ständig seinen Unfall. Natürlich immer in abgewandelter Form, da ich ja nicht dabei war. All die Bilder und die Emotionen von damals kommen wieder in mir hoch und vervielfältigen sich durch die Tatsache, dass ich untätig zusehe, wie er neben mir stirbt."

Mühevoll greift Jules nach der Decke und zieht sie sich bis ans Kinn, ehe sie sich eine weitere Träne von der Wange wischt. „Wenn ich dann also aufwache, im Vertrauen und in der Erwartung, ihn neben mir oder zumindest bei mir zu finden, ist es umso schmerzlicher festzustellen, dass das, was eben damals tatsächlich *nur* ein Traum war, bittere Wahrheit geworden ist. Er ist nicht mehr bei mir und kommt auch nie mehr zurück."

Unwillkürlich greife ich nach ihrer Hand und ziehe diese zu mir, während ich mich auf den Boden neben ihr sinken lasse. Mit meinem Daumen streichle ich ihre Finger. Ob ich es tue, um damit in erster Linie sie oder mich selbst zu beruhigen, sei dahingestellt.

„Man würde meinen, nach zwei Jahren müsste ich schon erwachsener damit umgehen, nicht wahr?", bemerkt sie beschämt.

„Finde ich nicht. Du hast das Recht zu trauern."

Wir schweigen einige Minuten, während meine Hand nach wie vor über ihre streift. Dann bläst Jules Luft aus.

„Ich fasse es nicht, dass sie ernsthaft versucht haben, dich als Schuldigen hinzustellen. Wie konnten sie glauben, damit durchkommen zu können?"

„Schätze, sie kennen dich noch weniger als erwartet", antworte ich beherrscht, obwohl ich immer noch unendlich geladen darüber bin, dass sie uns die Polizei aufgehetzt haben. Diese Dreistigkeit bringt mich zum Kotzen, denn eigentlich müssten sie Jules auf Knien anflehen, ihnen zu verzeihen, statt die Schuld wieder abzuwälzen.

Jules zieht die Bettdecke an sich. „Ich habe heute Nachmittag mit Grace telefoniert."

„Wie geht es ihr?"

Sie zuckt mit der Schulter. „Den Umständen entsprechend, schätze ich. Die Beinquetschung ist wohl schmerzhafter als der gebrochene Arm. Und ihre Nase bringt sie um, aber sie ist tapfer. Sie wird es durchstehen. Die Psychologen gehen ihr mit ihren detaillierten Fragen am meisten auf die Nerven."

Grace tut mir sehr leid. Auch sie hat Schreckliches erlebt, aber in völlig anderem Ausmaß. Jetzt, wo ich auch ihre Geschichte kenne, stelle ich mir öfter die Frage, wie viele Menschen mit unsichtbaren Narben durch die Welt gehen und nie gesehen werden. Denen vielleicht nie geholfen wird? Wie lange erträgt man solch ein Leben? „Denkst du nicht, dass die ihr helfen können?"

„Ich glaube, was ihr wirklich helfen wird, ist Abstand. Ein letzter Neuanfang, weg von hier."

„Sie geht weg?"

Julia blickt wieder zur Decke und schließt dann die Augen. „Gesagt hat sie es noch nicht, aber ich wüsste nicht, was sie sonst tun sollte. Maggie und deren Mom aus Seattle sind bereits hier. Bei ihnen hat sie auch nach dem Tod ihrer Eltern gewohnt. Ich kann mir vorstellen, dass sie sie gleich mitnehmen werden, wenn sie entlassen wird."

„Tut mir leid, Jules." Grace ist Jules' einzige enge Freundin. Es wird schwer für sie werden, sie gehen zu lassen.

„Ich habe dir Antworten versprochen", unterbricht Jules meine Gedanken.

Verwirrt sehe ich zu ihr auf, bis ich verstehe, was sie meint.

„Du musst jetzt nicht …"

„Schon gut", quittiert sie meinen Einspruch und holt Luft. „Mein Dad hat mich zum ersten Mal geschlagen. Am Sonntag. Er hat sich auf Korruption eingelassen, nachdem mein Bruder gestorben war. Als sie Graces Onkel Greg anzeigen wollte, weil er sich an ihr vergangen hatte, hat er sich von ihm bestechen lassen, seinen Mund zu halten. Deswegen bin ich nach Hause gegangen. Ich musste ihn damit konfrontieren, denn ich habe nur mehr rot gesehen. Er war ebenso erschrocken wie ich, nachdem er zugeschlagen hatte, aber Mom übernahm ohnehin für ihn.“ Dann erzählt sie mir den Rest dieser grauenhaften Geschichte. Während Jules sich an diese Nacht erinnert, drückt sie immer wieder unbewusst meine Hand, wobei mein Beschützerinstinkt für sie neue Ausmaße annimmt.

Als sie fertig ist, habe ich meinen Kopf in meiner Armbeuge vergraben und halte damit etliche angebrachte, aber wahrscheinlich verletzende Bemerkungen über ihre Eltern zurück.

„Danke fürs Erzählen“, äußere ich mich schließlich.

„Danke für das wertfreie Zuhören“, gibt sie zurück. Kurz bewege ich den Kopf nach oben, um ihr meinen Gesichtsausdruck zu zeigen, denn als wertfrei würde ich meine Gedanken momentan nicht bezeichnen. Ich bin sauer, und zwar furchtbar. Ich will ihre Eltern endlich dafür anzeigen, was sie ihrer Tochter antun, aber ich weiß, es wäre momentan die falsche Vorgehensweise. Diese Entscheidung muss Jules selbst treffen.

„Ich werde morgen etwas später nach Hause kommen, genauso wie die drei Wochen danach“, erkläre ich ihr, sehe sie dabei jedoch immer noch nicht an. Ich will nicht, dass sie die Wut sieht, die weiterhin in mir kocht.

„Okay. Wieso?“

„Hatte eine kleine Auseinandersetzung mit O’Mally.“

„Oh. Kann es sein, dass die etwas mit Freitag zu tun hatte?“ Ihre Worte klingen amüsiert. Diese Andeutung von Spott nehme ich gerne in Kauf, wenn es bedeutet, dass sie wieder lächeln kann.

„Spielt keine Rolle. Er ist ein Idiot. Jedenfalls muss ich jetzt nach der Schule erst zur Physiotherapie und danach eine Stunde nachsitzen.“

Letztlich sprechen wir über belanglose Dinge wie Mr. Bernstein, der es wohl irgendwie vermisst, von Jules ausgebessert zu werden, da er gestern ständig unbewusst zu ihrem Tisch gesehen hat. Oder Mrs. Ferguson, die unser Referat nun mit einer schlechten Eins beurteilt hat.

Als Jules einschläft, ist es kurz vor fünf, wie mir der Blick auf die Uhr verrät. Ungläubig unterdrücke ich ein Lachen, als ich mir die Minuten bis zum Läuten meines Weckers ausrechne.

Ich beschließe, meine Zimmertüre offen zu lassen, bevor ich ins Bett gehe. Nur für den Fall. Weil ich selbst nun aber absolut nicht mehr fähig bin zu schlafen, greife ich nach meinem Handy und scrolle einmal mehr über die Statusmeldungen meiner Facebook-Freunde. Die Augen verdrehend, drücke ich schließlich auf das weiße Nachrichtensymbol und lese die Message von Katherine, welche sie um halb ein Uhr morgens geschrieben zu haben scheint.

Hast du schon entschieden, wo wir uns treffen?

Brummend schlage ich mir gegen die Stirn. Ich kann nicht ewig vor ihr weglaufen. Irgendwann muss ich mich ihr stellen und mir anhören, was sie mir zu sagen hat. Trotzdem ist ihr schlechtes Timing unvergleichlich.

Vorerst habe ich mich vor allem mal entschieden, dich ***überhaupt*** *zu treffen! Aber nicht dieses Wochenende, bei mir ist grad die Hölle los. Falls du also deinen Besuch von mir abhängig machst, bleib lieber, wo du bist. Ich melde mich, wenn es etwas ruhiger ist.*

P.S.: Ich hoffe echt für dich, du verarschst mich nicht!

Ich klicke die Nachrichten wieder weg, um auf meine Startseite zu gelangen und ein paar Fotos vom letzten Spiel meines Teams durchzublättern, als das kleine rote Kästchen mit der weißen Eins in meiner Nachrichtenbox erneut aufscheint.

Ernsthaft? Schläft dieses Mädchen eigentlich irgendwann?

Oh ... wie großzügig von dir, dich auch mal zu melden! Glaub mir, scharf bin ich auch nicht gerade auf dieses Treffen, aber manche Dinge lassen sich eben nicht ewig aufschieben. Also sieh zu, dass du dein Leben bald auf die Reihe bekommst!!! Das hier wird es nicht unbedingt einfacher machen ...

Toll! So viel zu meinen verbleibenden siebenundneunzig Minuten Schlaf.

KAPITEL 3

Julia

Ich habe den Tag größtenteils alleine in Jeremys Elternhaus verbracht. Robert ist seit der Früh arbeiten, und Claire trat am frühen Nachmittag ihre Schicht im Krankenhaus an. Es ist eigenartig, mich alleine in diesem Haus zu bewegen. Claire hat zwar mehrmals betont, ich solle mich wie zu Hause fühlen, und auch wenn ich weiß, wie sie das meinte, wird mir bei dem Gedanken an mein eigenes Zuhause flau im Magen. Habe ich mich denn dort je Zuhause gefühlt? Mehr wie ein Störfaktor, ein ungebetener Gast. Ich mag meine Zeit dort verbracht haben, angekommen und wohl fühlte ich mich jedoch nie.

Nun ist es wunderbar, dass diese Familie mir so vertraut, doch gleichermaßen seltsam, mich in einem fremden Haus alleine aufzuhalten. Die meiste Zeit sitze ich daher im Bett oder am Schreibtisch und lese eines der vielen Bücher, welche Claire mir geborgt hat. Den Fernseher in meinem Zimmer schaltete ich kurzzeitig ein, konnte mich aber für keines der Programme so recht begeistern. Geschlafen habe ich nach dem Mittagessen, weil mir die letzte Nacht wieder mehr Kraft und Ruhe geraubt hat, als mir lieb war. Jeremy ist so extrem geduldig mit mir, was ich ihm sehr hoch anrechne, aber gleichzeitig schäme ich mich dafür, vor ihm ständig so hilfsbedürftig und armselig zu erscheinen. Ich weiß, es stört ihn *noch* nicht, aber es stört mich, und ich muss mich endlich zusammennehmen.

Das plötzliche Klingeln an der Türe lässt mich zusammenfahren und reißt mich aus meinen Gedankengängen.

So schnell es eben geht, ziehe ich beim Hinuntergehen die Joggingweste über das weiße Trägertop und öffne die Tür, in der Annahme, es wäre Jeremy. Doch Max steht vor mir, einen Donut in der linken Hand, seine Jacke in der rechten.

„Oh, hey!“, töne ich überrascht. Die bezuckerten Finger der Donuthand hebt er zur Begrüßung in einem scherzhaften Salut an seine Schläfe.

„Ähm, Jeremy ist nicht hier.“

„Ich weiß, der muss ja deinetwegen nachsitzen“, meint er zwinkernd. Dann verdreht er die Augen. „Also, eigentlich seinetwegen, weil er so bescheuert war, vor dem Rektor auszuflippen. Aber immerhin für deine Ehre“, setzt er nach, und ich spüre, wie meine Wangen rot werden.

„Ich bezweifle, viel mehr wissen zu wollen als das“, gestehe ich, meine Haare hinters Ohr kämmend.

„Na ja, jedenfalls bin ich sowieso deinetwegen hier. Darf ich reinkommen?“ Bevor er noch eine Antwort erhält, steht er bereits im Vorzimmer und schließt die Tür, weil er bemerkt, dass ich im Luftzug friere. Er streift seine Schuhe ab und wirft die Jacke achtlos darauf.

„Habe mir gedacht, dir würde höchstwahrscheinlich langweilig werden in diesem monströsen Haus, und bin nach dem Training hergeeilt, um dich mit der besten Gesellschaft, die dir je unterkommen wird, aus deiner Misere zu befreien.“

Selbstbewusst marschiert er schnurstracks in die Küche. Verwirrt latsche ich ihm hinterher, bis ich beim Küchentresen stehen bleibe und mich dagegen lehne.

„Okay?!“, gebe ich schließlich von mir, nicht sicher, ob das lediglich als Kommentar oder doch eher als Frage gemeint war. Max regiert jedoch nicht, sondern nimmt sich ausgerechnet Milch aus dem Kühlschrank und beginnt direkt aus der Packung zu trinken. Mit offenem Mund, ehrlich gesagt, auch ein kleines bisschen angeekelt, weil ich dieselbe Milch für mein

Frühstücksmüsli genommen habe, sehe ich diesem beinahe eins neunzig großen, muskelbepackten Jungen in der Trainingshose und einem Ninja-Turtles-Shirt dabei zu, wie er es anstellt, sich hier tatsächlich wie daheim zu benehmen.

„Also das nenne ich mal verhaltensoriginell. Da bekommt der Begriff Milchbubi eine weit witzigere Bedeutung."

Max grinst seitlich und stellt die Verpackung dann mit einem zufriedenen Laut zurück in den Kühlschrank, ehe er sich den Milchbart vom Mund wischt. Das bringt das Fass für mich zum Überlaufen. Ich pruste los.

„Siehst du, Mission erfüllt. Du lachst. Und das bereits nach fünfundachtzig Sekunden." Er klopft sich selbst auf die Schulter.

„Wer bist du? Victor Cruz?", bringe ich unter Schmerzen hervor. Lachen ist momentan nicht so gut.

Max zieht die Augenbrauen zusammen und legt den Kopf schief. *„Du* kennst Victor Cruz?" Seine Frage klingt mehr wie eine Feststellung.

„Machst du Witze? Ihr habt sein Gesicht mit dem Milchbart für diese Posterkampagne wochenlang im Freizeitraum als Dartscheibe benutzt, als sie herauskam."

Max stößt ein hyänenartiges Lachen aus. „Schon, aber das bedeutet ja noch lange nicht, dass du weißt, wer der Kerl ist."

„Nachdem ich ihm bei einem Wurf mit dem Pfeil ein Auge ausgestochen hatte, dachte ich, es wäre nur fair zu wissen, wen ich da auf dem Gewissen hatte. Hat mich nicht sonderlich überrascht herauszufinden, dass euer Groll gegen ihn auf das Super Bowl Spiel 2011 zurückzuführen war." Das war jenes Spiel, von dem wir alle gezwungenermaßen noch Monate im Nachhinein hörten, da die Patriots von den New York Giants geschlagen worden waren. Sogar Josh war deswegen genervt, obwohl ihn Sport sonst absolut null interessierte.

Das Auge habe ich dem Typen letztes Jahr beinahe mit dem Pfeil entfernt, als ich ihn mitten in die Pupille traf. Ich hatte dringend ein Ventil zum Frustabbau gebraucht. Mein damaliger Nachhilfeschüler war in dem Moment der einzige Zeuge im Raum und mein Ausbruch spornte ihn an, mir danach genauer zuzuhören.

„Das mit dem Auge warst du? Ich bin beeindruckt und etwas schockiert. Dachte immer, derjenige hätte gemogelt und aus der Nähe auf ihn eingestochen." Er überlegt kurz und schürzt die Lippen. „Erinnere mich daran, mich bei dir nicht unbeliebt zu machen."

Max schließt den Kühlschrank und beugt sich über den Tresen. Dabei wird sein Blick ernster. „Okay, genug Smalltalk. Jeremy hat erzählt, dass du Grace noch nicht im Krankenhaus besuchen konntest. Wird langsam Zeit dafür, würde ich mal sagen, oder?"

Ich schlucke den sich formenden Kloß in meinem Hals hinunter. Er hat recht, es drängt, denn ich habe keinen Schimmer, wie viel Zeit mir noch mit ihr bleibt. Gleichzeitig möchte ich den Besuch am liebsten hinauszögern, weil ich nicht hören will, dass meine beste und eigentlich einzige Freundin tatsächlich gehen wird. Ich nicke, woraufhin er sich wieder auf den Weg zur Tür macht.

„Gut, dann pack dich zusammen, Mädchen. Wenn wir Glück haben, bringt uns mein Auto danach sogar wieder nach Hause."

„Ich habe nicht wirklich was zum Umziehen da", erkläre ich, an mir herabsehend. Meine einzige Kleidung kommt zum Umziehen momentan wegen der Schmerzen nicht infrage.

„Wen juckt das? Der sportliche Look steht dir. Außerdem fahren wir nicht zu einer Modenschau. Hier!" Er wirft mir eine von Jeremys Jacken zu. „Du wirst zwar darin schwimmen, trotzdem ist es besser als nichts."

Ich bin Max sehr dankbar dafür, dass er mit keinem Wort erwähnt und keinem Blick andeutet, was er mittlerweile über mich weiß. Er behandelt mich nicht mitleidsvoll oder herablassend, sondern spricht genauso mit mir, wie er es auch vorher getan hat. Frech, ehrlich und unabhängig wie auch unbeeindruckt davon, was andere an der Schule von mir denken.

Als ich in Graces Krankenzimmer eintrete, sitzt Maggie mit ihr im Bett. Sie sehen sich einen Film an. Beim Geräusch der Türklinke springt Maggie beinahe von der Matratze, entspannt sich dann aber wieder, als sie mich erkannt hat.

„Wow, du hast mich erschreckt. Dachte, die Drachenschwester wäre schon wieder hereingekommen, um mich zu verscheuchen“, lacht sie.

„Ich soll eigentlich nicht fernsehen, und auf meinem Bett sitzen darf auch niemand. Ich denke, ihr wäre es am liebsten, ich würde vierundzwanzig Stunden am Tag schlafen, damit ich schneller hier rauskomme“, ergänzt Grace. Ich lächle, weil ich mir vorstellen kann, von welcher Krankenschwester sie sprechen. Die durfte ich ja bei meinem ersten missglückten Versuch Grace zu sehen, selbst kennenlernen.

„Du siehst scheiße aus“, platzt Grace heraus. Sie fährt mit dem Finger über mein Gesicht und senkt die Augenbrauen. Sie selbst sieht nicht besser aus mit ihren dunkelroten und violetten Veilchen unter den Augen, dem Tape über der Nase und den Schrammen im Gesicht. Beim Gedanken an ihre seelischen Verletzungen sind die äußerlichen jedoch zweitrangig. „Wie bist du hergekommen?“

„Max hat mich hergebracht. Er sitzt draußen und wartet.“

Grace reißt die Augen auf und zieht unwillkürlich die Decke weiter zu sich.

„Max? Der süße Typ von Halloween?“, will Maggie wissen. Grinsend nicke ich. „Yay! Dann lass ich euch zwei erst mal alleine und leiste dem Guten etwas Gesellschaft.“ Maggie zwinkert Gracie beschwichtigend zu, damit sie weiß, dass sie nur scherzt. Natürlich kennt sie Gracies Gefühle für den Jungen.

Nachdem sie zur Tür hinaus ist, setze ich mich an Gracies Seite und studiere ihr Gesicht. „Wie geht es dir? Was sagen die Ärzte?“

„Ich beiße mich durch. Ich werde ein bisschen Reha machen müssen, aber alles in allem hatte ich einen wachsamen Schutzengel.“ Sie wendet kurz ihren Blick ab und presst die Lippen zusammen. Wie sie mit Gregs Tod umgeht, brauche ich sie nicht zu fragen. Die Schuldgefühle werden wahrscheinlich noch lange bleiben.

„Es tut mir so leid für dich, was passiert ist, J. Ich weiß gar nicht, was ich dazu sagen soll.“

„Hey! Bitte hör auf damit, die Schuld für alles bei dir zu suchen. Ich bin froh, dass du es mir erzählt hast.“ Okay, das entspricht nicht ganz der Wahrheit, noch schlimmer wäre es aber gewesen, ich hätte es von jemand anderem erfahren.

„Jeremys Familie kümmert sich vorerst gut um mich.“

„Vorerst“, wiederholt sie flüsternd. „Und dann?“ Langsam hebe ich die Schultern und starre währenddessen auf die Rosen, die Maggie ihr mitgebracht haben muss.

„Dann werde ich sehen, ob ich mir etwas Eigenes suchen kann. Ich nehme ja mal stark an, dass das Gericht mir jetzt erlauben wird, mich von meinen Eltern zu emanzipieren.“

„Brich ja nicht die Schule ab, hörst du?“, warnt sie eindringlich.

„Habe ich nicht vor. Ich werde schon klarkommen. Mach dir keine Sorgen.“ Es reicht, wenn ich mir welche mache …

Für die nächste Frage brauche ich viel Überwindung. „Du gehst zurück nach Seattle, habe ich recht?“ Graces blaue Augen bohren sich in meine, während sie die Augenbrauen zusammenzieht und in Zeitlupe nickt. Auch ich nicke, als Zeichen, dass ich verstehe. Verstehe, was sie sagen will, und warum sie das tun muss. Trotzdem fällt es mir unglaublich schwer, es zu akzeptieren.

„Wann?“

„Am Freitag werde ich entlassen.“

Ich beuge mich vor und lege meine Stirn gegen ihre. „Dann werde ich versuchen, dich jeden Tag bis dahin zu besuchen.“

„Okay. Und jetzt lass uns nicht mehr darüber sprechen. Hol bitte die zwei anderen herein, bevor ich eifersüchtig werden muss.“ Ein Lächeln umspielt ihre Lippen, als sie zwinkert. Ich küsse sie auf die Stirn, bevor ich hinaus in den Gang spähe, wo Max und Maggie sich gerade unterhalten.

Den Rest der Besuchszeit verbringen wir damit, zu dritt zusammengepresst in Graces Bett, Max neben uns auf einem Sessel lümmelnd, „Big Bang Theory“-Folgen zu schauen.

„Alles klar?“, fragt Max direkt, nachdem wir das Krankenhaus verlassen haben, und zum Auto schlendern. Kurz sehe ich zu ihm auf und nicke. Offenbar gelingt mir dies nicht allzu überzeugend, denn er legt freundschaftlich einen Arm um mich und zieht mich näher zu sich.

„Blöde Frage, ich weiß.“ Wir gehen ein paar Schritte, bevor er meine Schulter anstupst und seinen Kopf etwas näher zu meinem beugt. „Ich werde jetzt genau dreißig Sekunden rührselig sein, und danach sprechen wir nie wieder darüber. Erzählst du jemandem davon, muss ich dich leider foltern.“ Nach dieser langen Ankündigung schmunzle ich.

„Wir sind zwar keine Weiber, aber ich mag dich. Jer mag dich sowieso, und ich bin sicher, dass dich die anderen Jungs auch mögen werden, wenn du ihnen die Chance dazu gibst. Allen anderen, die ein Problem damit haben sollten …“ Er hebt den Mittelfinger und zieht eine Grimasse. „Du wirst also nicht alleine sein, wenn Grace nach Seattle zieht. Das versuche ich damit zu sagen. Wir stehen hinter dir.“

„Danke, Max!“

„Okay, die dreißig Sekunden sind vorbei.“ Er nimmt seinen Arm von mir und schubst mich stattdessen spielerisch von sich weg, sodass ich ein wenig stolpere und kichere.

„War's denn so schlimm?“

„Wie gesagt, kein Wort mehr darüber, Carter.“ Im Scherz hebt er warnend seinen Zeigefinger.

Nach dem Abendessen mit Jeremys Dad verbringen Max, Jeremy und ich selbst die restlichen Stunden damit, Football auf Jeremys PlayStation zu spielen. Anfangs stelle ich mich schrecklich blöd an, vor allem, weil ich in meinem ganzen Leben nie solch ein Gerät in der Hand gehabt habe. Nach einiger Zeit habe ich den Bogen aber heraus und finde sogar Spaß daran.

Diese wie auch die darauffolgende Nacht muss ich mich dazu zwingen, Jeremys Angebot anzunehmen und an seine Wand zu klopfen. Das Schmerzmittel, welches ich jetzt nehme, hat bei Weitem nicht die schlaftreibende Wirkung wie das vorige. Natürlich habe ich wieder geträumt. Vor allem das Übliche. Joshuas Tod, der sich mit anderen Albträumen, die nicht minder wahr sind, kombinieren. Diesmal konnte mein Unterbewusstsein aber die Notbremse ziehen und ließ mich mitten im Traum hochschrecken. Zitternd richte ich mich auf und greife mir an mein wild pochendes Herz.

„Josh!“, flüstere ich in einer fast geräuschlosen Bitte, er möge doch durch ein Wunder durch diese Tür kommen und mich vor dem beschützen, was mit Mom und Dad noch auf mich zukommt. Ich brauche ihn an meiner Seite. Jemanden, der bestätigen kann, dass ich mir all diese Geschichten nicht nur ausgedacht habe. Jemanden, der mir helfen wird, mein Leben wieder auf die Reihe zu bekommen und einen Neuanfang zu wagen. Jemanden, der mir vorlebt, dass man sich aus diesem

Sumpf einer zerrütteten Familie ziehen und anders werden kann. Doch dazu wird er nie mehr die Möglichkeit haben.

Selbst wenn es bereits die vierte Nacht ist, die ich in diesem neuen Zimmer verbringe, erkenne ich nicht gleich, wo ich bin. Das verschlimmert meinen Panikzustand. Wie eine geistig Abnorme, die unter Verfolgungswahn leidet, sehe ich mich mit zur Brust gezogener Decke paranoid im Zimmer um, überzeugt davon, Geräusche wahrzunehmen, wo keine sind. Alles hier drinnen wirkt bedrohlich auf mich, wirft plötzlich Schatten, knarrt oder macht den Eindruck sich zu bewegen. Dabei stellt das Schlafengehen jeden Abend absolut kein Problem dar. Jeremy hat zwar im Keller eine neue Lampe für mich ausgegraben, die war aber wohl schon so alt, dass die Birne ausbrannte, als ich sie letzte Nacht anstellte.

Ich rappele mich vom Bett auf und atme erst durch, als die Deckenleuchte alle Schatten und dunklen Bedrohungen wegflutet. Ich gehe im Zimmer umher, singe, zähle, bete, um letztlich über meinen langen, stolzen Schatten zu springen und das zu klopfen, was ich als Jeremys Gummibärenlied in Erinnerung habe. Kurz darauf höre ich schon seine Türe aufgehen und sehe, wie sich meine eigene öffnet und wieder verschlossen wird.

„Nichts für ungut, aber diese Klopfgeräusche werden immer alberner. Ich habe keine Ahnung, was das sein soll. Ehrlich.“

Ich kichere verlegen und halte mir die Hand vor den Mund, um nicht zu laut zu sein. Es fasziniert mich selbst, welche Leichtigkeit ich spüre, sobald jemand mit mir im selben Raum ist. „Du bist trotzdem hier, wie man sieht.“

Er hebt die Hände und lässt sie theatralisch auf die Oberschenkel klatschen. „Weil ich verhindern musste, dass du mein Lied weiter verunstaltest.“ Ich beiße mir lediglich auf die Unterlippe, um nicht zu lachen, und schüttle missbilligend den Kopf. Er sinkt auf seine gewohnte Stelle neben dem Bett auf den Fußboden hinab, mit dem Rücken zu mir und den Beinen ausgestreckt. Den Kopf lässt er in den Nacken fallen.

„Was hast du geträumt?“, fragt er nach ein paar Atemzügen.

„Zuerst von Josh. Später von fallenden Sternen.“ Meine Stimme klingt heiser. Jeremy dreht sich um und stützt sein Kinn auf den Fäusten ab. Forschend und fragend sieht er mich an, wartet jedoch geduldig, bis ich es erkläre. „Mit jedem erloschenen Licht am Himmel starb ein Traum. Und es waren so viele. Nicht nur meine, sondern viel Wichtigere. Die von Josh, Gracie, deine … Und es tat so weh zuzusehen, wie sie vom Himmel buchstäblich ins Wasser fielen.“ Einen Moment halte ich inne.

„Als wir vor ein paar Tagen über die Juilliard gesprochen haben, war ich ehrlich gesagt wirklich ermutigt und wagte es ein klein wenig zu hoffen. Ich hatte vor, die Bewerbung, die ich schon vor Monaten geschrieben habe, doch noch abzuschicken. Ich hätte es versucht. Außer nicht genommen zu werden hätte nichts passieren können, aber jetzt …“

Jetzt hat mir meine Mom das Balletttanzen endgültig erfolgreich genommen. Das wollte sie ja bereits vor Jahren, und nun weiß sie nicht einmal, dass es ihr endlich gelungen ist. Ich bin nicht in der Lage zu trainieren, und selbst wenn ich in zwölf Wochen wieder tanzen kann, sind die Castings schon lange vorbei.

„Ich weiß sehr gut, wie es dir geht, Jules!“ Auch er hatte andere Pläne für sein restliches Schuljahr, für die Universität. Er wollte weiterhin Football spielen. Er wurde jedoch nicht durch seine eigene Familie verletzt und dadurch an der Verwirklichung seiner Träume gehindert.

„Ich könnte jetzt so weise antworten wie du vor ein paar Tagen und dir versichern, dass dies deinen Wert nicht mindert und so, aber erstens bin ich ein Kerl …“ Er zwinkert, und ich lächle. „Und zweitens hoffe ich, dass du deine Worte genauso auch für dich selbst annimmst.“ Fragend hebt er die Augenbrauen.

„Ich gebe mir Mühe.“

„Okay, das ist ja schon ein Anfang. Und jetzt …“ Er steht auf, und ich sehe verwirrt dabei zu, wie er aus dem Zimmer verschwindet, die Türe aber offen lässt und einige Sekunden darauf mit einer DVD und einem dazugehörigen Gerät in den Händen aus seinem Zimmer zurückkehrt.

„Jetzt tun wir etwas für deine Allgemeinbildung. Irgendetwas musst du ja schließlich auch von mir lernen.“ Er winkt mit der DVD der Gummibärenbande, bevor er den DVD-Player an den Fernseher anschließt und die erste Disc hineinschiebt.

„Wehe, du schläfst dabei ein!“, warnt er humorvoll, doch ich weiß, dass er sich genau das für mich wünscht und wahrscheinlich auch bezwecken möchte. Ehrlich gesagt will ich aber nicht einmal die Augen zum Blinzeln zumachen. Zu lebhaft und nah sind die Scherben der Erinnerung an meine Träume.

Mit der Fernbedienung in der Hand platziert er sich wieder auf dem Boden und wählt die erste Folge aus. Mit schlechtem Gewissen sehe ich ihm dabei zu, wie er in den kurzen Boxershorts und dem einfachen T-Shirt auf dem kalten Untergrund sitzt und versucht, dort eine bequeme Position einzunehmen. Ich stemme mich an meiner guten Seite auf der Matratze hoch und rutsche zögernd mit meinem Körper dicht an die Wand, bis mein Arm die kalte Mauer berührt. Das gibt Jeremy gute achtzig Zentimeter Platz neben mir und mir genügend Raum, um mich nicht beengt oder eingeschnürt zu fühlen.

Ich räuspere mich. „Es ist okay, wenn du dich aufs Bett setzt. Hier ist genügend Platz, und da unten ist es kalt.“ Jeremys Blick schnellt zu mir hoch, als ein dreistes Lächeln seine Lippen umspielt. Augenblicklich frage ich mich, ob ich meine Aussage bereits bereuen sollte.

„Julia!“, lacht er belustigt. „Ich hatte ja keine Ahnung, dass du die Dinge so schnell angehst.“ Er zuckt wiederholt mit den Augenbrauen. Sofort schnappe ich nach Luft, um klarzustellen, dass ich es nicht in dieser Art gemeint hatte, doch dann zwinkert er, also mache ich bloß ein finsteres Gesicht.

„Du hast recht. Bleib lieber dort unten. In dir habe ich das überzeugendste Argument für getrennte Betten gefunden.“

„Ah! Du stellst dir also schon vor, wie wir beide als Marzipanfiguren auf unserer Hochzeitstorte aussehen würden, was?“

„Ja klar, darf ich dann mein erstes Magengeschwür nach dir benennen?“ Jeremy pfeift amüsiert durch die Zähne und rappelt sich auf, um sich neben mich zu setzen. Unauffällig achtet er ebenso darauf, mir genügend Freiraum zu lassen, und kommt auch nicht auf die Idee, meine Decke über seine wahrscheinlich frierenden Beine zu heben. Stattdessen überkreuzt er sie und legt seinen Arm hinter meinem Kopf auf die Lehne. Ich verziehe meine Augen zu schmalen Schlitzen.

„Wir *sitzen* hier, klar? Versuchst du irgendwie lustig zu sein und mich anzugraben, kratze ich dir die Augen aus.“

„Weißt du was, das glaube ich dir aufs Wort. Aber keine Angst, ich habe dich schon längst durchschaut, Kleine.“ Bei diesen Worten macht er ein klickendes Geräusch mit seiner Zunge und lacht, als ich ihm spielerisch eine über den Kopf ziehe.

„Vielleicht solltest du besser in Glasreiniger investieren, denn deine Sicht ist ganz offensichtlich verklärt.“ Er lacht und schüttelt den Kopf, verharrt aber ruhig, als die Titelmelodie im Fernseher angespielt wird. Sein Kopf wippt ganz leicht, und seine Lippen formen die Wörter des gesungenen Textes, wie ich aus den Augenwinkeln beobachten kann. Als ich lospruste, werde ich schnell durch den stechenden Schmerz in meiner Seite bestraft, trotzdem grinse ich nach wie vor, als er böse zu mir blickt.

„Ehrlich, dir dabei zuzusehen, wie du in dein vierjähriges Ich zurückkehrst, fasziniert mich noch mehr als die Tatsache, dass du die Serie mit deinen mittlerweile *zehn* Jahren immer noch siehst."

Aus Jeremys Kehle dringt ein tiefer Laut, bevor er ein Lächeln vortäuscht. „Mmh, Scherzkeks. So, während dieser Serie ist Sprechen verboten. Steht extra hinten auf dem Cover."

„Weil man sonst *essenzielle* Dinge verpassen könnte?", spotte ich, doch er ignoriert meinen Ton gekonnt und sieht wieder nach vorne.

„Exakt, und jetzt sei leise." Also reiße ich meinen Blick von ihm und sehe mir seine kindische, aber niedliche Lieblingsserie mit ihm an. Dabei lächle ich in mich hinein, da es das erste Mal seit einiger Zeit ist, dass wir wieder so richtig Spaß miteinander haben. Ich möchte in seiner Gegenwart nicht immer nur traurig oder launisch sein, sodass er denkt, mich mit Samthandschuhen anfassen zu müssen. Dafür genieße ich diese Art des Schlagabtauschs zwischen uns viel zu sehr.

Fünfundneunzig Minuten und viereinhalb Gummibärenbandefolgen später liegen wir doch schon eher, als dass wir sitzen. Endlich fühle ich, wie diese wohlige Schläfrigkeit über mich kommt, und erlaube meinen Augen zum ersten Mal seit Stunden, sich zu schließen. Ich warte auf die Panik, die Bilder meiner Träume, meine flehenden Schreie, dass der Wahnsinn aufhören möge, doch nichts passiert. Alles, was ich fühle, ist die enorme Wärme, die mein persönlicher Heizkörper namens Jeremy ausstrahlt, die Ruhe, die sich in mir ausgebreitet hat, seit er neben mir liegt. Mit verschränkten Armen scheint er ebenfalls dagegen anzukämpfen, dem Schlaf nachzugeben.

Ich muss kurz weggedöst sein und mich im Schlaf gedreht haben, denn als ich die Augen aufschlage, liege ich seitlich auf etwas Hartem. Blinzelnd vertreibe ich die Verschwommenheit vor meinen Pupillen und starre auf ein weißes T-Shirt und knielange, blaue „Captain America"-Boxershorts hinab. Jeremy liegt neben mir, oder besser gesagt: seine Seite liegt unter mir. Sein Arm befindet sich direkt über meinem Kopf und seine Hand, ohne dabei viel Druck auszuüben, auf meinen Haaren. Ansonsten hat er sich im Gegensatz zu mir keinen Millimeter bewegt.

Gut gemacht, Julia. Zuerst drohst du ihm, er solle sich von dir fernhalten, und jetzt wirfst du dich ihm buchstäblich an den Hals. Meine Hand liegt neben meinem Gesicht auf seiner Brust, wodurch ich seinen Herzschlag und seine Atmung spüren kann, die andere befindet sich zwischen seiner und meiner Hüfte.

Die ganze Sache ist mir nicht nur peinlich, sondern auch unangenehm, weshalb ich mich augenblicklich ruckartig von seiner Brust erhebe und versuche, mich wieder auf den Rücken zu drehen. Eine Aktion, die ich sehr bald bereue, weil sie mit umgehendem brennendem Stechen in meiner Rippengegend einhergeht. Die seitliche Schonhaltung ist eben nach wie vor unabdinglich beim Schlafen. Automatisch ziehe ich meine eingeschlafene Hand umständlich zurück und stöhne leise auf, bevor ich mich wieder fallen lassen muss und meine Stirn an Jeremys Schulter drücke, bis der Schmerz abgeklungen ist.

Jeremys Finger legen sich unter mein Kinn. Er hebt es an, bis er meine Augen gefunden hat. Seine Augen sehen müde, glasig aus. Gerötet vom Schlafentzug, aber dessen ungeachtet wunderschön und intensiv. Forschend, besorgt und trotzdem noch neckisch, weil er die Unbehaglichkeit der ganzen Situation in meinem Gesicht erkennen kann.

„Hey! Alles okay?", fragt er mich heiser.

„Ja, alles gut“, quittiere ich seine Sorge und verziehe das Gesicht. „Tut mir leid, dass ich dich als Polster missbraucht habe.“

„Ja, ich bin schockiert. Wollte mir schon eine Schutzbrille aufsetzen, sodass du nicht so schnell an meine Augen kämst, hättest du die Situation missverstanden. Um sie von dir auskratzen zu lassen sind sie einfach zu schön.“

Ich schnaube über seinen eingebildeten Scherz. „Wie lange habe ich geschlafen?“ Mühevoll rutsche ich näher an die Wand, um wieder Platz zwischen uns zu schaffen. Jeremy gähnt und streckt seine müden und wahrscheinlich steifen Glieder. Er reibt sich die Augen.

„Nicht lange. Fünfzehn Minuten vielleicht. Ich hoffe aber, dir ist klar, dass die letzte Folge, in der du weggepennt bist, demnach nicht als gesehen zählt.“ Ich lasse mich von seinem Gähnen anstecken und verzichte auf eine Antwort.

Er studiert mich einen Moment und lächelt. „Diese Folge sehen wir uns noch zu Ende an, okay? Dann haue ich ab.“ Ich nicke, obwohl die Vorstellung, gleich wieder alleine in diesem Zimmer sein zu müssen, ohne Hintergrundgeräusche, ohne Jeremys Wärme und die Sicherheit, die er mir durch seine Gegenwart vermittelt, grässlich ist. Ich kann aber nicht vom ihm verlangen, ewig hier bei mir zu sitzen, da er so müde ist. Ich werde ihn einfach bitten, das Licht anzulassen, wenn er geht. Sollte ich nicht mehr schlafen können, muss ich das eben morgen im Laufe des Tages nachholen.

Mom hat recht, ich bin kein kleines Kind mehr. Ich muss aufhören, mich so sehr in diese Ängste hineinzusteigern. Vor allem nach den Fortschritten, die ich in den letzten Jahren gemacht habe.

„Du darfst ruhig wieder einschlafen, Jules. Ich tue dir nichts. Versprochen!“, sagt er nach einiger Zeit, nachdem er beobachtet hat, wie meine Lider schwerer werden. Ich werfe ihm einen skeptischen Blick zu, woraufhin er die Augen verdreht. Die Vorstellung, neben ihm zu schlafen und womöglich Geräusche von mir zu geben, die er nicht unbedingt hören muss, macht mich nervös. Größer ist momentan jedoch der Wunsch, die bestehende Müdigkeit auszunutzen, mich einfach fallen zu lassen und so viel Schlaf wie möglich bis zum nächsten Albtraum zu gewinnen.

„Ich weiß!“, räume ich schließlich nickend ein. Er ist einer von den Guten. Der Einzige außer Josh, bei dem ich mich absolut beschützt und sicher fühle und weiß, dass er es nicht ausnützen wird. Das hat er mittlerweile mehr als einmal bewiesen.

Noch einmal gähnend, rutsche ich ein Stück weiter Richtung Fußende des Bettes, ziehe die Decke bis zum Kinn und lehne meine Stirn an seinen Brustkorb, um mich etwas vom Licht abzuschirmen. Es mag paradox klingen, doch bei zu starkem Licht wie diesem kann ich genauso wenig schlafen wie in der absoluten Dunkelheit. Höchstwahrscheinlich weil ich das nie durfte. Mom rastete völlig aus, wenn sie sah, dass meine Deckenleuchte die ganze Nacht gebrannt hatte. Einmal bekam ich deswegen eine Woche keine Jause und auch kein Geld, um mir etwas kaufen zu können, für die Schule mit, damit ich lernte, wie viel solch eine Stromverschwendung kostete. Josh blieb nichts anderes übrig, als seine Rationen mit mir zu teilen.

Unwillkürlich rücke ich bei diesen bedrückenden Gedanken noch näher an Jeremy und beuge meine Beine, dass sie seine durch die Decke berühren. Josh mag nicht mehr hier sein, um mich durch diesen bevorstehenden Kampf mit unseren Eltern zu begleiten, alleine bin ich aber auch nicht mehr.

Ohne nachzudenken sauge ich die Mischung aus dem Geruch seines frisch gewaschenen Shirts und seines natürlichen Duftes ein, der mir bereits vor Wochen in der Sportkammer die Sinne benebelte, und atme deutlich entspannter aus. Mein warmer Atem muss ihn kitzeln, denn seine Bauchmuskeln spannen sich neben meiner Hand an. Dann legt er seine Hand zurück auf meinen Kopf und beginnt in langsamen, gleichmäßigen Bewegungen meine Haare zu streicheln. Ich lasse all die schönen, warmen Gefühle, die seine Bewegungen in mir auslösen, in mir überhandnehmen und spüre, wie ich zurück in den Schlaf sinke.

Als ich das nächste Mal aufwache, ist es draußen hell, der Fernseher ist abgedreht, das Licht noch an, aber Jeremy liegt nicht mehr neben mir.

Jeremy

Es fiel mir nicht leicht, ihr Zimmer noch mitten in der Nacht zu verlassen. Zu verlockend war die Vorstellung, meinen Lidern zu erlauben, sich ebenfalls nur einen Moment lang zu schließen, um den Augenblick zu genießen. Es ist so angenehm, in ihrer Nähe zu sein. Noch nie habe ich mit einem Menschen dermaßen ehrlich gesprochen und dabei so viel von mir selbst offenbart wie bei Julia. Genauso genieße ich es aber, mit ihr zu schweigen, einfach nur in ihrer Gegenwart zu sein. Obwohl ich gestern, als ich den Raum betrat, deutlich die Angst in ihren Augen sehen konnte, die sie belastete, wich dieses Gefühl schon bald dem, was ich als Vertrauen mir gegenüber verstehe. Das bedeutet mir mehr, als irgendwelche Worte es je könnten. Denn ich habe erlebt, wie es ist, nicht zu ihren Vertrauten zu gehören. Damals hätte ich mir jedoch nie vorstellen können, wie wichtig es mir werden würde, ihre Zuneigung und Freundschaft zu gewinnen.

Sie erwartet nichts von mir, weshalb ich alles, was ich ihr geben kann, gerne gebe. Als ich es endlich geschafft habe mich loszureißen, konnte ich nicht nur noch immer ihren Geruch an meinem Shirt wahrnehmen, ich musste ebenso feststellen, wie mir ihre Wärme und das Gefühl ihrer zarten Form an meinem Körper plötzlich abgingen. Es war, als wäre mir zum ersten Mal in meinem Leben richtig kalt. Als würde mir etwas fehlen ohne sie.

Jedenfalls wurde durch Jules an meiner Seite, ihrem Atem auf meiner Haut, dem Wissen, dass sie sich in diesem Moment zu hundert Prozent auf mich verlässt, mein Beschützerinstinkt für sie immens gesteigert. Mein Herz hatte nicht nur Luftsprünge gemacht, während sie im Schlaf ihre Hand auf meiner

Brust zu einer Faust geformt hatte, um mein Shirt festzuhalten. Es schlug Purzelbäume und zeigte mir, wie unnötig es jetzt noch war, mich dagegen zu wehren, es endgültig an sie verloren zu haben.

Heute ist Thanksgiving, Kick-off für das letzte Spiel unseres Teams für meine Jungs in der Highschool um drei Uhr am Nachmittag. Die ganze Woche schon merkt man ihnen an, dass alles, was heuer passiert ist, nicht spurlos an ihnen vorbeiging. Die Championship verloren zu haben und das letzte Spiel der Saison zu spielen, ist schon schwierig genug zu verdauen. Zu wissen, dass einige von ihnen heute zum letzten Mal in ihrem Leben ein richtiges Footballspiel bestreiten werden, ist umso härter. Keiner unserer Jungs hat ein Stipendium erhalten. Nicht alle haben vor, sich mittels eines Walk-on am College zu qualifizieren. Selbst wenn sie es täten, würde nur ein Bruchteil genommen werden, denn Walk-ons sind kein Spaziergang. Auch für mich ist es nicht leicht, akzeptieren zu müssen, diesen letzten Weg nicht mit ihnen gehen zu können. Dem Team, welches über die letzten Jahre meine zweite Heimat war, mit Jungs, von denen viele mir so nahe standen wie Brüder.

Jedenfalls werde ich mir das Spiel heute nicht entgehen lassen, selbst wenn ich nur auf der Zuschauerbank sitze. Jules wird mich begleiten. Interessanterweise war es Max, der sie letztlich dazu überredet hat, da sie die Ablenkung gut brauchen kann. Grace wird heute aus dem Krankenhaus entlassen und fliegt mit ihrer Freundin und deren Mutter nach Seattle, wo sie in Zukunft wieder wohnen wird.

Wir sitzen bereits im Aufenthaltsraum, wartend, bis Grace und ihr neuer Vormund die Papiere und den bürokratischen Kram ausfüllen. Jules wippt unaufhörlich mit einem Fuß, während sie ihren Kopf in den Händen hält und sich mit den Ellbogen an den Knien abstützt. Es ist erst zehn Uhr vormittags, aber wir warten schon eine halbe Ewigkeit, weil Maggies Mom erst als neuer Vormund im System eingetragen und vermerkt werden muss. Grace selbst macht einen seltsamen Eindruck auf mich. Ich kenne sie zwar nicht besonders gut, aber sie wirkt heute sehr abwesend, bedrückt, unsicher. Verständlich, denn für sie beginnt ein komplett neuer Abschnitt, und so viel ich bisher von ihrer Geschichte mitbekommen habe, könnte ihr ein wenig Beständigkeit mal nicht schaden.

„Ugh! Ich habe keine Ahnung, wie ich die sechseinhalb Stunden in der Maschine aushalten soll. Ich kann mich ja so schon kaum rühren“, klagt sie. Seufzend drückt sie mir ihre Krücke in die Hand, um sich umständlich hinzusetzen. Mit ihrem eingegipsten Arm und der bis zum Oberschenkel hinaufragenden Schiene auf der gleichen Seite ist es auch mit Krücke besonders schwer für sie, sich überhaupt fortzubewegen. Schnaufend lehnt sie ihren Rücken an die Wand und schließt kurz die Augen.

„Du wirst aber hoffentlich schlau genug sein, dich mit dem Rollstuhl hin und her chauffieren zu lassen, oder?“

Grace verdreht übertreiben die Augen. „Ja, voll peinlich. Wenigstens sitze ich im Flugzeug in der ersten Reihe fußfrei, wenn ich schon fliegen muss.“ Sie hält sich zwei Finger an die Schläfe und deutet an, sich damit selbst zu erschießen. Grace Eltern sind bei einem Flugzeugabsturz ums Leben gekommen. Mutig von ihr, sich überhaupt in eines zu setzen.

„Das hier stinkt“, schnauft Grace schließlich.

„Du sagst es“, stimmt Jules ein.

„Hey, ich habe gehört, du hast O’Mally in den Arsch getreten?“, richtet Grace das Wort an mich und zieht die Augenbrauen zweimal schnell hoch. Ich lache trocken auf.

„Spricht sich die gute Botschaft so schnell herum, ja?“

„Max war gestern hier, um sich zu verabschieden. Da hat er es erwähnt.“ Dann streckt sie mir ihre Faust entgegen, die ich lachend mit meiner abschlage. „Weiter so, Houser, du wirst mir doch noch sympathisch. Hoffe, ich höre auch sonst keine Klagen mehr über dich, jetzt, wo du offensichtlich endlich deinen Kopf aus deinem Allerwertesten gezogen hast.“

„Du bist zwar klein, aber dein Mundwerk scheint das ziemlich gut zu kompensieren, nicht wahr?“ Sie zeigt mir genüsslich die Zunge, woraufhin ich ihr freundschaftlich die Haare raufe.

„Wir sind dann so weit, Gracie“, ruft Maggies Mutter zu uns herüber. Als Grace sich zurück zu uns dreht, ist all der Humor aus ihren Augen verschwunden. Ich helfe ihr beim Aufstehen. Sobald sie die Krücke in ihrer Hand hält, klopft sie mir auf die Schulter.

„So käsig das jetzt auch klingen mag, aber pass auf sie auf, ja? Sieh zu, dass sie keine dämlichen Entscheidungen mehr trifft, ohne vorher mit jemandem darüber zu reden.“ Julia gibt ein genervtes Brummen von sich, doch ich nicke salutierend.

„Tut mir übrigens leid, dass ich dich damals in der Schule so dumm angemacht habe. Ich hatte nicht das Recht, meinen Ärger an dir auszulassen.“

Mit hochgezogenen Lippen winkt sie ab. „Schon okay, war ja was Wahres dran – und jetzt Schluss mit der Gefühlsduselei.“

Ihr Blick fällt auf Jules, die so ruhig ist, wie ich sie bisher nur sehr selten erlebt habe. Steif steht sie neben mir und kaut auf ihrer Lippe. Sie sieht aus, als würde sie Tränen bekämpfen und zurückdrängen, um tapfer und stark zu wirken. Grace zögert nicht lange, humpelt die letzten Meter zu ihr und fällt ihr um den Hals. Jules presst die Augen fest zusammen, erwidert die kurze Umarmung.

„Hör mal! Ich hasse Abschiede, deswegen machen wir es kurz und schmerzlos, okay?“ Sie kramt aus ihrer Handtasche einen Stoß Briefe hervor und drückt sie Jules in die Hand, bevor sie sie noch einmal fest in den Arm nimmt.

„Ich habe dir für jeden Monat bis zum Sommer einen Brief geschrieben. Schließlich hatte ich ja genügend Zeit. Musste zwar mit links schreiben, daher die Sauklaue, aber du wirst es schon entziffern können. Wenn du keine Briefe mehr hast, weißt du, es wird Zeit, deinen kleinen Hintern zu mir rüber zu bewegen, klar?“ Jules drückt Grace einen Kuss auf die Wange. Diese beiden Mädchen haben in ihrem Leben bereits mehr durchgemacht als die meisten von uns in unserem ganzen Leben, deshalb sehe ich nur wortlos zu, wie Grace ihre Handtasche schultert, uns ein letztes Mal zuwinkt und dann den Rücken zukehrt, um in ihr neues Leben zu ziehen. Ich traue mich nicht, Jules anzusprechen, möchte ihr die Zeit geben, die sie braucht, bis sie selbst das Gespräch beginnt und bereit ist zu gehen. Plötzlich spüre ich ihren Arm an meinem und ihre Wärme. Sie lehnt sich leicht an mich.

„Können wir … wollen wir spazieren gehen?“, fragt sie schließlich, bevor wir uns in den eisigen Novembertag begeben, der uns gemeinsam mit der gestrigen Nacht über zwanzig Zentimeter Neuschnee beschert hat. Das Spiel heute dürfte spannend werden.

Jules trägt meine dickste Jacke und Snow Boots von Claire, die sie mit einem extra Paar Socken anziehen musste, weil sie ihr viel zu groß sind. Ihre Arme hält sie um ihren Körper geschlungen. Wir stapfen an meinem abermals mit Neuschnee bedeckten Auto vorbei und beobachten die Schneeräumfahrzeuge, die nicht einen Zentimeter des weißen Pulvers auf der Straße übrig lassen.

Obwohl diese Jahreszeit bestimmt nicht zu meinen liebsten gehört, weil es nervt, früher aufstehen zu müssen, um das Auto abzukehren und vom Frost freizukratzen, muss man trotzdem das *Winter Wonderland,* von dem bereits so viele Künstler gesungen haben, zu schätzen wissen. Je weiter wir von der Straße Richtung Teich gehen, umso idyllischer und sanfter wird die Landschaft. Der Schnee unter unseren Füßen knirscht, und die eiskalten Flocken benetzen immer wieder von Neuem unsere Gesichter. Auf der Brücke vor dem Teich bleiben wir stehen und sehen aufs Wasser hinaus. Einige Äste sind von Schnee und Eis bereits derart schwer geworden, dass ihre Spitzen im Wasser versunken sind. Andere Bäume haben den übermäßigen Schnee hingegen schon abgeworfen, der nun haufenweise am Ufer liegt. Ich atme den Geruch der Kälte, des Holzes um mich herum und den Hauch von Rauch, der sich aus den Kaminen etlicher Häuser in der Luft angereichert hat, ein. Jules lehnt sich an das Geländer und richtet ihren starren Blick aufs Wasser, bevor sie zittrig Luft holt. Zwischen ihren Augenbrauen hat sich eine tiefe Falte gebildet.

„Woran denkst du?“

Leicht schüttelt sie den Kopf und schließt kurz ihre Augen. Nach ein paar Sekunden antwortete sie schließlich. „Ich habe keine Ahnung mehr, wie ich mich von weiteren Menschen verabschieden soll, die ich liebe. Ich weiß nicht, wie ich jedes einzelne klaffende Loch reparieren kann, das sie durch ihr Verschwinden in mir zurücklassen.“

Das kam direkt aus ihrem Herzen, und ich kann nur erahnen, wie schwer es tatsächlich für sie sein muss. Ich habe in meinem Leben erst eine Person verloren, und die habe ich nicht einmal gekannt. Wenn mich aber schon alleine das Nachdenken über solche Dinge aus der Bahn wirft, wie muss es dann erst für sie sein, einen nach dem anderen gehen lassen zu müssen?! Ich drehe mich um und ziehe leicht an meiner Jacke, die sie trägt, um ihren Blick auf mich zu lenken. Ihre Augen sind feucht, was wahrscheinlich der Grund dafür ist, weshalb sie mich nicht ansehen will. Sie dermaßen zerstört zu sehen verpasst mir jedes Mal einen Stoß. Ich gehe leicht in die Knie, bis ich mit ihr auf Augenhöhe bin und ziehe sie ein Stück zu mir.

„Du hast Gott. Das ist mehr, als viele andere Leute haben und für sich behaupten können. Und wie ich höre, soll er ein ziemlich guter Mechaniker sein." Leise lacht sie auf, wobei ihr eine Träne auf die Wange fällt, die ich mit meinem gekrümmten Zeigefinger auffange.

„Na ja, und du hast mich, wozu das auch immer gut sein mag. Ich gehe jedenfalls nirgendwohin."

Ihre Augenbrauen zucken ebenso wie ihre Mundwinkel, bevor sie mir überraschend um den Hals fällt und sich von mir an meinen Oberkörper ziehen lässt. Die Hand auf der Seite ihrer gebrochenen Rippen behält sie zum Schutz zwischen uns.

„Danke, Jeremy. Das bedeutet mir viel", nuschelt sie in meine Jacke, ehe sie sich räuspert und einen Schritt zurücktritt. Ich frage mich, ob ihre Wangen schon vorher so rot waren.

„Aber jetzt mal ehrlich: Ich bin keine verletzliche Barbie, die ständig getröstet werden muss, versprochen. Die letzten paar Tage waren einfach nur … viel", rechtfertigt sie sich, als müsse sie sich dafür schämen.

„Es macht mir nichts aus, für dich da zu sein."

„Aber mir. Es liegt nicht in deiner Verantwortung, mich ständig zu retten."

„Mag schon sein, aber mittlerweile erlaube ich mir, uns als Freunde zu bezeichnen, in Ordnung? Oder muss ich dafür auch erst J. zu dir sagen?" Damit spiele ich auf unser Gespräch vor Wochen an, nachdem sie uns zum ersten Mal versehentlich als Freunde bezeichnete. Sie erinnert sich offenbar daran, denn sie grinst verstohlen und versetzt mir einen kleinen Rempler.

„Jedenfalls kümmern sich Freunde um ihre Freunde. Und das stört besagte Freunde nicht, da sie es ja gerne machen. Sollte die Situation mal umgekehrt sein, verlasse ich mich ebenfalls auf dich. Dann kannst du beweisen, was du von mir gelernt hast.“ Mit geneigtem Kopf verdreht sie lächelnd die Augen.

„Apropos, was ich dir noch sagen wollte ...“ Ich hebe einen kleinen Stein von der Brücke auf und werfe ihn weit hinaus ins Wasser. „Ich muss nach New York fahren.“

So, jetzt ist es gesagt.

Wieso bin ich dann immer noch nervös?

Jules hebt die Augenbrauen. „Wirklich? Wann?“

„Das habe ich noch nicht entschieden“, gebe ich zu. Kann man eigentlich noch kryptischer antworten, als ich es gerade tue?

„Okay… Bist du bereit, mir zu erzählen, weshalb?“

Bin ich das? Mit jedem Mal, da ich an meine Vermutung denke oder sie ausspreche, scheint die ganze Sache realer zu werden. Die möglichen Gründe und Erklärungen, die ich mir für dieses Treffen zurechtlege, werden bedeutender und niederschmetternder. Hierbei geht es um meine Mom – was sonst sollte es sein?

Die Frage ist nur: Werde ich damit umgehen können?

„Es gibt dort ein Mädchen, das seit Monaten den Kontakt zu mir sucht.“

„Oh“, entfährt es ihr.

Augenblick, klingt sie betrübt? Mit nicht deutbarem Blick sieht sie wieder auf das Wasser hinaus.

„Moment, halt! Das kam jetzt ganz falsch rüber.“ Blinzelnd kratze ich mir den Kopf und widme ihr dann meine ganze Aufmerksamkeit. „Was ich sagen wollte, war: Sie schreibt, sie hätte Informationen bezüglich meiner Familie. Ich habe mir versucht einzureden, es sei mir egal, und ich wolle nichts davon wissen, aber ich kann die Gedanken, die sich bei mir seither im Kreis drehen, und die Befürchtungen, die damit einhergehen, einfach nicht mehr ignorieren.“

Auf Jules Stirn bildet sich eine nachdenkliche Furche. „Hast du eine Idee, worum es dabei gehen könnte?“

„Sicher bin ich mir nicht, aber ich gehe davon aus, dass es meine leibliche Mutter betrifft. Keine Ahnung, vielleicht ist dieses Mädchen irgendwie mit ihr verwandt, und meine Mutter ist verstorben. Möglicherweise hat sie mir etwas hinterlassen. Vielleicht ist sie mit *mir* verwandt und sucht einfach den Kontakt zu einem Familienmitglied.“ Ich werfe die Hände in die Luft.

„Glaub mir, ich habe mir bereits alle möglichen Szenarien durch den Kopf gehen lassen, und du möchtest *nicht* wissen, wie weit ich in meinen Vorstellungen gekommen bin. Ich will Dad noch nichts davon sagen, bis ich diese Katherine getroffen und selbst mehr Klarheit in der Geschichte habe. Gleichzeitig bin ich absolut nicht sicher, ob ich bereit bin zu hören, was sie mir zu sagen hat. Deswegen finde ich auch immer wieder gute Ausreden, das Treffen weiter und weiter zu verschieben.“

Es fühlt sich gut an, mir all das von der Seele zu reden. Auch wenn sie mir dieses Problem und die Entscheidung nicht abnehmen kann, tut es doch gut, sie mit einer Person teilen zu können, die weiß, was es heißt, in gewissen Dingen auf sich alleine gestellt zu sein.

„Ich verstehe dich. Leider weiß ich nicht wirklich, wie ich dir helfen kann, oder was ich sagen soll. Alles, was ich dir anbieten kann, ist, dass du jederzeit zu mir kommen kannst, solltest du darüber reden oder einfach schweigen wollen, wenn deine Gedanken mit dir durchgehen. Glaub mir, *das* kenne ich gut.“

Jules rutscht auf dem Geländer zu mir rüber und legt ihre Arme seitlich um meinen Oberkörper. Schön zu sehen, wie sie sich immer mehr an Körperkontakt gewöhnt, die Imitative dazu sogar von ihr ausgeht und sie nicht mehr bei jeder Berührung zurückschreckt oder erstarrt wie ein Reh im Scheinwerferlicht.

Es macht mir Mut, dass Veränderung und Heilung tatsächlich möglich sind.

„Und wenn du jemanden brauchst, der *dich* mal zur Abwechslung retten kommt, werde ich da sein."

So, wie sie in diesem Moment mit ihren großen braunen Augen zu mir aufsieht und glaubt, mich wärmen zu müssen, indem sie ihre Hand auf meinem Rücken mit Druck auf und ab bewegt, obwohl sie diejenige ist, die zittert, kostet es mich all meinen Willen, sie nicht einfach zu küssen. Auffordernd deute ich stattdessen in Richtung Krankenhaus.

„Komm schon, gehen wir zurück, bevor du zu *Iceman* mutierst."

Wir gehen ein paar Minuten still nebeneinander her, bis mir auffällt, dass Jules immer langsamer wird. Schlussendlich seufzt sie und bleibt stehen, um sich auf ihren Knien abzustützen.

Besorgt lege ich eine Hand auf ihren Rücken. „Alles klar?"

„Abgesehen davon, dass ich mich fühle wie ein neunzigjähriger Mann, der zweihundert Kilo wiegt …", schnauft sie, woraufhin ich lospruste. Der Vergleich hinkt gewaltig.

„Na ja, du siehst ja auch aus wie einer, also bekenn dich ruhig mal zu den Tatsachen."

„Nicht gerade hilfreich, Houser." Ihr Lachen fasziniert mich irgendwie. Ich will mehr davon hören.

„Muss ich dich zum Auto tragen? Ich hoffe nicht, denn zweihundert Kilo sind mir momentan definitiv noch zu schwer."

„Halt die Klappe! Ich brauch nur eine Sekunde. Gehen ist irgendwie anstrengender, als ich in Erinnerung hatte, nachdem ich mich die letzten paar Tage kaum bewegt habe."

„Ich weiß, was du meinst. Ich kam mir vor wie Popeye, *bevor* er seinen Spinat futtert, als ich die Woche mit Max trainieren war."

„Das kann ich mir vorstellen, eure Oberarme haben ja auch denselben Umfang", kontert sie und tätschelt meinen Arm durch die Jacke. Touché und autsch.

„Woah!", rufe ich beleidigt aus und falle theatralisch ein paar Schritte zurück. Fassungslos schüttle ich den Kopf und greife mir bestürzt an mein Herz.

„Wer austeilt, muss auch einstecken können", tadelt sie. Ich lasse die Sekunden verstreichen, in denen sie mich wartend und belustigt ansieht. Endlich richtet sie sich auf, stützt die Hände an ihren Hüften ab und wirft missbilligend den Kopf zur Seite.

„Komm schon, wo bleibt dein Humor? Du kannst jetzt nicht ernsthaft beleidigt sein."

Zur Antwort grinse ich.

„Von mir aus", lamentiert sie. „Deine Oberarme sind ganz okay. Zufrieden?", gesteht sie, stopft ihre Hände in die Jacke und kommt auf mich zu.

„Süße, meine Oberarme sind mehr als ganz okay, und das wissen wir beide", sage ich überzeugt, eigentlich im Scherz, doch ihre Augenbrauen zucken. Plötzlich kleinlaut sieht sie zu Boden und streift eine Haarsträhne, die ihr ins Gesicht gefallen ist, hinters Ohr.

Ihre Reaktion auf meine Bemerkung lässt mein Herz schneller schlagen. Sieht sie mich unter Umständen doch nicht nur als platonischen Freund?

Warte …Worüber haben wir eigentlich gesprochen? Ach ja …

„Du kennst Popeye?" Der amüsierte Ausdruck kehrt in ihr Gesicht zurück, sobald ich das Thema wechsle. Sie zuckt mit den Schultern.

„Du kennst Popeye, aber nicht die Gummibärenbande?", frage ich erneut.

Jules schnalzt mit der Zunge. „Ich sagte, wir hatten keinen Fernseher. Nicht, dass ich auf dem Mond großgezogen wurde. Jeder kennt Popeye."

„Ja, wenn du sechzig bist, vielleicht."

Sie reißt den Mund zu einem großen *O* auf. „Hey, deine Gummibären können nicht viel jünger sein als Popeye. Ich habe auf der Hülle gesehen, wie alt die Serie schon ist."

„Popeye gibt's mindestens schon seit den Dreißigerjahren. Und die Gummibärenbande ist auf alle Fälle um Längen besser. Sie vermitteln echte Werte", erkläre ich und verschränke stolz meine Arme vor der Brust, um meinen Punkt zu bestärken.

Ihr ernster Gesichtsausdruck nimmt weichere Züge an. „Du meinst: ‚Mutig und freundlich, so tapfer und gläubig. Fröhlich und frech kämpfen sie auch für dich'?", zitiert sie, eine Augenbraue belustigt in die Höhe ziehend.

„Siehst du, langsam fängst auch du Feuer."

Kapitulierend kichert sie und sieht an mir vorbei. „Nicht wirklich. Der einzige Grund, weshalb ich mir die Serie mit dir ansehe, ist, weil du dabei so niedlich bist." Noch bevor ich begreife, was sie eben gesagt hat, weiten sich ihre Augen im Schock über ihr Geständnis.

„Ich meine … du weißt schon. Kindisch und so. Eben anders als der harte Macho-Jeremy aus der Schule."

Ich ziehe die Augenbrauen zusammen und denke darüber nach, wie fremd sie mir bis vor wenigen Monaten noch war. Faszinierend irgendwie immer, aber unberührbar und unvertraut.

„Ich denke, mittlerweile hast du schon viel mehr von mir gesehen als den Jeremy, den du aus der Schule kennst. Mit Sicherheit mehr, als ich die meisten anderen sehen lasse."

„Ist das schlecht?", fragt sie zögerlich.

„Nein, nicht schlecht. Ein bisschen furchterregend, aber du bist es wert."

Als sie mich mit großen Augen ansieht, räuspere ich mich und stecke meine Hände in die hinteren Hosentaschen.

„Wie dem auch sei. Sobald wir beide keine Invaliden mehr sind, schleppe ich dich mal mit zum Training. Deine Oberarme könnten selbst mal so was wie Muskeln gebrauchen."

Mit meinem Ellbogen stoße ich leicht gegen ihren Arm. „Seit wann hat Olivia denn bitte Muskeln?"

„Wenn sie glaubt, es mit einem Rudel Footballspielern auf dem Feld aufnehmen zu können, wie du es noch vor Kurzem getan hast, braucht sie welche."

Meine Fingerspitzen pochen, und meine Haut juckt, als die Jungs sich auf dem Feld in Formation bringen und der Anstoß stattfindet. Am liebsten würde ich aufstehen, aufs Feld rennen und dieses allerletzte Spiel mit meinen Brüdern genießen. Football war immer schon jener Moment für mich, in dem ich genau wusste, wer ich war. Ich hatte eine Aufgabe und konnte sie meistens zur Zufriedenheit aller bewerkstelligen. Ich konnte zeigen, dass ich mehr bin als ein Möchtegern-Muskelprotz, der nichts in der Birne hat. Dann, wenn die anderen nicht mehr weiterwussten, war ich derjenige mit neuen, manchmal etwas waghalsigen Ideen, aber taktisch auf alle Fälle gut durchdachten Spielzügen. Und die Taktik entscheidet bei diesem Spiel nun mal am häufigsten über Sieg oder Niederlage.

Genauso entscheidet, wie gut du deinen Gegner kennst, ihn studiert hast. Coach Clay und ich haben viel Zeit damit verbracht, unsere Gegner schon vor und während der Saison unter die Lupe zu nehmen, ihre Eigenheiten und Besonderheiten festzuhalten. Je besser vorbereitet wir ins Spiel gingen, umso kontrollierter und selbstbewusster spielten wir als Team. Sie verließen sich auf mich, vertrauten mir. Sie standen hinter mir und meinen noch so wagemutigen Gedankengängen. Das zu wissen war mir mehr wert als jeder Ruhm, den mir die Position als Quarterback vielleicht einbrachte.

Jetzt haben sie es ohne mich bis ins Viertelfinale geschafft, und so stolz ich deswegen auch auf sie bin, versetzt es mir gleichzeitig einen Dämpfer, weil es zeigt, wie austauschbar selbst ich bin.

Mit einem bitteren Geschmack im Mund sitze ich nun meinen Teamkollegen zuliebe dieses eine letzte Mal doch auf der Spielerbank und fiebere im Spiel von hier aus mit. Max hat versucht, Jules ebenfalls zu uns zu lotsen, doch sie zieht es vor, von den Rängen aus zuzusehen. Ich hätte sie gerne bei mir gehabt, gleichzeitig verstehe ich aber ihr Unwohlsein, denn immerhin sind wir nicht einmal ein Paar. Selbst wenn das der Fall wäre, so sitzen die Freundinnen der Jungs genauso auf der Tribüne und jubeln ihnen von dort aus zu. Das Letzte, was Jules im Moment gebrauchen kann, sind irgendwelche Gerüchte oder weitere Feindseligkeiten von Mädchen, die denken, sie hätten irgendeinen Anspruch auf mich.

Gleich nach dem Kick-off können die Warriors Savoyens Ball an der Dreißig-Yards-Linie fangen. Der Ballträger Hallaway bahnt sich einen Weg durch unsere Spieler. Fünf Yards holt er raus, ehe er von Tommy überrascht wird, der nicht lange auf sich warten lässt, um den ersten Ballverlust für die Gegner zu erreichen und den Ball stattdessen für unser Team zu sichern. Obwohl unsere Offense wie wild nach vorne drängt, ist trotzdem nicht mehr drin als ein Field Goal. Die Warriors hingegen brauchen zwar fast das gesamte restliche Quarter für ihren Drive, machen dafür aber einen erfolgreichen Touchdown, sodass wir nach wenigen restlichen Spielsekunden an der Vierunddreißig-Yards-Linie in die erste Viertelpause gehen.

Leider beginnt das nächste Viertel sehr unspektakulär, nämlich mit einem Punt auf unserer Seite wie auch einem

Turnover on Downs auf der gegnerischen, da sie den Ball nicht über die letzten Yards bringen und zu stolz sind, sich mit einem Field Goal zu begnügen.

O'Mally hingegen, der heute noch einmal zeigen zu wollen scheint, was er draufhat, sprintet in unserer nächsten Angriffsserie mit dem Ball zugegebenermaßen gekonnt neunundachtzig Yards über das Feld in die Endzone und sorgt für das zehn zu sieben für uns. Vor der Halbzeitpause versuchen die Warriors ihren Fehler ein klein wenig auszubügeln und nehmen doch das Field Goal, welches sich ihnen in der Zeit und auf die Distanz als einzige Lösung noch anbietet.

„Max ist bis jetzt noch nicht besonders viel zum Einsatz gekommen, was gut ist, denn die Defense fokussiert sich mittlerweile sehr zielgerichtet auf unsere Runningbacks", erkläre ich dem Team während der Halbzeitpause in unseren Kabinen. Ich wollte mich nicht einmischen, doch Clay bat mich, meine Gedanken und Beobachtungen zum Spiel mit ihnen zu teilen. „Deswegen würde ich vorschlagen, dass ihr diesen Trumpf verwendet und ihn laufen lässt. Bindet ihn so ins Spiel ein, dass die Warriors damit überrumpelt werden."

In der nächsten Halbzeit starten wir in einen traumhaften Drive. Alles läuft wie geschmiert, wir schieben uns Yard für Yard vor, bis nur mehr zwanzig zu überwinden sind. Fraser gibt den Ball an O'Mally ab, der jedoch bereits zwei Yards weiter getackelt und zu Boden geworfen wird. Die Zuschauer schreien auf. Ich halte die Luft an, als er den Ball aus der Hand verliert, denn dann hätten wir nur mehr einen Versuch bis zur Ballübergabe. Wie in Zeitlupe erscheint es mir, als der Ball durch die Luft wirbelt und sogar von einem defensiven Spieler berührt wird, aber nicht gehalten werden kann. Als wäre es abgesprochen, sprintet Aaron aus dem Nichts zwischen den Spielern hervor und greift mit einer Hand nach dem Ball. Mit der anderen schiebt er den Linebacker von sich und holt die nötigen sieben Yards für uns heraus, bevor er niedergerissen wird. Fraser nutzt bei der nächsten Gelegenheit die Chance, zu Max zu passen, der flink in die Endzone wieselt und den Ball fängt. Sieben Punkte für uns.

Auch die Warriors lassen sich die nächste Chance nicht entgehen und erzielen einen Touchdown. An der Sechsundsiebzig-Yards-Linie und nur sechzehn Sekunden vor der Pause wird Fraser müde und unser Left Tackle unaufmerksam. Im selben Moment, in dem Fraser den Football nach vorne passt, wo er sowohl Max als auch Blake sieht, wird er von der Seite gesackt. Der Ball landet in den falschen Händen – nämlich denen eines Warriors. Ich fluche laut, weil die Gegner nun nach der kurzen Pause von der Neunundzwanzig-Yards-Linie starten dürfen.

Gleich darauf folgt ein weiterer Fehler unsererseits. Wirklich gut sieht es für uns aus, als die Warriors beim dritten Versuch nur drei Yards erlangen können und sie gezwungen sind zu punten. Anstatt klug zu sein, handelt sich unsere Defense hingegen eine Strafe für „Running into the Kicker" ein, was den Gästen ein neues First Down einbringt. Wütend wirft Coach Clay sein Klemmbrett auf den Boden.

„Kommt schon, jetzt nicht die Nerven verlieren!"

Eigentlich geht es bei diesem Spiel um nichts mehr außer um unsere Ehre, für die beide Teams aber bis zur letzten Minute kämpfen.

Es kommt, wie es kommen muss. Die Warriors nutzen ihre Chance eiskalt aus und produzieren ihren nächsten Touchdown, was uns in erheblichen Zugzwang bringt, weil wir nun vierundzwanzig zu siebzehn im Rückstand sind. Fünf Minuten im Spiel.

„Selbst wenn uns jetzt noch ein Touchdown gelingt, liegen wir gleich mit ihnen auf. Geben ihnen vielleicht sogar noch

Zeit, zumindest für ein Field Goal.“ O’Mally nimmt kopfschüttelnd einen Schluck Wasser, um ihn gleich wieder auszuspucken.

„Auch wenn wir verlieren, möchte ich ihnen auf alle Fälle in Erinnerung bleiben“, wirft Max ein und sieht dabei auf mich.

„Trick Play?“, schlägt Aaron vor.

Fraser nimmt den Helm ab und fährt sich durch die verschwitzten Haare. Fragend dreht er sich zu mir. „Was würdest du machen, Jeremy?“ Alle restlichen Augenpaare richten sich auf mich, auch jene des Coaches, der sich bisher rausgehalten hat.

Achselzuckend kratze ich mir den Nacken. „Das ist nicht meine Entscheidung, Fraser. Du bist der Boss, und du machst das gut. Ich bin nur Zuseher.“

„Es ist okay, Mann. Du bist nach wie vor unser Quarterback. Du hast uns immerhin durch den Großteil der Saison gebracht, und mit deiner Entscheidung soll sie zu Ende gehen.“

„Komm schon, Jer. Wie würdest du vorgehen?“, hakt Max nach. Ich blicke von der Uhr zum Feld und hinüber zu den Gegnern, deren Defense sich schon bereit macht.

„Fake Field Goal, nur anders. Wir brauchen noch einen Touchdown und stellen uns dann wie immer auf zum PAT. Nur dass wir stattdessen eine Two-Point Conversion herausholen.“

O’Mally schnaubt verächtlich. „Was bringt uns das? Du hast doch keine Ahnung, ob das überhaupt funktionieren wird, und wenn es nicht klappt, kostet es uns mit Sicherheit den Sieg. So haben wir wenigstens noch die Overtime.“ Ich muss tief durchatmen, um ihn überhaupt ansehen zu können, nach der Geschichte von Montag. Dafür könnte ich ihm immer noch in die Fresse hauen. Aber wenn es ums Team geht, siegt doch die Vernunft. Zumindest meistens.

„Unser Team ist müde, O'Mally. Druck ist das Letzte, was wir uns jetzt machen dürfen. Was wir brauchen ist ein neuer Motivationskick."

„Er hat recht. Wir brauchen das. Für uns. Wird es nichts, haben wir es zumindest versucht", stimmt Aaron mir zu. „Wir müssen die Zeit klug nutzen. Keine Läufe außerhalb des Spielfeldes, wenn es möglich ist."

Fraser gibt noch letzte Anweisungen, bevor sie sich aufs Feld begeben. „Danny passt dir sofort nach dem Long Snap den Ball zu, Savoyen, und du kümmerst dich einzig und allein darum, ins Ziel zu rennen. Wenn du das Gefühl hast, nicht weiterzukommen, pass ihn nach vorne zu Holder. Das heißt, jeder konzentriert sich nach dem Snap darauf, Sav und Holder zu schützen."

Coach Clay stellt sich neben mich und klopft mir auf die Schulter. „Du hast das Team gut geführt, Junge. Auch wenn ich deine unkonventionellen Wege nicht immer unterstützen wollte, bist du genau das gewesen, was dieses Team gebraucht hat. Betrachte deine Führungsqualitäten nicht als selbstverständlich."

Genau wie geplant arbeitet sich unsere Offense Stück für Stück vor. Wir gehen keine Risiken ein, spielen abwechslungsreich und selbstsicher. Die Uhr zählt hinunter auf eine Minute und zwölf Sekunden Spielzeit. Neun Yards fehlen uns noch.

Fraser läuft ein paar Schritte zurück, sichtet Max, der kurz vor der Endzone steht, und wirft. Dieser lässt die folgende Szene zu einem der unvergesslichsten Momente unserer Saison werden. Während bereits zwei Verteidiger ihn im Sprung erwischen, ihn mitreißen, fängt er den Ball mit seiner schwächeren, linken Hand und fällt über die beiden Gegner zum Touchdown. Den Ball hält er jedoch fest bis zum Schluss.

Jubelschreie ertönen, selbst Julia springt von ihrem Sitz.

„Yeah, Baby!", rufe ich aus, bereit, mich selbst auf den Berg zu stürzen, der sich vor Freude auf Max türmt. Doch die letzte Hürde steht noch aus.

Unser Special Team bringt sich in Formation, um den Anschein zu erwecken, einen Point after Touchdown zu machen. Max gesellt sich zu mir und wirft zufrieden seinen Helm beiseite. Ich klopfe ihm anerkennend auf den Rücken.

Gespannt starren wir nun alle auf Savoyen, der sich nichts anmerken lässt, während er auf den Snap wartet. Anstatt den Ball nun jedoch für den Kick zu halten, wirft Danny ihn über seinen Kopf Savoyen zu, der sich schon in Bewegung gesetzt hat. Die planlose Defense braucht genau jene Schrecksekunde zu lange, um sich auf das Fake Play einzustellen, und ermöglicht Savoyen damit einen problemlosen Lauf bis in die Endzone.

Als hätten wir die Championship gewonnen, rennen wir jubelnd auf Savoyen zu und feiern an Ort und Stelle den Sieg, den wir noch gar nicht in der Tasche haben. Prinzipiell hätten die Warriors noch immer die Chance zu gewinnen, aber wir haben es tatsächlich geschafft.

Wir haben bewiesen, dass wir den dritten Platz wert sind und in diesem Jahr zu einer Einheit geworden sind, wie es schon lange nicht mehr der Fall war.

Die Warriors, mit unserer Aktion erfolgreich unter Druck gesetzt, spielen einen Fehler nach dem anderen. Der letzte resultiert darin, dass Danny den Ball in der Luft abfängt, uns damit das Ballrecht zuspielt und damit für unseren Triumph sorgt. In den verbleibenden zehn Sekunden vor Ablauf der Uhr muss sich Fraser lediglich hinknien, bis die Zeit verstrichen ist und der Schiedsrichter das Ende des Spiels abpfeift.

Was für ein Sieg!

KAPITEL 4

Julia

Es ist seltsam, wie fremd einem sein eigenes Elternhaus nach wenigen Tagen seiner Abwesenheit werden kann. Wie schnell man sich wie ein Fremdkörper fühlt, der höchstens in dieses Haus eindringt, statt Teil dessen zu sein. Auch wenn hier nichts war, wie es eigentlich sein sollte, war es das einzige Zuhause, das ich kannte. Jetzt wage ich es nicht einmal mehr einzutreten.

Seit geschlagenen zehn Minuten sitzen Claire, Jeremy und ich im Auto vor meiner Einfahrt und starren auf das gelb-weiße Einfamilienhaus. Ursprünglich hatte ich vor, um diese Uhrzeit zu kommen, weil ich davon ausging, oder besser: hoffte, Mom und Dad wären in der Arbeit. Doch seit wir angekommen sind und ich Moms Auto in der offenen Garage gesehen habe, sitze ich wie versteinert auf dem Rücksitz und ringe mit mir, ob entweder der Mut hineinzugehen oder aber der Selbsterhaltungstrieb, das Weite zu suchen, überwiegt.

Claire und Jeremy warten geduldig auf meine Entscheidung. Keiner hat bisher versucht, sie mir abzunehmen. Sie geben mir die Zeit, die ich brauche.

Als ich Jeremy heute Morgen gebeten habe, mich nach Hause zu fahren, um meine Kleidung und auch meine Schulsachen für die nächste Woche zu holen, war es Claire ein Anliegen, uns zu begleiten. Sie sagte, es wäre besser, eine Erwachsene dabeizuhaben, falls die Dinge außer Kontrolle geraten sollten. Es war unschwer zu erkennen, dass sie sich nicht nur um Jeremy, sondern auch um mich Sorgen gemacht hätte, wären wir alleine gegangen.

Ich bin mir sicher, es ist nicht leicht für Jeremys Familie, sich aus heiterem Himmel mit mir und meinem dezent verkorksten Leben auseinandersetzen zu müssen, vor allem weil sie mich eigentlich überhaupt nicht kennen. Umso mehr rechne ich vor allem seinen Eltern hoch an, sich bislang kaum in meine Angelegenheiten eingemischt zu haben. Sie drängten mich weder dazu, mit meiner Mutter zu sprechen, noch gegen sie auszusagen oder über meine Pläne für zukünftige Behausung nachzudenken. Darüber bin ich wirklich froh, denn obwohl ich mir ihrer immensen Gastfreundschaft sehr bewusst bin, fehlt mir einfach noch der klare Kopf, um Nägel mit Köpfen zu machen.

Grace meinte, ich dürfte auf keinen Fall die Schule abbrechen, doch wie sollte ich mir eine Wohnung leisten, wenn ich nur am Wochenende arbeiten kann. Eigentlich müsste ich da aber für die Abschlussprüfungen lernen. Ein College wäre ohnehin vorerst hinfällig.

Ich reiße meinen Blick von unserer Garage und blinzle einige Male, um meine wirren Gedanken zunächst beiseitezuschieben. Vor mir stützt Jeremy seinen Ellbogen auf dem Fenster ab und trommelt mit den Fingern auf die Scheibe. Mit ihm und seiner Familie hatte ich das Privileg, das schönste Thanksgiving-Essen meines bisherigen Lebens zu genießen. Alle waren völlig aus dem Häuschen wegen des Spiels, nicht nur Max und Jer, sondern sogar ich. Trotzdem war es der ruhigste und angenehmste Abend, an den ich mich je erinnern kann. Wir saßen beinahe drei Stunden am Tisch, aßen uns die Bäuche voll, gingen das bestrittene Footballspiel Viertel für Viertel in Einzelheiten durch und spielten anschließend gemeinsam Kartenspiele. Noch nie habe ich etwas derart Harmonisches erlebt. Kein Geschrei, keine enttäuschten Erwartungen, keine Heulerei, Trinkerei, Beschimpfung und letztlich zugeschlagenen Türen.

So glücklich mich dieser Abend gemacht hat, genauso hungrig hat er mich im Anschluss daran nach mehr zurückgelassen. Hungrig danach, Abende dieser Art öfter auskosten zu dürfen. Selbst einmal solche Rituale mit meiner zukünftigen eigenen Familie zu pflegen. Meinen Kindern und meinem Ehemann eine Frau und Mutter zu sein, die stabil ist, gefestigt und liebevoll. Ich möchte in der Lage sein, eine Familie zu gründen. Das wünsche ich mir so sehr.

Jeremy, der mich offenbar beim gedanklichen Abdriften im Seitenspiegel beobachtet hat, holt mich zurück in die Realität des Autos. „Wir können dir auch einfach neue Sachen kaufen, Jules. Heute ist immerhin Black Friday. Bist du schon mal in den Genuss gekommen, an diesem Tag shoppen zu gehen?“

Claire verdreht leicht lächelnd die Augen. Ich schüttle den Kopf.

„Man ist kein echter Amerikaner, wenn man nicht mindestens einmal im Leben am Black Friday einkaufen geht. Wegen deiner Bücher lassen wir uns irgendetwas einfallen.“

Ich fahre mir über das Gesicht und versuche mich zu besinnen. Zu einfach wäre es jetzt zu flüchten, mich weiterhin in Selbstmitleid zu baden. Aber wie ich schon sagte, will ich nicht länger das Opfer sein. Ich muss mich meiner Mom stellen. Sehen, ob sich irgendetwas geändert hat, ob es ihr leidtut, was geschehen ist oder sie mich aber tatsächlich ein für alle Mal aufgegeben hat. Und umgekehrt. Ich muss mir selbst beweisen, dass ich nicht weglaufe, sondern durchs Feuer gehen kann; dass sie mich nicht gebrochen hat.

„Ich muss das tun, Jeremy. Es lässt mir sonst keine Ruhe.“ Meinen Gurt lösend, reibe ich mir ein paar Mal über die kühlen Oberschenkel. „Ich kann das“, ergänze ich mehr für mich als für ihn und öffne mit diesen Worten die Türe. Umgehend folgen mir die beiden durch den Schnee zur Treppe unserer Veranda.

„Vielleicht solltet ihr doch lieber draußen warten?“, schlage ich verunsichert vor, nachdem ich mehrmals klopfe, sich aber hinter der Türe nichts rührt. Jeremy hat schon zu viel gesehen, und selbst wenn Claire schon weiß, wer mich geschlagen hat, bereitet mir die Vorstellung, sie könnte es miterleben, Kopfschmerzen. Erst nach dem vierten Versuch greife ich zu meinem Schlüssel.

„Auf keinen Fall …“, beginnt Jeremy, doch Claire legt ihre Hand auf seinen Arm.

„Wir werden uns im Hintergrund halten, in Ordnung? Wir sind nur hier, falls du uns brauchen solltest.“ Ihre Worte beruhigen mich etwas. Es ist schön zu wissen, jemanden zu haben, der hinter mir steht, dem ich wichtig genug bin, um mir in solch einer Situation den Rücken zu stärken.

Totenstill ist es im Haus, als wir es betreten. Der Geruch ist muffig, stickig, als wäre lange nicht mehr gelüftet worden. Mein Blick fällt in das Wohnzimmer. Sofort überkommt mich eine Gänsehaut, als ich den Sessel mit dem gebrochenen Bein im Eck des Essbereichs sehe. Wie ein Mahnmal erscheint mir die Art, wie er dort liegen geblieben ist, denn der Fernseher wurde offenbar schon durch einen neuen, größeren ersetzt.

„Alles in Ordnung, Schätzchen?“, erkundigt sich Claire, worauf ich leicht zusammenzucke. Hier zu stehen, aus einer anderen Perspektive nochmals die Bilder zu sehen, die sich in mein Inneres eingebrannt haben, führt mir neu vor Augen, wie sehr meine Eltern mich hassen müssen. Ich frage mich nur immer wieder, warum? Was auf der Welt habe ich so Schreckliches getan, um verachtet zu werden, bestraft zu werden, weil ich existiere? Warum konnten sie mich denn nicht einfach lieben?

Rasch drehe ich mich um, bis ich mit dem Rücken zum Wohnzimmer und damit zu jener Nacht stehe, die so gut wie alles verändert hat. Zittrig atme ich ein und verwünsche meine feuchten Augen, ehe ich bedächtig die Treppen zu meinem Zimmer hochsteige.

Alle Türen bis auf Joshuas sind verschlossen. Beim Anblick des Chaos, das Mom vor Wochen in seinem Zimmer hinterlassen hat, schlucke ich. Einen Augenblick überlege ich nachzusehen, ob es Mom gut geht, beschließe dann, lieber erst meine Sachen zu packen. Ich krame eine Sporttasche aus meinem Kleiderschrank und stopfe so viel Kleidung, wie sie fassen kann, hinein. Jeremy bleibt wachsam neben dem Türstock stehen. Claire schnappt sich in der Zwischenzeit meine Schultasche und verstaut darin alle Bücher und Hefte, die im Raum verstreut liegen. Sobald ich im Zimmer fertig bin, verschwinde ich ins Bad, um meine nötigen Hygieneartikel mitzunehmen. Dabei fällt mir auf, dass der Wäschekorb beinahe übergeht. Bestimmt liegen auch noch etliche Kleidungsstücke von mir darin.

Normalerweise hat Mom sich um die Wäsche gekümmert, außer ich wurde klar angewiesen, die Maschine zu benützen. Sie meinte, ich hätte keine Ahnung vom Waschen und solle es lieber bleiben lassen, bevor ich wieder alles ruiniere. Dabei war es nicht meine Schuld, dass Dad das eine Mal sein rotes Hemd zur weißen Wäsche dazu geworfen hat, die ich bereits begonnen hatte zu waschen. Natürlich war im Nachhinein dann fast alles blassrosa. Ich bekam die Schuld und Dad sagte nicht ein Wort, um die Situation richtigzustellen.

Verärgert über all die Erinnerungen, die mich in diesem Haus von Neuem einholen, stopfe ich meinen Kram umso entschlossener in die Tasche und mache mich bereit zum Gehen. Jeremy scannt mich kurz mit seinen Augen ab, als könne er den Schmerz, der sich in mir ausbreitet, spüren, und nimmt mir meine Tasche ab. Plötzlich wird die Schlafzimmertüre geöffnet und Mom steht mit leeren, roten Augen vor uns. Auf ihre Augen würden noch etliche weitere Eigenschaften passen wie müde, unruhig, leblos, wütend, untröstlich, bitter. Ihre Haare sehen fettig und ungekämmt aus, sie trägt ein altes T-Shirt und eine Jogginghose. Ihre Hand hält eine Flasche Jack Daniels umklammert, in der sich nicht mehr als ein Achtel des ursprünglichen Inhaltes befindet. Blitzartig habe ich ein Déjà-vu, denn es ist dasselbe Bild, welches ich bereits vor zwei Jahren monatelang zu sehen bekam, als Mom sich tagsüber ausschließlich von Alkohol ernährte und nachts Essensgelage in der Küche veranstaltete.

Jeremy bewegt sich und verlagert sein Gewicht, damit er rechtzeitig dazwischengehen kann, sollte sie mir zu nahe kommen. Seine Hände sind vor seiner Brust verschränkt, und durch seinen gestreckten Rücken wirkt er noch größer, als er ohnehin ist. Ein eiskalter Schauer rieselt mir über den Rücken, als Mom ihre Augen mit den vielen Adjektiven auf mir fixiert.

„Du. Du traust dich tatsächlich hierherzukommen nach allem, was du angerichtet hast?“ Bei dieser gefassten, ruhigen Feindseligkeit verschlägt es mir die Sprache, und meine Zunge scheint verknotet.

„Wir sind nur hier, um ein paar Dinge von Julia abzuholen, Mrs. Carter“, meldet Claire sich zu Wort.

„Hast uns wohl schon durch eine neue Familie ersetzt, wie ich sehe.“ Moms glasige, irre Augen wandern zwischen Claire und Jeremy hin und her und verweilen kurz auf ihm, als überlege sie, woher sie ihn kennt. Schnell widmet sie sich dann jedoch wieder ihrer Flasche, aus der sie einen großen Schluck nimmt.

„Wartens Sie's nur ab. Wenn die kleine Opportunistin Sie fertig ausgesaugt hat, bleibt nur mehr ihre freche, undankbare Art, die *Sie* dann ertragen müssen. Ich gebe euch zwei Monate.“ Mom spricht mit Claire, lässt mich aber nicht aus den Augen.

Reiß dich zusammen!

„Ich komme nicht mehr zurück“, presse ich endlich hervor, obwohl das bei Weitem nicht das war, was ich eigentlich sagen wollte.

Ich will ihr sagen, dass ich es leid bin, behandelt zu werden, als wäre ich wertlos. Als wäre an dem Tag nicht nur Josh gestorben, sondern auch ich.

Ich will ihr sagen, dass das Leben, in das sie mich mit sich ziehen will, meine Kehle zuschnürt, obwohl es ohnehin schon schwer genug ist, Luft zum Atmen in meine Lungen zu bekommen in einer Welt, in der mein Bruder nicht mehr existiert.

Ich will ihr sagen, dass ich meine Kindheit zurück möchte, weil ich keine Kraft mehr habe, alles zu tun, was sie von mir erwartet, nur damit sie ein einziges Mal stolz auf mich sein könnte.

Dass ich es leid bin, die Erwachsene in diesem Haus sein zu müssen, und ich zu leer bin, um das Gewicht dieser Familie alleine zu tragen.

Stattdessen werden all diese Worte lediglich zu einem riesigen Kloß in meinem Hals, durch den ich nicht sprechen kann.

Mom starrt mich indessen kühl an und stößt ein trockenes, freudloses Lachen aus. „Nimm dir einfach das, wofür du gekommen bist, und verschwinde aus meinem Leben. Das können meine Kinder ja scheinbar am besten.“ Noch bevor sie den Satz zu Ende gesprochen hat, knallt die Schlafzimmertüre vor unseren Gesichtern zu.

Das ist es also, was man unter dem Spruch „jemandem den Wind aus den Segeln zu nehmen“ meint. All der Ärger, den ich die letzten Tage wegen ihr empfunden habe, die Enttäuschung, der Vertrauensbruch, der zum unzählbaren Mal geschehen ist – all das weicht unverzüglich dem schlechten Gewissen, welches wie immer das gestörte Mutter-Tochter-Verhältnis begleitet: Sie verletzt mich. Ich versuche Konsequenzen zu ziehen, Mauern des Selbstschutzes höher aufzubauen.

Sie tut oder sagt einen Satz, der mich völlig aus der Bahn wirft. Entgegen all meiner Vernunft, die mir sagt, dass es nicht meine Schuld ist und ich verschwinden sollte, gebe ich nach. Ich entschuldige mich in Gedanken schon bei ihr und nehme mir vor, ihr noch eine Chance zu geben. Schließlich sind sie und Dad die einzige Familie, die mir noch bleibt.

Jeremy unterbricht kopfschüttelnd, fast gequält diese Gedanken, als hätte er sie soeben mitgelesen. „Lass dich nicht von ihr manipulieren, Jules. Das darf sie nicht." Er greift nach meinem kleinen Finger, zur Treppe deutend.

„So kann ich sie nicht alleine lassen." Sanft löse ich meinen Finger aus seinem Griff. „Ich kann einfach nicht."

Ich fühle nur mehr den Luftzug, den Jeremys Bewegungen hinter mir auslösen, als er mich erneut zurückzuhalten versucht, doch Claire bremst ihn.

„Lass sie gehen. Es ist ihre Entscheidung. Wir sind da, sollte etwas sein." Nicht sicher, ob ich von ihren Worten ermutigt oder erschreckt sein sollte, weil jedem hier bewusst ist, wie labil meine Mutter ist, steuere ich auf ihre Tür zu und lege meine Hand auf die Klinke. Sie fühlt sich heiß an, als befänden sich brennbare Gase und Dämpfe in dem Zimmer dahinter, die nur darauf warten, bis ich neuen Zündstoff hineinlasse, um dann wie bei einem Backdraft in meinem Gesicht explodieren zu können, sobald ich die Tür öffne.

Jetzt bloß nicht zurückschauen, sonst setze ich keinen Fuß in diesen Raum, sondern wähle den wahrscheinlich klügeren Weg der Flucht.

Ich betrete ihr Zimmer, das aussieht, als hätte eine Bombe eingeschlagen. Dads Sachen liegen verstreut auf dem Fußboden, ein paar leere Flaschen befinden sich neben ihrem Bett. Ein faustgroßes Loch klafft in einer halb offenen Türe des Kleiderschrankes meiner Eltern, und ich kann mir grauenhafte Fragmente dessen, was sich hier in meiner Abwesenheit abgespielt haben muss, bildlich vor Augen führen. Die Vorhänge sind zugezogen, und die Luft ist so dick, dass man sie schneiden könnte. Es stinkt bestialisch nach Hochprozentigem.

„Was willst du noch?“ Ich zwinge meine Augen, von dem Loch im Holz weg und dafür in Moms Richtung zu sehen. Sie liegt im ungemachten Bett, die Decke bis zum Hals gezogen, die Augen durch ihre Arme verdeckt. Die Jack-Daniels-Flasche ist auf dem Bettpfosten abgestellt, da das Nachtkästchen überquillt mit benutzten Taschentüchern und Verpackungen diverser Schokoriegel. Obwohl ich es fast nicht mehr für möglich gehalten hätte, bricht mein Herz in diesem Augenblick zum wiederholten Mal wegen ihr.

„Mir den Rest geben? Das letzte bisschen Leben aus mir heraussaugen, das ich noch in mir habe?“ Ich möchte auf sie zugehen, sie trösten, obwohl mein Innerstes danach schreit, ihr zu sagen, wie desillusioniert sie ist.

Ich bin das nicht. Ich bin nicht diese Person, die du in mir siehst. Das bist du, Mom. Aber ich bin nicht wie du, und ich werde meine Kinder, sollte ich es schaffen, je welche zu bekommen, niemals so behandeln, wie du es tust und getan hast. Doch es gelingt mir nicht, meine Gedanken laut auszusprechen.

„Ich habe schon immer gewusst, dass du ein Problem werden würdest. Schon als Baby hast du ständig geschrien wie am Spieß, und nichts, was ich für dich tat, konnte dich ruhigstellen. Du hast mich in den Wahnsinn getrieben. Alle meine Freundinnen wollten nichts mehr mit mir zu tun haben, weil du am laufenden Band lästig warst.“ Kein neuer Vorwurf, trotzdem jedes Mal aufs Neue unvorstellbar schmerzvoll.

„Mom, ich war ein Baby. Das war keine Absicht.“ Wie kann es sein, dass ich das überhaupt sagen muss?

„Dein Bruder war nie so wie du. Er war ein entzückendes Kind. Er kam deinetwegen immer zu kurz. Bis zum Schluss.“

Nein, es war nicht meine Schuld. War es nicht!

„Du warst eine Bürde für ihn ebenso wie für mich, und er konnte sie nicht mehr tragen."

Das stimmt nicht! „Hör auf!", flüstere ich matt, kopfschüttelnd, doch sie hört mich nicht. Ich bin kurz davor, mir die Ohren zuzuhalten und zu summen wie ein Kind, damit ich das alles nicht mehr hören muss. Ich ertrage es nicht.

„Und jetzt hast auch du mich verlassen, als wäre sein Verlust nicht schmerzlich genug für den Rest meines verfluchten Lebens." Jedes ihrer Worte stößt mich ab und bringt mich doch gleichzeitig näher zu ihr. Ich kann jetzt nicht einfach gehen, wenn sie tatsächlich denkt, dass es wahr ist, was sie da sagt.

„Ich habe dich nicht verlassen, Mom. Du hast mich rausgeworfen. Zweimal."

„Du bist so egoistisch!", schreit Mom. Ruckartig setzt sie sich auf und schleudert mir mit all ihrer verbleibenden Kraft die Jack-Daniels-Flasche entgegen. Sie ist betrunken, deshalb zielt sie weit daneben und die Flasche zerberstet an der Wand. Japsend schrecke ich zurück und halte mir instinktiv die Hände vors Gesicht, um mich vor der Flüssigkeit und den Scherben, die in alle Richtungen fliegen, zu schützen. Als ich die Augen wieder aufreiße, steht Mom schwankend vor mir, ihre nackten Füße mitten in den Scherben.

„Du hast keine Ahnung, wie es in mir aussieht. Ich habe meinen Sohn verloren, zum Teufel. Wegen deiner dummen kleinen Freundin ist dein Vater auch kurz davor, seinen Job aufgeben zu müssen. Und dir fällt nichts Besseres ein, als dem Jugendamt Lügen über uns zu erzählen und uns die letzte Ehre zu nehmen, die uns bleibt."

Ich höre, wie Jeremy draußen vor der Türe etwas sagt. Oder sagt er es neben mir? Es klingt so dumpf. Jedenfalls verstehe ich seine Worte nicht, da meine volle Aufmerksamkeit auf das Stück Glas in der Hand meiner Mutter gerichtet ist, welches sie gegen ihr Handgelenk drückt.

„Alles ist verloren, und es ist allein deine Schuld. Welchen Grund habe ich denn deiner Meinung nach jetzt noch zu leben?“ Ich sollte ihr die Scherbe aus der Hand reißen, die Rettung rufen, dafür sorgen, dass sie Hilfe bekommt, doch ich kann mich nicht bewegen.

„Mom, bitte hör auf damit! Du machst mir Angst.“ Nicht zwangsläufig meinetwegen empfinde ich diese Angst, oder weil ich denke, sie würde sich ernsthaft verletzen, wenn ich *weggehe*. Vielmehr fürchte ich, dass sie sich verletzen wird, gerade *weil* ich jetzt vor ihr stehe. Nur um mir damit etwas zu beweisen. Zu beweisen, dass ich ihr Leben ruiniert habe und ich nur das bin, was sie mir seit Jahren vorwirft, zu sein: ihr Todesurteil.

„Mrs. Carter, bitte beruhigen Sie sich!“, versucht Claire Mom abzulenken, doch sie hört sie nicht einmal.

„Dir wäre es doch vollkommen gleich, wenn ich hier vor dir verbluten würde. Ich war dir immer schon egal. Dein Bruder war dir tausendmal wichtiger. Vielleicht wird dir ja klar, was du mir damit angetan hast, wenn ich dorthin gehe, wo er ist. Vielleicht geht dir dann endlich ein Licht auf.“ Obwohl ich es nicht rational begründen kann, weiß ich, dass sie nicht tun wird, was sie scheint tun zu wollen, und doch fühle ich mich, als hätte ich keinen Tropfen Blut mehr in meinem Körper. Meine Knie drohen nachzugeben, weshalb ich mich mit den Fingerspitzen an der Wand hinter mir abstütze. Nur aus meinen Augenwinkeln kann ich Jeremy und Claire erkennen, die tatsächlich ins Zimmer getreten sind und die Szene erschreckt beobachten.

„Sag das nicht. Vielleicht kann ich zurückkommen. Wenn du dir Hilfe holst. Wir können das gemeinsam …“ Mom lacht abfällig auf, woraufhin ich verstumme.

„Wer sagt, dass ich dich zurückwill?“ Angewidert schüttelt sie den Kopf, wirft die Glasscherbe in ihrer Hand energisch neben meinen Beinen zu Boden und steigt mit ihren aufgeschnittenen Füßen zurück ins Bett, ohne Claire oder Jeremy überhaupt zu beachten.

„Ich will mein Leben zurück. Aber du gehörst da nicht mehr dazu.“

Niemand spricht beim Nachhauseweg auch nur ein Wort. Zu sehr sind Jeremy und Claire erschüttert, um mir in welcher Art und Weise auch immer jetzt gut zureden zu können. Was eben geschehen ist, kann keiner glauben, wenn er nicht selbst einmal dabei gewesen ist. Keiner kann sich vorstellen, dass es tatsächlich solche Familien gibt, solange er nicht Zeuge derartiger Situationen geworden ist.

Vor Kurzem wäre mir das alles hier noch furchtbar peinlich gewesen. Ich hätte mich in Grund und Boden dafür geschämt, dass jemand in meine Privatsphäre eindringt und so etwas sieht und hört. Im Augenblick glaube ich aber gar nichts fühlen zu können. Ich bin leer, kalt, nicht einmal enttäuscht oder wütend. Am ehesten bin ich sogar dankbar, zu erleben, wie Jeremy und Claire mit ihren Gefühlen ringen. Denn das beweist mir, nicht verrückt zu sein.

Es hilft zu wissen, dass ich nicht die Einzige bin, die denkt, meine Mutter wäre krank und bräuchte Hilfe. Und ich wünsche ihr diese innere Heilung von Herzen. Niemand kann sie dazu zwingen, doch ich bete inständig, dass sie irgendwann aufwacht und bereit ist, sich helfen zu lassen. Bereit, ebenfalls die Opferrolle abzulegen und Maßnahmen zu setzen, um eines Tages ohne diese schwere Last des Verlusts, des Gefühlschaos, der Schuldzuweisungen und des Hasses aufwachen zu können. Der Schmerz wird immer ein Teil von ihr sein, genauso wie ich Joshua immer vermissen und vielleicht wieder

Rückfälle haben werde, wenn ich an ihn denke, doch irgendwann wird es erträglicher. Mom muss genauso wie ich verstehen lernen, dass sie *nicht* mit Joshua gestorben ist, dass das Leben für sie weitergeht. Ich hoffe, sie wird in der Zukunft die Erfahrung machen, dass Gott auch sie wieder zusammensetzen kann. Er ist Meister darin, uns Menschen aufzurichten, wenn man ihn lässt.

Beim vergleichsweise ruhigen Mittagessen, bei dem man hauptsächlich nur das Geräusch des Bestecks auf den Tellern hört und jemand ab und an über etwas Belangloses, Unzusammenhängendes spricht, würge ich der Höflichkeit halber zumindest die Hälfte der Thanksgiving-Reste hinunter. Sehr bald entschuldige ich mich und gehe in mein Zimmer. Ich brauche dringend Zeit für mich. Nicht, um zu weinen, denn momentan wirkt es, als wären meine Tränendrüsen ausgetrocknet. Ich brauche vielmehr Zeit, um abschließen zu können. Mit dem heutigen Tag, mit meinen Schuldgefühlen, meinen Erinnerungen, meiner Vergangenheit. Natürlich funktioniert das nicht an einem Tag, ich arbeite schon seit Jahren daran, aber es ist wie gesagt ein Prozess, an dem ich bestimmt nie ganz werde aufhören können zu arbeiten.

Ich höre Musik von Chris Tomlin und bete, um die Bitterkeit und die neu entstandene Härte in meinem Herzen loszuwerden. Als es leise an der Türe klopft, lege ich meine Kopfhörer ab und setze mich auf. „Kann ich hereinkommen?“, fragt Claire durch den Türspalt.

„Natürlich“, antworte ich lächelnd. Eigentlich möchte ich nicht, dass die Menschen in diesem Haus noch weiter mit meinen Problemen konfrontiert werden, dass sie das Gefühl haben, mich anders behandeln zu müssen, als sie es sonst tun würden, weil ich beim falschen Wort zerbrechen könnte. Sie sollen sich nicht verpflichtet fühlen, mich allesamt retten zu müssen.

Claire schließt die Türe hinter sich und setzt sich ans Fußende meines Bettes. Nachdenklich spielt sie mit dem Anhänger ihrer Kette, bevor sie diese über den Kopf zieht und mir entgegenstreckt. „Kennst du dieses Symbol?“, fragt sie sanft. Ich beuge mich vor, um es anzusehen. Der Anhänger besteht aus einem Kreuz, einem Herzen und einem Anker, die miteinander verbunden sind.

„Glaube, Hoffnung, Liebe“, folgere ich, weil ich es schon oft gesehen habe. Der erste Korintherbrief ist eine beliebte Bibelstelle bei Hochzeiten.

„Diese drei bleiben. Doch die Liebe ist die größte unter ihnen“, ergänzt Claire und legt die Kette zwischen uns auf die Bettdecke. „Meine Eltern haben sich scheiden lassen, als ich elf Jahre alt war. Ich kann nicht einmal behaupten, dass ich darüber besonders traurig gewesen wäre, da alles was sie davor und leider auch danach taten, war zu streiten. Meiner Schwester und mir gegenüber wurden die beiden zwar nie handgreiflich, doch unzählige Male haben sie einander während eines Streits mit Gegenständen wie Sesseln, Messern, Pfannen und weiß Gott was alles bedroht. Wir hatten Todesangst und weinten bitterlich, bis einer von ihnen endlich wutentbrannt das Haus verließ. Keiner von beiden war in meinen Augen ein schlechterer Mensch, doch zusammen brachten sie schlichtweg das Schlimmste ineinander hervor.

Nachdem sie sich getrennt hatten, brachte meine Mom ständig einen Mann nach dem anderen nach Hause in dem verzweifelten Versuch, meinen Vater ersetzen zu können, denn sie brauchte so dringend Liebe. Meiner Schwester wurde das zu viel. Sie zog zu meinem Vater. Ich hingegen fühlte mich verpflichtet, meine Mutter nicht im Stich zu lassen.

Während meine Schwester jedoch bei unserem Vater in Einsamkeit versank und es meiner Mutter mit diversen Beziehungen gleichtat, entwickelte ich durch die Jahre einen enormen Willen, einen Kampfgeist, mein Leben anders zu leben. Ich strebte nach den Worten in diesem Korintherbrief, die ich mal gelesen hatte, wollte wissen, ob es solche Liebe tatsächlich gibt. Ich hoffte auch irgendwann jemandem geben zu können, was ich mir so sehr für mich wünschte, und durfte schließlich erfahren, wie sich diese Liebe in einem anderen Menschen manifestieren kann. Natürlich ist weder Robert noch bin ich perfekt in unserem Handeln. Auch wir streiten manchmal, müssen immer wieder lernen, Kompromisse zu schließen und aufeinander zuzugehen, aber es ist die Mühe allemal wert."

Sie atmet tief ein und legt ihre Kette wieder an, bevor sie mich eindringlich ansieht. „Was ich damit sagen will: Du bist nicht deine Mutter und auch nicht dein Vater. Du musst nicht in ihre Fußstapfen treten, sondern bist frei, deine eigenen Wege einzuschlagen. Natürlich tragen wir alle etwas von unseren Eltern in uns, aber es bestimmt uns und unser Leben und Handeln nicht. Wir sind nicht Sklaven unserer Gene. Gott weiß, wie oft ich mir selbst geschworen habe, niemals zu handeln, wie mein Vater und meine Mutter es oft getan haben. Großteils ist es mir auch gelungen, mich daran zu halten, weil ich mich bewusst gegen diese Eigenschaften entschieden habe, wenn sie ans Tageslicht dringen wollten. Das ist kein Zuckerschlecken, sondern harte Arbeit. Aber sehen zu können, wie diese Arbeit Früchte trägt und sich positiv auch auf Jeremy und seine Art zu agieren und reagieren auswirkt, dann bereue ich nicht eine einzige Träne und nicht eine Minute dieser Arbeit."

Ihre glasigen Augen, die sie bei dieser Zusammenfassung bekommt, verstärken in mir meine eigene Traurigkeit, und wenig später kommen mir doch die bis dahin verschollenen Tränen. Es sind nur wenige, leise und sanft, doch mit ihnen schütte ich – zumindest Teile meines verletzten Herzens aus.

„Ich habe es satt, dass sie mir leidtut, nachdem sie mich auf diese Weise behandelt. Ständig das Gefühl zu haben, mich entschuldigen zu müssen, auf der Welt zu sein und ihr so viele Probleme zu bereiten. Ich habe es satt, *sie* zu verteidigen. Dieses Gefühl, diese innere Sperre zu haben, mit jemandem über sie zu sprechen, weil ich sie damit verraten würde. Und die größte Bürde ist die ständige Angst um ihr Wohlbefinden, sie davon abzuhalten, sich selbst mehr zu schaden, als sie es bereits tut."

Claire nickt verständnisvoll und streichelt mütterlich mein Haar. Wie wäre ich geworden, hätte ich sie zur Mutter gehabt?

„Ich kann dich natürlich nicht zwingen, aber ich möchte dir ans Herz legen, dir jemanden zu suchen, mit dem du über alles sprechen kannst. Jemanden, der dich dabei unterstützen kann, die Dinge aufzuarbeiten, denn so sehr wir uns auch vornehmen, stark zu sein und unsere Probleme alleine regeln zu können, umso härter stürzen sie im ungünstigsten Zeitpunkt wieder auf uns ein."

„Ich weiß." Ich habe es mehrmals erlebt. „Aber ich bin nicht sicher, ob ich darüber reden kann. So unverständlich und infantil das jetzt auch erscheinen mag, ich ertrage den Gedanken nicht, jemand könnte schlecht über meine Mom oder meinen Dad denken. Ist schwer zu erklären."

„Das schlechte Gewissen sitzt tief in dir, nicht wahr? Hör zu! Entgegen dem, was sie dir offensichtlich jahrelang versucht haben, weiszumachen: Es ist nicht deine Schuld! Du hast sie nicht gezwungen, die Wege zu gehen, die sie gegangen sind. Ob und was du getan haben magst, das sie als Provokation auffassen, rechtfertigt unter gar keinen Umständen ihre Handlungen. Du bist das Kind. Sie sind die Erwachsenen. Nicht umgekehrt."

Kognitiv sehe ich das ja ein, doch fällt es meinem Herzen sehr schwer, es zu verstehen. Aber ich bin stark. Ich habe meinen Glauben, ich habe Menschen in meiner Kirche, mit denen ich reden kann; Menschen, die Ähnliches oder Schlimmeres erlebt haben. Was ich bisher versuchte, selbst zu bewältigen, muss zuerst aufgearbeitet werden, die Dämonen meiner Vergangenheit müssen Stück für Stück beseitigt werden.

Wie Jeremy schon vor Monaten zu mir gesagt hat, ist es okay, ab und zu Hilfe anzunehmen. In diesem Fall nicht seine, das wäre unpassend und nicht gut für uns beide. Er soll nicht die Scherben aufsammeln und glauben sich meiner deswegen annehmen zu müssen. Er hilft mir auf eine ganz andere Art und Weise, und ich hoffe, ich kann ihm eines Tages klarmachen, wie dankbar ich ihm dafür bin.

Jeremy

Claire zieht sich an dem Nachmittag mit Dad in sein Büro zurück und erzählt ihm von den Ereignissen mit Jules' Mom. Einerseits wahrscheinlich, weil sie jemanden braucht, mit dem sie über das Erlebte sprechen kann, andererseits um eine Lösung zu finden. Mich hat das Ganze extrem aufgewühlt. Ich möchte zwar zu Jules gehen, habe aber keinen blassen Schimmer, was ich zu ihr sagen sollte. Was sagt man denn nach solch einem Drama? Alles wird wieder gut – den dämlichsten Spruch überhaupt, weil das doch niemand versprechen kann? Ich kann nicht glauben, wie manipulativ, berechnend und schlichtweg fies Julias Mom sie behandelt hat. Ihr mit Selbstmord zu drohen ist niederträchtig, ebenso wie die verrückten Vorwürfe, die sie ihr gemacht hat.

Claire war der Meinung, es wäre vorerst besser, Jules etwas Zeit zu geben. Sie müsse wichtige Entscheidungen für sich selbst treffen. Das klang für meinen Geschmack zwar ziemlich vage und ungenügend, doch ich respektiere es, selbst wenn ich nichts mehr will, als sie im Arm zu halten und zu trösten.

Weil ich gerade aber auch nicht zu Hause einfach so herumsitzen kann, gehe ich trainieren. Aaron, Logan und Tommy sind ebenfalls im Trainingsraum und schaffen es irgendwie, mich auf andere Gedanken zu bringen.

Als ich zurück nach Hause komme, erklären mir Claire und Dad, sie hätten sich entschieden, Julia anzubieten, bis zu ihrem achtzehnten Geburtstag die gesetzliche Vormundschaft für sie zu übernehmen. Vorausgesetzt, das Gericht entscheidet nicht ohnehin für eine Emanzipation von ihren Eltern. Auch wenn die Erleichterung darüber groß ist, dass sich mein Vater hat umstimmen lassen, ist mir gleichzeitig wohl bewusst, welche

Konsequenzen das vor allem für Julia haben wird. In der Schule wie auch für ihre Familie.

Wird sie jemals wieder normal auf ihre Eltern zugehen können, wenn sie jetzt so auseinandergehen? Wird sie das innerlich auffressen, oder wird sie lernen, damit umgehen zu können?

Dad ist es wichtig, mir gleich die Regeln für das Zusammenleben zwischen uns vieren zu erklären. „Hör mal, ich mag das Mädchen. Was ich bisher von ihr gesehen habe, gibt keinen Anlass zur Sorge. Trotzdem bin ich nach wie vor kein Fan davon, meinen Sohn mit einem hübschen Mädchen in seinem Alter unter einem Dach wohnen zu lassen. Natürlich verstehe ich aber, dass sie momentan keine passende Alternative hat, weshalb ich bereit bin, es zu versuchen. Was ich mir von dir aber erwarte, ist das Ehrenwort, in der Zeit keine körperliche Beziehung mit ihr einzugehen. Verstehst du, was ich sagen will?“

Er neigt den Kopf vor, um seinen Punkt zu verdeutlichen. „Ja, Dad. Laut und deutlich, auch wenn ich dir schon gesagt habe …“

Kopfschüttelnd unterbricht er mich. „Das mag ja sein, aber Dinge ändern sich, Junge. Ich weiß, wovon ich rede.“ Kindisch verdecke ich daraufhin meine Ohren mit den Händen und beginne zu singen, was Claire und schließlich auch Dad zum Lachen bringt.

„Was dein Dad damit zu sagen versucht, ist: Du schläfst in deinem Zimmer, sie in ihrem. Keine Übernachtungen beim anderen. Keine nächtlichen Besuche mehr in ihrem Zimmer.“ Bedeutungsvoll hebt sie die Augenbrauen, und Dad setzt einen strengen Blick auf.

Gut möglich, dass ich gerade rot werde, denn mir war nicht bewusst, dass sie davon Wind bekommen haben.

„Und wir erwarten uns von dir Aufrichtigkeit, Ehrlichkeit und Einhaltung unserer Regeln. Uns ist klar, dass wir dir nichts mehr verbieten können, doch wir bitten dich um vernünftiges Handeln …"

So unangenehm es auch ist, mit meinen Eltern über diese Thematik zu sprechen, kann ich ihre Sorge gut verstehen. Ich will ihnen sagen, wie sicher ich bin, dass Jules überhaupt keine körperliche Beziehung mit mir will. Auch wenn sie es vielleicht nie offiziell gesagt hat, gehe ich davon aus, dass sie bis zur Ehe wird warten wollen, und das ist in Ordnung für mich. Ich hätte zwar nie erwartet, so zu denken, aber es ist wahr. Andererseits ist es doch lächerlich, über all das zu sprechen, da bisher nicht auch nur annähernd etwas zwischen uns passiert ist. Sie weiß nicht einmal von meinen Gefühlen für sie und ich bin auch nicht sicher, ob sie sie erwidern würde.

Am Sonntag begleite ich Jules wie versprochen zum Gottesdienst in ihrer Kirche. Keine Ahnung, warum man den unbedingt so früh veranstalten muss. Vielleicht würden mehr Jugendliche in den Gottesdienst gehen, würde er abends stattfinden, und nicht noch mitten in der Nacht, wie es sich meiner Ansicht nach fürs Wochenende anfühlt. Auf der anderen Seite ist das wahrscheinlich nur eine schwache Ausrede, denn wenn jemandem etwas wichtig ist, nimmt man sich eben die Zeit dafür, egal, wann das sein mag. Als ich das letzte Mal in der Kirche war, war ich ein Kind, und die Erinnerungen daran halten sich in Grenzen. Julia ist es jedenfalls wichtig herzukommen, und ich möchte es mir gerne mal ansehen.

Heute ist die Aufführung von Julias Tanzgruppe, bei der sie eigentlich auch in einer tragenden Rolle hätte mittanzen sollen. Leider muss sie jetzt – wie ich bei unserem letzten Spiel – vom Publikum aus zusehen, und ich kann besser, als mir lieb ist, nachvollziehen, wie schwer ihr das fallen muss. Wir nehmen in einer der hinteren Reihen Platz. Es fasziniert mich, wie viele Leute Jules hier persönlich zu kennen scheinen und uns herzlicher als viele andere Menschen, die ich kenne, begrüßen. Schade, dass Jules bisher wahrscheinlich auch jeden hier auf Distanz halten musste, damit niemand zu viel von ihrem Leben mitbekommen würde. Ich wünsche ihr, dass sich dies nun für sie ändern kann.

Die ganze Zeit, in der wir sitzen und warten, bis es losgeht, zupft sie entweder nervös an ihrem Pullover herum oder wippt ununterbrochen mit einem Bein. Irgendwann lege ich meine Hand auf besagtes Bein und zwinkere ihr ermutigend zu.

„Die werden das schon meistern."

Der Raum wird verdunkelt, während die Ballettgruppe sich auf der Bühne aufstellt. Auf dem Bildschirm hinter der Bühne erscheinen der Name des Interpreten, Danny Gokey, sowie der Titel des Liedes, „Hope in Front of Me".

Sobald der erste Ton gespielt wird und die Tänzer sich zu bewegen beginnen, rutscht Jules bis an die äußerste Kante ihres Sessels. Die Bühne wird beleuchtet, Lichteffekte werden passend zur Melodie und zum Tanz eingebaut. Auf der Leinwand wird der Songtext des Liedes aufgeblendet. Was die Gruppe dort oben macht, sieht wahnsinnig professionell aus. Trotzdem kann ich meine Augen kaum von Jules nehmen, die die Worte mit ihren Lippen formt und die Bewegungen angedeutet mitmacht.

Hoffnung liegt vor mir.
Da ist ein Licht; ich kann es noch sehen.
Da ist noch eine Hand, die mich hält,
selbst wenn ich es nicht immer glauben kann.
Ich mag niedergeschlagen sein, doch ich bin nicht tot.
Es liegen noch bessere Tage vor mir.
Trotz allem, was ich gesehen habe,
blicke ich auf die Hoffnung, die vor mir liegt.

Am Ende des Liedes, als die Leute jubelnd klatschen, atmet Jules sichtlich erleichtert und mit einem breiten Lächeln im Gesicht aus.

„Hätte nie gedacht, dass ich hier unten beim Zuschauen nervöser sein könnte als tanzend auf der Bühne", lacht sie und wischt ihre Hände auf ihrer Jeans ab.

In der Zeit, in welcher die Tanzgruppe die Bühne verlässt, betritt der Pastor die Kanzel und schlägt seine Unterlagen auf. Pastor Brandon, wie er sich vorstellt, schafft es tatsächlich, meine vollste Aufmerksamkeit für sich und seine Worte zu gewinnen. Nicht nur meine, denn im ganzen Raum könnte man während seiner Predigt eine Stecknadel fallen hören. Er besitzt die seltene Gabe, andere zu fesseln, ihnen dabei aber nicht seine Meinung einfach überzustülpen. Man merkt ihm bereits beim Reden an, dass er lebt, wovon er predigt. Alles, was er sagt, vermittelt er mit einer mir fremden Autorität. Selbst wenn es in meiner Schule gute Lehrer gibt, Lehrer, die ich respektiere – keiner kann diesem Mann hier das Wasser reichen.

„Was ist nun also der Glaube? Er ist das *Vertrauen* darauf, dass das, was wir *hoffen,* sich erfüllen wird, und die *Überzeugung,* dass das, was man nicht sieht, existiert, sagt uns das Wort Gottes. Der Glaube ist also das feste Fundament, auf dem wir unser Leben bauen können. Alles andere kann wegbrechen: Beziehungen zerbrechen, wir verlieren unseren Arbeitsplatz, der Tod entreißt uns unsere Liebenden, wir leiden unter Krankheiten. Diese Dinge sind Realität. Sie geschehen, ob du nun der frommste Mensch der Welt bist oder der Verbrecher, der neben Jesus auf dem Kreuz hing. Wichtig für uns zu wissen ist jedoch dies: Gott verursacht kein Leid, doch er lässt es zu. Ebenso wie er uns den freien Willen gibt zu entscheiden, ob wir mit oder ohne ihn unser Leben bestreiten wollen. Im Glauben an ihn oder im Vertrauen an uns selbst. Ob wir unsere Last von ihm tragen lassen wollen oder in Bitterkeit versuchen, sie selbst zu tragen, und Gott vielleicht anklagen, weil er es nicht verhindert hat."

Brandon erzählt von seiner einzigen Tochter, die er vor Jahren aufgrund einer schweren Krankheit verloren hat. Schildert, wie diese Tatsache die Ehe zwischen seiner Frau und ihm schwer geschädigt und letztlich beinahe eine Scheidung nach sich gezogen hätte, hätte er nicht gelernt, das Recht aufzugeben, immer alles unter seiner Kontrolle zu haben.

Er erwähnt, selbst jetzt nicht vollständig darüber hinweg zu sein, noch immer nicht ganzheitlich erfassen zu können, warum dies geschehen musste; dass es nach wie vor das Unnatürlichste und Schrecklichste der Welt ist, sein einziges Kind zu Grabe tragen zu müssen. Aber er durfte in dieser Zeit mehr als in all den Jahren seiner biblischen und pastoralen Ausbildung, mehr als jemals zuvor oder danach lernen, Gott das Ruder seines Lebens zu überlassen und ihm in all seiner Gebrochenheit, seiner Wut, seinem Frust, seiner Angst Vertrauen entgegenzubringen.

„Unser Vater sieht unseren persönlichen Kampf. Er hat ihn selbst in Jesus Christus, seinem Sohn, durchgemacht. Jesus hat geweint, hatte Hunger, unsagbare Schmerzen, Ängste und sogar das Gefühl, ganz alleine zu sein. Deshalb ist er in der Lage, alles nachempfinden zu können, was du durchmachst. Er möchte die Scherben deines Lebens einsammeln, sie aufbewahren und wieder zusammensetzen.

Ich möchte an dieser Stelle ein paar Worte von Max Lucado zitieren: ‚Der Glaube vertraut auf das, was das Auge nicht sehen kann. Die Augen sehen den brüllenden Löwen, dein Glaube sieht Daniels Engel.

Deine Augen sehen deine Fehler, dein Glaube sieht deinen Erlöser.

Deine Augen sehen in den Spiegel und sehen einen Sünder, einen Versager, einen Wortbrüchigen.

Aber im Glauben siehst du in den Spiegel und erblickst dich selbst als den Verlorenen, der mit einem kostbaren Gewand bekleidet ist und den Ring der Gnade an seinem Finger und den Kuss des Vaters auf seinem Gesicht trägt.'"

Ich lasse die Worte in mir wirken, nehme mir vor, sie später noch einmal auf Google zu nachzulesen.

„Lasst uns zu Sehenden im Glauben werden. Erleben wir, wie es ist, uns durch die Augen unseres Vaters zu sehen, der jedes einzelne Haar auf unserem Kopf gezählt hat und jedes Muttermal auf unserer Haut kennt. Lasst uns die Liebe annehmen, die er uns schenken will, und lernen, ihm unser Vertrauen entgegenzubringen. *Er* ist die Hoffnung, die vor uns liegt. Amen."

KAPITEL 5

Julia

In Jeremys Wohnzimmer sitzen, stehen, liegen und tanzen an die sechzig Leute. Etliche weitere verteilen sich auf dem Gang, die Raucher stehen auf der Terrasse oder vor der Türe. Jeremy feiert heute in seinen achtzehnten Geburtstag hinein. Seine Eltern haben ihm dafür das Haus überlassen, im guten Glauben daran, dass die Hütte noch steht, wenn sie zurückkehren. Hoffentlich werden sie nicht enttäuscht. Momentan geht alles noch sehr gesittet zu, auch wenn ich mich frage, ob ihnen wirklich nicht bewusst war, dass es auf dieser Party Alkohol geben würde.

Jeremy und Max haben im Vorfeld alle Möbel auf die Seite geschoben und jene Dinge entfernt, die wertvoll sind. Die Couch haben sie mit Tagesdecken überzogen, nur für den Fall. Ein riesiger Kühler steht an der Wand vor dem Esszimmer, damit nicht jeder ständig in die Küche rennen muss, um sich etwas zu trinken zu holen. Musik von *Awolnation* dröhnt aus den Lautsprechern, Gelächter und Geschrei, vor allem von den weiblichen Partytigern, vermischt sich immer wieder mit ihr.

Als ich Jeremy das letzte Mal gesehen habe, wurde er von einer Gruppe von Jungs zu einem Trinkspiel rund um den Couchtisch verschleppt, bei dem es darum geht, eine Münze in einen Becher zu schnipsen. Der, dem das nicht gelingt, muss trinken und würfeln. Bei einer Sechs muss man jemanden des anderen Geschlechts küssen. Nicht sehr einfallsreich, aber eine äußerst effektive Methode, um möglichst schnell betrunken zu sein und sich auch noch an die Mädchen heranmachen zu können, oder natürlich an die Jungs, je nachdem. Ersteres war auch der Grund dafür, dass ich gleich das Weite gesucht habe.

Obwohl mir bewusst ist, dass hier jeder für sein eigenes Wohl verantwortlich ist, hole ich die Schüssel, in der zuvor ein Haufen Popcorn war, von einem Regal herunter, auf dem sie abgestellt wurde. Frustriert stopfe ich mir eine Handvoll der letzten Körner in den Mund. Ich habe keine Lust, Zeuge dessen zu werden, wenn Jeremy jemanden küsst oder geküsst wird. Das sollte mich zwar nicht dermaßen stören. Ich bin aber echt nicht wild darauf zuzusehen.

In einer Ecke des Wohnzimmers auf meinem Weg zur Küche entdecke ich O'Mally und Melanie, eng ineinander verschlungen. Würgend ziehe ich bei dem Anblick die Augenbrauen hoch, als Melanie die Augen öffnet und sich von O'Mallys Lippen löst, als wäre es ihr peinlich, von mir gesehen worden zu sein.

Niemand hat dich dazu gezwungen, soweit ich das beurteilen kann, denke ich bei mir.

Gleichzeitig frage ich mich, ob sie vielleicht beobachtet werden wollte, um Jeremy unter Umständen eifersüchtig machen zu können. Besonders unauffällig waren die beiden ja nicht gerade. Hätte es funktioniert? Es heißt ja, Jungs würden darauf stehen, Mädchen zu jagen.

Nein, Jeremy fällt nicht auf so etwas rein … glaube ich.

„Wieso schaust du so, Julie? Willst du mitmachen?" *Julie?* Igitt.

„Klar, wenn du erleben möchtest, wie ich mich dabei übergebe! Eigentlich frage ich mich eher, wieso du überhaupt hier bist."

O'Mally spielt den Gekränkten. „Na, na. Nicht frech werden. Dein Freund hat meine Party gecrashed, schon vergessen? Ich finde es nur fair, es ihm nachzumachen. Aber keine Angst, noch habe ich beide Hände voll zu tun." Demonstrativ greift er auf Melanies mit einem knappen Rock bedeckten Hintern. Sie schlängelt sich jedoch augenrollend aus seinem Griff.

Ich gehe einen Schritt näher und zeige mit dem Finger auf ihn. „Benimm dich, Sebastian, hast du verstanden? Sonst werde ich deinen Allerwertesten nämlich höchstpersönlich auf der Stelle hier rausschmeißen.“ Er wirft beim Lachen seinen Kopf zurück. Melanie sehe ich ein letztes Mal intensiv an, bevor ich meinen Weg fortsetze, denn ich möchte keine Sekunde zu lang bei ihnen stehen bleiben.

Mit der beinahe leeren Schüssel in der Hand zwänge ich mich mit aufgesetztem Lächeln und vielen Entschuldigungen fürs Beiseiteschieben in die Küche vor, in der Hoffnung, dort weniger Leute anzutreffen, um ein bisschen Luft zu bekommen.

Bevor ich überhaupt durch die Türe komme, stürmt mir ein Mädchen aufgebracht und wütend entgegen. Auf ihrem Weg durch die Türe rempelt sie mich so fest an, dass ich nicht nur mit dem Rücken zu fest gegen den Türrahmen knalle, sondern dabei auch noch die restlichen Körner auf dem Boden verstreue.

„Woah!“, rufe ich mit erhobenen Armen aus, doch sie ist längst in der Masse verschwunden. Zumindest wird meine Hoffnung erfüllt, denn nur ein Pärchen steht in der Küche und unterhält sich. Ein paar andere Leute spielen am Esstisch Poker. In der Version als Trinkspiel, versteht sich. Vereinzelt stehen noch einige weitere um den Tisch herum. Es fällt mir jedenfalls nicht schwer, schnell den Grund für das übelgelaunte Mädchen zu entdecken, welches mein Popcorn auf dem Gewissen hat, denn die einzig andere Person, die gerade neben dem offenen Kühlschrank lehnt und mit den Fingern im Takt zur Musik darauf trommelt, ist Danny.

Der Danny, der eine Sportart daraus macht, ein Mädchen nach dem anderen auf eine für die anderen Jungs amüsierende Art und Weise in den Wind zu schießen. Dabei ist meist er derjenige, dem eine Abfuhr erteilt wird, wenn er sich für und vor Mädchen zum Affen macht. Ich bin in diesen letzten beiden Wochen relativ oft in den „Genuss“ gekommen, mir am Mittagstisch seine Geschichten anhören zu dürfen.

Es tut gut, wieder in die Schule gehen zu können, vor allem jetzt noch, einstweilen niemand weiß, dass ich im Grunde bei den Housers eingezogen bin. Zwar ernte ich immer wieder verwunderte und verständnislose Blicke verschiedenster Leute an der Schule, weil nun ausgerechnet ich mit den „coolen Kids“ unterwegs bin, aber die ignoriere ich eben so gut es geht. Verblüfft bin ich darüber, wie einfach es war, mich mit Jeremys Teamkollegen und Freunden anzufreunden. Ich bin nicht sicher, ob Jeremy oder Max zu ihnen gesagt haben, dass sie nett zu mir sein müssen. Keiner hat gefragt, weshalb ich eigentlich plötzlich bei ihnen sitze. Vielleicht haben sie aber auch einfach selbst gespürt, dass es mir nicht sonderlich gut geht.

Die ersten paar Tage konnte man trotz diverser Abdeckversuche, um die Claire und ich uns bemüht hatten, nach wie vor bei genauerem Hinsehen das Cut an meinem Kieferknochen entdecken. Die Schonhaltung, die ich bis letzte Woche eingenommen hatte, war auch nicht gerade zu übersehen. Natürlich hätte ich mich weiter zu Hause verstecken können, bis alles abgeheilt ist. Jeremys Eltern haben mir davon aber abgeraten. Nicht nur weil ich wieder mehr Menschen um mich herum brauche, auch weil es die spätere Situation für mich an der Schule nicht einfacher machen würde, je länger ich ihr fernbleibe. Vom Sportunterricht bin ich immerhin auch die nächsten zehn Wochen noch befreit.

Als Danny meine Hand sieht, die an ihm vorbei nach einer Dose Cola greift, dreht er sich um und sieht verdutzt auf mich. Wahrscheinlich dachte er, ich wäre die Blondine von eben. Bei seinem Anblick reiße ich erschrocken den Mund auf und trete einen Schritt näher, um zu inspizieren, ob ich mir die roten

Flecken auf seiner Wange nur einbilde. Dann leuchtet mir alles ein, und ich klappe den Mund zu.

„Ich schätze, die Hand zu dem Abdruck gehört dem Mädchen, das gerade hier rausgestürmt ist? Welche Masche war es diesmal?“ Die leere Schüssel stelle ich neben der Mikrowelle auf den Tresen, nehme für Danny eine zweite Cola aus dem Kühlschrank und drücke sie ihm aufs Gesicht, bis er meine Hand mit seiner auf der kalten Dose ablöst, um sich weiterhin Linderung zu verschaffen.

„Bethany ... Das war: ‚der entlaufene Sträfling‘. Siehst du?“ Er zieht seine Jeans hoch, und ich schlage mir die Hand vor den Mund, bevor ich in Gelächter ausbreche.

„Ich habe für diese Nummer sogar extra das Fußeisen, das ich für Halloween gekauft habe, in der Mitte durchtrennt. Im Grunde geht's bei der Geschichte darum, dass ich ihr weiß mache, zu Unrecht im Gefängnis gesessen zu haben. Heute musste ich ausbrechen, weil ich meine neugeborene Tochter sehen wollte, doch meine Exfreundin erlaubt es nicht. Völlig umsonst habe ich mich nun also in Gefahr begeben und nun nicht einmal mehr einen Platz zum Schlafen. Daraufhin hätte sie mich bemitleiden und bewundern sollen und mich gefragt, ob ich bei ihr schlafen möchte. Das Playbook sagt, die Erfolgsquote liege bei neunzig Prozent.“

„Tja, deinem Gesicht zufolge gehörst du dann wohl zu den restlichen Zehn. Ehrlich, wer macht so was überhaupt?“ Ich schüttle den Kopf und klettere neben ihm auf den Tresen, um zu den Popcornvorräten zu gelangen. Nach wie vor kann ich mich nach meinem Rippenbruch nicht im selben Ausmaß bewegen wie gewohnt. Strecken ist noch nicht schmerzfrei möglich. Bevor ich zu der Packung gelange, kommt Danny mir zuvor und zieht eine der kleinen Schachteln aus dem Regal.

„Danke“, sage ich beiläufig und drehe mich um. Ich werfe eine der Maistüten in die Mikrowelle und schalte sie ein. Danny lehnt sich mit dem Rücken an die Küchenzeile neben mich.

„Das war noch das Harmloseste. Letztes Jahr habe ich mich auf einer Party vor einer Nebelmaschine ausgezogen, bin dann vor einer Gruppe von Mädels aus der Hocke langsam aufgestanden und habe ihnen erklärt, ich käme aus der Zukunft, um sie zu beschützen.“

Bevor ich hinunterschlucken kann, überkommt mich ein derartiger Lachanfall, dass der Schluck Cola schrecklicherweise wieder aus meinem Mund geschossen kommt. Mit erröteten Wangen blicke ich vom Boden zu Danny, der nun ebenfalls lacht. Er reicht mir ein Stück Küchenrolle zum Abtrocknen.

„Ein Mädchen namens Sarah war die Einzige, die den Film *Terminator* überhaupt kannte, wobei die Ironie ist, dass der Terminator im Film selbst ausgerechnet alle Sarah Conners zu töten versucht. Sie war nicht gerade amüsiert.“

„Kann ich mir denken. Obwohl das vielleicht nicht der einzige Grund für ihre Skepsis gewesen sein könnte“, stelle ich in den Raum und halte mir mental die Hände vor die Augen, um mich vor weiteren Bildern zu schützen, die ich von Danny definitiv nicht haben will.

„So steht es nun mal im Playbook. Was soll ich denn machen?“

„Mal sehen … Keine Ahnung! Es *nicht* benutzen, sondern Mädchen ansprechen, wie ein ganz normaler Mensch es tun würde?“ Er zuckt desinteressiert mit den Achseln.

„Was soll ich sagen, ich bin eben ein Arsch.“

Ich studiere ihn einige Momente mit zusammengekniffenen Augen, ehe ich antworte. „Ja … Ich kauf's dir nicht ab.“ Er zieht eine Augenbraue hoch.

„Du bist kein Arsch. Du gibst nur vor, einer zu sein“, setze ich fort. „Ich kenne dich nicht wirklich, also kann ich nur raten.

Ich gehe davon aus, dass du entweder Angst hast, dich ernsthaft auf jemanden einzulassen, verletzt worden bist oder einfach cool zu sein versuchst. Ich tippe auf Ersteres.“

Unvermittelt wendet er seinen Blick für den Bruchteil einer Sekunde Richtung Esstisch ab, was meine Theorie bestätigt. Ich weiß nicht, wen er genau angesehen hat, aber er ist definitiv in eines dieser Mädchen verliebt.

„Aber alleine die Tatsache, dass du immer noch all die Namen dieser Mädchen kennst, wenn du von ihnen erzählst … Der Ausdruck in deinem Gesicht, als du dich umgedreht hast, nachdem du mich mit Bethany verwechselt hast …“ Ich ziehe die Mundwinkel zur Seite und schüttle einmal bedeutsam den Kopf. „Kein Arsch-Gesicht.“

Er lacht augenrollend bei der Zweideutigkeit meines Resümees und öffnet seine Coladose. Ich zwinkere ihm zu und schenke ihm ein verständnisvolles Lächeln.

„Ich glaube, du willst eine Abfuhr von ihnen erteilt bekommen, weil du eben in Wahrheit eine ganz andere magst.“ Ich presse die Lippen aufeinander aus Angst, vielleicht schon zu viel gesagt zu haben. Er soll sich nicht unwohl fühlen müssen in meiner Nähe.

„Danke für die Analyse, Dr. Freud“, quittiert er meine Aussage rasch.

„Du solltest mit ihr reden“, setze ich nach und drehe mich dann weg, um das Popcorn aus der Mikrowelle zu nehmen und ihn nicht zu sehr zu bedrängen. „Au!“, zische ich, weil die Popcorntüte brennend heiß ist. Ich lasse sie neben mir auf den Tisch fallen und warte, damit sie etwas abkühlen kann.

„Leider ist es nicht so einfach.“ Die Ohrfeige und dieses Gespräch scheinen ihn wohl ausgenüchtert zu haben. Ganz anders ist Aaron drauf, als er mit Logan wiehernd in die Küche gestürzt kommt und auf uns zusteuert.

„Hier seid ihr! Danny, mein Freund! Was geeeeeeeht?", lallt Aaron und wirft Danny einen Arm um den Hals. Dabei fällt er gleichgewichtslos beinahe komplett auf mich drauf. Nachdem ich ihn mit beiden Händen von mir wegschiebe, widmet er mir seine Aufmerksamkeit.

„Nicht rot werden, Schnecke. Die Phase habe ich schon lange hinter mir gelassen. Jetzt werde ich lieber blau." Aaron bricht über seinen eigenen Witz in schallendes Gelächter aus und boxt mir mit der Faust gegen den Oberarm. Danny verdreht die Augen und schüttelt Aarons Arm ab, weshalb er ein weiteres Mal gegen meine Beine stolpert und mir ins Gesicht rülpst.

„Oh. Mein. Gott. Du riechst wie eine Schnapsbrennerei." Dabei überkommt mich beinahe der Brechreiz.

„Alkohol, richtig!", ruft er aus. „Deshalb bin ich ja hergekommen."

„Überraschung!", kommentiert Danny sarkastisch. Aaron stößt sich von der Theke ab und stolpert zur anderen Kühltruhe, aus der er sich eine Flasche Wodka nimmt.

„Ich soll dich von meinem Mittelfinger grüßen. Er kann gerade nicht herauskommen", kontert er. Logan rafft in der Zwischenzeit glucksend aufgrund des Schlagabtauschs etliche Dosen Red Bull in seine Arme. Aaron zeigt missbilligend mit dem Finger auf mich.

„Und DU darfst vorkosten. Die Cola hier wird entsorgt." Er kommt auf mich zu, um mir die Dosc aus der Hand zu nehmen.

„Nein, danke! Die hier tut's auch." Er legt den Kopf schief.

„Komm schon, ein Drink wird dich nicht umbringen. Im Gegenteil, man erlebt alles doppelt." Logan schlägt ihm für dieses „intelligente" Wortspiel gegen die Faust.

„Hatte diese Erfahrung bereits, vielen Dank." Das mache ich kein zweites Mal mit.

„Jetzt sei kein Party-Pooper!"

„Sie hat Nein gesagt, Aaron, jetzt hau ab, und such dir eine andere!“, mischt sich eine bekannte Stimme ein. Zugegeben eine der Letzten, die ich gerade hören möchte. Ich schütte den Inhalt der abgekühlten Papiertüte in die Schüssel.

„Okay, O'Mally. Wir sehen uns dann morgen Vormittag. Deine Mutter macht ja bekanntlich immer das *beste* Frühstück.“ Aus dem Augenwinkel sehe ich O'Mally die Fäuste ballen. Aaron dagegen findet sich nach wie vor rasend komisch, dreht sich, eine witzige Grimasse ziehend, noch einmal zu mir und wendet sich dann ab.

„Lass uns abhauen, Logan. Danny, Max hat übrigens deinen Controller an der Playstation übernommen.“

„Was? Kacke, nein! Der versaut mir meinen Schnitt.“ Als Danny die Tür erreicht, sieht er zurück zu mir, um mir zu bedeuten, dass er jetzt geht. Lächelnd nicke ich kurz.

Mit einem Mal sind alle weg, nur Sebastian lehnt sich mit verschränkten Armen schief grinsend direkt gegenüber von mir an die Kücheninsel. Unbehaglich rutsche ich vom Tresen, werde aber sofort von O'Mallys Armen links und rechts von mir eingeschlossen, ehe ich mir Platz verschaffen kann.

„Befolge deinen eigenen Rat, und hau ab“, empfehle ich. Meine Augen dürften nur mehr schmale Schlitze sein. Ich hasse es, in die Enge getrieben zu werden.

„Ist da jemand eifersüchtig?“

Abfällig grunze ich und schiebe mir angriffslustig Popcorn in den Mund, was seinem Blick zu urteilen nach wohl ein Fehler war, denn dieser hängt nun ebenfalls auf meinen Lippen fest. „Mich interessieren deine Spielchen nicht.“

„Bist du sicher? Bei *meiner* Party kamst du mir noch sehr interessiert vor. Da warst du auch wesentlich besser drauf. Eine Schande, dass du nicht weißt, was dir gut tun würde.“ Er tritt einen Schritt näher, doch ich schiebe die Glasschüssel in sein Brustbein.

„Komm mir noch einmal so nahe und deine Zahnbürste greift morgen ins Leere", warne ich ihn und drücke fester, um mich aus seiner Falle zu befreien.

„Wer weiß, vielleicht gefällt mir gerade deine Neigung zu Gewalt so sehr." Erschrocken verstumme ich. Mit dem Spruch hat er mir meinen Kampfgeist genommen.

Neige ich zu Gewalt? Bin ich auf dem Weg, in Moms Fußstapfen zu treten? Bei der Vorstellung wird mir schlecht.

„Entspann dich, Mädchen. Das war ein Scherz, aber dein Gesichtsausdruck ist unbezahlbar. Ich glaube, du brauchst mich mehr, als du denkst, um dir mal den Stock aus deinem kleinen Hintern zu ziehen." Wie schafft es dieser Kerl immer wieder, mir so auf die Nerven zu gehen? Und vor allem: Wieso lasse ich ihn? Meine Muskeln spannen sich an.

„Du bist es gar nicht wert …", beginne ich und sehe ihn bedauernd an, in der Hoffnung, er würde endlich das Interesse verlieren. Er mustert mich eine Weile, schnaubt dann verächtlich.

„Weiber wie du sind mir die liebsten. Immer schön die Unschuldige, Unnahbare spielen, aber keine Zeit verlieren, sich den mit dem dicksten Konto zu angeln, bis du schon praktisch bei ihm wohnst."

Es reicht mir. Ich habe mich noch nie von Typen so behandeln lassen und werde heute bestimmt nicht damit anfangen. Ich recke das Kinn, richte mich auf, so weit ich kann, und leere ihm die Schüssel mit dem frischen Popcorn genüsslich über den Kopf. Endlich weicht er zurück. Seine blauen Augen funkeln unbeherrscht, als ich mich zum Gehen umdrehe. O'Mallys Hand schießt vor und reißt mich zurück. Ein erschrockenes Quietschen entfährt mir, für das ich mich ohrfeigen könnte. Bevor einer von uns aber etwas sagen kann, erscheint Max hinter O'Mally und zerrt ihn am Shirtkragen von mir weg. Reflexartig dreht sich O'Mally im Fall und versucht Max seine Faust ins Gesicht zu rammen. Weil er die Balance nicht halten kann, geht der Schlag daneben. Max blockt seine Faust mit der Hand, klemmt Sebastians Arm unter seinen eigenen und setzt seinen Unterarm im Hebel an Sebastians Ellbogen an, um diesen schmerzhaft nach unten zu drücken. Max' Gesichtsausdruck ist todernst.

„Brauchst du den Arm noch? Dann hör auf dich hier aufzuspielen und verschwinde."

„Denkst du, ich hätte Angst vor dir?", fragt Sebastian mit zusammengebissenen Zähnen, deutlich unter Schmerzen.

„Was ich *denke,* kann dir scheißegal sein. Was ich dir gerade *gesagt* habe, würde ich an deiner Stelle ernst nehmen."

Er dürfte ein wenig fester zudrücken, denn O'Mally saugt zischend Luft ein. „Schon gut, Mann. Lass los!"

Augenblicklich nimmt Max seine Arme weg und schubst O'Mally ein Stück von sich. Während der sich aufrichtet und sein Shirt wieder in Form bringt, stellt sich Max zwischen uns und verschränkt seine Arme. Ein paar Leute von der Pokerrunde stehen mittlerweile hinter O'Mally, als wären sie bereit, Max notfalls zu unterstützen. Sebastian, der sich ein falsches Lachen abringt, bemerkt dies ebenso, als er sich kurz umsieht.

„Verdammt, was habt ihr nur alle mit dieser …"

„Raus!", fällt Max ihm ins Wort. Sebastian wirft die Hände in die Luft, als stehe er unter Arrest, und macht sich rückwärts aus dem Staub. Erst jetzt wird mir bewusst, dass ich die ganze Zeit die Luft angehalten habe. Max dreht sich zu mir um und studiert mein Gesicht, während die anderen Jugendlichen sich langsam wieder ihrem Pokerspiel widmen.

„Hat er dich verletzt?"

Müde schüttle ich den Kopf und kratze mir die Stirn. „Danke! Obwohl es langsam nervt, ständig die holde Maid in Not zu spielen."

Max lächelt schief. „Hat damit nichts zu tun. Ich hab dir gesagt, dass ich ab jetzt hinter dir stehe."

„Was ist denn hier drinnen passiert?", erkundigt sich Jeremy, als er in die Küche tritt und sein Blick auf die verschüttete Cola und das verstreute Popcorn auf dem Boden fällt.

„Alles okay?" Er sieht zwischen Max und mir hin und her.

„Jap, alles gut", antworte ich, ehe Max mir zuvorkommt, und handle mir dafür einen missbilligenden Gesichtsausdruck von Max ein. Aber keiner hier braucht heute Nacht solch ein Drama, und Jeremy hat eine sorgenfreie Feier verdient.

Gerade als mein Blick bei diesem Gedanken zur Uhr wandert, trampeln etliche seiner Teammitglieder grölend in die Küche, singen „Happy Birthday" oder zumindest so etwas Ähnliches. Sie packen Jeremy, heben ihn hoch und tragen ihn zurück ins Wohnzimmer, wo auf ihn angestoßen und ihm von allen gratuliert wird.

Um halb vier Uhr morgens machen sich die letzten Gäste aus dem Staub. Obwohl ich heute Nacht bereits Phasen hinter mir hatte, in denen ich glaubte, jeden Moment in einen Tiefschlaf zu versinken, bin ich jetzt wieder putzmunter. Ganz ohne Musik und Lärm. Jeremy schließt gerade die Haustüre ab. Inzwischen gebe ich mir alle Mühe, diese dämliche Münze selbst in den Becher zu katapultieren. Mache ich es beim ersten Mal mit zu wenig Kraft, ist es beim zweiten Mal viel zu viel. Jeremy kichert leise, als er zurück ins Zimmer kommt und mich bei meinen Versuchen beobachtet.

„Wie kannst du noch nüchtern sein nach eurem Spiel? Es ist praktisch unmöglich, die Münze dort hineinzukriegen." In Wahrheit möchte ich ihn fragen, wie oft er bei diesem Spiel heute geküsst wurde, traue mich aber nicht. Ich will nicht eifersüchtig sein, doch der Gedanke an all die Mädchen, die bestimmt nicht getroffen haben und mit hoher Wahrscheinlichkeit bei einer gewürfelten Sechs Jeremy küssen wollten, lässt mich nicht unbedingt kalt.

„Übungssache“, erklärt er und zeigt es mir vor. Tatsächlich trifft er vier- von fünfmal in den Becher, während ich ihm mit offenem Mund zusehe. „Als Quarterback ist es deine Aufgabe, Entfernungen und den dazu nötigen Kraftaufwand beim Werfen abschätzen zu können. Das ist mein Vorteil.“

Kopfschüttelnd erhebe ich mich vom Boden und setze mein breitestes Grinsen auf. „Okay, Zeit für deine Geschenke“, rufe ich und klatsche dabei wie eine Fünfjährige in die Hände. Wahrscheinlich freue ich mich mehr auf seine Reaktion, als er sich über die Geschenke freuen wird, aber es bereitet mir große Freude, Geschenke für meine Freunde auszusuchen. Ich mag es Dinge herzugeben, mit denen der andere nie gerechnet hätte.

„Jules, wir haben ausgemacht, dass du mir nichts schenken musst.“

„Genau, und weil ich nicht *muss,* habe ich es gerne gemacht. Es ist keine große Sache.“ Aus einer verschlossenen Lade nehme ich meine beiden eingepackten Präsente und überreiche sie ihm stolz. Einen winzigen Kuss drücke ich ihm dabei auf die Wange. Strahlend richtet er seinen Blick auf die Päckchen und setzt sich auf die Couch, um sie zu öffnen. In dem Ersten versteckt sich ein zwei Kilogramm schwerer roter Gummibär. Jeremy freut sich wie ein kleines Kind, als er das Geschenkpapier restlos entfernt und erkennt, was es ist.

„Jawohl! Ein äußerst nützliches Geschenk. Ich kann nur nicht versprechen, dass es lange überleben wird. “

Das süßeste Lachen der Welt entfährt ihm beim Öffnen des Zweiten. Ich habe auf ein T-Shirt in der Farbe seiner Augen ein Bügelbild von Popeye, der gerade eine Dose Spinat futtert und seine Freundin Olivia auf den Armen trägt, aufgebügelt.

Er steht auf witzige Shirts – so viel weiß ich schon seit Jahren von ihm.

„Das ist perfekt, Jules, danke!“ Dass er sein eigenes T-Shirt auf einmal auszieht, beiseitewirft und stattdessen jenes von mir überzieht, bringt mich einen Moment lang aus der Fassung, und ich sehe blinzend weg. Sein Oberkörper wird mich höchstwahrscheinlich nie kalt lassen.

„Gut zu wissen, dass du schon bügeln kannst“, scherzt er, zieht mich an meinem Arm zu sich rüber, als ich ihm einen Klaps gebe, und küsst mich auf den Scheitel. „Vielen Dank! Die Geschenke sind der Hammer.“

„Freut mich, wenn sie dir gefallen.“

Er kaut auf seiner Wange herum, bevor er aufsteht und sich streckt. „Okay. Ich sehe mal oben in unseren Zimmern nach, ob sie auch wirklich leer sind. Nicht dass uns dann unangenehme Überraschungen erwarten, wenn wir hineinspazieren.“ Ich verziehe das Gesicht.

„Das Letzte, was ich heute noch sehen will, sind O'Mally und Melanie, die sich tatsächlich ‚ein Zimmer genommen haben‘.“

„Das hast du gesehen?“ Ich bin verwirrt über seine unbeirrte Reaktion.

„Na klar, war kaum zu *über*sehen. Aber es stört mich nicht. Ich finde es ehrlich gesagt lächerlich.“ Ich senke den Kopf, als ich über seine Worte nachdenke. Kann einem so etwas wirklich egal sein? Er hatte ja mal Gefühle für sie. Jeremy liest meine Gedanken, setzt sich erneut neben mich und führt mein Kinn mit seiner Hand in seine Richtung.

„Als ich sie damals mit ihm erwischt habe, hat es mich gestört. Verletzt. Aber das ist lange her. Jetzt empfinde ich nicht mehr das kleinste bisschen für sie. *Okay?*“ Als ich nicht antworte, sieht er mich streng an, bis ich lächeln muss, und nicke. Erst dann lässt er mein Kinn los.

„Vielmehr stört mich, was O'Mally schon wieder mit dir in der Küche abgezogen hat.“ Jeremy plättet mit seiner Faust eine leere Red-Bull-Dose auf dem Couchtisch. Ich schlucke schuldbewusst.

„Max hat es mir gesagt, bevor er gegangen ist, weil er sich denken konnte, du würdest es mir nicht erzählen. Ich bin froh, dass er es mir gesagt hat, auch wenn ich mich zusammennehmen musste, diesem Idioten nicht doch noch einen kurzen Besuch abzustatten.“ Jeder Humor ist aus seinen Augen verschwunden.

„Es ist eine Sache, wenn er mir auf die Nerven geht, aber dich auf diese Weise zu behandeln …“

„Ich finde es auch nicht toll, aber ich möchte dich in aller Ernsthaftigkeit darum bitten, die Sache auf sich beruhen zu lassen. Mit allem, was wir tun oder zu ihm sagen, schütten wir neues Öl ins Feuer. Soll er sich an unserer Gleichgültigkeit die Zähne ausbeißen.“

Jeremys Kiefermuskeln spannen sich an. Er überlegt mit zusammengezogenen Brauen. „Keine Ahnung, ob ich das hinkriege, aber wenn es dir wichtig ist, werde ich mir Mühe geben müssen.“

„Danke!“ Erleichtert atme ich aus. Es wird wahrscheinlich nicht so einfach werden, O'Mally abzuschütteln, vor allem nicht nach seinem Auftritt heute, aber ihn wissen zu lassen, dass er uns egal ist, wird das einzig Effektive sein, um das nächste halbe Jahr mit ihm durchzustehen. Bei solchen Dingen kenne ich mich besser aus, als mir lieb ist.

„Gehen wir, oder soll ich zuerst alleine oben nachsehen?“, fragt Jeremy, woraufhin ich den Kopf schüttle.

„Ich bin noch nicht wirklich müde. Vielleicht räume ich hier einfach noch ein bisschen auf, ehe ich ins Bett gehe.“ Er macht ein Gesicht, als hätte ich ihm soeben gesagt, dass ich in Wahrheit ein Mann bin.

„Nope. Auf keinen Fall. Meine Party. Mein Müll. Ich habe bis vier Uhr Nachmittag Zeit, alles auf Vordermann zu bringen. Heute wird gar nichts mehr gemacht. Wenn du noch nicht schlafen kannst, bleiben wir eben hier und sehen noch fern."

Ohne auf meine Antwort zu warten, macht Jeremy es sich auf der Couch gemütlich, legt die Beine auf den Tisch und greift nach der Fernbedienung. Einladend streckt er die Hand auf der Nackenstütze aus und lächelt mich frech an. Ich ziehe eine Augenbraue hoch, lehne mich aber allzu gerne zurück. Die Beine ziehe ich an meinen Körper. Mit der Zeit werden sie immer schwerer und liegen letztendlich kurz vorm Einschlafen auf seinen Oberschenkeln. Keine zwanzig Minuten, nachdem wir uns hingesetzt haben, schlafe ich ein. So viel dazu, ich war nicht müde.

Jeremy

Wir genießen unsere vor Kurzem begonnenen Weihnachtsferien in vollen Zügen. Alle Tests sind absolviert, die Arbeiten termingerecht abgegeben und ich habe meine Nachsitzfrist abgesessen.

O'Mally war klug genug, mich die letzten Wochen nicht mehr anzuquatschen. Eigentlich haben wir uns überhaupt nicht gesehen, außer in den wenigen Kursen, die wir gemeinsam haben. Ob er Julia erneut belästigt hat, weiß ich nicht. Ich will es aber auch nicht erfragen. Ich weiß ja, dass sie nicht das Gefühl haben möchte, ständig beschützt werden zu müssen. Außerdem haben Tommy, Max und seit meiner Party auch Danny ein Auge auf Jules, als hätte sie schon immer zu uns gehört. Aaron ist nach wie vor etwas skeptisch ihr gegenüber, aber seit Danny dermaßen gut mit ihr kann, gibt auch er sich mehr Mühe.

Letzte Woche habe ich zum Glück endlich die Freigabe vom Arzt bekommen, meinen Arm nicht mehr so sehr schonen zu müssen. Dass ich die Schlinge in Wahrheit nicht besonders lange getragen und die Schulter durch das Herumfahren und Herumtragen gewisser Personen mehr und frühzeitiger als erlaubt belastet habe, habe ich unter den Tisch fallen lassen. Meine Schulter ist dennoch gut verheilt. Trotzdem darf ich erst im Februar wieder mit echtem Krafttraining anfangen. Rotationsbewegungen muss ich nach wie vor bis März vermeiden.

Weihnachten war dieses Jahr nett und zwanglos. Dad und Claire haben Jules einen Gutschein für ein Einrichtungshaus geschenkt, damit sie ihrem Zimmer eine persönlichere Note verleihen kann. Immerhin wird sie jetzt für eine Zeit bei uns wohnen. Wir beide hingegen haben vereinbart, auf materielle Geschenke zu verzichten und uns stattdessen in den Ferien mit gegenseitigen Überraschungstrips zu beschenken. Nichts Großes, einfach etwas, um gemeinsam Zeit zu verbringen und ein bisschen rauszukommen. Weil das meine Idee war, hatte ich ja vorher schon Zeit gehabt, mir etwas für sie zu überlegen.

„Wirst du mir dann mal sagen, wo genau wir hinfahren?" Jules sitzt unruhig auf dem Beifahrersitz, den Blick aus dem Fenster gerichtet, in ihren Händen ein Taschentuch, das mittlerweile aus mehreren Fetzen besteht.

„Du hältst es schon über eine halbe Stunde aus, die letzten zehn Minuten werden jetzt auch kein Problem mehr für dich sein. Außerdem bist du ein schlaues Mädchen. Du kommst schon drauf." Zugegeben bereitet es mir eine leicht diabolische Freude, sie so auf die Folter zu spannen. Aber nur weil ich sicher bin, dass es ihr gefallen wird.

„Mir ist klar, dass wir nach Boston fahren, ich weiß nur nicht, was wir dort vorhaben."

„Ja, das ist doch das Schöne, nicht wahr?" Sie gibt ein knurrendes Geräusch von sich.

„Bevor meine Sitze genauso aussehen wie dein Taschentuch, spielen wir ein Spiel, okay?" Jules senkt den Kopf und mustert das Resultat ihrer Aufgeregtheit, bevor sie selbst leise kichern muss.

„Was für ein Spiel soll das sein?"

„Du stellst mir eine Frage, die ich dann für dich beantworten muss. Zum Beispiel frage ich dich: Wenn du einen unlimitierten Vorrat von einer einzigen Sache auf dieser Welt haben könntest, was wäre das? Geld gilt nicht, auch nicht Gesundheit oder Jugend oder so was. Du musst jetzt das antworten, was ich deiner Meinung nach wählen würde."

Jules zieht die Nase kraus. „Wieso fragst du nicht einfach gleich: Wenn *ich* einen unlimitierten Vorrat hätte, bla, bla, was denkst du, würde *ich* wählen?" Lachend verdrehe ich die Augen und verzichte auf eine weitere Antwort.

Sie zuckt mit der Schulter und schnaubt selbstsicher. „Das ist leicht: Kaffee."

„Ah, komm schon, du bringst mehr zustande als das." Jules unterdrückt ein Grinsen, hebt ihre Beine auf den Sitz, um sich daraufsetzen zu können, und dreht sich frontal zu mir, während sie überlegt.

„Okay, mal sehen. Also, rational gedacht, würde ich sagen: Öl oder Benzin, denn das kannst du verkaufen, wenn du Geld brauchst, und fällt nicht direkt unter die ‚Geld gilt nicht'-Regel. Ich denke aber, du oder ich, oder wie auch immer, würdest Chicken Nuggets wählen, so oft, wie du die futterst." Nickend ziehe ich die Mundwinkel zusammen, um meine Zustimmung auszudrücken. Das ist auf jeden Fall eines meiner Top-fünf-Lieblingsessen.

„Gar nicht schlecht. Jetzt du." Sie beißt auf ihre Unterlippe und tippt sich mit dem Zeigefinger aufs Kinn.

„Wenn dein Leben ein Film wäre, wie würde der Titel lauten, und wer würde dich spielen?" Nachdenklich klopfe ich mit meinen Fingern gegen das Lenkrad. „Hope in Front of Me", lautet meine Antwort. Dabei denke ich ganz bewusst an das Lied, welches wir bei der Tanzaufführung gehört haben.

„Der Titel ist gestohlen, das geht nie durch", wendet sie lachend ein.

„Na und? Ist doch ein ganz gewöhnlicher Titel und passt am besten zu deinem Leben. Und Schauspieler? Hmm. Schwierig, da bin ich nicht so wirklich bewandert, aber ich schätze, es müsste Dakota Fanning sein." Ich stütze meinen Ellbogen auf dem Fenster ab. Jules zieht ein Knie hoch und legt ihr Kinn darauf.

„Wieso ausgerechnet sie? Ich meine, ist die nicht blond?"

„Erstens lässt sich mit Haarfärbemittel und Kontaktlinsen alles machen, zweitens finde ich sie hübsch, und drittens ist sie eine wahnsinnig gute Schauspielerin, egal, welche Rolle sie spielt."

Wir stellen einander noch ein paar weitere Fragen wie: Mit welchen drei Personen, egal ob lebendig oder tot, würdest du am liebsten essen gehen? Oder: Was würde dein bester Freund als deine beste Eigenschaft beschreiben? Jules kommt bei diesem Spiel richtig in Fahrt. Für mich ist es cool zu sehen, wie gut wir einander bereits kennen, obwohl wir über einige dieser Dinge nie wirklich gesprochen haben.

Einige Minuten später fahre ich vom Highway ab, was Jules im ersten Moment gar nicht recht zu bemerken scheint. Erst als ich sie darauf hinweise, dass sie ihre Schuhe anziehen sollte, richtet sie ihren Blick nach vorne. Sooft ich kann, sehe ich zu ihr rüber, um ihren sich aufhellenden Geschichtsausdruck beobachten zu können, je näher wir kommen. Wir werden langsamer und parken schließlich vor einem Kongresshotel. Das Hotel ist nicht besonders groß, man könnte es eher als Landhaus bezeichnen, aber der Keller besteht anscheinend aus einem riesigen Tanzstudio. Natürlich perfekt für ein Ballettcamp.

Ruckartig wirbelt Jules herum und starrt mich mit großen Augen an.

„Woah … das ist … Sind wir …?" Grinsend ziehe ich die Schlüssel ab, bewege zur Antwort kurz die Augenbrauen und steige dann aus. Jules' Ballettlehrerin Sophie winkt uns von drinnen zu, während ich zum Kofferraum marschiere, um Jules' Tanzsachen herauszunehmen. Innerlich klopfe ich mir dabei selbst auf die Schulter, dass der erste Teil der Überraschung gelungen ist, ohne dass sie die geringste Ahnung hatte, was sie erwartete. Dabei war das noch nicht einmal alles. Sophie kommt uns entgegen.

„Woher wusstest du, wohin sie gefahren sind?“ Julia klingt leicht atemlos, während sie eine strahlende Sophie umarmt. Die Frage ist an mich gerichtet, trotzdem antwortet Sophie.

„Jeremy hat mich angerufen. Er hat mich gefragt, ob er dich mal vorbeibringen dürfte.“ Jules löst sich aus der Umarmung und dreht sich fragend zu mir um. Lässig werfe ich die Tasche mit ihrem Sportgewand und den Ballettschuhen vor ihre Füße.

„Ich habe Dad gefragt, ob du schon ein bisschen mittanzen darfst. Er meinte, solange du keine Schmerzen hättest und nicht übertreibst, wäre es okay.“ Jules reißt ihren Mund weit auf, und ein Leuchten breitet sich auf ihrem Gesicht aus. Grinsend zwinkere ich ihr zu. Aufgeregt hebt sie die Tasche vom Boden auf und schlingt ihren Arm kurz um meinen Hals. Gleichzeitig gibt sie ein quietschendes Geräusch von sich, bei dem ich lachen muss.

„Besonders viel hast du von dem Tag heute nicht gehabt. War es schrecklich langweilig für dich?“, erkundigt sich Jules nachmittags, als wir auf den Highway fahren. Dabei rümpft sie ihre Nase. Ich strecke meinen Daumen aus und streiche ihr damit über die Falten auf ihrer Haut, um sie zu glätten.

„Darum ging es heute nicht. Außerdem sehe ich dir gerne beim Tanzen zu. Sogar, wenn es Ballett ist“, scherze ich. Kindisch zeigt sie mir die Zunge.

„Das ist aber nicht der Weg nach Hause“, erklärt sie, als wir bereits nach wenigen Minuten erneut vom Highway abfahren.

„Gut erkannt, Sonnenschein. Der Tag ist auch noch jung.“

Als wir endlich am Strand ankommen, scheint Jules alles völlig absurd vorzukommen. Ihrem Gesichtsausdruck zufolge hat sie wirklich keinen Plan, weshalb wie hier stehen bleiben.

Diesmal öffne ich meine eigene Tasche im Kofferraum und nehme zwei unserer größten Badetücher heraus. Dann schlendere ich zur Beifahrertür und öffne diese, da Jules immer noch im Auto sitzt.

„Badetücher? Jeremy, was um alles in der Welt hast du vor?"

„Schwimmen! Du wolltest ans Meer." Ich deute aufs Wasser. „Hier sind wir."

Jules lacht und verschränkt die Arme vor der Brust. „Ja, das sehe ich, aber es ist Winter. Das Wasser hat wahrscheinlich nicht mehr als acht Grad."

„Hey, kneif jetzt nicht!" Zur Antwort schüttelt Jules mit offenem Mund den Kopf, als gehöre ich in eine Zwangsjacke. Mit gackernden Geräuschen ziehe ich sie auf, bis sie belustigt die Augen verdreht.

„Was? Sind wir jetzt im Kindergarten?"

„Komm schon!", fordere ich Jules auf und ziehe sie gleichzeitig aus dem Auto mit mir Richtung Strand.

Die Sonne steht bereits sehr tief. Der kalte Wind bläst uns mit jeder Welle entgegen. Ein paar wenige Möwen schreien um uns herum, während sie nach Essensresten der Besucher schnappen, die rund um den Pier und die kleinen Restaurants stehen. Wir ziehen neugierige und befremdende Blicke auf uns, als ich die Badetücher in den Sand werfe und meine Schuhe und Socken ausziehe. Meine Hosenbeine kremple ich bis auf Kniehöhe hinauf. Der Strand ist zwar frei von Schnee, weil der Wind ihn schon weggeblasen hat, trotzdem ist der Sand eiskalt. Natürlich kann ich mir das in Jules' Gegenwart nicht anmerken lassen und gehe mit erhobener Augenbraue rückwärts Richtung Wasser. Mit meinem Zeigefinger deute ich ihr, endlich zu mir zu kommen, dabei habe ich selbst keine Ahnung, wie lange ich es hier barfuß aushalten werde. Sie seufzt, sieht sich nervös um, beginnt dann aber doch, ihre Füße zu entblößen.

„Wir werden da drinnen erfrieren und sterben. An einem Herzinfarkt höchstwahrscheinlich, weil es so kalt ist."

„Gut, dass ich weiß, wie man jemanden wiederbelebt."

„Haaaaaa!", stößt sie beim Gefühl des kalten Sandes auf ihrer Haut aus, während sie auf Zehenspitzen zu mir tänzelt. „Du bist verrückt!", kichert sie.

Ich gehe nicht wirklich tief ins Wasser, gerade so weit, dass ich den nassen Sand unter mir habe und meine Füße von jeder Welle überflutet werden. Wie zehntausend Nadelstiche fühlt sich das eisige Salzwasser an.

„Komm endlich her!", fordere ich mit angespannten Muskeln beim Versuch, dem Drang zu widerstehen, mich sofort abzutrocknen. Hastig schüttelt sie den Kopf, während sie von einem Bein auf das andere hüpft.

„Oh nein, ich geh dort sicher nicht rein. Zum Tanzen braucht man Zehen."

Mein Mund verzieht sich zu einem Grinsen, und ich kneife die Augen zusammen, während ihre größer werden, als sie errät, was ich mit ihr vorhabe. Im selben Moment, in dem ich aus dem Wasser und ihr entgegenspringe, kreischt sie auf und rennt los. Natürlich ist sie bei Weitem nicht so schnell wie ich, weil es im Sand viel schwieriger zu rennen ist als sonst irgendwo. Allerdings versuche ich sie gar nicht zu fangen, aus Angst, sie dabei unter Umständen vielleicht sogar umzuwerfen. Letztlich gelingt mir genau das, was ich wollte, nämlich sie direkt ins Wasser zu jagen. Sie hat keine andere Wahl, weil sie nicht mehr an mir vorbeikommt und nicht flüchten kann, und schreit auf, als eine Welle gegen ihre Beine klatscht. Gespielt frustriert holt sie mit ihrem Fuß aus, um mich anzuspritzen.

„Oooh! Dünnes Eis, Jules. Hauchdünn“, warne ich. Ein gellender Schrei entfährt ihr, als ich erneut einen schnellen Schritt auf sie zumache. Wir benehmen uns wie Fünfjährige, als wir erneut beginnen, Fangen zu spielen, können aber nicht aufhören zu lachen.

„Danke, Jeremy!“, sagt Jules, nachdem wir uns beruhigt haben. Mit geschlossenen Augen und ausgestreckten Armen steht sie knöcheltief im Wasser und atmet die Meeresluft ein. Wir haben uns zwar langsam an die Eiseskälte an unseren Füße gewöhnt, trotzdem mache ich mich langsam wieder auf den Weg aus dem Wasser.

„Wer weiß, vielleicht stecken da ganz eigennützige Zwecke dahinter“, gestehe ich.

Verwirrt sieht sie mich an. „Die da wären?“

„Ich brauchte einen Grund, um mich noch mal über deine Hähnchenbeine lustig machen zu können. Was sagst du jetzt?“

„Dass du erbärmlich bist. Und lügst. Du hast meine Beine so gut wie jede Nacht gesehen, wenn du dich ins Zimmer geschlichen hast, um mir eine Ladung deiner Gummibären reinzudrücken.“

„Eben. Vergangenheitsform“, weise ich sie augenzwinkernd hin.

Mit einem breiten Lächeln blinzelt sie in die Sonnenstrahlen und atmet tief ein. Doch in dem Moment, als ich ihr den Rücken zukehre, um die Badetücher zu holen, überkommt sie ein heftiger Husten. Noch bevor ich mich umdrehen kann, vernehme ich ein Japsen und ein platschendes Geräusch. Herumwirbelnd entdecke ich Jules auf Knien im eiskalten Wasser, während sie mit einem Arm ihre Seite umklammert und sich mit der anderen auf dem Sand abstützt, damit sie nicht ganz umkippt.

„Scheiße! Jules?“, rufe ich aus und sprinte zurück ins Meer, wo ich sie augenblicklich aus dem Nass heraus an meinen Körper ziehe, weil ihre Knie sie nicht halten wollen. „Hey! Was ist los?“

Mit schmerzverzogenem Gesicht reibt sie ihre Rippen und stützt sich auf mich, um sich ganz auf ihre Atmung zu konzentrieren. „Es wird schon wieder. Die Luft war zu kalt, um so tief Luft zu holen.“ Sie versucht einen Schritt nach vorne zu setzen, doch ihre Beine geben abermals nach, und sie fällt gegen mich.

„Es tut mir leid, Jules. Wir hätte vorsichtiger sein sollen.“ Dad hat zwar gesagt, ein bisschen Bewegung wäre okay, aber der heutige Tag war wohl wirklich übertrieben. Ich hätte es besser wissen müssen, denn Anstrengung und Belastung innerhalb der Heilungszeit können zu chronischen Schmerzen und Atemnot führen. Es war fahrlässig von mir, nicht daran gedacht zu haben.

„Nicht!“ Streng schüttelt sie den Kopf. „Mach das nicht. Der Tag war … ist wunderschön. Ich habe mich einfach zu sehr verspannt. Dann noch das Training heute – das sind meine Muskeln noch nicht wieder gewöhnt.“

Ihre Hose und Teile ihrer Jacke sind durchnässt, wahrscheinlich hat auch der Pullover etwas abgekriegt. Je weiter wir aus dem Wasser gehen, desto langsamer wird sie und umso heftiger zittert sie am ganzen Körper. Sie macht den Eindruck, als könnte sie ihre Beine kaum noch bewegen, so sehr stolpert sie, und so steif stakst sie vor sich hin. Ich überlege nicht lange und greife unter ihre Kniekehlen, um sie aus dem feuchten Sand zu heben und die übrigen Meter zum Auto zu tragen. Jules legt sofort ihre Arme um meinen Hals und presst sich an meinen Oberkörper. Einen kleinen Zwischenstopp mache ich nur bei unseren Schuhen und werfe eines der Handtücher über ihre Beine.

„Du solltest die Hose ausziehen. Ich habe eine Decke im Kofferraum“, sage ich, sobald wir das Auto erreichen und ich sie absetze, um aufzusperren. Noch während ich spreche, breitet sie das Handtuch auf den Beifahrersitz, setzt sich darauf und öffnet den Reißverschluss ihrer Hose. Das ist mein Stichwort, um zu verschwinden und inzwischen die Decke zu holen. Bevor ich selbst ins Auto steige, werfe ich ihr die Decke auf den Schoß, damit sie sich darin einwickeln kann. In der Zwischenzeit ziehe ich mir selbst Socken und Schuhe an. Dann setze ich mich in den Wagen und starte den Motor, um die Heizung auf Hochtouren arbeiten zu lassen.

„I-i-ich glau-u-u-b, i-i-ich will-l-l gar nicht wi-i-issen, für we-e-elche Zwecke du di-i-ie dort la-a-agerst“, stottert sie mit laut klappernden Zähnen und deutet auf die Decke. Ich seufze belustigt und verdrehe dramatisch die Augen.

„Keine Ahnung, woran du gerade genau denkst, aber ich bin sicher, es trifft nicht zu.“ Sie bedenkt mich mit einem skeptischen Seitenblick, grinst dann aber breit und kopfschüttelnd. Die leise Musik meiner CD ist kaum noch zu vernehmen, weil die Lüftung zu laut bläst. Während mir nach ein paar Minuten des Gebläses wieder angenehm warm ist, schüttelt Jules sich nach wie vor auf dem Beifahrersitz. Ihr ganzer Körper befindet sich unter der Decke, die Beine hat sie an die Brust gezogen und den Kopf auf ihre Knie gelegt. Mit meinen Fingern streiche ich über ihre Wange und schrecke sofort zurück, weil sie sich anfühlt wie ein Kühlschrank.

„Komm schon, das ist doch lächerlich“, stoße ich frustriert hervor, weil ich nicht länger zusehen kann, wie sie leidet. Ich öffne den Reißverschluss meiner Jacke und ziehe sie zu mir herüber, bis sie auf meinem Schoß sitzt. Ihre Augen weiten sich, sie drückt sich mit den Händen von meiner Brust weg und reißt den Mund auf, um zu protestieren, doch ich lasse sie nicht zu Wort kommen.

„Deine Finger wie auch deine Lippen sind blau, dein Körper ist eiskalt, und du bringst keinen klaren Satz zustande, weil du höchstwahrscheinlich unterkühlt bist. Tut mir leid, wenn dir das jetzt unangenehm ist, aber deine Gesundheit ist mir ehrlich gesagt wichtiger."

Jules sieht mich unentschlossen und unbehaglich an, senkt aber schließlich den Kopf, bis er an meinem Hals liegt und umklammert meinen Pullover mit zitternden Händen, damit sie näher an meinen Körper rutschen kann. Mit einer Hand reibe ich ihren Rücken, mit der anderen ihre Beine, die in die Decke gehüllt sind. Stoßartig atmet sie ein und aus, bevor sie leise etwas in meinen Kragen nuschelt.

„Hmm?", murmele ich, während ich meine Hand zu ihrem Kopf hebe, um ihre weichen Haare zu streicheln.

„P-p-p-einl-i-i-ch. N-n-n-icht un-n-angene-e-ehm", berichtigt sie mich. Ich schmunzle.

„Ich habe nichts dagegen, deine Badewanne zu sein, Sonnenschein."

Ruckartig hebt sie den Kopf, blickt mir verständnislos in die Augen. „W-w-was re-e-edest du d-d-da?" Ihre Schönheit verschlägt mir wie so oft in letzter Zeit den Atem. Lächelnd streiche ich ihr eine nasse Haarsträhne hinter ihr Ohr.

„Das hast du zu mir gesagt, nach deinem Alkoholexzess. Wundert mich nicht, dass du dich nicht erinnern kannst." Jules runzelt die Stirn.

„D-d-das h-habe ich *ni-i-icht* gesagt." Bei ihrem Gesichtsausdruck kann ich nicht anders als zu lachen.

„Du meintest, immer wenn du bei mir bist, hättest du dasselbe Gefühl, als wenn du dich in eine heiße Badewanne legst." Jammernd drückt Jules ihre Stirn gegen meine Schulter. Lautlos kichernd lasse ich den Geruch ihres Shampoos in meine Nase wandern und gebe ihr einen Kuss auf den Scheitel. Jules versteift sich kurz, gleich darauf schmiegt sie sich jedoch mit jeder Faser ihres Körpers an meinen, bis uns nichts mehr trennt.

„Das muss dir nicht peinlich sein. Ganz im Gegenteil. Ohne es zu wissen, hast du mir in dem Moment mehr als jeder andere gezeigt, dass ich doch gebraucht werde. Und brauchbar bin."

Das heftige Zittern flaut immer mehr ab, das Schniefen wird weniger und ihre Atmung leiser, bis sie schließlich antwortet.

„Du bist mehr als das Jeremy. Ich weiß nicht, wie ich die letzten Monate ohne dich geschafft hätte. Danke für deine Geduld mit mir und für deine Freundschaft. Danke für das hier." Jules hebt ihre Hand, um hinter ihren Kopf Richtung Strand zu deuten, klemmt die eine Hand dann so schnell sie kann wieder zwischen meinen Rücken und den Sitz. Den Zeigefinger der anderen führt sie zwischen unsere Oberkörper an mein Herz.

„Und danke dafür." Um die Worte zu verstärken, tippt sie mehrmals auf meine Brust und hebt den Kopf, um sicherzugehen, dass ich sie verstanden habe. Glücklich darüber, dass sie wieder normal sprechen kann und ihr Körper sich nur mehr leicht schüttelt, fahre ich mit meinem Daumen über einen winzigen Teil ihrer immer noch blauen, leicht bebenden Lippen bis zum Mundwinkel. Zur Antwort lege ich lediglich meine Stirn gegen ihre. Jules schließt langsam die Augen, wobei sich eine kleine Furche zwischen ihren Brauen bildet. Sie rührt sich keinen Zentimeter. Mein Herz klopft, als wäre ich einen Marathon gelaufen, worüber ich selbst lächeln muss. Ich kann mich nicht daran erinnern, jemals auf ein Mädchen in dieser Art und Weise reagiert zu haben. Mir so sehr gewünscht zu haben, es zu küssen, ihm zu zeigen, wie viel es mir bedeutet, und gleichzeitig eine derartige Angst zu verspüren, alles durch eine Unbedachtsamkeit kaputt machen zu können. Es zu verletzen.

Nur wenige Zentimeter trennen meine Lippen noch von ihren. So einfach wäre es jetzt, die Bewegung zu vollenden. Ich schmecke ihren Atem bereits auf meiner Zunge, bin mir jedes ihrer feinen Haare bewusst, die meine Haut berühren, spüre die elektrische Spannung, die in der geringen Distanz zwischen unseren Gesichtern liegt, und fühle mich magnetisch zu ihr hingezogen.

Ich könnte ewig in diesem Moment verharren, selbst wenn er mich gleichzeitig beinahe umbringt. Ich werde aber nichts tun, um sie zu überrumpeln. Blinzelnd suche ich ihre Augen, als sie meinen Pullover umklammert, die aber nach wie vor geschlossen sind. Beinahe unmerklich reckt sie das Kinn, bis ihre halb offenen Lippen noch ein Stück näher bei meinen liegen.

Abrupt werden wir aus unserem Glücksmoment gerissen, als es am Fenster meiner Fahrerseite laut klopft. Jules schlägt sich erschrocken die Hand auf den Mund und schützt instinktiv mit der anderen ihr Gesicht. Bevor mir ihre Reaktion zum wiederholten Mal das Herz brechen kann, starre ich mit zusammengekniffenen Augen den Mann an, der neben dem Auto steht und ungeduldig hereinsieht.

„Kann ich Ihnen helfen?"

„Ja, indem ihr zwei Turteltäubchen wegfahrt, Junge. Du kannst hier nicht mit laufendem Motor stehen bleiben. Die Luft in meinem Laden ist schon völlig verpestet." Anklagend deutet er mit seinem Daumen auf den kleinen Fischerladen hinter seinem Rücken. Eine Dame seines Alters sieht neugierig aus dem Fenster, während sie die Hände streng in die Hüften stemmt. Erleichtert atme ich aus und verdrehe die Augen über die Ironie der Situation. Jules legt die Arme in ihren Schoß, lacht verlegen und dreht dann das Gesicht von dem Fremden weg, um sich hinter meinem Kopf zu verstecken.

„Tut mir leid, Sir. Wir machen uns gleich auf den Weg", antworte ich schließlich. Der Mann ringt sich ein Lächeln ab und sieht noch einmal von mir zu Jules und an ihr herab, als wolle er sichergehen, dass wir hier gerade keine Straftat begehen. Unwillkürlich ziehe ich Jules unter seinem Blick näher an mich und hebe demonstrativ die Augenbrauen, bis der Typ die Botschaft versteht und einen Abgang macht. Erst dann nehme ich schweren Herzens meine Hände von Jules Körper, damit sie sich wieder auf den Beifahrersitz begeben kann. Keine Ahnung, wie lange ich noch dazu fähig sein werde, meine Gefühle für mich zu behalten.

Kapitel 6

Julia

Die Zeit mit Jeremy und seiner Familie ist sehr heilsam für mich. Meine Seele kommt in diesem Haus immer mehr zur Ruhe, und auch die Albträume und schlaflosen Nächte werden seltener. In den Weihnachtsferien habe ich bisher erst zweimal an Jeremys Wand klopfen müssen. Diesmal trafen wir uns aber unten in der Küche, da Jeremys Eltern keine Fans seiner nächtlichen Besuche bei mir sind. Ich verstehe ihre Sorge und kann mir vorstellen, wie das für sie ausgesehen haben muss, auch wenn wir nur Freunde sind.

Jeremy war bisher nichts als zuvorkommend und geduldig mit mir. Mittlerweile schäme ich mich beinahe für meine Vorurteile und falsche Meinung, die ich all die Jahre von ihm hatte, denn nichts davon trifft zu. Zugegeben, er hatte bis zu unserem Kennenlernen nicht gerade dazu beigetragen, dieses Bild von sich zu ändern.

Er ist kein Macho und auch kein Frauenheld. Er behandelt Mädchen gut und respektvoll, deswegen mögen die meisten ihn ja. Ein Frauenversteher ist er aber bei Weitem nicht. Seine arroganten Kommentare sind irgendwie Teil seines Charmes. Nun kenne ich ihn zumindest schon gut genug, um behaupten zu können, dass er sich nicht in dem strahlenden, unfehlbaren Licht sieht, in dem er bei manchen in der Schule steht. Wie bei den meisten steckt viel mehr dahinter, als er der Öffentlichkeit preisgeben will.

Mit dem Ende der Footballsaison wird auch langsam, aber sicher der Wirbel um die Spieler weniger. Gott sei Dank bedeutet das für mich, nicht mehr mit bösen Blicken jeglicher

Art im Schulhaus erdolcht zu werden. Es scheint fast, als wäre es den Leuten mittlerweile relativ gleichgültig, ob Jer und ich zusammen sind oder nicht. Noch weiß eigentlich nur Max offiziell, dass ich bei Jeremy wohne. Was die anderen vermuten oder auch nicht, weiß ich nicht. Solange keiner fragt, reibe ich es niemandem unter die Nase. Das ist nach wie vor meine Privatsphäre, die ich nicht vorhabe, mit jedem zu teilen. Nicht nur, weil es irgendwie immer wehtun wird, oder weil es peinlich ist, sondern auch, weil es einfach kaum jemanden angeht. Allerdings müsste der Direktor schon Wind davon bekommen haben, immerhin haben die Housers die Dokumente des Gerichts an die Schule gesandt, aus denen zu entnehmen ist, dass sich meine Vormundschaft und Adresse geändert haben.

Es war für mich sehr schmerzhaft, als vor wenigen Tagen der Bescheid mit dem Einverständnis meiner Eltern kam, ich könne von nun an unter dem Dach der Housers wohnen. Ich bin jetzt emanzipiert, und sie haben jegliche Erziehungsberechtigung abgeben. Selbst wenn es also ein Segen ist, dass ich von dort wegkomme, bewirkt diese Endgültigkeit, die Gleichgültigkeit das Gefühl, als Ballast abgeschoben worden zu sein. Es gab Tage, da hätte ich alles darum gegeben, diesen Bescheid in den Händen zu halten, meine Sachen zu packen und abzuhauen. Nun, da ich ihn habe, ärgere ich mich über die neu entstandene Leere in mir und die dummen Gedanken, die mich manchmal überkommen, ich hätte einfach schweigen sollen. Dann frage ich mich, ob ich abnormal oder krank bin, so zu denken, denn wer lässt sich bitte am laufenden Band freiwillig verletzten?

Robert erklärte mir, das Gericht würde ihnen ohnehin nach der wiederholten Gewalttat, deren Meldung durch das Jugendamt bezeugt wurde, jegliche Rechte entziehen.

Ich will kein Strafverfahren gegen meine Eltern eingeleitet wissen und auch keine monatliche Unterstützung von ihnen erhalten, obwohl sie mir zusteht. Ich weiß, sie haben selbst kaum genug, um über die Runde zu kommen. Vor allem jetzt, da Dad unter Umständen schon seinen Job verloren hat und Mom nicht mehr als ein Schatten ihrer selbst ist. Was ich aber mit Sicherheit bekomme, ist mein Sparbuch. Viel liegt zwar nicht darauf, trotzdem verwundert es mich, dass sie es nicht schon vor langer Zeit geplündert haben. Das hätte ich tausendmal lieber in Kauf genommen, als erfahren zu müssen, dass Dad sich hat korrumpieren lassen.

Mit Grace telefoniere ich jeden zweiten Tag. Sie fehlt mir ungemein, gleichzeitig tröstet es mich zu hören, wie glücklich sie in Seattle ist. Maggie konnte sie erfolgreich und schnell in ihren Freundeskreis integrieren. Jetzt lebt sie endlich die Art von Leben, von dem sie seit Jahren träumt. Sie hat auch beschlossen, der Tanzgruppe ihrer Schule beizutreten, sobald sie den Gips von ihrem Arm los ist. Nach dem Abschluss im Sommer werde ich sie auf jeden Fall besuchen.

Ich habe mir außerdem Claires Ratschlag zu Herzen genommen und werde meine Ballettlehrerin Sophie fragen, ob sie sich vorstellen kann, mich in meinem Aufarbeitungsprozess zu begleiten. Ihr vertraue ich mit Abstand am meisten. Bei ihr kann ich mir vorstellen, mich so zu öffnen, dass ich wirklich alles aussprechen kann.

Heute gebe ich das Freizeitprogramm für Jeremy und mich vor. Seine Eltern sind Skifahren. Das Wetter ist traumhaft. In tieferen Lagen liegen etwa zehn Zentimeter Neuschnee, in den Bergen natürlich mehr, und die Sonne strahlt in all ihrer Pracht auf uns herab. Dadurch glitzert der Schnee wie lauter Diamanten, und die Temperatur erscheint trotz der klirrenden Kälte gleich um ein paar Grad wärmer.

Ich habe zum Mittagessen Spaghetti Carbonara gekocht, weil wir erst am Nachmittag losfahren müssen und Pasta eines der wenigen Gerichte ist, die ich kochen kann. Jeremy dürfte es schmecken, denn er hat bereits aufgegessen und nimmt sich gerade eine zweite Portion, während ich noch nicht einmal bei der Hälfte meiner ersten Portion bin.

„Das schmeckt wirklich gut“, erklärt er mit vollem Mund.

Ich presse meine Lippen zusammen, um nicht loszuprusten. „Wieso klingst du überrascht?“

Jeremy schüttelt den Kopf. „Nicht überrascht. Erleichtert. Du kannst bügeln und kochen. Gute Hausfrauenqualität“, scherzt er.

Ich reiße den Mund auf, beuge mich über den Tisch und schlage ihm mit der flachen Hand gegen die Brust, woraufhin er sich beim Lachen verschluckt.

„Krieg dich wieder ein, ich hol dir das sicher nicht aus dem Rachen heraus. Und eine Mund-zu-Mund-Beatmung wirst du von mir auch niemals bekommen.“

„Hey! Ich hätte dich sehr wohl gerettet, hättest du im Meer wirklich einen Infarkt bekommen.“

„Ja, das kann ich mir vorstellen.“ Ich kneife die Augen zusammen und blicke wieder auf meinen Teller. Tatsächlich denke ich wirklich gerne an den Tag in Boston zurück. Ich war schon überglücklich, endlich wieder ein bisschen tanzen zu können, obwohl die Bewegungseinschränkung frustrierend war und ist. Die zweite Überraschung hat mich aber erst recht umgehauen. Im wahrsten Sinne des Wortes eigentlich. Ich habe Jeremy gegenüber wohl einmal erwähnt, wie lange ich nicht mehr am Strand und vor allem *im* Meer war, und Jeremy hat es gespeichert. Letztlich war ich ja sogar vollständig im Wasser, wenn auch unfreiwillig.

Die Minuten in seinem Auto waren die furchterregendsten und zugleich romantischten, die ich bisher mit einem Jungen, einem Menschen erleben durfte. Ihm dermaßen nahe zu sein sorgte beinahe für einen zweiten Herzinfarkt bei mir nach dem ersten im eiskalten Wasser. Es brannte und knisterte in mir.

Mein Magen fühlte sich leicht an, wenngleich er mit Hunderten von Schmetterlingen gefüllt war. Die Anziehung, die Jer in dem Moment auf mich auswirkte, war so stark, dass der Schmerz, meine Lippen nicht auf seine legen zu können, bis in meine gefrorenen Finger und Füße ausströmte.

Nachdem diese magischen Minuten unterbrochen worden waren, war mir das Ganze kurzzeitig sehr peinlich, doch die Art, wie Jeremys Herzschlag an meinem Oberkörper geklungen hatte, bewies, dass ich nicht die Einzige war, die die Situation nicht kaltgelassen hatte. Wir haben danach nicht mehr darüber geredet. Es hat sich auch in den letzten Tagen nicht annähernd wiederholt. Irgendwie tut mir das sogar leid. Zweifel, ob ich mich vielleicht in etwas hineingesteigert haben könnte, beschleichen mich seither. Andererseits bin ich froh, es bei unserer Freundschaft belassen zu können, denn momentan weiß ich mit diesen Gefühlen für ihn nicht umzugehen.

Ich habe keine Ahnung, ob ich momentan zu mehr als einer platonischen Beziehung fähig bin. Ob ich bereit bin, mein Herz wieder für einen Menschen zu öffnen. Selbst, wenn er es nicht bricht, bin ich nicht sicher, ob ich seines behalten kann.

Bin ich denn überhaupt beziehungsfähig? Ich habe Angst, dass ich es nicht bin. Zumindest jetzt noch nicht. Ich weiß nicht, wie. Ich habe nie eine funktionierende Beziehung erlebt. Deswegen ist es besser, solche Situationen in Zukunft zu vermeiden. Schließlich befinden wir uns nach wie vor in der Kennenlernphase und werden erst sehen, wohin uns die gemeinsame Zeit führt.

Wem mache ich denn eigentlich etwas vor? Ich hätte kein Problem damit, mich den ganzen Tag lang in seinen starken Armen zu vergraben. Dort wo ich seinen sportlich-frischen Duft rieche, Geborgenheit und Sicherheit empfinde.

Mental schlage ich mir mit der Faust auf den Kopf und verdrehe genervt die Augen. Genau dieser Gedanke ist letztendlich jener, der mir noch mehr Angst einjagt: Mich von jemandem abhängig zu machen.

„Warum dieser gequälte Blick? Hast du mir ins Essen gespuckt und gerade bemerkt, dass du unsere Teller vertauscht hast? Oder bereust du es jetzt, mich die Mund-zu-Mund-Beatmung nicht ausprobiert haben zu lassen?“, witzelt Jeremy angriffslustig.

„Was dein Kommentar bezüglich des gequälten Blickes selbstverständlich nur bestätigen würde, nicht wahr?“, kontere ich. Jeremy lacht auf und zwinkert mir zu. Seine Haare sind noch nass vom Duschen. Glitzernde kleine Wassertropfen laufen sein Gesicht herab.

„Also?“

„Ich würde dir meine Gedankengänge liebend gerne erklären, nur habe ich leider gerade keine Fingerpuppen und Buntstifte zur Hand“, antworte ich keck, weil ich mich ertappt fühle und fürchte, er könnte meine erröteten Wangen sehen. Schief grinsend schüttelt er seinen gesenkten Kopf.

Erleichtert atme ich auf, als sein Handy im nächsten Moment vibriert und vom Thema ablenkt. Jer hingegen sieht nicht sonderlich zufrieden aus, als er den Namen des SMS-Senders auf dem Display liest. Widerwillig öffnet er die Nachricht, wobei ich ihn verstohlen beobachte. Er schürzt die Lippen und reibt er sein Augenlid, bevor er das Handy zur Seite legt.

„Was ist los?“

Jer stopft den letzten Bissen Spaghetti in sich hinein, und lehnt sich mit geschlossenen Augen zurück.

„Katherine will wissen, weshalb ich immer noch nicht bei ihr aufgetaucht bin. Sie wird langsam sauer, weil ich sie ständig vertröste und nicht einmal in den Ferien Zeit finde, nach New

York zu kommen. Keine Ahnung, warum ich überhaupt nachgegeben und ihr meine Telefonnummer gegeben habe."

„Du bist ihr keine Rechenschaft schuldig." Nachdenklich drehe ich mit meiner Gabel im Teller voll Nudeln.

„Ich meine, du wirst schon hinfahren, wenn du so weit bist. Sie sollte nicht erwarten, dass du sofort springst, wenn sie sich meldet. Im Gegensatz zu dir hatte sie ja offensichtlich schon mehr Zeit, sich mit dem, was sie dir sagen will, auseinanderzusetzen."

Sekunden verstreichen, und ich hebe meinen Blick, weil Jeremy nicht antwortet. Lächelnd hält er die Arme vor der Brust verschränkt, sein Gesichtsausdruck erscheint auf einmal friedlich und irgendwie … liebevoll?!

Ich verliere mich in seinen grünen Augen, die auf mich fixiert sind. Nie hätte ich mir vorstellen können, mich so zu fühlen, wenn mich jemand auf diese Art ansieht. Ich bin dermaßen abgelenkt, dass ich mich glücklich schätzen kann, überhaupt hören zu können, was über diese zu einem unwiderstehlichen Lächeln verzogenen Lippen kommt.

„Ich wollte dich übrigens noch fragen, ob du zu Silvester schon Pläne hast." Wo kam das denn jetzt her? Was habe ich vorher noch mal gesagt?

„Entschuldige bitte, ich komme gerade nicht ganz mit", gestehe ich stirnrunzelnd. Silvester ist in zwei Tagen, und ich hätte mir ehrlich gesagt gar keine Gedanken darüber gemacht, hätte Tommy uns nicht beide zu seiner Party eingeladen. Josh und ich verbrachten Silvester immer in unserem Garten, weil unsere Eltern meinten, es wäre ein Tag wie jeder andere. Also setzten Josh und ich uns mit dicken Decken auf die Veranda und beobachteten das Feuerwerk von dort aus. Mit seinem Tod erstarb auch der Wunsch diese Tradition fortzuführen. Silvester wurde tatsächlich zu einem Tag wie alle anderen.

„Dad war vor ein paar Monaten bei einer Tagung in New York. Er dürfte sich dort bei jemandem beliebt gemacht haben, denn das Hotel hat ihm eine Übernachtung an Silvester geschenkt. Es handelt sich dabei um ein Twin Bedroom, das für insgesamt vier Gäste ausgelegt ist." Er nimmt seinen Blick von mir und spielt stattdessen mit der Kerze, die auf dem Tisch steht.

„Jedenfalls könnten wir gegen einen Aufpreis mitfahren und Silvester auf dem Times Square zu feiern, wenn du möchtest. Das heißt, wenn es dir nicht allzu unangenehm ist, dir ein Zimmer mit meinen Eltern und mir und das Bett mit Claire zu teilen. Ich bezweifle nämlich, dass Dad einverstanden wäre, wenn ich eine andere Schlafordnung vorschlage." Ich will gar nicht wissen, wie dämlich ich bei dem Gedanken augenblicklich dreinschaue.

„Wir ... Du meinst ... Wow!", fehlen mir die Worte. Unangenehm ist es mir schon, denn ich kenne die beiden wirklich nicht besonders gut. Meinetwegen könnte ein Ehepaar nicht einmal im selben Bett schlafen, und ich würde neben einer praktisch Fremden liegen, wo ich mich gerade erst gewöhnt habe, alleine in einem neuen Zimmer zu schlafen. Silvester auf dem Times Square wäre aber echt der Hammer.

„Denkst du, Tommy wird beleidigt sein, wenn wir ihn versetzen?", grüble ich ernsthaft, obwohl ich bereits nur noch New York vor mir sehe. Ein Lächeln huscht über Jeremys Gesicht.

„Er wird es verkraften. Er hat an die fünfzig Leute eingeladen. Außerdem habe ich schon so viele Silvesterfeiern mit diesen Leuten verbracht, da darf man auch mal ohne schlechtes Gewissen etwas Neues erleben." Wortlos strahle ich ihn an.

„Ich nehme an, das ist ein Ja?"

Ich nicke energisch. „Wenn das für deine Eltern wirklich in Ordnung ist, dann auf jeden Fall!"

„Okay, das wäre geklärt. Cool!“ Er freut sich sichtlich. „Dann frage ich Katherine, ob sie an Neujahr in die Stadt kommen kann, bevor wir nach Hause fahren.“

„Aber ich komme nur mit, wenn ich meinen Teil selbst bezahlen darf“, wende ich noch schnell ein. Er meinte vorhin ja, es wäre gegen Aufpreis. Ich möchte gar nicht wissen, wie viel so ein Zimmer an Silvester kostet, aber ich will unbedingt mitfahren. Jeremy gibt einen schnarchenden Laut von sich. Missbilligend kneife ich die Augen zusammen. Abrupt schließt er den Mund und hebt die Hände in Abwehrhaltung.

„Ja, okay. Mal sehen, was sich machen lässt.“ Augenverdrehend stehe ich auf und räume die Teller in den Geschirrspüler.

Jeremy stellt sich zu mir. „Wo fahren wir heute eigentlich hin?“, erkundigt er sich betont beiläufig.

Ich schmunzle. „Netter Versuch.“

„Wie sollen wir dorthin kommen, wenn ich das Ziel nicht kenne?“

Ich schließe den Geschirrspüler und lehne mich dagegen. „Wusstest du, dass ich einen Führerschein habe?“ Mein Ton ist ein Hauchen, womit ich mich selbst verwundere. Flirte ich hier gerade mit ihm?

Leise lachend mustert er mich. „Ja, ich erinnere mich dunkel. Da war mal was.“ Er hebt eine Augenbraue, und ich denke zurück an den Abend vor über einem Monat, als ich zum ersten Mal, seit ich den Führerschein gemacht habe, tatsächlich gefahren bin. Gleichzeitig schüttelt es mich bei diesem Gedanken buchstäblich am ganzen Körper, weil ich an O'Mally zurückdenke, den Kater, die Lage, in die ich Jeremy gebracht habe, den schrecklichen Streit mit meinen Eltern und all die Folgen, die diese Nacht in Bewegung setzte. Ich bereue nicht alles, was passiert ist, auch wenn der Abend trotzdem mit absoluter Sicherheit nicht zu meinen besten Entscheidungen gehört.

„Komm schon, wir fahren nicht weit.“ Mit Zeigefinger und Daumen ziehe ich leicht am Saum seines Pullovers und setze mein strahlendstes Lächeln auf. Jeremy schließt die Augen, als er losprustet und mich scheinbar unwillkürlich an sich heranzieht.

„Du wirkst grad wie eine Fünfjährige auf Crack, die unbedingt ein Eis will. Aber ja, du kannst gerne fahren, wenn dich das glücklich macht.“

Ich weiß selbst nicht, weshalb ich deswegen so euphorisch bin. Ich schätze, der Gedanke „normal“ zu sein und Dinge ohne Angst tun zu wollen, hebt meine Laune ungemein. Selbst wenn meine Eltern mir zu irgendeiner Zeit das Auto mal geborgt hätten, wäre ich wahrscheinlich nach Joshs Tod nicht freiwillig gefahren. Ich kann nicht erklären weshalb, aber Jeremy löst in mir den Wunsch aus, einige Dinge zu ändern, die ich bisher einfach so hingenommen habe. Sei es mutiger zu werden, Freundschaften zuzulassen oder mich auf die wachsenden Gefühle ihm gegenüber einzulassen, die mich anfangs lediglich befremdet haben.

Irgendwie denke ich, Gott hat mir Jeremy bereits damals als meine persönliche Art von Engel zur Seite gestellt, als ich ihn noch von mir wegzustoßen versuchte. Er sollte mich aus meinem Käfig befreien, mir zeigen, dass ich es wert bin, gerettet und gemocht zu werden.

Wenn ich so darüber nachdenke, wird mir warm ums Herz. Ich schließe die Lücke zwischen uns und schlinge meine Arme um seinen Rücken, um meine Hände dahinter ineinander zu verhaken.

Jeremy lacht, erwidert meine Umarmung. „Wow, also wenn ich gewusst hätte, wie sehr du auf mein Auto stehst, hätte ich dich schon viel früher fahren lassen“

Eine halbe Stunde später sitzen wir endlich im Auto, und ich genieße den Haufen PS unter mir, der mich bei Ampeln schneller als alle Autos auf den Nebenspuren losfahren lässt. Jeremy sieht bei meinem Fahrstil leicht verkrampft aus, grinst aber jedes Mal, wenn ich meine Freude hörbar ausdrücke.

Den Nachmittag verbringen wir auf der Piste in Jericho Hill beim Snowtubing, also Rodeln, nur eben auf einem Reifenschlauch statt auf einem Schlitten. Wir fetzen alleine oder zu zweit auf einem Reifen hinunter und haben dabei enorm viel Spaß. Mit jedem Mal versuchen wir unseren letzten Rekord zu brechen und lachen, bis unsere Bäuche schmerzen. Im neuen Skianzug und in Moonboots setzen wir uns zum Abschluss in eine Hütte und trinken eine Tasse Tee, um uns aufzuwärmen, bevor wir unseren Heimweg antreten.

Zum ersten Mal seit Ewigkeiten habe ich das Gefühl, mein Leben tatsächlich zu leben und zu lieben. Es ist so wunderbar, es zu genießen und die Freude dabei mit jemandem zu teilen, der mir wichtig ist. Zuzulassen, mich auf jemanden zu *ver*lassen, meine Gedanken und Emotionen mit ihm austauschen zu können und dabei keine Angst im Hinterkopf zu haben, zurück im Schutzmechanismus alle positiven wie negativen Empfindungen abstellen zu müssen, sobald ich nach Hause komme. Dieses Mal lasse ich mir meine Gefühle unter keinen Umständen mehr wegnehmen.

Jeremy

Ich war schon ein paar Mal in New York. Das erste Mal mit Dad, als ich neun Jahre alt war. Die Stadt kam mir vor wie eine völlig andere Welt. Ich fühlte mich überwältigt und überfordert von den Menschenmassen, den Lichtern, den unendlichen Angeboten und der gelben Farbe der zahlreichen Taxis. Es war klasse, und ich konnte kein Auge zutun, als wir unser Nachtlager im Hotel aufschlugen. Stattdessen stopfte ich einen Kilo *M&Ms* in mich hinein und starrte gebannt durch das große Fenster auf die Stadt, die nie schläft, während Dad neben mir schnarchte. Am nächsten Tag hatte ich solche Bauchkrämpfe, dass wir unseren Kurztrip abbrechen und nach Hause fahren mussten.

Damals hätte ich mir nicht vorstellen können, mich durch eine noch größere Menschenmasse auf dem Times Square kämpfen zu müssen, als in jenen Tagen, doch heute herrscht Ausnahmezustand. Die Polizei riegelt schon zu Mittag den Platz ab, damit letzte Vorbereitungen getroffen werden können. Unser Taxi muss anhalten, um den Ordnern und Polizisten unsere Hotelreservierung präsentieren zu können. Nur mit einer solchen Bestätigung oder einem Ticket für irgendeine Party beim Times Square darf man ihn ab jetzt betreten.

Unser Zimmer ist groß, für Paare mit älteren Kindern gedacht, da es neben dem Hauptzimmer einen kleineren, abtrennbaren Bereich mit einem weiteren Bett gibt. Ich frage mich, wie aufwändig es gewesen sein muss, uns so knapp vor Silvester ein solches Zimmer zu verschaffen. Oder was Dad dafür draufgezahlt hat. Keine Ahnung.

Für das Abendessen im Hotel brezeln wir uns gehörig auf. Dad und ich schmeißen uns in unsere Anzüge, die Krawatte lasse ich weg. Jules war gestern extra noch mit Claire einkaufen, um etwas Passendes für heute zu finden. Laut eigener Aussage besitzt sie nämlich kein einziges Kleid.

Deswegen raubt sie mir auch buchstäblich den Atem, als sie plötzlich in einem knielangen dunkelblauen Cocktailkleid vor mir steht, die Haare seitlich festgemacht. Das Kleid ist schlicht. Edel. Dekolleté und Ärmel bis zu den Handgelenken sind aus Spitze. Ab der Hüfte ist das Kleid weiter geschnitten. Insgesamt betont es ihre wunderschöne Figur. Dazu trägt sie eine blickdichte Strumpfhose und schwarze Ballerinas.

„Woah!“, rufe ich aus und ärgere mich im nächsten Moment, weil sie errötend zu Boden sieht.

„Ich weiß auch nicht so recht. Gestern wirkte es auch noch wie eine gute Idee“, antwortet sie schüchtern, zupft am Saum des Kleides, als könne sie es damit verlängern. Automatisch trete ich einen Schritt näher und ziehe ihre Hand mit meinem Zeigefinger vom Stoff weg.

„Glaub mir, es *ist* eine gute Idee. Du siehst bezaubernd aus.“

Sie hebt eine Augenbraue und lacht. „Bezaubernd? Mann, dieses Wort aus deinem Mund – und ausgerechnet an mich gerichtet?“

Der Abend vergeht wie im Flug. Nach dem köstlichen Steak mit Ofenkartoffeln und Zwiebelringen genießen wir an der Bar die Zaubershow und danach das schauspielerische Kabarett zu den wichtigsten Momenten des vergangenen Jahres. Kurz vor neun Uhr verlassen wir schließlich dick eingepackt das Hotel, um uns mitten ins Getümmel des Times Square zu werfen, oder besser: zu quetschen. Jules wirkt etwas eingeschüchtert von der Menge und Dichte an Menschen rund um sie, deswegen versuche ich sie beim Gehen so gut es geht mit meinem Körper abzuschirmen. Leicht ist das nicht, denn hier herrscht Ausnahmezustand. Kaum Platz zum Atmen.

Beim dritten Mal, als ich mich umdrehe, um zu sehen, dass Jules wieder stecken geblieben ist, greift sie von sich aus nach meiner Hand, und ich nehme sie nur allzu gerne in meine.

Die Aussicht auf die Bühne ist von dem Ort, an dem wir endlich stehen bleiben, gar nicht so schlecht. Jules ziehe ich vor meinem Körper und drücke sie an mich, weil sie bereits jetzt vor Kälte zittert. Rund um uns lachen, singen und tanzen Leute zur Liveshow, aber ich habe nur Augen für Julia. Glücklich blickt sie immer wieder zu meinen Eltern und mir zurück, ihr Lächeln breit, ihre Augen strahlend, friedvoll und gleichzeitig aufgeregt. Hätte mir nicht gedacht, Silvester so bald mal wieder mit meinen Eltern zu verbringen. Im Moment fällt mir jedoch kein Ort ein, an dem ich lieber stehen würde, um ins neue Jahr zu rutschen, als hier mit diesen drei Leuten rings um mich.

Millionen Augenpaare richten sich auf den Zeitball, der eine Minute vor Mitternacht vom One Times Square Tower herabzusteigen beginnt. Ebenso viele Stimmen vereinen sich, um die letzten Sekunden des Jahres runterzuzählen, bis um 0:00 endlich das Konfetti mit den unzähligen Wünschen von Leuten aus aller Welt auf uns heruntersegelt. „Auld Lang Syne“ von Guy Lombardo & His Royal Canadians erklingt über die Lautsprecher, die Menschen rund um uns fallen sich in die Arme.

„Frohes neues Jahr!“, rufen wir einander zu und jubeln, feiern das Jahr, welches uns mit all seinen neuen Herausforderungen, Glücksmomenten und Enttäuschungen, die es uns bescheren wird, bevorsteht. Dad zieht Claire in eine Umarmung und küsst sie zärtlich, als wären sie die einzigen zwei Menschen weit und breit. Diese Freiheit verspüre ich vor meinen Eltern und allen anderen rund um uns nicht. Trotzdem wirkt die Masse ausgeblendet, als ich Jules erst in den Arm nehme, hochhebe und mich beim Absetzen wie so oft in ihren Augen verliere.

„Bestes Silvester ever“, versichert sie mir lachend. Ich lehne meine Stirn gegen ihre, genießen den Moment und widerstehe gleichzeitig dem wiederholten Wunsch, sie zu küssen.

„Frohes neues Jahr!“, wünsche ich ihr noch einmal persönlich.

„Jeremy …“, flüstert sie mir ins Ohr. Ihr Atem an dieser sensiblen Stelle jagt mir Schauer über den Rücken. „Behalte dir bitte dein glühendes Herz. Ich bin froh, dass ich mich in dir getäuscht hatte.“

Ich öffne meine Augen, als sie erneut ihre Arme um meinen Nacken legt und mich an sich drückt. Dann lässt sie los und lächelt in sich hinein, während sie sich zu meinen Eltern dreht, um auch ihnen zu gratulieren.

Ich folge ihrem Beispiel und stelle fest, wie viel mehr ich Dad und Claire dafür liebe, dass Jules sich ihretwegen so wohl und frei fühlen kann, sie zu umarmen und mit ihnen zu lachen, als wären sie Verwandte. Weder Dad noch mir ist entgangen, wie sich auch unsere Beziehung zum Positiven verändert hat, seit er Jules bei uns aufgenommen hat. Ohne sich dessen vielleicht bewusst zu sein, hat er mir dadurch gezeigt, dass ihm die Dinge wichtig sind, die für mich viel Bedeutung haben. Was vielleicht noch wichtiger ist, er hat mir gezeigt, dass er mich ernst nimmt.

Nur wenige Minuten nach Mitternacht, als alle mit ihren Neujahrswünschen, Küssen und Umarmungen fertig sind, ist die Show vorbei, und die Leute strömen in alle Richtungen davon, um zu ihren After-Partys in Wohnungen, Hotels, Clubs und Restaurants zu gelangen. Wir machen uns auf den Weg zu einer schicken Bowlingshalle in der Nähe unseres

Hotels, besiegen Claire und Dad als Team haushoch beim Spiel und lassen die Nacht dort bei Snacks und Getränken ausklingen, ehe wir zurück ins Zimmer gehen.

Am nächsten Tag sitzen Jules und ich schon eine halbe Stunde vor der abgesprochenen Uhrzeit in dem Frühstücksladen auf dem Times Square, den Katherine mir als Treffpunkt genannt hat. Dass New York nie schläft, bewahrheitet sich selbst heute, denn an den meisten Orten der Welt rührt sich nach solch einer langen Nacht zu dieser Zeit noch wenig bis nichts. Die Geschäfte bleiben geschlossen, die Menschen im Bett. New York aber ist fast so belebt wie an einem üblichen Wochentag. Neunzig Prozent der Geschäfte und Restaurants haben geöffnet, auf der Straße tummeln sich wie immer Touristen und Taxis. Innerlich klatsche ich jenen fleißigen Personen lauten Beifall, die während der frühen Morgenstunden den gröbsten Müll und Dreck der Silvesternacht beseitigt haben. Ihnen gebührt großer Respekt, denn bei all dem Konfetti, Verpackungen und etlichem anderen Abfall ist es eine Wahnsinnsleistung, den Platz heute Morgen wieder so gut aussehen zu lassen.

Da für mich nach und in der letzten Nacht an Schlaf ohnehin nicht wirklich zu denken war und Dad gegen Mittag fahren möchte, weil wir das Hotel bis elf Uhr geräumt haben müssen, stört es mich jetzt nicht, länger auf Katherine warten zu müssen. Zu viele Gedanken an den schönen Abend gestern, wie auch Befürchtungen wegen des heutigen Gesprächs wechselten sich miteinander im Minutentakt in meinem Hirn ab und hinderten mich daran, meinen Kopf fürs Einschlafen lange genug abschalten zu können. Die Müdigkeit wird mich wahrscheinlich erst im Auto oder heute Nachmittag überkommen. Jules hingegen sieht todmüde und geschlaucht aus. Ich kann mir vorstellen, dass auch sie nicht allzu viel geschlafen hat. Ihr war es im Zimmer bestimmt viel zu dunkel. Mit Mühe habe ich es unterlassen, Claire zu bitten, ein gedimmtes Licht für sie brennen zu lassen, weil ich Jules nicht bemuttern und in eine unangenehme Situation bringen wollte.

Hier sitzt sie also neben mir, die Lider gesenkt, die Tasse fast zu schwer in ihrer Hand, um ihren Kaffee daraus trinken zu können, und dennoch tapfer lächelnd, sobald ich ihre Augen suche. Ich bin sehr dankbar für ihre Begleitung als moralischer Beistand. Ebenso genieße ich aber die Stille. Die Ruhe vor dem Sturm, die sie mir gönnt, indem sie weder banale noch tiefsinnige Themen mit mir zu besprechen versucht. Ich will nicht reden. Ich brauche momentan einfach nur ihre wortlose Nähe.

Jedes Mal, wenn die Türe geöffnet wird und die Klingel läutet, um einen Besucher anzukündigen, richten sich unsere Blicke auf den Neuankömmling in der Erwartung, dieses Treffen endlich beginnen und dann rasch hinter uns bringen zu können. In Wahrheit weiß ich kaum, nach wem ich suchen muss, denn ich habe Katherine nie richtig gesehen. Auf Facebook ist es nicht möglich, ihr Gesicht auszumachen, weil ihr Profilbild aus einem Strandfoto mit Sonnenhut und Fliegerbrille besteht. Keiner der Gäste bisher passt jedoch auch nur annähernd zu ihrer Statur, und langsam frage ich mich, ob sie mich absichtlich auf die Folter spannt oder gar versetzen wird. Mit jeder verstreichenden Minute verspanne ich mich mehr. Mein blödes Herz hat ein unangenehmes Eigenleben entwickelt und schlägt mittlerweile etwa einhundertzwanzigmal die Minute.

„Darf ich noch etwas Kaffee nachschenken?“, fragt die Bedienung freundlich und bringt es damit fertig, meinen Blick einen Moment lang vom Eingang weg auf sich zu ziehen. Ich nicke. Sie zwinkert mir zu, und stellt Jules dieselbe Frage, als ich nur mehr Augen für die beiden Mädchen habe, die stoisch an unserem Fenster vorbeischlendern, vor der Türe langsamer werden und nach einem langen Blick quer durch den Raum das Restaurant betreten.

Im selben Augenblick, in dem mich ihre Augen treffen, verrenkt es mir den Magen, und ich bin froh, nichts gegessen zu haben. Eigentlich habe ich es ja von Anfang an gewusst, geahnt, gespürt. Sie ist meine … Sie ist die Tochter meiner Mutter.

Wie könnte ich sie meine Schwester nennen? Sie ist eine Fremde.

Die Gesichtszüge und das dunkle Haar habe ich zwar von Dad; die Augenfarbe, Lippen und meine Nase stammen jedoch von meiner Mutter. Selbst wenn ich nur Fotos von ihr habe, deren Aufnahmedaten logischerweise viele Jahre zurückliegen, würde ich diese Frau auf offener Straße wahrscheinlich sofort erkennen. Katherine ist ihr wie aus dem Gesicht geschnitten und mir damit sehr ähnlich. Sie hat hellbraune Haare – wahrscheinlich von ihrem Vater, denn Mom ist rotblond –, dieselben grünen Augen wie ich und exakt das gleiche Profil. Dazu besitzt sie die gerade Nase und die symmetrischen, herzförmigen Lippen, die einen schmollenden Eindruck erzeugen.

Unwillkürlich rutsche ich mit meinem Sessel einige Zentimeter zurück, umklammere die Sitzfläche, um mich daran zu hindern, aufzuspringen und zu verschwinden. Nur beiläufig spüre ich Jules kleinen Finger, der sich in meinem verhakt, während mich die grünen Augen dieser Fremden fixieren und gefangen nehmen. Sie sagt etwas zu ihrer Freundin, und ohne mich dabei aus den Augen zu lassen, marschiert sie zu uns. Gegenüber von mir setzt Katherine sich hin.

„Deinem Gesichtsausdruck zufolge dürfte dir mittlerweile endlich klar geworden sein, dass ich nicht hier bin, um dich anzugraben.“

Katherine zu sehen, ihre Stimme und die Worte aus ihrem Mund zu hören erschüttert mich auf mehrere Arten. Zu wissen, Mom hat mich vor all den Jahren zurückgelassen, um eine neue Familie zu gründen. Der Sohn zu sein, der es offenbar nicht einmal wert ist, zumindest seine Existenz anzuerkennen und ihm ab und zu eine Geburtstags- oder Weihnachtskarte zu schreiben, obwohl sie in Wahrheit so nahe gewesen wäre …

Es zerbricht mich beinahe, und ich muss kämpfen, um meine Stimme wiederzufinden. „Wie alt bist du?“, frage ich endlich, weil es die erste Frage ist, die mir in den Sinn kommt. Ihre Freundin mit Zahnspange nimmt neben Katherine Platz und lächelt nervös, doch ich registriere nur mein weibliches Fast-Spiegelbild.

„Sechzehn. Ich werde im Juni siebzehn“, antwortet sie gleichgültig und lässt mir Zeit zu eruieren, dass meine Mutter gerade mal neun Monate gewartet hatte, bis sie mit ihr schwanger wurde.

„Hat sie *dich* bei sich aufwachsen lassen?“ Meine direkte Frage lässt sie schlucken. Mit geschürzten Lippen nickt sie. Alles, was meinen Mund verlässt, als ich zum ersten Mal von ihr wegsehen kann, seit sie hereingekommen ist, ist ein humorloses Lachen.

„Lebt sie noch?“, frage ich eiskalt, woraufhin die Freundin leicht zusammenzuckt und Katherine mich vernichtend anstiert.

„So viel zum Small Talk, hm?“, kommentiert sie sarkastisch. „Bist du immer so ein Arsch?“

Jules’ Finger zuckt über meinem. Ich weiß, dass ich mich gerade nicht richtig verhalte. Dass keiner der Anwesenden etwas für die Entscheidungen meiner Mutter kann, aber im Moment kann ich es nicht beiseiteschieben. Ich fühle mich alleine, getäuscht, vorgeführt. Ich entferne meine Hand von Julias und lege sie stattdessen lässig über mein Knie.

Meine Augen verengen sich bei meiner Antwort. „Keine Ahnung – war noch nie in solch einer Situation, in der ich erfahren habe, dass eine Halbschwester existiert, obwohl meine Mutter mich kaum schnell genug loswerden konnte." Eisige Stille herrscht minutenlang zwischen uns, bis Katherines Freundin sie leicht mit dem Ellbogen gegen den Arm stößt. Schlaues Mädchen, denn ich habe nicht vor zurückzutreten.

„Sie lebt noch, ja", entgegnet Katherine letztlich, nachdem sie aufseufzt.

„Warum ist *sie* dann nicht hier? Schickt sie dich, weil sie zu feige ist, mir selbst zu begegnen?"

„Sie ist krank, deshalb ist sie nicht gekommen. Willst du jetzt weiter herumzicken oder endlich zuhören, was ich dir zu sagen habe?" Diesmal bin ich es, der ihre Worte mit einem hasserfüllten Blick beantwortet. Sie hat kein Recht so frech zu sein. Schließlich lasse ich mich mit einem dumpfen Geräusch gegen die Sessellehne fallen und hebe die Augenbrauen, andeutend, ganz Ohr zu sein.

Katherine verschränkt die Arme vor ihrer Brust und lehnt sich nach vorne. „Nachdem Mom mir deinen Namen genannt hatte, war ich lange Zeit nicht sicher, ob ich überhaupt nach dir suchen sollte. Ich bin nicht gerade der Typ dafür, alte Geschichten aufzutauen und meinem lang verloren geglaubten Bruder um den Hals zu fallen, wenn ich ihn gefunden habe."

Alte Geschichten – streu ruhig weiter Salz in die Wunde. „Dann haben sich aber bestimmte … Umstände ergeben …" Sie sieht zu ihrer Freundin, die die Stirn besorgt in Furchen legt.

Warum wirken diese Worte bedeutungsvoller, als sie sollten? „… und mir wurde klar, dass wir vielleicht noch mehr teilen als unser gutes Aussehen." Ihr Versuch zu scherzen scheitert kläglich, als sie zurück in meine verwirrten Augen sieht.

„Wirst du mich dir jetzt alles aus der Nase ziehen lassen, oder redest du von alleine weiter?“, will ich tonlos wissen. Übertrieben entnervt wirft sie ihre Haare zurück.

„Tja, hier kommt das *Aber.*“ Sie mustert Jules, dann wieder mich, ehe sie weiterspricht.

„Ich musste Mom versprechen, ihr die sogenannte Hiobsbotschaft zu überlassen und dich einfach darauf aufmerksam zu machen, wie wichtig es ist, dass du mit ihr persönlich redest.“ Ungläubig starre ich das Mädchen an, darauf wartend, mehr als Erklärung zu bekommen als dieses Geplapper. Es kommt aber nichts mehr.

Den Mund leicht aufgeklappt, sehe ich hinüber zu Jules, die ebenso fassungslos zurückblickt. „Das soll jetzt ein Scherz sein, oder?“, fragt diese perplex. Kopfschüttelnd reibe ich mir mit beiden Händen über das Gesicht und lache höhnisch auf.

„Das heißt, der einzige Grund, wieso ich dir jetzt gegenübersitze und meine Zeit vergeude, ist, damit du mir sagen kannst, dass ich nun auch noch *sie* treffen muss, um endlich zu hören, weshalb du mir seit Monaten auf den Geist gehst? Hättest du mir das nicht auch einfach *schreiben* können?“

„Hättest du es denn getan? Dich mit ihr getroffen?“, kontert sie herausfordernd.

„Wenn du denkst, dass ich es jetzt tue, irrst du dich gewaltig.“ Ich nehme meine Geldbörse aus meiner hinteren Hosentasche und ziehe einen Zehndollarschein heraus. Achtlos werfe ich ihn auf den Tisch, bereit zu gehen.

„Mann, es hat dich ja schon Monate gekostet, endlich auf *dieses* Treffen einzugehen. Mom hat aber keine *Monate* Zeit, darauf zu warten, dass du für sie *bereit* bist.“

Herausfordernd nicke ich mit dem Kinn in ihre Richtung. „Lass mich dir eine Frage stellen: Wie lange weißt du schon von mir?“

Sie zögert. „Nicht ganz vier Jahre jetzt.“

Mit aller Kraft muss ich mich davon abhalten, mir an mein ziehendes Herz zu fassen. Vier Jahre schon, und erst jetzt sucht sie den Kontakt. Oder müsste ich sagen: nur vier Jahre?

Vor vier Jahren hat Joanne mich also das erste Mal erwähnt. Davor war ich nicht einmal Gesprächsthema. Verdammt, ich bin gar nicht sicher, ob ich es jetzt bin.

„Das sind exakt vier Jahre länger, als ich von dir weiß; als ich überhaupt weiß, dass meine Mutter noch existiert, und erfahre, dass sie im angrenzenden Bundesstaat lebt.“ Wie in einem Akt der Verzweiflung beugt sich Katherine nun so weit über den Tisch, bis ihre Hand beinahe meine berührt, um mich am Aufstehen zu hindern.

„Hör mal! Ich bin bestimmt nicht Moms größter Fan. Und dich zurückzulassen war mit Sicherheit nicht richtig von ihr. Meistens geht mir die Frau tierisch auf den Keks, und vor allem seit einiger Zeit ist es *extrem* anstrengend mit ihr, aber sie ist immer noch meine Mom. Die Einzige, die ich habe, und das Gleiche gilt nun mal auch für dich. Ob du es wahrhaben willst oder nicht.“ Aufgehetzt durch ihre Worte, finde ich meinen Kampfgeist und, ja, auch meine Sturheit wieder und blicke ihr direkt in die Augen.

„Siehst du? Und genau das ist der Punkt, wo du falsch liegst. Joanne mag eine Mutter für *dich* gewesen sein; hat vielleicht *deine* Hand gehalten, als du das erste Mal in die Notaufnahme musstest; hat *deinen* ersten Zahn aufgehoben und dir dafür Geld unter dein Kopfkissen gelegt; hat *dir* gesagt, dass sie dich liebt, selbst wenn du mal versagt hast. Aber für *mich* hat sie nichts davon getan. Sie hat, nachdem sie gegangen war, nicht *ein* einziges Mal zumindest meinen Dad angerufen und gefragt, ob ich verdammt noch mal noch lebe. Es hat ihr einen Dreck bedeutet. Sie hat ein neues Leben begonnen, ohne ihren Erstgeborenen – und weißt du was? Scheiß drauf, damit habe ich mich schon lange abgefunden, denn ich brauche sie nicht. All das, was ‚Mom' nämlich für dich war, und wahrscheinlich noch etliches mehr, war für mich jemand anderes, die mich gerne als ihren Sohn aufgenommen hat. Bedingungslos, obwohl sie nicht einmal blutsverwandt mit mir ist. Jemand, um deren Aufmerksamkeit und Liebe ich nicht betteln musste."

Katherine senkt ihren Blick und wendet sich resignierend von mir ab. „Ich habe bis jetzt sehr gut ohne Joanne gelebt und werde es auch in Zukunft noch tun. Sie kommt genau achtzehn Jahre zu spät, um ihre Fehler auszubügeln, und wenn ihr denkt, mich durch irgendein vorgeschobenes Geheimnis dazu bringen zu können, ihr entgegenzukommen, dann seid ihr beide erbärmlich."

Wütend stoße ich meinen Sessel zurück und beobachte aus den Augenwinkeln, wie Jules dasselbe tut. „Richte ihr aus: Sollte sie mir etwas zu sagen haben, kann sie sich gefälligst selbst bei mir melden und nicht ihre minderjährige Tochter vorschicken. Das heißt, falls sie denn noch weiß, wo sie mich findet."

Mit gequälter Miene öffnet und schließt sich Katherines Mund wie der eines atmenden Fisches, doch ich habe genug. Ohne mich zu verabschieden, marschiere ich an ihr vorbei, um so schnell wie möglich hier rauszukommen.

„Sie stirbt, Jeremy!" Mit diesen drei Worten bringt sie mich überraschend doch völlig zum Stillstand, und ich falle sogar einen Schritt zurück. Es ist, als sei der ganze Raum verstummt und warte auf meine Reaktion. Ich drehe mich zu ihr um.

Katherine seufzt. „Es ist ernst und alles andere als schön. Und glaub mir, du musst hören, was sie dir zu sagen hat, bevor sie es selbst nicht mehr sagen kann." Ich schnappe Jules' geschockten, scharfen Atemzug auf, als sie sich zurück zu

Katherine dreht. Auch sie dürfte das Gesagte verzögert erfasst haben.

„Warum sollte ich dir glauben?“, frage ich mit dem Rücken zu ihr.

„Keine Ahnung!“ Kraftlos holt sie Luft. „Ich weiß, du kennst mich nicht, und ich kenne dich genauso wenig, aber ich glaube, das ist nicht wirklich nötig, um zu wissen, dass ich nicht über den Tod unserer Mutter scherzen würde. Und berechtigt oder nicht, ich *hoffe,* du kannst deine Enttäuschung und Bitterkeit Mom gegenüber so weit in den Griff bekommen, um ihr dieses eine und womöglich letzte Mal entgegenzukommen.“

„Woran?“, presse ich hervor. Weil Katherine nicht antwortet, starre ich in ihre großen, wässrigen Augen, die nun alles andere als die Unerschütterlichkeit und Coolness vom Beginn unseres Gesprächs ausdrücken. Alles, was übrig ist, ist ein Teenagermädchen, das belastet und verängstigt ist über den viel zu früh bevorstehenden Tod ihrer Mutter. Beschwichtigend streichelt ihre Freundin ihren Oberschenkel. Das ist es, was Joanne mir selbst sagen muss.

Resolut nicke ich. „Okay, ich mache es. Aber ich brauche noch Zeit, und die musst du oder muss sie mir einfach zugestehen. Ich melde mich bei dir.“ Meine Stimme klingt mit einem Mal sehr ruhig, erwachsen. Katherine presst die Lippen zusammen. Womöglich, weil es ihr nicht schnell genug geht.

Aus dem Restaurant zu entkommen fühlt sich an, als hätte endlich jemand das Korsett um meine Atemwege zerschnitten. Mein Kopf surrt, und ich habe keinen Schimmer, wie ich all das verarbeiten soll, was ich eben erfahren habe. Zumindest kann ich aber wieder Luft holen. Kaum ist Julia neben mir, ergreift sie im Gehen meine Hand und verschränkt ihre Finger in meine. Mit leerem Gesichtsausdruck sehe ich zu ihr. Ich kann jetzt nicht stehen bleiben.

„Es geht mir gut“, erkläre ich nüchtern. Trotzdem lasse ich meinen Handrücken von ihrem Daumen streicheln. Ich will sie nicht loslassen. Ich kann es momentan nicht.

„Ich weiß“, lügt sie genauso, denn uns ist beiden sehr bewusst, dass es mir alles andere als gut geht.

Kapitel 7

Julia

Nach dem Treffen mit Katherine war Jeremy ein paar Tage etwas zurückgezogen, brauchte Zeit, mit den neuen Informationen umzugehen, sich damit auseinanderzusetzen und auch seinem Dad letztlich davon zu erzählen. Der hörte ihm einfach zu und meinte, er unterstütze Jeremy in jedem Fall, egal, wofür er sich entscheidet. Ich denke, das hat Jeremy mehr bedeutet, als tausend andere Worte und gut gemeinte Ratschläge. Trotzdem ist er noch nicht bereit, sich mit seiner Mutter zu treffen.

Nachdem Katherine nach unserer Rückkehr aus New York probiert hatte, ihn nochmal zu drängen, Kontakt mit ihr aufzunehmen, hat sie nun endlich begriffen, dass sie damit keinem einen Gefallen tut.

Jeremy und ich reden immer mal wieder über das Thema, wenn er es selbst anspricht. Ich kann gut verstehen, weshalb er dieses Treffen scheut. Seine Mutter hat ihn nicht nur sitzen gelassen und furchtbar enttäuscht. Er fühlt sich außerdem betrogen und ausgetauscht gegen eine neue Familie, als hätte es ihn nie gegeben.

Was die Nachricht über Joannes Krankheit nun in ihm ausgelöst hat, sind ambivalente Gefühle. Er fühlt sich schuldig, sie nicht sehen zu wollen und ihr damit diesen Wunsch auszuschlagen. Gleichzeitig aber auch manipuliert und unter Druck gesetzt, weil Joanne achtzehn Jahre Zeit gehabt hätte, sich mit ihrem Sohn in Verbindung zu setzen.

Die Situation ist verstrickt, obwohl ich denke, dass ich mich auf jeden Fall für ein Treffen entscheiden würde.

Unausgesprochenes führt immer zu Schuldzuweisung und Verbitterung. Das musste ich ja schon selbst erfahren.

Jer und ich treffen uns weiterhin nachts unten auf der Couch und sehen unsere Serien oder plaudern, bis wir einschlafen. Das ist für uns wie zu einem Ritual geworden und definitiv der schönste Zeitabschnitt meines Tages. Es ist nicht so, dass wir mit Absicht aneinander gekuschelt einschlafen, und doch liege ich jedes Mal beim Aufwachen bequem in seinen warmen, schützenden Armen. Claire weiß Bescheid, seit sie vor ein paar Wochen nachts ein Glas Wasser holen wollte und uns schnarchend auf der Couch angetroffen hat. Sie sah jedoch, wie harmlos das alles ist, und vertraut unserem Wort auch genug, solange keiner von uns in der Früh über Schlafmangel meckert oder sich unsere Noten verschlechtern. Es fühlt sich toll an, Erwachsene in meinem Leben zu haben, die sich auf eine für mich neue Art und Weise um mein Wohlergehen sorgen und deswegen Regeln aufstellen, die nachvollziehbar sind. Ich würde ihr Vertrauen in mich auch niemals aufs Spiel setzen. Dafür sind sie mir zu wichtig, und ich bin ihnen zu dankbar. Und trotzdem …

So irre das auch klingen mag: Ab und zu vermisse ich meine Familie. Könnte ich sie irgendwie dazu bringen, ihr Leben umzukrempeln und mich so zu behandeln, wie es sein sollte, würde ich gerne zurück zu ihnen gehen. Sie sind alles, was ich Familie nennen kann. Mehr habe ich nicht.

Mein Leben fühlt sich teilweise so fremd an, dass es mich beinahe selbst erschreckt. Ich habe mich verändert, bin offener geworden, weniger konfrontativ in der Schule, nicht so reserviert aus Angst, jemand könnte hinter mein Geheimnis kommen. Das sind gute Dinge, ich weiß. Auf der anderen Seite wird es mir manchmal fast zu viel, denn die Veränderung fand sehr radikal statt und ich muss mich noch an Vieles gewöhnen.

Der Direktor hat mich nach den Ferien zu sich ins Büro zitiert und mir eingebläut, ich könne jederzeit mit der Schulpsychologin sprechen, sollte ich etwas brauchen. Jetzt hat es sich natürlich auch herumgesprochen, dass ich nicht mehr zu Hause lebe. Mitleidige und bedauernde Blicke waren anfangs die Folge. Es brauchte aber keine Genies, dass nach relativ kurzer Zeit klar war, wo ich jetzt vorübergehend lebe. Immerhin steige ich jeden Morgen mit Jeremy aus seinem Auto. Das hat den ersten Monat nach Weihnachten für mich zur Hölle gemacht, weil ich für meine Begriffe viel zu oft angestarrt und angequatscht wurde.

Das passiert, wenn man sich mit den „wichtigen" Leuten der Schule einlässt, wurde mir von Aaron erklärt.

Mit der Zeit wurde ich als Thema dann Gott sei Dank langweilig und durfte anderen Geschichten und Gerüchten, die mehr von Bedeutung sind, weichen. Zum Beispiel, als alle dachten, ein Mädchen aus der elften Klasse sei schwanger. Diejenige wollte den Vater aber nicht bekannt geben, weshalb alle vermuteten, es handle sich dabei um Mr. Herbert, einen Lehrer in den Dreißigern. Das toppte dann doch die Geschichte des „armen, obdachlosen" Mädchens, das bei einem der beliebtesten Kerle der Schule Unterschlupf gefunden hat. Später stellte sich heraus, dass das Mädchen lediglich eine Magenverstimmung und Mr. Herbert in Wahrheit ein Verhältnis zu Ms. Ferguson begonnen hatte. Sie sind jetzt das neue Traumpaar der Schule.

Melanie hat sich inzwischen mit mir abgefunden und beachtet mich eigentlich überhaupt nicht mehr. O'Mally versucht mich hingegen immer noch in die Ecke zu drängen, zu nerven. Doch die Gelegenheiten dazu werden immer rarer, da ich nicht mehr oft alleine unterwegs bin.

Besonders mit Max kann ich extrem gut reden. Er ist wirklich ein guter Freund. Das findet jeder faszinierend, denn Max ist nicht unbedingt einer, der sonst viel von sich erzählt.

Trotz allem fehlt mir Gracie. Wir telefonieren jeden zweiten Tag, und jedes Mal geht mir das Herz auf, weil ich hören kann, wie glücklich sie endlich ist.

Danny hat sein Playbook inzwischen aufgegeben und teilt sein langsam aufkeimendes Liebesleben mit mir. Obwohl ich selbst in Sachen Liebe keinerlei Erfahrung habe, versuche ich ihm mit Rat und Tat zur Seite zu stehen, wo ich kann.

Allgemein fühlt es sich surreal an, wie selbstverständlich wie harmlos das alles ist, und vertraut unserem Wort auch genug auch einige Mädchen bei uns herum, vor allem die, die Aaron mitnimmt. Oft bin ich jedoch das Einzige. An die Aufmerksamkeit, die diese große Veränderung in der Schule mit sich bringt, werde ich mich wohl nie gewöhnen. Damit leben kann ich trotzdem bis Schulschluss. Und ich weiß, wer ich bin. Diejenigen, die mich nicht kennen, werden sich auch nicht die Zeit nehmen, die Wahrheit über mich herauszufinden. Warum also die Mühe machen, mich ständig zu verteidigen?

Jeremy und ich unternehmen weiterhin gemeinsame Ausflüge. Zum Beispiel waren wir Nachtschneeschuhwandern – wir haben geholfen, das Durchschnittsalter bei dieser Wanderung erheblich zu senken. Zur Belohnung für den anstrengenden Weg gab es dann auf einer Hütte einen Jumbobecher heiße Schokolade.

Vor drei Wochen waren wir klettern, denn Jeremy hat endlich das Okay vom Arzt bekommen, vorsichtig wieder Überkopf- und Überstreckbewegungen machen zu dürfen. Seine Schulter ist einwandfrei verheilt, und durch das konsequente Training mit und ohne Physiotherapeut zur Stärkung und Kräftigung einsatzbereit.

Nach meiner zwölfwöchigen Schonfrist kann auch ich wieder tanzen, und es fühlt sich so gut an. Mir war gar nicht bewusst, wie sehr ich es vermisst hatte, bis ich endlich wieder ein volles Training absolvieren konnte. Ich habe viele Defizite der letzten dreieinhalb Monate aufzuarbeiten, die durch den Mangel an Bewegung, Dehnung und Muskelarbeit entstanden sind.

Deswegen fahre ich fast jeden Tag nach der Schule in den Gemeindetanzsaal, um dort zu üben. Manchmal mit Sophie, oft auch alleine. Heute treffe ich mich erst gegen Abend mit meiner Ballettgruppe. So habe ich einen Nachmittag dazugewonnen und löse mein Versprechen ein, den Jungs beim Trainieren zuzusehen.

Das Off-Season-Training beschränkt sich hauptsächlich auf Konditions- und Krafttraining auf dem Feld und im Fitnessraum, denn es gibt bestimmte Regeln im High-School-Football, was Off-Season- und Spring-Training angeht, wie ich mir habe sagen lassen. Weil Max aber in nicht einmal zwei Wochen am Walk-on der UMass teilnehmen wird, trainiert Jeremy mit ihm oft noch zusätzlich in den Mittagspausen oder nach dem regulären Training.

Die ersten paar Wochen war Jeremy extrem frustriert, weil er nach dem Unfall einiges an Wurfkraft verloren hatte, ihm auch die Ausdauer fehlte. Es ist schon viel besser geworden, er hat wieder Freude am Training und fasziniert mich mit seinem Tatendrang, der Begeisterung und der Hingabe bei diesem Sport.

Heute hilft auch Tommy mit, versucht Max daran zu hindern, den Ball zu fangen und mit ihm in Richtung Endzone laufen zu können. Im Schneidersitz sitze ich auf der Trainerbank, meinen Block und meine Schreibsachen, mit denen ich eigentlich nebenbei eine Arbeit schreiben wollte, achtlos zur Seite geworfen, weil der Funke des Eifers und der Leidenschaft der Jungs auf mich übergesprungen ist. Ständig glaube ich, nach jedem Spielzug meinen Senf dazugeben zu müssen.

„Versuch noch mehr in die Knie zu gehen, und lass dein Kinn unten, wenn du die Richtung wechselst. Alles andere kostet dich mehr Zeit und Kraft“, erkläre ich Max bevormundend, als er sich nach einigen Passrouten bei mir seine Wasserflasche holt und gierig trinkt. Ohne die Flasche abzusenken, sieht er mich mit einer hochgezogenen Braue an. Zur Antwort hebe ich die Schultern.

„Im Ballett ist Beweglichkeit das Um und Auf. Wenn du nicht agil bist, hast du keine Chance, die schnellen Drehungen, Wendungen und Sprünge zu schaffen. Ich habe zwar nicht viel Ahnung von Football, aber es sieht so aus, als wären für deine Position die Fähigkeiten, zu springen, richtig zu landen, sich schnell drehen und die Richtung ändern zu können, ebenso wichtig wie das Fangen des Balles.“ Max löst seinen Mund von der Flasche, um schnaufend zu grinsen, spuckt nickend ins Gras.

„Alter, diese Mieze ist ein Hauptgewinn“, höre ich Tommy sagen, der Jeremy im Gehen einen Arm um die Schulter legt. Automatisch richte ich meinen Blick auf die beiden. Jeremy rammt Tommy den Ellbogen in die Seite und stößt ihn von sich weg.

„Mann, die Wintermonate haben ziemlich etwas angesetzt bei dir“, lenkt er schließlich ab, als er meinen verlegenen Blick entdeckt. Tommy zieht sein Shirt hoch und spannt unter dem Fettpolster seines Bauchs die Muskeln an.

„Ich finde, ich sehe so gut aus wie nie. Oder was meint unsere Lady hier?“ Tommy drückt mich seitlich gegen seine Brust. Ich kichere, glücklich, dass ich es kann, ohne ein Problem mit dieser Berührung zu haben.

„Pack dich lieber wieder ein, du machst mich scharf“, scherzt Max, während er sich das Schuhband bindet, ohne Tommy überhaupt anzusehen.

„Sie hat aber recht“, stimmt Tommy mir zu. „Ich hab mal gelesen, dass einige Footballspieler ab und zu Ballettstunden genommen haben, um ihre Beinarbeit zu perfektionieren.

Nicht, dass man mich jemals im Tutu zu Gesicht bekommen wird, aber da ist sicher was Wahres dran."

„Glaub mir, das will auch keiner sehen." Max lacht und rennt zurück aufs Spielfeld. Seine Fähigkeit, Kritik blitzschnell umzusetzen, beeindruckt mich, ebenso wie die Unermüdlichkeit in seiner Bewegung.

Als Aaron etwas später zu uns stößt, um die Jungs zum Krafttraining abzuholen, und zur Begrüßung eine Beschimpfung quer über das Feld schreit, lässt Max sich einen Moment zu lange davon ablenken. Mit einem ordentlichen Knall und dem knapp hundert Kilogramm schweren Koloss namens Tommy auf seinem Oberkörper landet Max im Gras. Mich krümmend verziehe ich das Gesicht. Aaron lacht sich krumm, weil Max sich noch auf dem Boden windet und flucht. Wütend fetzt er den Ball von sich und verdeckt sein Gesicht mit den Armen. Jeremy joggt los, um zu sehen, ob er sich gröber verletzt hat. Ungeduldig stelle ich mich auf die Bank. Dann forme ich meine Hände zu Trichtern.

„Hör auf, wehleidig zu sein, und steh endlich auf! Das hier ist nicht Flag Football, da *wird* man getackelt!" Ermahnend hebe ich die Arme in die Luft, wofür ich einen bösen Blick seinerseits ernte. Aarons hyänenartiges Lachen wird lauter neben mir.

„Okay, Mädchen", wiehert Tommy, der auf mich zusprintet. „Du bist mir eine Spur zu vorlaut. Es wird Zeit, deine Schulden einzulösen." Perplex trete ich einen Schritt zurück und steige dabei beinahe ins Leere.

„Was denn für Schulden?"

„Tu nicht so unschuldig. Jer hat erzählt, wie du mit großer Klappe behauptet hast, uns beim Training jederzeit in die Tasche stecken zu können."

Mit zusammengekniffenen Augen nehme ich Jeremy ins Visier, der amüsiert die Arme verschränkt. „Stimmt! Siehst du, das hätte ich ja fast vergessen.“

Ehe ich reagieren kann, hebt Tommy mich mit einem Arm von der Bank und trägt mich zu Jeremy und Max, der schadenfroh die Hände in die Hüften stemmt. All mein Strampeln nutzt nichts, Tommy ist viel zu stark für mich.

„Was wird das?“, frage ich, als Jeremy seine Montur abzulegen beginnt.

„Aaron, kannst du schnell den Rest davon holen?“

„Die Jacke wirst du nicht mehr lange brauchen, Jules. Dir wird gleich warm genug werden“, erklärt Tommy und zupft einmal an dem Stoff. „Oder machst du einen Rückzieher, weil du schon erkannt hast, dass du keine Chance hast?“

Angestachelt entledige ich mich meiner Jacke und schaue angriffslustig. „Bitte! Dann zeigt mal, was ihr so draufhabt.“

Mit einem Haufen Zeug in der Hand kommt Aaron zurück und macht sich mit Jer den größten Spaß daraus, mir einen Schutz nach dem anderen überzustülpen. Das dauert einige Minuten, und die ganze Montur wird langsam verdammt schwer, denn alleine der Brustpanzer wiegt über zwei Kilogramm.

Zum Schluss trage ich Helm, Lendengürtel, Brustpanzer und diverse Polster über meinen Armen und Beinen. Wie genau soll ich mich mit all dem bewegen können?

Zu guter Letzt zieht mir Jeremy sein Jersey über, in dem ich natürlich schwimme. Trotzdem muss ich beim Anblick meiner breiten Schultern durch den Panzer laut auflachen, als ich an mir heruntersehe.

„Wow, sexy!“, bemerke ich im Spaß, meine Augen aber mittlerweile auf Jeremy gerichtet. Aaron kommentiert meine Worte mit einem lang gezogenen Pfiff. Verwirrt sehe ich zwischen den Jungs hin und her, bis ich endlich begreife, dass die anderen glauben, ich hätte damit Jeremys Körper im extrem eng anliegenden und damit muskelbetonendem Untershirt gemeint.

„Tja, also wenn du deine Augen dann mal von meinem Körper reißen kannst, könnten wir beginnen", feixt er zwinkernd.

Ich verdrehe die Augen. Ob man das unter dem Helm überhaupt sieht? „Bitte! Ich strenge mich nur gerade an, von dem Anblick nicht gleich Augenkrebs zu bekommen."

„Also ich finde, *du* siehst ganz süß aus in seiner Montur", meint Aaron, der sich mit Max und Tommy an der imaginären Line of Scrimmage in Position bringt.

„Mir gefällt es auch sehr gut, dich in meinem Jersey zu sehen, muss ich sagen." Zufrieden macht Jeremy einen Schritt zurück, um mich lächelnd zu betrachten.

„Okay, das beunruhigt mich jetzt." Ich lache, freue mich insgeheim aber. „Abgesehen davon kannst du überhaupt nicht wissen, wo ich hinsehe, zumal Dreiviertel meines Gesichtsfeldes durch diesen Helm blockiert wird." Genervt versuche ich diesen hin- und herzuschieben. Es hilft nichts, er ist einfach zu groß für meinen Kopf. Resignierend lasse ich die Hände fallen.

„Grr! Kann ich den nicht einfach weglassen?" Jeremy lacht.

„Nope, auf keinen Fall! Ich werde dir keine Ausrede durchgehen lassen, dich mit Samthandschuhen anfassen zu müssen." Er schleppt mich zur Linie und zeigt mir, wie ich mich dahinter positionieren muss, denn zuerst soll ich das Blocken üben. Natürlich liegt Tommy richtig. Ich habe nicht die leiseste Chance, ihn auch nur einen Zentimeter von seinem Fleck wegzuschieben. Stattdessen greift er beim nächsten Huddle einfach unter meine Arme und trägt mich zurück, statt mich einfach nur wegzuschieben. Dabei diene ich nicht bloß den Jungs zum Amüsement, auch selbst kann ich mich vor

Lachen kaum mehr auf den Beinen halten. Bei Max und Aaron habe ich schon bessere Chancen, als ich all meine Zurückhaltung ablege und so fest zustoße, wie ich kann. Wenigstens bringe ich sie aus der Balance.

Die Technik des Ballwerfens an sich verstehe ich schnell, bei der Umsetzung mangelt es jedoch an Kraft in meinen Armen.

„Wer ist jetzt Popeye ohne Spinat, hm?“ Jeremy klopft mir leicht auf den ungeschützten Teil meines Rückens und löst mit dieser Berührung und seinem tiefen Lachen wie immer eine Elektrisierung meines Körpers aus.

„Immer noch du, Mister. Ich bin Olivia, ich brauche keine Muskeln.“

Wie sich herausstellt, liegen mir das Laufen und das Fangen des Balls am meisten, obwohl ich es als schwierig empfinde, das Ei auch in der Hand zu behalten, sobald ich damit weiterlaufen soll.

„Du bist ziemlich flink und wendig. Und wie du siehst, kannst du den Ball auch trotz eingeschränkter Sicht fangen“, lobt Max. „Vielleicht könnte ich wirklich was von dir lernen.“

„Wieso klingst du so überrascht? Ich bin nicht so unsportlich, wie ich aussehe.“

Max lächelt. „Das habe ich schon mitbekommen. Du bist eine Kämpfernatur. Das finde ich gut. Du erinnerst mich an die *Powerpuff Girls* – süß, aber tödlich, wenn’s darauf ankommt.“

Ich fühle, wie meine Wangen unterm Gesichtsschutz warm werden, selbst wenn ich keinen Plan habe, wer die *Powerpuff Girls* sind.

„Ich erinnere mich nicht mehr, wer welche ist, aber irgendeine hieß, glaub ich, Buttercup. Das würde gut als dein neuer Spitzname passen.“

„Alter! Du hast die *Powerpuff Girls* geschaut?“ Ungläubig zieht Aaron die Oberlippe so hoch, dass man das Zahnfleisch sehen kann.

„Hallo? Ich war *fünf*, als die im Fernsehen liefen, und damals fand ich sie cool“, verteidigt sich Max achselzuckend. Kopfschüttelnd pfeift Aaron durch die Zähne und dreht sich zum Gehen um.

„Ich finde sie auch heute noch cool“, flüstert Max mir zu.

„Hey, J! Warte mal!“, ruft Laura über den Parkplatz. Sie läuft aus dem Schulgebäude, während ich auf Jeremy warte, der mich zum Tanztraining bringen wollte.

„Hi, Laura! Was gibt's?“ Sie umarmt mich flüchtig, bevor sie ihre Tasche höher schultert und die Brille auf ihrer Nase mit dem Mittelfinger hochschiebt. Dabei grinst sie von einem Ohr zum anderen.

„Ich habe mich gefragt, ob du schon ein Kleid für den Abschlussball hast. Wenn nicht, möchtest du vielleicht mit mir dafür shoppen gehen?“

Okay, das kam jetzt aus heiterem Himmel. Blinzelnd lasse ich das Lächeln in meinem Gesicht breiter werden. „Ehrlich gesagt habe ich noch gar nicht darüber nachgedacht, ob ich gehe.“ Ich bin nicht eines dieser Mädchen, das behauptet, kein Problem damit zu haben, nicht zu gehen, obwohl sie insgeheim, seit sie ein kleines Mädchen ist, davon träumt, im schönsten Prinzessinnenkleid dort aufzutauchen. Ich habe mich wirklich noch nicht mit dem Gedanken befasst. Ich war ja auch letztes Jahr nicht dort.

„Ach, komm schon, du gehst doch bestimmt mit Jeremy hin, oder nicht? Zumindest nimmt das die halbe weibliche Schülerschaft an und überlegt fieberhaft, wie sie unter Umständen doch noch zu einem Date mit ihm oder jemand anderem aus dem Footballteam kommen.“ Genervt verdreht sie die Augen.

„Ernsthaft, irgendwie ist es doch gestört. Es gibt sechshundert Jungen an dieser Schule, und die Einzigen, die für die Mädchen von Interesse sind, sind entweder vom Football- oder Basketballteam. Wo ist unsere Würde geblieben?“ Um ein Lachen zu unterdrücken, kaue ich auf meiner Unterlippe, während Laura vom Hundertsten ins Tausendste kommt.

„Wie auch immer“, schließt sie die Einleitung letztlich und konzentriert sich wieder auf mich. „Ich möchte Tommy gerne dazu bringen, mich zu fragen, mit ihm zu gehen.“

Verblüfft hebe ich die Augenbrauen und studiere sie einen Moment, ehe ich doch einem leisen Lachen nachgebe. „Hast du nicht gerade festgestellt, dass es an der Schule auch viele andere interessante Jungs als jene vom Sportteam gibt?“

„Ja, du hast leicht reden. Du bist ja mitten im Geschehen. Nicht, dass ich es dir nicht gönne, und ich möchte dich nicht im Glauben lassen, ich würde nur deswegen mit dir ein Kleid kaufen wollen …“ Aufgrund ihres plötzlich nervös wirkenden Gesichtsausdrucks unterbreche ich sie.

„Schon gut, Laura. Du musst mir nichts erklären. Sollte ich hingehen, würde ich sehr gerne mit dir einkaufen gehen.“

„Yay!“, ruft sie aus. „Aber warte nicht zu lange, okay? Sonst sind die besten Kleider weg. Wir haben immerhin schon März.“ Nickend kratze ich mir die Stirn.

„Hat er dich ernsthaft noch nicht gefragt?“, hakt sie missbilligend nach und schüttelt den Kopf. Dieses Mädchen verblüfft mich mit ihrer direkten und authentischen Art. „Ich meine … Hallo? Worauf wartet er denn? Ich habe schon seit Halloween geahnt, dass da was zwischen euch läuft.“ Mir ist natürlich bewusst, dass sich die Leute genau das denken, was Laura hier ausspricht, trotzdem lässt es mein Herz höherschlagen, es so unvermittelt zu hören.

Was *läuft* denn zwischen uns? Ich weiß es ja selbst nicht.

„Wir haben darüber eigentlich noch gar nicht gesprochen."

„Keine Sorge, du musst dich vor mir bestimmt nicht rechtfertigen. Du verdienst es. Nicht nur mir ist aufgefallen, dass du endlich aus dir herauskommst und mehr lachst als früher." Einen Moment lang denke ich über ihre Worte nach und muss zugeben, dass meine Glücksgefühle definitiv auch erheblich mit Jeremy zusammenhängen, ob ich das nun wollte oder nicht.

„Jedenfalls hab ich einen Artikel im Internet gelesen, wie man den Typen dazu bringen kann, einen zum Ball einzuladen, ohne, dass er es merkt. Erstens musst du den Ball immer wieder ganz lässig und ungezwungen ins Gespräch bringen. Ihm zum Beispiel sagen, wie sehr du dich schon drauf freust. Außerdem kannst du Sachen sagen wie: ‚Wir werden den anderen dort zeigen, was es heißt, Spaß zu haben.' So hat er das Gefühl, es wäre immer noch seine Idee gewesen, dich einzuladen ..."

Ich habe mich mental bereits darauf eingestellt, ihr weiterhin höflich zuzuhören, selbst wenn ich nicht vorhabe, diese Tricks anzuwenden. Verwirrt blicke ich dann aber vom Boden auf, als sie abschweift und mit gefurchter Stirn über meine Schulter hinwegsieht.

„Hey, ist das da drüben nicht dein Dad? Ich dachte, du wohnst nicht mehr bei ihm."

Meine Kehle trocknet bei seiner Erwähnung auf Anhieb aus, und das Blut gefriert mir in den Adern. Mit unregelmäßiger Atmung bringe ich mich dazu, mich umzudrehen und dem Mann ins Gesicht zu sehen, der gerade aus dem Schulgebäude marschiert und meinen Blick mit einem seltsamen Gesichtsausdruck auffängt.

Die letzten dreieinhalb Monate herrschte komplette Funkstille zwischen meinen Eltern und mir, und nun bohrt er mir mit seinen strengen Augen direkt in die Seele. Entrüstet und verängstigt, er könne wieder verschwunden sein, sobald ich einmal wegsehe, greife ich – mit Dad im Visier – lediglich nach Lauras Hand und drücke sie leicht.

„Ich muss los, Laura. Wir gehen einkaufen, okay? Versprochen!“ Ich setze mich bereits in Bewegung, während sie einen zustimmenden Laut von sich gibt.

Dad hat abgenommen, sieht zumindest im Gesicht magerer aus, mit dicken Tränensäcken unter den Augen, die mich dazu veranlassen, mich tiefer in meine Jacke zu graben. Faszinierend, wie man trotz jahrelanger Abweisung immer noch das Bedürfnis verspüren kann, jemanden zu trösten, zu umarmen. Leider beruhte unsere Beziehung nie auf solchen Gesten, deswegen bleibe ich zur Sicherheit einen guten Meter vor ihm stehen.

„Was machst du hier, Dad?“

Er mustert mich von oben bis unten, was mich unglaublich verunsichert. „Ich wollte meine Tochter sehen. Das wird mir ja wohl gestattet sein.“ Etwas, das wie ein gescheitert gekünsteltes Lächeln aussieht, erscheint auf und verschwindet genauso schnell wieder von seinen Lippen, wie es gekommen ist. Ich antworte nicht.

„Sieh mich nicht so vorwurfsvoll an! Ich bin hier, um Frieden zu schließen. Nach langem Hin und Her wurde ich vom Dienst quittiert, weil ein paar Dinge ans Licht gekommen sind.“ Seine Augen bewegen sich nervös über den Schulparkplatz, als hätte er Angst, gehört werden zu können. Fassade war in meiner Familie schon immer das Wichtigste.

„Ich werde jetzt das Haus verkaufen müssen, weil ich es mir nicht mehr leisten kann.“

Stockend atme ich ein. „Was ist mit Mom?“

„Weißt du Julia … Deine Mom … Es ist schlimmer geworden mit ihr, seit du weg bist. Sie arbeitet nicht mehr, trinkt nur noch und verbarrikadiert sich in deinem Zimmer oder in jenem, das von deinem Bruder noch übrig ist. Unter

Umständen werden wir uns trennen. Uns verbindet nichts mehr, nichts hält uns zusammen."

Ach, Dad, wenn du eine Ahnung hättest, wie lange diese Familie schon von nichts mehr zusammengehalten wird.

„Jedenfalls werde ich von hier wegziehen. Die kritischen und missbilligenden Blicke dieses Ortes ertrage ich nicht länger. Es ist, als hätten diese paar negativen Dinge, die passiert sind, alles Gute, was ich über die Jahre für diese Stadt getan habe, ausgelöscht."

„Wohin?", krächze ich.

Er seufzt und fährt sich durch die Haare. „Das weiß ich noch nicht, aber ich wünsche mir, oder ich hoffe, dass du mich begleitest. Ich weiß, ich war nicht immer ein guter Vater für dich, aber ich brauche dich. Ich bin nicht bereit, alles zu verlieren. Wenn wir vor dem Gericht ein Ansuchen stellen und du erklärst, dass der Grad der Verletzung nur eine einmalige Sache war, davor hingegen lediglich Erziehungsmaßnahmen geschahen, dann werden sie das verstehen. Jedes Gericht der Welt sieht ein, dass ein Kind bei seinen leiblichen Eltern besser aufgehoben ist als bei Fremden."

Müsste dies nicht der Moment sein, bei dem mir wenigstens warm ums Herz wird? Worte, bei denen mir Freudentränen kommen sollten, weil meinem Dad endlich die Augen geöffnet worden sind? Wieso empfinde ich dann nach wie vor diese Kälte, Distanz, die von uns beiden ausgeht, und höre nichts als den Anschein einer Verpflichtung in dem Geäußerten heraus?

„Dad ...", beginne ich mit geschlossenen Augen und atme tief durch. „Ich ... Ich kann nicht zurückkommen. Es tut mir leid."

Die Härte in seinem Blick und seiner Stimme, die er bis eben unterdrücken konnte, dringt langsam durch. Nur mehr ein Hauch an Verletzlichkeit ist in seinen Augen zu entdecken.

„Ist es, weil ich ...“ Er senkt die Stimme. „Weil ich dich dieses eine Mal geschlagen habe? Denn das war nur im Affekt, weil du mich so gereizt hast. Ich habe dich sonst nie angerührt.“

Schon wieder Ausflüchte. Ich kann sie nicht mehr hören. Kann denn keiner von ihnen wenigstens einmal Verantwortung für ihre Fehler übernehmen und sich aufrichtig entschuldigen?

„Nein, Daddy, es ist nicht nur deswegen. Was viel tiefer sitzt, sind all die Male, in denen du einfach weggesehen hast, wenn Mom mich geschlagen hat. Und es war *keine* einmalige Sache. Das weiß auch der Richter“, antworte ich mit weicher Stimme, denn ich will ihm keine Vorwürfe machen. Ich bin ihm nicht böse und trage es ihm auch nicht mehr nach. Ich wünsche mir lediglich, dass er Einsicht zeigt.

Eine gefühlte Ewigkeit starren wir einander bloß an, keiner weiß noch etwas zu ergänzen. Es ist so lange her, dass mein Vater mich tatsächlich gesehen hat. Jahrelang war er für mich ein Fremder, der einfach im selben Haus mit mir wohnte.

„Wenn das so ist, dann möchte ich deinen Haustürschlüssel zurückhaben“, fordert er, als wäre dieser nur geborgt gewesen. Damit mir die Kinnlade nicht hinunterfällt oder ich etwas Dummes sage, beiße ich mir so fest auf die Unterlippe, bis ich Blut schmecke, während ich in meiner Tasche krame. Mein Schlüsselbund besteht nur aus dem einen Schlüssel und einem Anhänger mit einem „J“ darauf, den ich von Josh geschenkt bekommen habe. Ich verfluche meine Hände dafür, dass sie beben, während ich den Anhänger vom Bund entferne und den Schlüssel in Dads vor mir ausgestreckte Hand fallen lasse.

„Danke, dass du gekommen bist, Dad“, sage ich schließlich und wende mich zum Gehen ab. Blitzschnell reißt meine Aktion Dad aus seiner Trance, er packt mein Handgelenk und wirbelt mich herum, sodass uns nur mehr wenige Zentimeter trennen.

„Warte! Ich kann … ich würde mich von deiner Mutter trennen, wenn du mit mir gehst. Dann kann auch das Gericht nichts mehr dagegen einzuwenden haben, dass du bei mir lebst."

Mein Puls hämmert beinahe hörbar in meinen Venen, als ich seine Hand demonstrativ mit den Augen fixiere. Als ihm bewusst wird, wie fest er meinen Arm hält, lässt er ihn los, als hätte ihn meine Haut verbrannt. Automatisch trete ich einen Schritt zurück, mit Tränen in den Augen.

Dad klammert sich am letzten Strohhalm fest, als wäre ich ein Rettungsboot, welches ihn vor den Scherben seiner offenbar erst jetzt erkannten Realität schützen kann. Aber das kann ich nicht.

„Dad, bitte nicht. Stell mich nicht vor diese Wahl."

Mit einem Mal fühle ich Jeremys Präsenz neben mir, bevor ich ihn überhaupt sehen kann. Er muss die Szene schon länger beobachtet und bei der Handgreiflichkeit das Gefühl gehabt haben, ich könne seine Hilfe gebrauchen. Er nimmt die Hand, die Dad noch eben festgehalten hat, in seine und verschränkt unsere Finger miteinander.

„Alles in Ordnung bei dir?" Seine Stimme klingt tief, beruhigend, vielleicht gerade weil sie einen Hauch Aggression und Intensität birgt. Nickend studiere ich weiterhin Dads unterschiedliche Emotionen, während er nun abwechselnd von Jeremy zu mir sieht. Wütend und verzweifelt reibt er sich fahrig über das Gesicht und flucht.

„Herrgott, wieso bist du nur so dickköpfig, ich erkenne dich überhaupt nicht wieder."

Das würde voraussetzen, dass er mich je gekannt hätte.

„Gut. Denn ich bin nicht mehr die, die ich zu Hause war. Gott sei Dank habe ich mich verändert."

Er lacht bitter auf. „Ich dachte, Christen sollten die Fehler anderer vergeben?“ Jetzt klingt er genau wie Mom. Jeremys Hand zuckt in meiner.

„Ich *habe* dir vergeben. Und Mom genauso. Das bedeutet aber nicht, dass ich mich in Zukunft immer wieder freiwillig verletzen lassen werde von dir oder euch. Ich heile, Dad. Gönn mir das bitte, und unterstütze mich dabei, indem du verstehst, dass ich Zeit und Abstand brauche. Und zeige mir, dass ich dir wichtig bin, indem du anrufst oder schreibst und versuchst dein Leben und, soweit es möglich ist, auch das von Mom in den Griff zu bekommen.“

Dad schüttelt enttäuscht den Kopf. „Ich hoffe für dich, du bereust diese Entscheidung nicht irgendwann.“ Geknickt marschiert er an mir vorbei und aus meinem Leben. Zitternd atme ich ein, im Versuch, mich von dem erdrückenden Gefühl der Hilflosigkeit zu befreien. Jeremy zieht sanft an meiner Hand, bis ich ihn ansehe.

„Geht es dir gut?“ Die Frage mag dumm klingen, doch ich weiß, wie er es meint. Dass Dad mich emotional verletzt hat, ist offensichtlich. Jeremy spricht jedoch vom körperlichen Aspekt.

„Mmh“, töne ich leise. Kraftlos lehne ich mich schließlich gegen ihn, lasse ihn seine Arme um mich legen und seine Wärme an mich abgeben, die mich daran erinnert, dass ich nicht mehr ganz alleine bin.

Nach meinem Balletttraining gehen Jeremy und ich ein wenig spazieren. Das Tanzen hat bereits Wunder gewirkt, um meine Gedanken freizumachen und das Gespräch mit Dad, soweit dies möglich ist, zu verdauen.

Als er heute vor mir stand, mich mit diesem verzweifelten Blick angesehen hat, keimte tatsächlich ein naiver Hoffnungsschimmer in mir auf, wir könnten es schaffen; es könnte funktionieren, einen letzten Neuanfang zu wagen. Zu hören, er würde Mom für mich verlassen, brach mir aber das Herz. Sie braucht ihn. Wenn auch er nicht mehr bei ihr ist, weiß ich nicht, was aus ihr wird. Gleichzeitig hörte es sich für mich wie ein leichter Ausweg für ihn an.

Neben Mom bin ich im Moment definitiv die geringere Bürde, die er auf sich laden würde, um nicht alleine sein zu müssen – denn wer will das schon? Dann kamen wieder die Vorwürfe, aus Verbitterung und weil ich ihn mit meiner Zurückweisung verletzt habe – da bin ich sicher. Trotzdem war die Sache damit für mich besiegelt, und ich wusste, es gibt unter diesen Umständen einfach kein Happy End für uns. So sehr ich mich auch dagegen gesträubt habe, muss ich mir jetzt eingestehen, dass eine Trennung manchmal eben der einzig gesunde Weg ist, vor allem wenn einer nicht bereit ist, an sich zu arbeiten. Das gilt nicht nur bei Partnern.

Jetzt brauche ich jedenfalls die kalte Nachtluft, die Ruhe der kleinen Wohnstraßen in dieser Umgebung, bevor ich ins Bett gehen kann. Und Musik, die wie immer die Macht hat, mir ein Lächeln ins Gesicht zu zaubern. Jeremy hat den linken Stöpsel meines MP3-Players im Ohr, ich den rechten. So schlendern wir durch die Gassen, Arm an Arm, nicht nur, weil wir uns die Kopfhörer teilen.

„Das habe ich oft gemacht, wenn ich einen klaren Kopf bekommen wollte. Einfach durch die Nacht spazieren, Musik im Ohr, laut dazu singen und tanzen."

Ruckartig hebt Jeremy die Hände in die Höhe. „Endlich habe ich das Mysterium um dieses Katzengejammer in Max' Nachbarschaft geklärt."

Tief aus meinem Inneren dringt ein Lachen an die Oberfläche, und ich schubse ihn von mir weg, womit ich den Stöpsel aus seinem Ohr reiße. „Halt die Klappe, sonst breche ich dir mit meinem Gesang das Trommelfell."

Jeremy legt den Arm um meine Schulter, zieht mich an sich und drückt mir einen Kuss auf die Haare. Diese Geste ist so vertraut, so wunderbar. Er stopft sich den Hörer zurück ins Ohr und beginnt erst mit dem Kopf im Takt zu wippen und schließlich frei von der Seele zu David Guetta feat. The Scripts „Goodbye Friend“ zu singen. Seine Stimme klingt gar nicht so schlecht, aber natürlich übertreibt er maßlos, um mich zum Lachen zu bringen. Breit grinsend stimme ich beim Refrain ein, und wir hüpfen wie Gestörte über den Asphalt und lachen, bis diverse Hunde in der Nachbarschaft zu bellen beginnen. Ihm ist wahrscheinlich gar nicht bewusst, wie viel es mir gerade bedeutet, mich mit ihm gemeinsam zum Affen zu machen.

Ein Auto kommt auf uns zu und zwingt uns damit, zurück auf den Gehsteig zu wechseln. Dabei kommen wir an einem Haus vorbei, aus dessen Vorgarten uns wie aus dem Nichts ein japanischer Akita-Inu-Hund, bereit, uns zu zerfleischen, in Angriffshaltung auf dem Rasen zu Tode erschreckt und uns durch seine fletschenden Zähne anknurrt. Vor Schreck halte ich die Luft an, packe Jeremy am Arm und zerre ihn weg von dem Monster, bis wir stolpernd auf der Straße zu stehen kommen. Normalerweise habe ich keine Angst vor Tieren, aber diesen Hund hier haben wir offenbar wirklich verärgert.

„Was zum Geier ist das? Ein Werwolf? Siehst du?! Das hast du jetzt von deinem Gesang. Ich hab es dir ja gesagt“, flüstert Jeremy halb erschreckt, halb lachend. Ich boxe ihm in den Magen, woraufhin er gespielt streng die Augenbrauen hochzieht.

„Scht! Wir dürfen ihm nicht das Gefühl geben, eine Gefahr für ihn darzustellen“, erkläre ich so leise ich kann, während ich mich immer noch an Jeremys Arm festklammere. Ganz langsam und in einem großen Bogen um den Vorgarten machen wir uns aus dem Staub. Erst als wir beinahe außer Sichtweite sind, lache ich laut auf.

„Wer ist da draußen?“, schreit eine Frau, seine Besitzerin, die bei dem Lärm wütend die Türe ihrer Veranda aufstößt. Wie durch einen Reflex ist es diesmal Jeremy, der mich mit beiden Händen an den Oberarmen ergreift und sich mit mir einmal um die eigene Achse dreht, bis ich mit dem Rücken zur nächsten Gartenhecke stehe. Schützend baut er sich vor mir wie eine Mauer auf, sodass die Frau uns nicht mehr sehen kann. Ich hebe eine Augenbraue.

„Das ist wie eine Szene aus einem schlechten Actionfilm, in der wir uns vor der Polizei verstecken müssen.“

„Woher würdest du das wissen? Du hast solche Filme doch nie gesehen.“ Er grinst, und ich tue es ihm gleich.

„Nein, aber ich habe das Buch dazu gelesen“, erkläre ich zwinkernd.

„Ruhe jetzt! Sonst hetze ich den Hund wirklich auf euch!“, schnauzt die alte Frau, die gerade versucht, ihr wild gewordenes Tier ins Haus zu bugsieren. Jeremy zieht eine Grimasse.

„Wusste gar nicht, dass der große Held Jeremy Angst vor kleinen Hündchen hat! Oder war’s doch die alte Dame?“, feixe ich lauter, nachdem der Hund mitsamt Frauchen verschwunden ist und ich mich in Sicherheit weiß. Jeremy lässt meine Arme los und macht einen Schritt zurück.

„Ich wollte dich lediglich vor Schmach und Schande bewahren, wenn sie gesehen hätte, wer gesungen hat. So wie es sich für Ritter auf weißen Schimmeln eben gehört. Mittlerweile weiß ich ja, dass du auf so was stehst.“ Er zieht wiederholt die Augenbrauen hoch, während ich mir amüsiert auf die Unterlippe beiße. Er spielt auf seine Gummibärenbande und die beiden Ritter an, die Zwillingsbrüder sind und sich als Gut und Böse ein ständiges Gefecht liefern.

„Wobei du Verräterin ja mehr auf den schwarzen … Schimmel abfährst“, ergänzt er mit zusammengekniffenen Augen. Ich lache ausgelassen und nicke zustimmend. Es wäre überflüssig, ihm zu erklären, dass ich den Bösen nur deshalb angefeuert habe, weil seine empörten Reaktionen darauf nicht nur niedlich, sondern äußerst amüsant waren.

„Rappe“, stelle ich richtig.

„Gesundheit!“, scherzt er, doch ich schüttle den Kopf.

„Schwarze Pferde nennt man Rappen, nicht Schimmel. Aber ja, du hast recht; beide gefallen mir ganz gut. Nur leider habe ich in letzter Zeit weit und breit weder schwarze noch weiße Pferde gesehen.“

„Wieso? Ich habe meins doch um die Ecke geparkt.“ Er zeigt mit dem Daumen über seine Schulter und meint sein Auto, das am anderen Ende der Straße steht. Ich schließe die Distanz zwischen uns und greife an die beiden Seiten des Reißverschlusses seiner Jacke, um ihn ein Stück zu mir zu ziehen. Er schluckt, und seine Augenbrauen zucken. Mein Herz macht einen Freudensprung, weil er in dieser Art auf meine Nähe reagiert.

„Ach ja? Und wo ist der Prinz?“, säusle ich scherzend, um die Intensität, die dieser Moment mit sich bringt, zu mildern. Glucksend schließt er die Augen und schüttelt resigniert den Kopf.

„Autsch! Mädchen, du machst mich fertig.“ Während er meine Hand von seiner Jacke entfernt, zum Gehen aber in meinen Fingern verhakt bleibt, überlege ich, ob seine Aussage wohl nur auf meine Bemerkung eben bezogen war.

Jeremy

„Gott, Houser! Versuchst du mich umzubringen, oder wie war das hier gedacht?“ Zu erschöpft, die letzten paar Meter bis zur nächsten Parkbank oder zumindest einem Stein zum Draufsetzen und Ausruhen zu gehen, lässt Jules sich stöhnend in den Schnee fallen und streckt mit geschlossenen Augen und geröteten Wangen Arme und Beine von sich. Sie trägt wasserfeste Skikleidung, deshalb kann sie ruhig noch etwas länger liegen bleiben. Ihrer Gesichtsfarbe zufolge dürfte ihr ja alles andere als kalt sein.

Jules und ich wandern heute auf den Monument Mountain. Der Aufstieg war meine Idee, ich hätte aber nicht gedacht, dass es tatsächlich so anstrengend werden würde. Der Weg ist traumhaft, schon bevor man überhaupt den Gipfel erreicht. Natürlich liegt hier oben noch immer Schnee, selbst wenn er im Tal schon vor Wochen geschmolzen ist. Sogar der Wasserfall, an dem wir vorbeikommen, ist noch gefroren. Es sieht aus, als wäre die Zeit stehen geblieben.

„Wieso denn? Wir waren Schneeschuhwandern, und das ging auch etwas steiler bergauf.“

Sie quittiert meine Aussage mit einem Schnaufen. „Jeremy, die Hälfte der Teilnehmer dort waren in etwa neunzig.“ Ich lache und werfe ihr die Trinkflasche neben die offene Hand. Gierig trinkt sie beinahe die Hälfte aus. Unfähig, meinen Blick von ihr zu reißen, starre ich auf dieses wunderschöne Mädchen, während sich ihr gesamter Oberkörper beim Atmen unkontrolliert auf und ab bewegt.

Nach ein paar Minuten öffnet sie misstrauisch die Augen und kichert schüchtern, als sie bemerkt, dass ich sie die ganze

Zeit beobachtet habe. Beschämt verdeckt sie ihr Gesicht mit beiden Händen.

„Glotz mich nicht so an, Jeremy. Ich will gar nicht wissen, wie ich gerade aussehe, und ich brauche jetzt auch keine blöden Sprüche von dir.“ Sie lässt ihre Hände wieder in den Schnee neben ihren Kopf fallen und schaut auf diese unsichere, verlegene Art drein, die ich bei ihr so liebe, weil sie tatsächlich keine Ahnung hat, wie bezaubernd sie ist.

„Spring über deinen Schatten, und lass dir von mir helfen!“, fordere ich sie mit entgegengestreckter Hand auf. Ich hatte ihr vorhin bereits mehrmals angeboten, ihren Rucksack zu tragen, aber sie ist eben ein Sturkopf. „Wir sind gleich oben.“

„Vergiss es! Wenn ich jetzt aufstehe, *falle* ich dort oben höchstens vom Gipfel.“ Ich lache, weil ihre Aussage absolut absurd ist.

„Komm schon. Du weißt, dass ich dich nie fallen lassen würde.“

Zögerlich öffnet sie endlich ihre Augen, studiert erst meine Hand, dann mich und lässt sich schließlich von mir hochziehen. Mit meinen Fingern um ihre Unterarme gelegt warte ich, während sich ihr Kreislauf etwas stabilisiert.

„Ich weiß!“, flüstert sie und sieht dann zu mir auf. Eine kleine Falte liegt auf ihrer Stirn. Etwas in ihrem Blick ist anders als noch vor ein paar Minuten.

„Es ist komisch, die letzten Jahre habe ich den Schulabschluss kaum erwarten können. Er war sozusagen eine Art Lichtblick, hier rauszukommen.“ Sie zieht die Nase kraus. „Jetzt würde ich ihn am liebsten hinauszögern, solange es geht.“

„Weshalb?“, frage ich und streichle über ihren Arm. Jules zuckt mit der Schulter.

„Du wirst entweder auf eine Universität – wahrscheinlich in einem anderen Bundesstaat – oder zur Army gehen, und ich

…“ Sie hält kurz inne, während sie überlegt, und schüttelt schließlich den Kopf. „Ich werde vermutlich auch nicht hier bleiben. Ich weiß, dass es sinnlos ist und komisch klingt, aber ich glaube, ich bin einfach noch nicht bereit, dass sich alles verändert.“

Noch nie habe ich einen derart vertrauensvollen Ausdruck auf jemandes Gesicht gesehen wie gerade bei ihr. Sie sieht mich an, als gäbe es nur mich auf dieser Welt, und als wäre ich auch der Einzige, den sie – zumindest momentan – braucht. Es ist die Art von Blick, die ich oft genug zwischen Dad und Claire gesehen und die ich mir für mich auch immer gewünscht habe.

Für mich *ist* sie die Einzige. Das weiß ich schon länger. In ihr hat mein Herz sein Zuhause gefunden. Bei ihr bin ich der, der ich sein will, ohne mich verstellen zu müssen. Das macht sie mit mir. Unwillkürlich ziehe ich sie näher an mich.

Dies ist der Moment. Ich hatte ihn nicht geplant, aber nun ist er da, und ich kann nicht mehr schweigen.

„Ich habe mich in dich verliebt!“, platzt es plötzlich aus mir heraus. Jules atmet scharf ein und verstärkt den Griff auf meinen Armen. Sie wirkt verwirrt und ehrlich überrascht. Kopfschüttelnd lache ich über mich selbst. Mein Herz hämmert gegen meine Brust, und ich fahre mir mit der Hand über die Augen.

„Eigentlich wollte ich dieses Geständnis etwas geschmeidiger und wortgewandter angehen, aber in deiner Gegenwart gelingt es mir immer seltener, einen klaren Kopf zu behalten.“ Nicht einmal, als ich wieder aufsehe, sagt sie ein Wort, sondern fixiert mich unentschlossen. Sie denkt wahrscheinlich, ich mache mich über sie lustig.

Seit Tagen überlege ich schon, wie ich es ihr sagen soll, weil ich spürte, dass es endlich rausmusste. Ich bin kein Mann großer Worte. Bisher habe ich Mädchen einfach geküsst, um ihnen zu zeigen, dass ich sie mochte. Mit Jules kann ich das aber nicht tun. Ich kann ihr nicht dieses Recht nehmen, selbst zu entscheiden, ob sie mir diesen – ihren vielleicht sogar ersten – Kuss geben möchte oder nicht.

Jetzt, da ich ihr aber gegenüberstehe und die wichtigsten Worte bereits ausgesprochen habe, fällt mir der Rest beim besten Willen nicht mehr ein, so aufgeregt bin ich.

Zum Himmel blickend, atme ich tief ein und nehme all den Mut zusammen, den ich heute Morgen noch zu haben glaubte. Ihre nervösen Rehaugen rauben mir beinahe den Verstand, deswegen lasse ich sie los, um ein paar Meter zwischen uns zu bringen.

„Ich weiß, das Timing ist vielleicht nicht gerade perfekt bei all dem, was wir beide die letzten paar Monate erlebt haben, und dem, was noch bevorsteht. Ehrlich gesagt weiß ich aber auch nicht, ob das Timing je besser sein wird als jetzt."

Ich habe Katherine geschrieben, dass ich bereit für dieses Treffen mit Joanne bin. Ich muss endlich wissen, was sie mir zu sagen hat, um damit abschließen zu können. Es hat lange genug gedauert, bis ich mich dazu durchgerungen habe, aber ich kann es nicht mehr beiseiteschieben. Trotzdem musste Jules unbedingt vorher von meinen Gefühlen für sie erfahren, denn ich will nicht, dass sie denkt, ich würde nach diesem Gespräch nur Trost bei ihr suchen wollen. Ich wollte unabhängig dessen, was Joanne mir sagen wird, diesem Mädchen darlegen, wie viel sie mir bedeutet.

„Wie du selbst gesagt hast, bin ich normalerweise nicht wirklich der Typ, der unbedingt für etwas oder jemanden kämpft. Ich habe das ansonsten bisher noch nie zu jemandem gesagt, weil ich auch nicht so empfunden habe. Und selbst wenn ich weiß, dass die Möglichkeit besteht, dass du mich nicht willst und ich damit alles kaputt machen könnte, muss ich mein Glück versuchen, denn ich wäre ein Idiot, dich freiwillig aufzugeben.“ Irritiert sehe ich endlich zu ihr auf, um sicherzugehen, dass ich ihr nicht zu nahe getreten bin.

„Nicht, dass ich damit sagen will, dass du mir gehörst, oder so ein Müll.“ Ihre Mundwinkel zucken nach oben, und ihre Augen glänzen ein wenig.

Erleichtert seufze ich. Weil ich nicht anders kann, hebe ich meine Hand zu ihrer Wange und streichle sie kopfschüttelnd. „Eigentlich weiß ich schon seit einer Weile, dass ich dich liebe“, gestehe ich achselzuckend, weil es keinen Grund gibt, es zu verharmlosen oder zu leugnen. Mit großen Augen hält sie sich die Hand vor den Mund.

„Du sollst nicht denken, ich wäre dir nur deshalb ein Freund gewesen, weil ich mir mehr erhoffe. Im Gegenteil, bis vor Kurzem war ich noch dumm genug zu denken, ich könnte mir meine Gefühle für dich irgendwie wieder ausreden. Aus Angst, du würdest nicht dasselbe für mich empfinden, mich zurückweisen und damit mein Ego zerkratzen. Aber du hast es geschafft, dass mir mein Ego vollkommen gleich geworden ist, denn so kitschig das auch klingt, ich habe mein Herz schon lange an dich verloren.“

Stockend atmet sie. In ihrem Gesicht spielen sich unterschiedlichste Emotionen wider, von Freude bis hin zur Unsicherheit.

„Ich …“, beginnt sie, doch ich schneide ihr das Wort ab, denn ihr Blick sagt mir, dass sie nicht so weit ist.

„Schon gut. Du musst mir nicht gleich antworten, und ich möchte auch nicht, dass es jetzt irgendwie komisch zwischen uns wird. Vor allem nicht hier oben, wo keiner von uns wegrennen kann.“ Sie stößt ein nervöses Kichern aus, während ich versuche, mich damit abzufinden, vorerst nicht die Antwort zu bekommen, die ich so dringend hören möchte.

„Du sollst dich keinesfalls unter Druck gesetzt fühlen. Ich hatte die letzten Monate viel Zeit darüber nachzudenken, ob ich bereit bin, mich auf eine Beziehung und all die Arbeit, die sie mit Sicherheit mit sich bringt, einzulassen. Ich weiß, dass du ein ‚für immer'- Mädchen bist, und ich will dir klarmachen, dass ich mein Herz nach all dieser Zeit nicht vor dir ausschütten würde, wenn ich es nicht ernst mit dir meinen würde. Alles Weitere liegt bei dir, und ich werde mein Bestes geben, dir auch dann noch ein Freund zu sein, wenn du nicht dasselbe für mich empfindest."

Julia

In meinem Körper kribbelt es, und in meiner Brust ist es ganz warm. Dabei hat diese Wärme absolut nichts mehr mit der Hitze nach dem Aufstieg zu tun. Meine Hände hängen kraftlos neben meinem Körper, um mich herum ist es fast totenstill. Nichts ist mehr zu hören von den Vögeln im Hintergrund, dem Rascheln der Blätter und dem spielerisch neckischen Ton von Jeremys Stimme, der absoluter Ernsthaftigkeit und Aufrichtigkeit gewichen ist.

Jetzt stehen wir einander gegenüber, tief in die Augen des anderen versunken. Während sich in seinen Augen jedoch deutlich die Liebe, von der er gerade gesprochen hat, abzeichnet, bin ich nicht sicher, was er sieht, als das Streicheln seiner Finger auf meiner Wange mit jeder verstreichenden Minute langsamer und zaghafter wird. Sie zittern ganz leicht. Ich verunsichere ihn mit meinem Schweigen, obwohl ich so gerne antworten würde. Doch kein Ton kommt über meine Lippen. Und selbst wenn ich einen Satz formulieren könnte, was würde ich sagen?

Ich habe Angst vor einer Beziehung, Jeremy. Ich kann dir nicht wirklich das geben, was andere Mädchen dir geben könnten.

In Wahrheit bin ich mir jedoch sicher, dass er das alles bereits weiß. Er hat sich Zeit genommen, mich die letzten paar Monate wirklich kennenzulernen. Er kennt meine Ängste und Sorgen. Er weiß von meinem Glauben und meinen Überzeugungen. Tief in meinem Inneren fühle ich, dass ich in seiner Gegenwart nichts zu befürchten habe, auch wenn ein Teil von mir versucht ist, der Angst, er könne eines Tages seine Meinung über mich ändern und mich irgendwann genauso hassen, wie meine

Mom es tut, mehr Vertrauen zu schenken als seinem Wort und dem Blick in seinen Augen. Denn Letzterer versprüht genug Überzeugung und Sicherheit für uns beide.

Worte alleine sind leicht auszusprechen und leichter zu brechen, und Gefühle können sich ändern, aber in diesem Augenblick nehmen mich seine grünen Augen und die Ernsthaftigkeit und Liebe darin gefangen. Je genauer ich hinsehe, umso bewusster wird mir, wie oft er mich bereits mit diesem Blick angesehen hat. Ich konnte ihn nur nie zuordnen. Er war da, als Jer mich das erste Mal vom Balletttraining nach Hause brachte.

An dem ersten Abend, als ich bei ihm übernachtete.

Als ich aus dem Krankenhaus kam oder das erste Mal auf ihm einschlief; letztens am Strand in seinem Auto.

Er hat mich gestern so angesehen, als wir spazieren gingen.

Ich glaube, ich weiß schon eine ganze Weile, dass auch er mehr für mich empfindet, und trotzdem habe ich ihn immer wieder von mir weggedrängt. Das tat ich aus dem gleichen Grund, weshalb er es mir vorher nicht sagen konnte: Ich habe Angst davor, wie es weitergeht.

Angst, wieder zerschmettert zu werden. Sogar Angst davor, solch tiefe Gefühle nur einmal zuzulassen. Dabei wäre es doch so schön, ihn genauso zu lieben. In Wahrheit tue ich das ja bereits.

Oh, Mann!

Bei dieser Erkenntnis bilden sich Tränen in meinen Augen, wenngleich ich schmunzeln muss. Ich schüttle sanft den Kopf, weil die Gewissheit seiner Worte endlich auch in meinem Herzen fühlbar ist und ich genau weiß, was ich tun möchte.

Leider interpretiert er mein Kopfschütteln falsch und senkt enttäuscht seinen Blick, bevor er sich von mir zurückzuziehen beginnt.

„Warte!“, stoße ich atemlos hervor und greife nach seiner Hand. Entschlossen drehe ich ihn zu mir zurück, lege die Hände auf seinen Nacken, um ihn ein Stück zu mir herunterzuziehen und ihm mit zusammengepressten Augen ganz ohne Worte die Antwort zu geben, die er sich wohl erhofft hat. Der Kuss ist kurz und stürmisch, meinen Gefühlen entsprechend, und wohl so überraschend für Jeremy, dass er im ersten Moment gar nicht reagiert.

Mich langsam von ihm lösend, lasse ich mich zurück auf meine Fersen sinken und meine Arme an meine Seiten fallen. Instinktiv fahre ich mir mit der Zunge über die Lippen, um das kribbelnde Gefühl länger auszukosten.

„Versuch bitte, mir nicht das Herz zu brechen“, flüstere ich. In Zeitlupe öffnet er seine durchdringenden grünen Augen, während ich weiche Knie bekomme. Anstatt sich aufzurichten, folgt Jeremy meinen Bewegungen, sodass wir Stirn an Stirn bleiben. Er ist es nun, der mein Gesicht in seine Hände nimmt und zärtlich meine Wangenknochen streichelt. Jeremy neigt seinen Kopf, bis auch unsere Nasenspitzen aneinander streifen. Automatisch fallen meine Augenlider zu, während er diesen Vorgang mehrmals wiederholt.

Ich glaube, er schüttelt den Kopf. „Julia … Ich kann mir mein Leben ohne dich ehrlich nicht mehr vorstellen. Egal, in welcher Form.“

Ich höre, wie er jeden meiner zittrigen Atemzüge bewusst einatmet. Jede Berührung auf meiner Haut ist dermaßen intensiv, dass ich nicht weiß, wie lange mich meine Beine noch tragen werden. Jede Stelle meines Körpers muss jetzt mit Gänsehaut überzogen sein.

Wie kann es sein, dass ich gerade noch nervöser bin, als bevor ich ihn geküsst habe? Mein Herz springt mir fast aus der Brust, und ich erröte, weil ich mir sicher bin, dass er es hören kann.

„Keine Panik! Ich bin hier“, säuselt er amüsiert, aber liebevoll.

„Eben!“ Mein Flüstern beantwortet er mit einem kurzen, lautlosen Lachen. Dann legt er seine Lippen behutsam auf meine, und bedeckt mich mit zärtlichen kleinen Küssen.

Mein Herz setzt aus, ich halte den Atem an. Fühle, wie ich zu schwebe beginne.

Spüre, wie er auf meiner Oberlippe verweilt und sie kostet, als wäre sie eine Delikatesse.

Ich lasse die Gefühle, von denen er gesprochen hat, durch diesen Kuss auf mich wirken; erlebe, wie sich Worte in Taten verwandeln, und zwar endlich in einer völlig neuen Art und Weise, als ich es kenne und gewöhnt bin.

Ich stelle mich auf die Zehenspitzen, wandere mit meinen Händen von seinen Unterarmen zu seiner Brust. Im Glauben, dass ich Abstand brauche, lässt er mein Gesicht los. Doch ich greife nach seinem Shirt und halte ihn fest. Vorsichtig presse ich meinen Körper näher an seinen, spüre, wie seine Wärme auf mich übergeht, und wie sich auf seinen Lippen ein Lächeln ausbreitet. Zaghaft beginne ich seine Küsse zu erwidern und dieses wunderbare, neue Gefühl der Sicherheit in mich aufzusaugen.

Kapitel 8

Julia

Ich habe keine Ahnung, wie lange wir noch auf diesem Berg standen und diese für uns absolut neue Art der Zweisamkeit genossen. Der Kuss war gefühlvoll, vorsichtig, aber irgendwann auch fordernd. Es war einfach wunderschön, vor allem nachdem sich mein Herz endlich halbwegs beruhigt hatte.

Zum Schluss standen wir einander einfach nur lange Zeit gegenüber und sahen dem anderen in die Augen. Der Moment war so friedlich, dass wir ihn erst dann unterbrachen, als die Dämmerung über uns hereinzubrechen drohte und wir uns auf den Nachhauseweg begeben mussten.

Den Gipfel sahen wir somit an dem Tag nicht mehr, doch wer braucht den schon bei so einem Kuss?!

Vier Wochen sind seitdem vergangen.

Vier Wochen, in denen ich bisher nicht einen einzigen Albtraum hatte.

Vier Wochen, in denen ich an jedem einzelnen Tag mit einem Lächeln im Gesicht aufwache, und vier Wochen, in denen ich erleben durfte, wie es sich anfühlt, diese sprichwörtliche rosarote Brille aufgesetzt zu haben.

Alles scheint mir leichter von der Hand zu gehen, die Zeit mit Jeremy ist unbeschreiblich, dafür sind die Stunden, wenn er nicht bei mir ist, endlos. Ständig grinse ich wie eine Blöde, weil er mir mitten im Unterricht eine Nachricht sendet, die meist nicht viel mehr als einen Smiley enthält, woraufhin wir uns ewige Konversationen bestehend aus nichts weiter als Antwortsmileys hin- und herschicken und uns damit die Stunde vertreiben. Seine neueste Lieblingsbeschäftigung ist es momentan, mir Namen unterschiedlichster Phobien, über die sie im Psychologieunterricht lernen, zu schreiben und mich herausfinden zu lassen, um welche Angst es sich handelt.

Arachibutyrophobie, schreibt er heute, doch obwohl ich in dem Spiel normalerweise gar nicht so schlecht bin, muss ich dieses Mal passen.

Vielleicht die Angst, von Spinnen beobachtet zu werden, oder so? Arach- ist doch lateinisch für Spinnen ..., tippe ich wenig einfallsreich ins Telefon. Vor drei Tagen versagte ich nämlich auch schon bei der „Angst, von Enten beobachtet zu werden".

Falsch! Es ist die Angst davor, dass Erdnussbutter am Gaumen kleben bleibt :D

Unbeabsichtigt laut lache ich auf und muss mich schließlich durch ein unschuldig wirkendes Husten retten, als der Lehrer und meine Mitschüler sich in meine Richtung drehen und mich missbilligend ansehen. Entschuldigend hebe ich die Hände und vergrabe mich tiefer in meinen Sitz. Als der Lehrer sich endlich wieder der Tafel zuwendet, nehme ich mein Handy wieder aus dem Bankfach und tippe meine Antwort ein: *DU LÜGST! Die Angst gibt es nicht ...Du versuchst nur, unsere Diskussion zu gewinnen ...*

Seine Rückmeldung lässt nicht lange auf sich warten: *Nein, ehrlich. Hand aufs Herz, die gibt es!!!,* schreibt er und sendet ein Smiley mit Heiligenschein dazu.

Erst Anfang der Woche haben Jeremy, Max und ich nämlich bei einem abendlichen Snack darüber diskutiert, welche Art von Erdnussbuttersandwich am besten schmeckt. Max stimmte für Speck, Jeremy meinte nur, alles sei besser als ein langweiliges Sandwich ohne Zusatzgeschmack. Ich aber vertrete vehement die Meinung, dass Erdnussbutter in seinem Eigengeschmack mehr als ausreichend ist.

Niemals hätte ich mir eine Beziehung so unkompliziert und unbeschwert vorgestellt. Ich liebe den Spaß, den Jer und ich miteinander haben können. Dieses Gefühl, die Freude, die er in mir weckt, die jeden vergangenen Schmerz, jede alte Wunde in den Schatten stellt. Genauso schön sind aber die stundenlangen, ernsthaften Gespräche, die wir nach wie vor miteinander führen.

Dadurch, dass wir schon vorher so viel Zeit miteinander verbracht haben, hat sich an sich in unserem Alltag nicht viel geändert. Die zusätzlichen Schmetterlinge im Bauch sind nur viel mehr geworden, da nun unsere Gefühle ausgesprochen und wir ganz offiziell ein Paar sind.

Küssen *ist* wunderschön, aber wir übertreiben es nicht, um nicht in verfängliche Situationen zu kommen. Er respektiert meine Grenzen, und ich gebe mir Mühe, ihn dabei zu unterstützen, auch wenn es mir oft schwerer zu fallen scheint, mich von ihm loszureißen, als umgekehrt. Das lässt mich deswegen aber nicht an seiner Liebe oder der Tatsache, dass er sich von mir angezogen fühlt, zweifeln. Es ehrt mich vielmehr, wie ernst er mich nimmt.

Ich bin Jeremy Housers *Freundin,* und er ist mein *Freund.*

Nie im Leben hätte ich mir jemals gedacht, dass wir das einmal voneinander sagen würden.

Auch in der Schule ist sonst alles wie gehabt, weil wir beide keine Lust haben, unsere Beziehung zur Schau zu stellen. Wir halten in den Gängen nicht Händchen oder knutschen irgendwo herum, wenn wir annehmen, unbeobachtet zu sein. Unbestreitbar ist trotzdem die Anziehungskraft, die zwischen uns herrscht. Sobald er den Raum betritt, spüre ich seine Präsenz. Kaum sitzen wir nebeneinander, berühren sich zumindest unsere Arme oder Beine. Für Max und die anderen kam der Beginn unserer Beziehung wahrscheinlich nicht unbedingt überraschend, wenngleich sich alle für uns gefreut haben. Männer sind bei solchen Dingen ja lockerer und machen nicht solch ein großes Aufhebens darum, wie Mädchen es tun. Zum Glück, denn erneut zum Thema der Schule zu werden steht nicht sehr weit oben auf meiner Prioritätenliste.

Ein ebenso freudiges Ereignis war für uns alle die gute Nachricht, dass Max ins UMass-Footballteam aufgenommen wurde. Als Favorit hat er nicht nur den Trainer, sondern auch Co-Trainer und künftige Mitspieler beeindruckt. Jeder gönnt es ihm wirklich sehr, auch wenn es für den Rest von uns etwas beschämend ist, dass er noch immer der Einzige ist, der tatsächlich weiß, was er nach der Highschool machen wird.

Mit siebzehn Grad im Schatten ist heute der erste richtig warme Tag seit Oktober. Etliche Nachbarn tummeln sich in den Gärten und Vorgärten, um diese nach dem harten Winter endlich wieder in Ordnung zu bringen, Unkraut zu jäten und neue Pflanzen zu setzen. Weil die alte Nachbarin direkt neben den Housers, Mrs. Combs, keine Kinder hat und die Arbeit mittlerweile zu beschwerlich für sie geworden ist, erledigt Jeremy ein paar Mal im Jahr gegen ein kleines Taschengeld anstehende Aufgaben. So musste er nun schon drei Jahre in Folge ihren alten Holzzaun reparieren, weil dieser der Verwitterung, dem Wind und dem Eis nicht mehr standhielt. Der Sturm in diesem Winter hat ihn endgültig ruiniert.

„Könntest du dich bitte woanders hinsetzen? Ich kann nicht arbeiten, wenn du in der Nähe bist. Ich will aber endlich mit diesem bescheuerten Zaun fertig werden, weil mich noch mehr Arbeit als nur der hier erwartet“, schnauft er, während er sich über die Stirn wischt. Immer wieder sieht er neidvoll über seine Schulter zu mir hinüber, weil ich es mir mit einer Limonade im Liegestuhl gemütlich gemacht habe, wohingegen er bereits seit fast zwei Stunden daran werkt, die Pfosten des neuen Eisenzaunes in den Beton zu dübeln und das Gestell an den markierten Stellen anzubohren.

Witzelnd reiße ich den Mund wie im Schock auf. „Entschuldige bitte, was mache ich denn?“

„Du lenkst mich ab, wenn du dich so in der Sonne räkelst, während ich schuften muss.“

Entsetzt schnalze ich mit der Zunge. „Räkeln? Ich liege bloß hier und genieße den Ausblick.“ Mit zwei Fingern ziehe ich meine Sonnenbrille tiefer in Richtung Nasenspitze und bewege amüsiert meine Augenbrauen. Der Begriff „räkeln“ ist hier wirklich nicht angebracht, denn ich trage eine lange Jeans und ein dünnes Dreiviertelshirt.

„Du tust ja offensichtlich dasselbe, sonst wärst du schon längst fertig mit der Arbeit.“ Mir ist sehr wohl bewusst, dass er nicht nur wegen meiner Limonade und meiner entspannten Haltung neidisch ist, sondern weil er lieber neben mir liegen und den schönen Tag gemeinsam mit mir genießen würde.

Augenverdrehend bohrt er die letzten beiden Löcher in das Gestell des neuen Metallzauns. „Du bist jedenfalls nicht sehr hilfreich.“

„Kann ich auch nicht sein, nachdem du mich weggeschickt hast und meintest, du würdest das lieber alleine machen. Selber schuld, wenn du meine Hilfe nicht annimmst.“

„Ja, weil du mehr gestört als geholfen hast. Du weißt nicht einmal, was eine Wasserwaage ist, *Superbrain.*“ Jetzt begreife ich, wie sie aussieht und wozu die gut ist, trotzdem musste er sie sich letztendlich selbst holen, nachdem ich die Suche aufgegeben hatte.

„Tja, Männer denken immer, sie wären Super*man* und könnten alles alleine besser. Dabei wissen du und ich genau, dass ich Zäune unvorstellbar gut reparieren könnte.“ Zur Untermauerung meines Kommentars lasse ich die Muskeln in meinem Arm spielen und deute Grimassen schneidend meinen unumstößlichen Willen zum Arbeiten an.

Sein Pokerface bröckelt, und seine Lippen formen sich zu einem breiten Lächeln, als er tief in sich hineinlacht. „Jules, erinnerst du dich, was bei deinem letzten Versuch, mit Werkzeug zu hantieren, passiert ist?"

Ja, Jeremy hat meine Arbeit fertigstellen müssen, und ich ließ die schwere Leiter auf seinen Arm fallen, nachdem er mich vor ihrem Sturz auf meinen Kopf beschützt hatte.

„Du bist grauenvoll in handwerklichen Dingen und *nicht* hilfreich, wenn du dir ständig wehtust", argumentiert er.

Missmutig setze ich mich auf und stemme die Hände in die Hüften. „Ich bin keine Porzellanpuppe. Ich vertrage schon etwas."

Kopfschüttelnd verdreht er die Augen. „Okay! Bitte. Tu mir den Gefallen, und halte den Zaun einen Moment lang fest, damit ich ihn andübeln kann."

Ich hüpfe förmlich aus dem Liegestuhl, euphorisch, doch endlich nützlich sein zu können. Während Jeremy mir den Rücken zuwendet, um die Bohrmaschine aufzuheben, versuche ich, den Zaun vom Boden hochzuhieven, um ihn auf dem Betonboden an die richtige Stelle zu setzen.

Gott, ist der schwer! So habe ich mir das nicht vorgestellt.

Ich presse meine Lippen aufeinander, damit kein Ton der Anstrengung durchkommt, doch meine Kräfte sind schnell am Ende, und die Last des Zaunes kippt mit mir gemeinsam nach hinten. Missbilligend, selbstzufrieden und mahnend streckt Jeremy beim Umdrehen die Hand aus und nimmt mir das meiste des Gewichts ab, ohne mit der Wimper zu zucken.

„Ich sagte halten, du kleiner Waschlappen, nicht dass du dir das Rückgrat brechen sollst." Mit einer gehobenen Augenbraue grinst er mich an, als ich meine Stirnfransen aus den Augen puste und zurücklächle.

„Wenigstens habe ich eines“, gebe ich zurück, weil mir nichts Besseres einfällt, aber er findet mich bloß lustig. Gemeinsam stellen wir letztlich den Zaun an der gewünschten Stelle ab. Halten, während er ihn befestigt, ist kein Problem, so handhaben wir auch die anderen drei Teile des Zauns. Danach hat er nur noch ein paar kleine Arbeiten zu erledigen.

„Wenn du dich wirklich nützlich machen willst, dann kannst du den Gartenschlauch holen und ein bisschen den Dreck von der Erde und der Schrauberei wegwaschen. Das wäre doch eine passende Frauenaufgabe.“ Er versucht sich sein schelmisches Grinsen zu verkneifen, weil er weiß, wie ich auf solch stereotype Meldungen reagiere, doch ich sehe es genau. Mit zusammengekniffenen Augen plane ich bereits meine Rache, als ich mein schönstes Lächeln aufsetze und ein wenig den Kopf neige.

„Klar, okay!“, bestätige ich versöhnlich und lasse ihn grübelnd und verwirrt über meine Freundlichkeit am Zaun zurück. Ich spüre, wie er mir hinterhersieht, während ich absichtlich mit der Hüfte schwingend abdampfe, um den Schlauch zu holen, doch ich mache nicht den Fehler zurückzusehen. Erst mit dem Schlauch in meiner Hand, gewappnet mit Kampfgeist und Euphorie über die bevorstehende Schlacht, stelle ich mich auf die Terrasse, ziele auf ihn und pfeife, damit er sich umdreht. Belustigt weitet Jeremy ein wenig die Augen, als würde er mich herausfordern, mich das zu trauen.

„Welchen Dreck hast du jetzt genau gemeint? Mit Sicherheit den, der aus deinem Mund kommt, nicht wahr?“

Sein seitliches Grinsen, welches nach wie vor die Schmetterlinge in meinem Bauch ins Flattern bringt, erscheint auf seinem Gesicht. „Nein … das tust du nicht.“

Ich lege den Kopf schief. „Ach nein?“

Provokant schüttelt er langsam den Kopf und versucht mich mit seinen Augen zu hypnotisieren, während er in langen, gemäßigten Schritten auf mich zukommt. „Nein. Außer du kannst mit den Konsequenzen leben." Siegessicher marschiert er weiter auf mich zu. Wenn er bis jetzt noch nicht meinen Dickkopf kennt, dann wird es Zeit, ihn ihm endlich vorzustellen.

Ich lache auf. „Meine Knie schlottern schon, siehst du?"

„Und all das nur, weil ich die Tatsachen beim Namen nenne? Dass Frauen nun mal an den Herd gehören, das Haus sauber halten sollen, eine Footballmannschaft an Kindern zu bekommen haben und am Ende des Tages noch wunderschön aussehen müssen?" Mein Herzschlag wird immer schneller, nicht nur, weil er mich mit seinem dummen Gerede reizt, von dem ich prinzipiell weiß, dass er es in Wahrheit nicht so meint, sondern auch weil er mir immer näher kommt. Mein Finger wagt es aber einfach nicht den Knopf zu drücken.

„Küsst du deine Mama mit diesem Mund?", frage ich und gebe mir Mühe unbeirrt und lässig zu klingen.

„Nein, die Küsse hebe ich mir für meine kleine, freche Freundin auf."

Zu nahe. Die Synapsen in meinem Hirn schalten wieder, und mein Finger drückt endlich den Griff des Wasserschlauchs nieder. Das fiese Lachen bleibt mir aber im Hals stecken, weil nichts herauskommt.

„Was?", rufe ich verzweifelt. „Ich habe den Hahn extra aufgedreht." Bevor ich registrieren kann, was als Nächstes passiert, macht Jeremy einen Satz auf mich zu, umarmt mich von hinten und greift über meine Hände, um den Schlauch zu fassen zu bekommen.

„Schätzchen. Genau für solche Fälle gibt es eine Kindersicherung", erklärt er hämisch, löst die besagte Sicherung mit dem Daumen und benutzt meine Finger unter seinen, um den Wasserstrahl auszulösen. Spielerisch ringen wir miteinander, obwohl ich natürlich bei seinem Griff um meinen Körper keinen Spielraum zum Entkommen habe. Kreischend muss ich es über mich ergehen lassen, als er das eiskalte Wasser auf uns herabregnen lässt, nachdem er den Strahl nach oben richtet, obwohl er mich vom Großteil davon mit seinem eigenen Körper abschirmt. Irgendwann wirft er ihn dann zur Seite und schleift mich Richtung Pool. Mit aller Kraft wehre ich mich, trete mit den Beinen in der Luft, doch Jeremy lässt sich davon nicht beeindrucken.

„Wage es nicht, mich hineinzuwerfen!"

„Ich habe dir gesagt, du musst mit den Konsequenzen leben. Du wolltest nicht hören", flüstert er mir ins Ohr, und für einen Augenblick vergesse ich, weshalb ich überhaupt gegen ihn kämpfe. Wenige Zentimeter vor dem Pool bleibt er stehen und lässt mich dort baumeln.

„Sag, dass du es bereust, mich nass spritzen zu wollen!"

„Niemals!", rufe ich kichernd.

„Jeremy! Lass das arme Mädchen los!", schilt Mrs. Combs, die durch den Lärm, den hauptsächlich ich verursache, auf unseren Kampf aufmerksam geworden ist. Lachend versuche ich ihm mit meinem Ellbogen in den Bauch zu boxen, doch nichts gelingt. Als wäre ich leicht wie eine Feder, hält er mich unablässig fest. Frustriert sehe ich seinen Engelsausdruck, den er Mrs. Combs schenkt.

„Sie hat es so gewollt", verteidigt er sich, lockert dann aber doch seinen Griff. Zufrieden, wieder Boden unter meinen Füßen zu haben, kichere ich böse, bis sich Mrs. Combs schmunzelnd und kopfschüttelnd zum Gehen umdreht. Jeremy sieht triumphierend auf mich herab, bevor er die Hand ausstreckt und mich ohne mit der Wimper zu zucken erbarmungslos ins Wasser schubst.

Wenig später liegen wir in Jeremys Garten im Gras, um zu trocknen. Jeremy hat mir, gnädig wie er ist, ein Handtuch gebracht, in das ich mich gewickelt habe. Zusätzlich lass ich mich von der Sonne wärmen. Eng an Jeremys Seite gepresst, einen seiner Arme als Polster unter meinem Nacken, genießen wir den Rest des gemeinsamen Nachmittages. Nie werde ich genug von dieser ehrlichen Zuneigung bekommen, die trotz all der Liebe, die ich von Joshua bekommen durfte, nicht mit dieser hier vergleichbar ist.

Mit beiden Händen hält Jeremy meine rechte Hand, spielt mit meinen Fingern und studiert sie, als hätte er nie etwas Spannenderes gesehen. „Wie kann man eigentlich so winzige Nägel haben?“, fragt er in die Stille hinein.

„Hey, was hast du gegen meine Nägel?“ Sanft streicht er darüber.

„Gar nichts. Ich liebe deine Nägel, sie passen perfekt zu deinen kleinen Fingern und Händen. Genau richtig zum Putzen schmaler Flächen im Haus“, feixt er und kassiert dafür einen Hieb in die Seite, den er glucksend einsteckt.

„Nein, ohne Spaß. Es fasziniert mich, wie du überhaupt den Football halten und dann auch noch relativ gut schießen konntest. Vielleicht Anfängerglück.“

Missbilligend fixiere ich ihn Zunge schnalzend. „Relativ? Ich war der Hammer, und das weißt du.“

Er stützt sich auf dem Ellbogen ab und beugt sich über mich. Von der Sonne geblendet blinzle ich ihn an, bis er sein Gewicht so verlagert, dass sein Kopf über meinen Augen einen Schatten wirft. Mit einem liebevollen und bewundernden Ausdruck in seinen Augen senkt er seinen Kopf und ich meine Lider, bis seine Lippen auf meinen liegen. Ich frage mich, ob ich mich jemals an seine Küsse gewöhnen werde. Einerseits hoffe ich es nicht, weil ich sie nie für selbstverständlich nehmen will. Andererseits bin ich nicht sicher, ob mein Herz diese wiederholte Aufregung ewig mitmachen wird.

Ich halte meine Augen geschlossen, auch nachdem er etwas Abstand gewonnen hat, doch der Schatten über meinem Gesicht verrät mir, dass er mich noch beobachtet. Ich fühle, wie er mit seinem Finger über meinen Haaransatz zu meinen Augenbrauen, meiner Nase, meinen Lippen, meinem Kinn und meinen Wangen fährt und dadurch ein immenses Kribbeln in mir auslöst.

„Möchtest du mit mir zum Abschlussball gehen?"

Ich öffne die Augen und betrachte Jer kurz. Das breite, stolze Lächeln, während er mich ansieht, steckt mich an. „Denkst du, du kannst dich mit mir sehen lassen?"

Ich strecke eine Hand nach ihm aus und streichle seine Haare. „Ich glaube, das kann ich verkraften", nicke ich und hieve mich im Griff um seinen Nacken hoch, um ihn erneut zu küssen.

„Oh, Mann! Ich mag euch beide wie Geschwister, aber wenn ich noch eine Sekunde dabei zusehen muss, wie ihr euch gegenseitig auffresst, werde ich wohl oder übel kotzen müssen", meckert Max hinter uns. „Jetzt kommt endlich. Ich hab die Kinokarten schon bezahlt."

Jeremy

Es gefällt mir, wenn der Spieß umgedreht wird und *sie* diejenige ist, die von *mir* beobachtet wird. Eigentlich wollte ich sie nach ihrem Balletttraining abholen, so wie immer. Stattdessen hat sie sich bei meiner Ankunft genervt eine Strähne aus dem Gesicht gepustet und mir befohlen, ich solle mich noch „kurz“ hinsetzen und warten, während sie ihren Part noch ein letztes Mal durchgeht.

Aus diesem „kurz“ ist mittlerweile schon eine halbe Stunde geworden, in der ich sogar nun die Aufgabe erteilt bekommen habe, die Musik zu bedienen, weil sie die Bewegungen dann doch, na ja, sagen wir einfach mal: öfter als einmal durchgegangen ist. Mir macht es ganz bestimmt nichts aus hier zu sein, denn ich sehe ihr gerne beim Tanzen zu. Außerdem finde ich ihre verbissene und leicht zickige Art, während sie sich hier anstrengt, gerade richtig süß. In verrenkten Bewegungen dreht und wendet sie sich, macht graziöse Handstandüberschläge und sieht richtig gut dabei aus. Zufrieden mit sich ist sie trotzdem nicht.

Wie ein kleines Kind stampft sie fest auf den Boden auf und lässt sich nach einer offenbar missglückten Figur wie der sterbende Schwan zu Boden sinken.

„Vielleicht solltest du mal eine Pause machen“, schlage ich neckisch vor, nachdem ich zum gefühlt fünfzigsten Mal das Lied auf Beginn stelle.

Knurrend sieht sie zu mir auf, während ihre Brust sich unglaublich schnell hebt und senkt. Sie ist völlig kaputt.

„Lass mich dich etwas fragen: Was genau bringt es, wenn du einen Partnertanz alleine übst?“

„Ich bin noch immer nicht genug in Form. Harry kann nicht alle meine Fehler ausbügeln, nur weil ich meine Körperspannung verloren habe. Meinetwegen muss er doppelt so hart arbeiten, das ist ätzend.“ Kurzzeitig spüre ich den Ärger, den ich gegen ihre Eltern habe wieder in mir aufsteigen. Ich gehe auf sie zu.

„Ja, aber das, was du da machst, kann ja nur schiefgehen. Ich meine, wie soll man denn Partner- und Hebefiguren ohne Partner machen?“

Sie hebt eine Augenbraue. „Hast du einen besseren Vorschlag, Houser? Wusste gar nicht, dass du durchs Zusehen zur Primaballerina geworden bist.“

Ein Lachen entfährt mir, als ich vor ihr stehen bleibe. Ohne zu antworten, beuge ich mich zu ihr und drücke ihr einen unerwarteten Kuss auf den Mund, während ich nach ihren Handgelenken greife.

„Ich schwitze“, schimpft sie mit verzogenem Gesicht und fährt sich mit ihrem Arm über den Mund.

„Na und? Das ist sexy.“

„Nein, es ist eklig.“

„Findest du es denn nicht sexy, wenn ich nach dem Training schwitze?“

„Ist zwar eine andere Frage, bekommt trotzdem dieselbe Antwort.“ Ich unterdrücke mein Schmunzeln, weil ihre bockige Art mich an früher erinnert, als wir einander noch nicht richtig kannten. Ich ziehe an ihren Armen, versuche sie dazu zu bewegen, sich aufzurichten. Stattdessen hängt sie da wie eine Piñata und verdreht sich dementsprechend bloß unter meinen Händen.

„Du brauchst den Boden übrigens nicht mit mir zu wischen. Wir haben einen Hausmeister“, erklärt sie kichernd.

„Ich will nicht wischen. Ich will, dass du aufstehst.“

„Tja, mein Lieber, dann wollen wir zwei unterschiedliche Dinge, denn ich will hier liegen bleiben, bis ich auf wundersame Weise die Bewegungen beherrsche."

Augenrollend ziehe ich sie ein weiteres Mal fest an ihren Händen zu mir hoch, bis ich einen Arm unter ihren Rücken bekomme. Den anderen schiebe ich schnell unter ihre Kniekehlen. So hebe ich sie als Ganzes vom Boden weg. Gott sei Dank hat dieser Move funktioniert, sonst wäre das peinlich für mich geworden. Selbstzufrieden grinse ich sie an, während sie mich ungläubig beäugt.

„Was wird das?"

„Wir arbeiten an deiner Körperspannung", antworte ich sachlich, die Süffisanz in meinem Ton deutlich hörbar. Sie schwingt sich aus meinen Armen und stemmt die Hände in die Hüften.

„Okay, das hier ist nicht ‚Dirty Dancing', und du bist nicht Patrick Swayze."

„Nein, aber ich habe Muskeln und kann dich halten. Und an Körperspannung fehlt es *mir* nicht", erwidere ich frech und zwinkere. Zur Antwort zeigt sie mir die Zunge. Unentschlossen, ob sie auf meinen Vorschlag eingehen soll, kaut sie auf ihrer Lippe.

„Na gut, versuchen wir's!" Sie lächelt verschmitzt und nimmt mich an der Hand. „Also, im Endeffekt geht es um zwei konkrete Hebefiguren. Bei einer davon komme ich aus einer Drehung", erklärt sie und zeigt mir, was sie meint. „Ich drehe mich also an dir vorbei und unter deinem Arm durch. Dabei legst du meinen Arm über deine Schulter, damit wir genügend Schwung haben und du mich an deiner Seite hochheben kannst, wenn ich springe. Okay? Deine Aufgabe ist dann nur, mich nicht fallen zu lassen, während ich mein linkes Bein neben meinem Kopf halten muss."

„Alles klar. Schwung, heben, halten. Habe verstanden“, wiederhole ich siegessicher. Jules lächelt mich etwas nervös an, nickt mir dann aber zu, und ich gehe leicht in die Knie, um bereit für ihren Sprung zu sein.

Natürlich scheitert der Versuch die ersten drei Male. Nicht, weil ich sie nicht halten kann, sondern weil es mit Timing, Spannung und Belastung nicht so einfach ist, wie ich ursprünglich dachte. Wider Erwarten ärgert sich Jules jedoch nicht darüber, sondern lacht herzhaft.

„Lachst du mich aus? Vielleicht sollte ich dich doch lieber mal fallen lassen.“

„Nein! Tut mir leid“, lenkt sie ein und küsst meine Hand, die sie nach wie vor hält. „Ich habe nur gerade darüber nachgedacht, an welchen Stellen du morgen wohl Muskelkater haben wirst.“ Ich ahme ihr Lachen nach und schubse sie im Spaß weg von mir. Als sie sich gesammelt hat, hebt sie mit einer lächelnden Grimasse die Augenbrauen mit der Frage, ob ich weitermachen will. Missbilligend schnalze ich über ihren Hohn die Zunge, deute ihr dann aber mit den Händen an, dass sie kommen soll.

Sie dreht sich einmal auf dem Fußballen, dann auf der Spitze unter meinem Arm durch und springt an meiner Seite hoch, sodass ihre Hüfte an meiner Taille liegt. Mit einer Hand halte ich ihren Arm, mit der anderen ihren Bauch, während sie den Kopf zurückfallen lässt, ihren linken Arm und dasselbe Bein hinaufschwingt und dort hält.

Zufrieden lässt sie es kurz darauf wieder absinken, und ich stelle sie auf den Boden. „Hey, das war gar nicht schlecht. Jetzt müssen wir es nur noch etwa fünfzehnmal üben, bis ich es lange genug dort oben lasse.“

Ein paar Mal mit Musik geübt, und ich muss mich lockern und an den Knien abstützen, um mich zu erholen. Solche Hebefiguren beanspruchen wirklich ganz andere Muskeln als

Football. „Vielleicht solltest du mal eine Pause machen“, feixt sie und wiederholt damit meinen gut gemeinten Ratschlag von vorhin.

Die Musik wechselt auf „Can’t stop“ von Martin Solveig, einem fetzigen Lied, zu dem die Gruppe gerne beim Aufwärmen tanzt, und Jules bewegt ihre Hüfte gleich im Takt mit. Zwinkernd zieht sie zur Show das Haargummi aus ihren Haaren und schüttelt diese aus, bevor sie sie gekonnt zurückwirft.

„Ich steh auf dieses Lied“, erklärt sie, was ich bei diesem Anblick nur bestätigen kann, denn plötzlich legt sie los und tanzt im Freestyle dazu. Ballettelemente sind genauso dabei wie stinknormale Tanzbewegungen, die durch ihr enormes Körperbewusstsein einfach hammermäßig gut aussehen. Mit einer unglaublichen Freude im Gesicht tanzt sie übertrieben, aber sehr unterhaltsam wild auf mich zu und schwingt ihren Kopf im Beat, sodass ihre Haare nur so vor sich hinfliegen. So ausgelassen habe ich sie noch nie erlebt, und ich finde nicht die Worte dafür, wie glücklich sie mich damit macht. Mein Herz geht auf bei dem Gedanken, dass sie sich in meiner Gegenwart so frei und wohlfühlen kann.

Als sie frech und verwegen um mich herumtanzt, fange ich sie und ziehe sie zu mir. Einen Moment sehe ich mir einfach ihr wunderschönes, errötetes Gesicht an, während sie außer Atem ist. Wie ich es aus den Filmen kenne, halte ich den unteren Teil ihres Rückens und ihren Nacken und senke sie so auf der anderen Seite langsam Richtung Boden ab.

Leider ist nur das Aufrichten nicht so leicht, wie es immer dargestellt wird. Dazu fehlt nicht nur mir die Kraft, auch sie verliert ihre angespannte Haltung. Wir brechen zusammen und landen nicht besonders anmutig auf dem Parkett. Ausgelassen lachen wir uns kaputt, bis Jules sich flach auf den Rücken legt und die verschwitzten Haare aus dem Gesicht streicht.

„So viel zur Körperspannung“, stichelt sie.

Erschöpft drehe ich mich zu Jules und stütze mich mit den Händen links und rechts von ihrem Kopf ab. Ihre großen Rehaugen wandern über mein Gesicht, ihr Atem beschleunigt sich. Ich nähere mich langsam ihrem Mund, warte, bis ihre Lider zugehen, und streife dann nur ganz leicht über ihre Haut, wodurch sich ihre Lippen teilen.

Anstatt sie richtig zu küssen, reibe ich jedoch bloß meine Nase an ihrer und klopfe ihr dann freundschaftlich auf die Schulter. „So, jetzt hör auf, Zeit zu schinden, und streng dich mal ein bisschen an. Das ist ja eine Katastrophe mit dir.“

Ungläubig reißt Jules ihren Mund auf und verengt die Augen zu kleinen Schlitzen. Glucksend zeigt sie mit ihrem Finger auf mich, während ich mich lachend vor ihr in Sicherheit bringe. „Oh, das wirst du büßen, Houser. Ehrlich, eines Tages, wenn du es nicht kommen siehst, werde ich dir *so* fest in den Hintern treten.“

KAPITEL 9

Jeremy

Ich müsste lügen, würde ich behaupten, ich wäre nicht nervös. Vielmehr noch, es will mir seit einer Stunde nicht gelingen, meine Herzfrequenz zurück in einen langsameren Rhythmus zu bringen.

Max fährt, weil ich ihn gebeten habe, mitzukommen. Natürlich ist Jules ebenfalls bei mir, doch ich bin nicht sicher, wie es mir nach dem Gespräch gehen wird. Daher brauche ich meinen besten Freund als Ruhepol, der mich gut genug kennt, um Jules Gesellschaft zu leisten, sollte ich danach nicht ansprechbar sein. Ich bin sehr froh, dass ich die letzten Wochen so viel Kraft tanken konnte. Dass Jules und ich jetzt zusammen sind, ist ein unglaubliches Geschenk, für das ich sehr dankbar bin. Sie tut mir gut, und ich helfe ihr offenbar auch.

Vor allem bei all dem, was sich die letzten Monate geändert hat und was sich in den kommenden Wochen verändern wird, stellt sie nun mehr denn je eine sichere Konstante in meinem Leben dar, die mitunter auch den Ausschlag dafür gab, diesen Schritt zu wagen und heute nach New York zu fahren.

Seit Wochen beschäftige ich mich nun innerlich damit, meine leibliche Mutter kennenzulernen. Sie unter Umständen mit der Vergangenheit zu konfrontieren, obwohl ich nicht einmal sicher bin, ob mir ihre Beweggründe helfen werden, ihr zu vergeben, oder mich noch wütender machen. Am meisten ärgert mich, feststellen zu müssen, ihr noch gar nicht vergeben zu haben. Ich trage einen enormen inneren Ärger über ihre Flucht mit mir herum, den ich, bis sie nun das erste Mal richtig Thema wurde, gut verdrängt oder zumindest ausgeblendet hatte. Ich konnte mir tatsächlich einreden, sie wäre mir egal und würde für mein Leben keine Rolle spielen. Doch zu wissen, dass sie stirbt, mir wahrscheinlich nicht mehr viel Zeit bleibt, um mich mit ihr auszusöhnen, setzt mich unter großen Druck. Ich habe panische Angst vor dem, was mich erwartet.

Ist ihr Zustand bereits sehr schlecht? Werde ich es überhaupt wagen, sie mit irgendetwas zu konfrontieren? Wird sie versuchen, alles wieder gutzumachen, oder ist es ihr immer noch egal?

Jeder Meter, den wir auf dem Weg zu Joanne zurücklegen, lässt meine Kehle trockener und meine Hände feuchter werden. Wie auch bei dem Treffen mit Katherine, meiner Halbschwester, bin ich froh, Freunde zu haben, die wortlos verstehen, was ich jetzt brauche: Beistand, aber keine gut gemeinten, momentan sinnlosen Gespräche zur Ablenkung.

„Möchtest du, dass wir hier warten, oder sollen wir einstweilen zurück in die Innenstadt fahren?“, fragt Jules, nachdem wir vor einem der braunen Reihenhäuser aus dem Auto gestiegen sind. Ihr kleiner Finger verhakt sich in meinem.

„Ich habe nicht vor, lange da drinnen zu bleiben, also wäre es mir, denke ich, lieber, wenn ihr in der Nähe bleibt.“ Ich hoffe, das Gespräch ist schnell wieder vorbei.

„Okay Mann, wird gemacht. Viel Glück!“, bestätigt Max und klopft mir ermutigend auf den Rücken. Jules schlingt zum Abschied einen Arm um meinen Hals und drückt mich fest. Dann laufe ich über die Straße, die paar Stufen bis zur Türe hinauf und läute schließlich nach einem tiefen Atemzug an.

Mullery lautet der Name der neuen Familie meiner leiblichen Mutter. Katherine ist diejenige, die die Türe öffnet. Ihre hellbraunen Haare sind kürzer als beim letzten Mal – sie reichen ihr nur mehr bis ans Kinn. In ihrer schlabbrigen Jogginghose und ihrem eng anliegenden Trägertop sieht sie etwas magerer aus, als ich sie in Erinnerung habe.

„Mom wartet im Wohnzimmer“, deutet sie missmutig zu dem Raum und schließt die Türe hinter mir. Das Haus erscheint sehr dunkel, fast düster, die Vorhänge sind größtenteils zugezogen, obwohl es erst Mittag ist. Die Temperatur liegt etwas unter dem Durchschnitt eines normalen Wohnhauses, dafür sorgen etliche Wasserquellen wie volle Schalen und ein kleiner strombetriebener Brunnen für erhöhte Luftfeuchtigkeit.

„Trockene Luft erschwert ihr das Atmen. Das ständige Husten macht ihre Lunge nicht mehr mit“, erklärt Katherine, als sie meinen verwirrten Gesichtsausdruck wahrnimmt. Im Treppenaufgang hängen Dutzende Familienfotos von Joanne, Katherine und deren Dad, was mich erneut aufregt, weil Joanne dadurch wie eine liebende, fürsorgliche Mutter erscheint. Nur eben nicht für mich, ihren Sohn.

„Du hast einen guten Tag erwischt, aber sie ermüdet schnell und erträgt keine lauten Geräusche“, unterbricht Katherine meine Gedanken. „Und ich bitte dich, nimm dich zurück, so gut du kannst, und reiz sie nicht durch deinen aufgestauten Frust. Sie selbst ist sehr leicht reizbar, muss sich aber unbedingt schonen.“ Dann schiebt sie mich förmlich ins Wohnzimmer, während sie an der Türschwelle stehen bleibt.

„Mom, Jeremy ist hier. Ich bin in meinem Zimmer, solltest du mich brauchen“, sagt sie zu Joanne, wobei sie aber mich ansieht. Dann lässt sie uns alleine. Joanne dreht leicht ihren Kopf, sodass sie mich aus den Augenwinkeln sehen kann.

„Hallo, Jeremy!“, krächzt sie mit belegter Stimme und räuspert sich. Während ich mich weiter in den Raum hineinbewege, bis ich mit Abstand vor ihr zum Stehen komme, starrt sie mich mit leeren, erschöpften Augen an und wirkt, als hätte sie einen zehnstündigen Arbeitstag hinter sich. Doch bewegt sie sie sich laut Katherine in Wahrheit seit über einem Jahr kaum noch von der Couch weg.

„Setz dich!“ Sie deutet auf den Sessel gegenüber der Couch.

Ihre rötlichen Haare sind glanzlos und kraus. Ihre Haut ist fahl und matt. Geschwollene Tränensäcke hängen unter ihren Augen. Von der Frau auf dem Foto, welches ich von ihr besitze, ist nicht mehr viel übrig.

Nachdem ich mich gesetzt habe und sie mich von oben bis unten gemustert hat, ringt sie sich ein schwaches Lächeln ab, welches an meines erinnert, wenn es mir nicht gut geht. Ebenso wie ihr generelles, erkranktes Erscheinungsbild versetzt mir diese Erkenntnis einen Stich.

„Komm schon, sprich einfach aus, was du dir gerade denkst. Das erleichtert uns beiden den Einstieg ungemein.“ Der harte Ton in ihrer Stimme reißt mich aus meiner Trance, und innerlich wappne ich mich vor bevorstehenden Verletzungen. Mit leicht zusammengekniffenen Augen zucke ich mit einer Schulter.

„Ich dachte mir, dass du mit Make-up wahrscheinlich besser aussiehst“, gebe ich offen zu. Sie lacht aufrichtig, wird jedoch augenblicklich von einem unkontrollierten Augenzucken unterbrochen, bis das Lachen in ihrer Kehle erstirbt. Offenbar zornig über ihren Kontrollverlust lehnt sie sich stöhnend zurück und atmet tief ein und aus. Schweigend warten wir, bis sie erneut das Wort ergreift.

„Du bist direkt und ehrlich. Das bin ich auch. Hast wohl doch etwas von mir.“ Jetzt kneife ich die Augen zusammen.

Was meint sie damit – *etwas?* Ist sie blind? Wir haben dasselbe Gesicht. Und trotz meiner Schutzmauer stört es mich, dass sie andeutet, sie hätte mich verlassen, weil ich ihr nicht ähnlich genug bin. Als hätte sie das damals schon wissen können.

„Dad ist ehrlich“, fühle ich den Drang, mich auf seine Seite zu stellen, als müsse ich ihn vor ihr verteidigen. Ihrem kurzen

Augenverdrehen zufolge, ehe sie die Lider schließt, dürfte ihr bewusst sein, dass das hier ein schwieriges Unterfangen wird.

„Das sollte jetzt kein Angriff sein. Ich bin nun mal deine Mutter." Ihre Aussage kostet mich ein verächtliches Schnauben, selbst wenn ich es zurückzuhalten versucht hätte.

„Ach, ja? Wow! Ich bin überrascht, dass du das mitbekommen hast, nachdem du mich die letzten achtzehn Jahre ignoriert hast. Was führte zu dieser Erkenntnis?"

„Schon geht's los ...", kommentiert sie unbeeindruckt. „Ich bin nicht in Stimmung für diese Teenagerrebellion, okay? Ich habe die Entscheidung zu gehen getroffen, lange bevor du überhaupt auf der Bildfläche erschienen bist. Deinem Vater ist es gelungen, mich neun Monate länger einzusperren, als ich bleiben wollte. Danach war ich endlich frei. Ich fühlte mich mit ihm wie in einem goldenen Käfig. Ich musste weg. Und so bekam er, was er wollte, und ich erfüllte mir meinen Wunsch." Sein Wunsch wäre in dem Fall wohl sein Sohn. Ihrer, mich abzuschieben und zurückzulassen.

„Ich bin nicht stolz darauf, was ich damals getan habe."

„Das entschuldigt nichts, und wenn du glaubst, ich wäre hier, um dir zu vergeben und so zu tun, als wäre alles in bester Ordnung ...", sprudelt es aus mir heraus, doch sie schneidet mir das Wort ab.

„Moment! Ich sagte, ich wäre nicht stolz darauf, nicht, dass ich meine Entscheidung bereue."

Das ist meine Mutter? Jetzt bin ich sicher, dass ich all die Jahre ohne sie besser dran war.

Offensichtlich kann sie meinen Blick deuten. „Ich war nicht bereit für ein Kind und eine Familie. Ich war einundzwanzig, um Himmels willen."

„Tja, stellt sich heraus, dass du es knapp ein Jahr danach auf einmal doch warst, nicht wahr?"

Sie schneidet eine Grimasse und verengt die Augen zu schmalen Schlitzen. „Ich muss mich und meine Entscheidungen nicht vor dir rechtfertigen. Dafür fehlen mir sowohl die Kraft als auch der Wille. Wir würden dieses Gespräch hier gerade auch gar nicht führen, wenn Katie nicht vermittelt hätte“, erklärt sie mit eiskalten Augen. Ihr Gesicht wie auch ihre Stimme klingen plötzlich anders, resoluter, als vor ein paar Sekunden. Der bissige Ton gefällt mir jedoch gar nicht.

„Tja, dann sollte ich mich wohl bei dir bedanken?! Oder doch lieber bei ihr? Wer ist denn eigentlich die Erwachsene von euch beiden?“

„Weißt du was, Junge? Du hast keine Ahnung vom Leben. Irgendwann wirst du erwachsen werden und merken, dass du auch nicht die richtigen Antworten auf alles hast, die noch dazu schlagfertig klingen. Ich bin nicht interessiert daran die verlorene Bindung zwischen uns aufzubauen oder in Erinnerung der vergangenen Jahre zu schwelgen, noch möchte ich mich für irgendetwas entschuldigen. Ich würde es jederzeit wieder so machen, doch musst du verstehen, dass das nichts mit dir und deiner Person zu tun hat. Ich habe nicht *dich* verlassen, sondern deinen Vater. Ich kannte dich ja gar nicht.“

Eben!, will ich schreien, doch ich beiße mir auf die Zunge. Ein Hustenanfall überkommt sie, der hässlich genug klingt, um mich am Kontern zu hindern. Ich bin kurz davor aufzustehen und ihr ein Glas Wasser zu bringen, als sie sich ein Tuch vor den Mund hält und zitternd durch die Nase einzuatmen versucht. Bis sie sich gefangen und das Schütteln ihres Körpers aufgehört hat, vergehen Minuten. Ungewöhnlich lange beäugt sie das Stofftuch, bevor sie es mit angespanntem Kiefer zusammenknüllt und auf den Couchtisch wirft. Durch diese achtlose Geste unschwer zu übersehen, fängt sich mein Blick auf dem deutlich erkennbaren Blutfleck auf dem weißen Stoff. Alarmiert sehe ich sie an, denn man muss kein Arzt sein, um zu wissen, dass Bluthusten nichts Gutes verheißt. Sie ignoriert meinen besorgten Blick jedoch und sinkt tiefer in die Couchpolster.

„Der Punkt ist, ich bin krank und fühle mich verpflichtet, dich darüber in Kenntnis zu setzen, weil es sich dabei um eine Erbkrankheit handelt."

Bei ihren letzten Worten setzt mein Herz einen Moment lang aus. Wenn Joanne daran stirbt, sterben Katherine und ich dann auch daran? Gibt es etwas, was ich dagegen tun kann, oder hat sie mir mit ihrer Abwesenheit all die Jahre die Chance darauf genommen, und es ist bereits zu spät?

Joanne fährt sich durch die unordentlichen Haare und lässt ihre Hand dann auf ihrer Stirn, als hätte sie unerträgliche Kopfschmerzen. Ihr Gesichtsausdruck sieht gequält aus.

„Das Gerstmann-Sträussler-Scheinker-Syndrom ist eine der drei bekanntesten Prionenkrankheiten, eine vererbliche Hirnerkrankung, bei dem ein Gendefekt ein für den Körper normalerweise unschädliches Protein fehlerhaft produziert. Dieses Prion lagert sich im Hirn ab und durchlöchert es sozusagen Stück für Stück. Das war der Grund für den Zeitdruck, dich so bald wie möglich zu treffen, denn früher oder später werde ich mich wahrscheinlich nicht einmal mehr verständigen, geschweige denn an irgendetwas erinnern können. Die ersten Symptome sind vor drei Jahren aufgetaucht. Bis die Ärzte sich sicher waren, woran ich leide, verging ein Jahr. Da die Lebensdauer nach Ausbruch der Krankheit im Durchschnitt zwei bis zehn Jahre beträgt, kann ich wohl froh sein, dass ich noch hier sitze." Sie pausiert und studiert mich mit gespitzten Lippen. Sprachlos und wie vor den Kopf gestoßen starre ich sie an.

„Ich weiß nicht, wie ich zu dieser Krankheit gekommen bin, da mein Vater zu früh verstorben und meine Mutter nicht erkrankt ist. Trotz der Tatsache, dass GSS sehr selten ist, reicht es leider schon, wenn ein Elternteil die Genmutation aufweist, um sie an das Kind weiterzugeben. Es muss jedoch nicht sein, dass du sie hast. Die Chancen stehen etwa bei fünfzig Prozent.“ Fassungslos lache ich auf. Eine fünfzigprozentige Chance ist nicht gerade wenig.

„Es gibt einen Test, den man machen kann, um herauszufinden, ob du das Gen in dir trägst, doch der ist erst nach dem achtzehnten Geburtstag zugelassen. Deswegen erzähle ich dir davon. Was auch immer du mit dieser Information machst, ist allein deine Sache. Gesagt habe ich es dir.“

„Wieso erst jetzt?“, ist die einzige Frage, die ich nach einigen Sekunden der Stille herauspressen kann. Ihre kühle und emotionslose Art, mir von dieser Sache zu erzählen, erschüttert mich ebenso wie die Botschaft. Im Vergleich zu ihren beinahe sichtbaren Kopfschmerzen scheint sie das Wissen, ihren Kindern womöglich eine tödliche Krankheit vererbt zu haben, nicht besonders zu bewegen. Ich kann mir aber nicht vorstellen, dass sie ihre Tochter auf die gleiche Weise wie mich davon in Kenntnis gesetzt hat. Andererseits sollte es mich auch nicht mehr verwundern zu spüren, wie egal ich ihr bin.

Sie lässt sich mit ihrer Antwort Zeit, hustet erneut, während sie mit der einen Hand die andere festhält, als diese heftig zu zittern beginnt.

„Weil es in Wahrheit keine Rolle spielt, ob du den Test machst oder nicht. Wenn du das Gen in dir hast, gibt es keine Heilungschancen.“

Julia

Wo eben noch strahlender Sonnenschein den Asphalt und auch uns erwärmt hat, ziehen nun immer dichtere Wolken am Himmel auf und stehlen damit nicht nur das Licht, sondern auch die angenehme Frühlingstemperatur. Während ich zum Himmel hinaufsehe und überlege, wer wohl zuerst auftauchen wird – die Regentropfen, die sich in den Wolken angesammelt haben oder Jeremy –, stellen sich langsam die Härchen auf meinen Armen auf. Ich ziehe die Beine an meinen Oberkörper, um meine kalten Hände zwischen ihnen zu vergraben. Max und ich sitzen bereits seit einer halben Stunde vor dem Haus auf der Bordsteinkante und warten, bis Jeremy das wahrscheinlich schwierigste Gespräch seines Lebens hinter sich bringt.

„Meinst du, es ist ein gutes oder schlechtes Zeichen, dass er schon so lange da drinnen ist?“, frage ich angespannt. Von hier aus kann man keine Regung im Haus erkennen. Max streckt seine langen Beine aus und lehnt sich auf die Ellbogen zurück.

„Keine Ahnung, Jules. So etwas lässt sich, glaube ich, nicht an der Zeit messen. Aber er weiß, dass wir für ihn da sind. Das ist die Hauptsache.“

„Ich habe irgendwie kein gutes Gefühl.“ Kopfschüttelnd lasse ich meinen Kopf auf die Knie sinken. „Du hättest Katherines Gesicht sehen sollen, als sie uns davon erzählte, dass Joanne im Sterben liegt. Da ist noch mehr dahinter. Gott, wieso müssen Familien immer so kompliziert sein?!“

„Weil man sie sich nicht aussuchen kann und wir eben alle menschlich sind. Alles, was du dadurch lernen kannst, ist, das Beste aus dem zu machen, was dir geboten wird, und daran zu wachsen. Nimm dich selbst als Beispiel: Du hattest die miesesten

Startvoraussetzungen. Hast du deshalb aufgegeben und dein Schicksal akzeptiert? Nein! Es hat zwar eine Weile gedauert, aber du hast dich auf die Beine gestellt und dich gewehrt. Du hast einen Ausweg gefunden und warst nicht bereit, dich weiter in deinem Schneckenhaus zu verkriechen. Das bewundere ich an dir. Ich finde es cool, dass du das Blatt gewendet hast und jetzt diejenige bist, die meinem besten Freund eine Stütze sein kann."

Nun löse ich doch meine Augen von der Haustüre und blicke lächelnd zu Max, dessen Augen nach wie vor geschlossen sind, als hätte er den Umschwung des Wetters gar nicht mitbekommen. „Wann bist du denn so erwachsen geworden, Max?", necke ich und stoße ihn mit der Schulter an.

Ein schiefes Lächeln breitet sich auf seinem Gesicht aus. „Tarnung, Mädchen. Ich muss so tun, als ob, immerhin gehe ich in ein paar Monaten aufs College und soll mich dort unter den ‚großen' Jungs behaupten." Er öffnet sein linkes Auge und zwinkert mir zu. „Wie sehen deine Pläne denn eigentlich aus?"

Schwierige Frage, mit der ich mich seit Monaten beschäftige. Bei vielen Universitäten ist es schon zu spät, sich zu bewerben, und die Juilliard ist für dieses Jahr ohnehin Geschichte.

„Ich habe mir überlegt, im September eine Jüngerschaftsschule zu besuchen, also so etwas wie ein freiwilliges soziales Jahr in einem anderen Land, bis ich mich im Dezember an der Juilliard bewerbe. Ich erwarte keine Wunder und werde mich auch an anderen Unis einschreiben, aber ich muss es einfach probieren. Ich werde mein Bestes geben und sehen, was daraus wird. Das Sommersemester möchte ich dann Vollzeit arbeiten gehen, um zumindest vorerst nicht von einem Stipendium oder Studiendarlehen abhängig zu sein."

„Ich finde es gut, sich große Ziele zu stecken. Meiner Meinung nach muss man einfach bereit sein, für seinen Traum zu kämpfen, auch wenn man ein oder zwei Niederlagen einstecken muss.“ Und das hat Max getan. Er hat sich in seinen Traum hineingehängt und all seine Zeit und Energie dafür aufgewendet.

„Weiß Jeremy schon davon?“

Blinzelnd schaue ich wieder zum Himmel auf, weil ich mir einbilde, den ersten Tropfen auf meinem Kopf gespürt zu haben. „Wir haben darüber gesprochen, ja. Er hat sich ja auch noch nirgendwo beworben, was Robert zur Weißglut treibt. Doch denke ich nicht, dass ihm irgendwelche Stichtage im Weg stehen werden. Klar wird es hart werden, ein halbes Jahr von ihm getrennt zu sein, aber ich glaube, dass es kein Fehler ist, zu versuchen sich auf seine persönliche Art und Weise zu finden.“

Seine konkrete Aussage war, dass er mich bei all meinen Vorhaben unterstützen würde. Er hat sich mit mir gemeinsam die Ausbildungs- und Zielorte der Jüngerschaftsschule angesehen und hypothetisch mit mir besprochen, welche Orte wir eines Tages gerne gemeinsam bereisen würden. Er sagte auch, dass ihn so etwas selbst reizen würde, er aber nicht auf eine Missionarsschule gehen könnte, wenn er nicht hundertprozentig davon überzeugt ist. Das ist auch gut so.

„Glaube ich auch nicht“, antwortet Max auf meinen letzten Kommentar. „Außerdem hat Jer jetzt schon monatelang auf dich gewartet, da werden ihn sechs weitere auch nicht umbringen.“

Irritiert schnalze ich mit der Zunge und ziehe die Augenbrauen zusammen. „Hat er nicht.“

„Jules, ich mag nicht die Aufmerksamkeit in Person sein, aber ich gehe auch nicht gerade bewusstlos durch die Welt. In diesem Fall habe ich schon gewusst, dass er sich in dich verknallt hatte, als er selbst noch absolut ahnungslos war – und das ging seit Oktober so.“

Augenrollend schüttle ich lachend den Kopf, weil ich ganz anderer Meinung bin. „So gut es auch tut, das zu hören, denke ich, du hast vielleicht diese romantischen Gefühle mir gegenüber mit seiner Sorge um meine Situation verwechselt. Ich hoffe immer noch, dass er nicht das Gleiche getan hat oder tut."

Ups … habe ich das eben laut gesagt?

„Buttercup", beginnt er und zieht damit meine volle Aufmerksamkeit auf sich.

Ja. Ich habe es laut ausgesprochen. Beschwichtigend versuche ich zu lächeln, um meine Aussage abzuschwächen, weil es mir unangenehm ist, dieses Thema vor ihm angesprochen zu haben. Er blickt streng zurück.

„Obwohl mein Einfühlungsvermögen mich gerade anschnauzt, ich möge mir etwas Besseres einfallen lassen, um dir das Folgende mitzuteilen, fällt mir leider nichts Gefühlvolleres ein: Hör gefälligst auf, so zu denken, und sabotiere diese Beziehung nicht durch unbegründete Ängste. Was ihr habt, ist gut!"

Ich spüre, wie meine Kinnlade beim Anhören seiner Worte hinunterfällt. Mit so einer unverblümten Deutlichkeit hätte ich jetzt nicht gerechnet.

„Ich kenne Jeremy so ziemlich mein ganzes Leben lang. Er war nie der Typ dafür, Mädchenherzen zu sammeln. Er bestimmt seinen Wert auch nicht durch Beziehungen. Ich weiß, dass er seine Zeit und Kraft nur in die Dinge investiert, die ihm wirklich etwas bedeuten, und er ist der Letzte, der überstürzte Entscheidungen trifft. Wenn er sich einmal auf etwas festgelegt hat, dann bleibt er auch dabei, egal, wie hart es werden mag. Ich habe ihn schon in vielen schwierigen Situationen erlebt, aber als du in seinem Garten zusammengebrochen bist …" Er ringt mit sich und verzieht die Mundwinkel. Das ist auch kein Ereignis, an das ich mich gerne zurückerinnere. Tue ich es doch, sehe ich meine Mom vor mir, von der ich seither überhaupt nichts mehr gehört habe. Auch wenn ich mir Sorgen um sie mache, ist die ganze Sache nach wie vor ein grässliches Thema für mich.

„Ehrlich, ich finde nicht einmal den richtigen Ausdruck dafür, wie er damals ausgesehen hat. Das war nicht das Gesicht eines Typen, der sich nur um das Wohlbefinden irgendeines Mädchens sorgt. Der Kerl ist dir absolut verfallen. Er würde alles für dich tun, wahrscheinlich alles für dich geben, und das mit einem Lächeln im Gesicht, weil er es will. Nicht weil er muss."

Ich schlucke einen dicken Kloß in meinem Hals herunter, dankbar für seine Worte, denen ich Vertrauen schenken kann. Max ist niemand, der etwas sagt, nur damit sich sein Gegenüber besser fühlt. Bevor ich jedoch antworten kann, schnellen unsere beiden Köpfe zur Haustüre, die Katherine vor einer gefühlten Ewigkeit verschlossen hat. Jeremy kommt aber alleine heraus und zieht die Tür unsanft hinter sich ins Schloss. Seine Haare stehen zu Berge, als hätte er sie sich mehrmals mit den Händen gerauft. Seine Stirn ist von tiefen Furchen durchzogen. Ohne nach links und rechts zu sehen, eilt Jeremy über die Straße Richtung Auto.

Max steht als Erster wieder auf seinen Füßen und zieht mich mit einer Hand hoch, während er Jeremy nicht aus den Augen lässt. Durch den nicht deutbaren Ausdruck in seinen Augen ein wenig eingeschüchtert, lasse ich meine angespannten Schultern fallen und bewege mich auf leisen Sohlen zu ihm.

„Hey, bist du in Ordnung?", will Max schließlich wissen, als Jeremy die Autotür zum Rücksitz öffnet, ohne uns dabei auch nur eines Blickes zu würdigen, obwohl er bei der Hinfahrt vorne saß.

„Nein, aber ich habe auch keine Lust, jetzt darüber zu reden. Ich will einfach weg hier. Und ich brauche einen Drink", sagt er knapp, bevor er die Tür zuknallen kann. Perplex tauschen

Max und ich Blicke aus. Wir mögen mit einer ähnlichen Reaktion gerechnet haben. Trotzdem fühlt sich mein Herz im Augenblick an wie Blei. Das bekannte Gefühl der lästigen Hilflosigkeit und Ohnmacht erdrückt mich, doch ich rede mir ein, dass Jeremy lediglich ein paar Minuten braucht, um wieder zu sich zu kommen und uns zu erzählen, was passiert ist. Nur werden die Minuten zu Stunden, und keiner von uns wagt es das Schweigen zu durchbrechen.

Ohne Max überhaupt die Zeit zu lassen, den Motor abzustellen, springt Jeremy aus dem Auto, nimmt auf dem Weg ins Haus drei Stufen auf einmal und verschwindet außer Sichtweite. Kopfschüttelnd vergrabe ich mein Gesicht in meinen Händen und wage es zum ersten Mal, seit wir ins Auto gestiegen sind, richtig auszuatmen.

„Max …", hauche ich erschöpft, obwohl ich keine Ahnung habe, was ich von ihm erwarte. Er lehnt mit der Stirn gegen das Lenkrad, ehe er den Schaltknüppel in Parkstellung bringt. Verständnisvoll berührt Max kurz mein Knie und steigt dann selbst aus dem Auto. Als wir schließlich ins Haus gehen, erwartet uns eine besorgte Claire, die Jeremys Auftritt ebenfalls mitbekommen zu haben scheint.

„Was ist passiert?"

Resignierend hält Max beide Handflächen in die Luft und marschiert ins Wohnzimmer, wo er sich auf die Couch fallen lässt.

„Wir wissen es nicht. Er redet nicht mit uns", erkläre ich ihr, mit den Tränen kämpfend. Es ist nicht aus Selbstmitleid, sondern weil ich mir zumindest im Ansatz vorstellen kann, wie es Jeremy gerade geht. So sehr wünsche ich mir, jetzt für ihn da sein zu können, wie er bisher immer für mich war, doch kann ich es nicht. Claire legt ihren Arm um meine Schulter und führt mich ebenfalls ins Wohnzimmer.

„Er kam aus dem Haus gestürmt, wollte auf der gesamten Rückfahrt kein Wort sagen und ist – wie du gesehen hast – gleich in sein Zimmer gestürmt. Keine Chance, etwas zu erfahren“, ergänzt Max.

„Okay, geben wir ihm etwas Zeit“, rät sie nachdenklich.

Doch auch den Rest des Abends sehen und hören wir nichts mehr von ihm. Weder erscheint er zum gemeinsamen Abendessen noch die Stunden darauf, während Max und ich angespannt vor dem Fernseher sitzen und warten, dass er von sich aus zu uns kommt.

„Mir reicht's. Ich gehe jetzt zu ihm“, verkünde ich schließlich, weil mich das Fernsehen schon lange nicht mehr ablenken kann. Es mag vielleicht erbärmlich klingen, aber ich kann nicht herumsitzen, wenn jemand, den ich … na ja, mag, seine Probleme alleine mit sich ausmachen zu müssen glaubt. Dieses beklemmende Gefühl halte ich nicht eine Minute länger aus. Ohne auf einen Einwand von irgendwem zu warten, marschiere ich durch das Stiegenhaus, klopfe vorsichtig an seine Zimmertüre und trete einfach ein, obwohl ich keine Antwort erhalten habe.

Jeremy liegt mit angewinkelten Beinen und Kopfhörern, aus denen die Musik hörbar bis zur Tür dröhnt, auf seinem Bett. Seine Arme sind auf seiner Brust verschränkt und seine Hände zu Fäusten geballt. Der Anblick dreier Bierdosen auf dem Boden neben seinem Nachtkästchen, Reste seiner Geburtstagsfeier, lässt mich kurz erschaudern, weil es in mir ein Déjà-vu von meinem letzten Besuch bei Mom erzeugt.

Bei dem Versuch, das Bild abzuschütteln und mich auf die Gegenwart zu konzentrieren, trete ich ins Zimmer und lege mich neben ihn ins Bett. Meinen Kopf platziere ich auf meine Arme, um mit ihm auf Augenhöhe zu sein. Er reagiert nicht auf mich, sagt mir aber wenigstens auch nicht, dass ich wieder verschwinden soll. Schweigend beiße ich mir nervös auf meine Unterlippe, mir das Hirn zermarternd, was ich zu ihm sagen könnte. Gleichzeitig mustere ich seine grünen, zusammengekniffenen Augen von der Seite, während er die Decke anstarrt. Er soll wissen, dass ich nirgendwo hingehe, selbst wenn es noch weitere Stunden dauern sollte, bis er sich mir öffnet.

Für eine Dauer von Minuten, vielleicht aber auch Stunden, wie sie mir vorkommen, schließt er die Lider und reibt sich über das Gesicht. Bewusst oder unbewusst fallen ihm dabei die Kopfhörer aus den Ohren und bleiben auf dem Kissen liegen. Seine Hände vergräbt er in seinen Haaren und formt sie zu Fäusten. Er sieht aus, als wäre er kurz davor zu weinen. Es bricht mir das Herz. Ich will nach ihm greifen, ihn umarmen, ihn küssen, ihm den Schmerz nehmen, doch ich weiß ja nicht einmal, was genau diesen verursacht hat. Bebend atmet er angestaute Luft aus.

„Jeremy!“, flüstere ich verzweifelt, weil mir selbst schon die Tränen in den Augen stehen. „Bitte rede mit mir! Was geht in dir vor?“

Er nimmt seine Hände aus seinen Haaren und legt sie auf die Matratze. Dabei berührt er meine Finger, die sogleich bei der Berührung zucken, weil ich mich so sehr danach sehne, mich komplett zu ihm zu kuscheln. Wie instinktiv verhakt er seine Finger mit meinen eiskalten und klammert sich für einen Bruchteil einer Sekunde förmlich daran. Endlich dreht er seinen Kopf in meine Richtung, studiert mich, als suche er nach etwas. Mein Herz pocht wie verrückt, weil es wirkt, als würde er mich zum ersten Mal heute an sich heranlassen. Plötzlich legt sich aber ein dunkler Schatten über seine Augen, macht sie kalt und unnahbar. Er leugnet stumm seinen offensichtlichen Wunsch, sich mitteilen zu wollen, und zieht seine Hand schnell von meiner weg.

„Es gibt nichts zu bereden. Sie hat gebeichtet, was es zu beichten gab, unser Verhältnis ist ebenso nicht vorhanden wie zuvor. Es wäre für uns alle besser gewesen, ich wäre nie hingegangen. Leider lässt sich das aber nun mal nicht mehr ändern, und jetzt muss ich mit den Konsequenzen leben." Seine Stimme ist belegt und brüchig. Er muss sich zweimal räuspern.

„Welche Konsequenzen?", hake ich vorsichtig nach. Gänsehaut überzieht meinen Körper, und das innerliche Zittern wird nun auch nach außen hin sichtbar. Ich kann mir auf seine Worte keinen Reim machen. Was könnte Joanne gesagt haben, das solch weitreichende Konsequenzen nach sich ziehen würde, wie er gerade andeutet? Er reagiert nicht, blinzelt nicht einmal.

„Jer! Lass mich dir helfen!"

Seine Reaktion darauf sind lediglich ein verächtliches Schnauben sowie ein Kopfschütteln. Er klettert über mich aus dem Bett, ohne dabei auch nur eine Berührung zuzulassen, und ergreift zum wiederholten Mal die Flucht.

In einer Mischung aus Verzweiflung, Frust und Zurückweisung schlage ich mit der Faust auf die Matratze, bevor ich ihm ins Erdgeschoss folge. So habe ich ihn noch nie erlebt. Nicht, dass ich mir anmaße, ihn so gut zu kennen, um einen Vergleich aufstellen zu können, aber normalerweise ist er die Ruhe in Person, wenn es darauf ankommt. Er ist nicht aufbrausend, so impulsiv oder distanziert. Vielmehr war er in den letzten Monaten mein Ruhepol, mein Anker, mein Fels, an dem ich mich inmitten der tosenden Wellen festklammern konnte. Es nagt an mir, dass ich ihm das scheinbar nicht zurückgeben kann.

„Was tust du denn noch hier?", höre ich ihn unten vorwurfsvoll sagen, als Max ihm im Flur begegnet. „Hat denn hier niemand sein eigenes Zuhause, um nicht ständig bei mir herumhängen zu müssen?"

„Hey!“, mahne ich, verärgert über sein Verhalten, und stemme unten angelangt die Hände in die Hüften. Ich verstehe, dass er verletzt ist. Das ist aber keine Entschuldigung für gehässige Kommentare dieser Art. Egal, in welche Richtung er sie abfeuert.

„Komm mal wieder runter, Jer! Hier hat dir keiner etwas getan“, ergänzt Max und versucht ihn zu beruhigen.

Claire erscheint aus der Küche, ein Geschirrtuch in der Hand. „Was ist denn hier los?“ Verwirrt sieht sie in die Runde. Jeremy verdreht in einer übertriebenen Geste die Augen.

„Außer, dass mir jeder auf die Nerven geht mit seiner Neugier? Könnt ihr mich nicht einfach alle zumindest ein paar Stunden in Ruhe lassen?“

„Hast du getrunken?“, fragt sie missbilligend, als sie näher an Jeremy herantritt, was er mit dem Heben einer Augenbraue beantwortet.

„Ehrlich? Das ist gerade deine größte Sorge?“

„Jeremy, wir versuchen nur, dir zu helfen, und wollen dich jetzt einfach nicht alleine lassen.“ In kleinen Schritten gehe ich auf ihn zu und strecke ihm meine Hand entgegen, in einem letzten verzweifelten Akt, er möge sie annehmen.

„Jemals daran gedacht, dass das genau das ist, was *ich* gerade will? Ich brauche Raum, verdammt noch mal. Und nicht jemanden, der glaubt, mir mit *meiner* Familie helfen zu können, wo ihre eigene eine einzige Katastrophe ist.“

Abrupt bleibe ich stehen. Es fühlt sich an, als hätte er mir gerade ein Messer ins Herz gerammt, und es tut verdammt weh. Traurig, wie man hunderte schöne, liebevolle Wörter durch wenige verletzende ausmerzen kann. Die ganze Luft weicht wie bei einem Aufprall aus meinen Atemwegen, während ich ihm dabei zusehe, wie er aus der Türe Richtung Auto verschwindet. Max hingegen joggt kurz ins Wohnzimmer, Claire folgt Jeremy nach draußen.

„Jeremy Matthew Houser! Du steigst in diesem Zustand nicht in dein Auto, hast du mich verstanden?"

Bitte fahr so nicht weg!, schreie ich ihn gedanklich an.

„Aber *du* bist *nicht* meine Mutter, Claire, nicht wahr? Hättet ihr drei nicht alles versaut, wäre mein Leben jetzt nicht eine einzige Müllhalde, also kannst du dich bei dir selbst bedanken."

Claire saugt scharf Luft ein und benötigt eine Sekunde zu lange, sich aus ihrer Starre zu lösen, um Jeremy zu erwischen, bevor er letztlich ins Auto steigt und mit quietschenden Reifen davonbraust.

Immer noch wie angewurzelt stehe ich da, als Max mit seinem eigenen Autoschlüssel in der Faust an mir vorbeigeht und dabei kurz mit der flachen Hand tröstlich über meinen Rücken streift.

„Ich hole ihn zurück, Claire. Und vorher werde ich ihm erklären, dass er den Arsch offen hat."

Jeremy

Ich habe jetzt den Alkoholspiegel, der normalerweise auf Partys genau der erwünschte Zustand ist und unter den Begriff „angeheitert“ fallen würde, gäbe es denn irgendeinen Grund für mich, *heiter* zu sein. Alles, was der Promillegehalt nun in mir auslöst, ist ein Abgrund großer Leere. Ich habe nicht die geringste Ahnung, wie ich mit der Information um meinen möglichen, frühzeitigen Tod umgehen soll, und kann mit niemandem darüber sprechen, weil jeder mir zu diesem dämlichen Test raten würde, den ich aber bestimmt nicht machen werde.

Als ich heute stundenlang in meinem Zimmer lag, schwebte meine Hand mehrmals über dem Laptop, zögernd, Näheres über diese Krankheit in Erfahrung zu bringen. Mich zu informieren, was mich unter Umständen eines Tages erwarten könnte. Ich habe das Für und Wider abgewogen und mich immer wieder dagegen entschieden, denn in Wahrheit will ich es gar nicht wissen.

Ich will nicht wissen, wie schlimm und aussichtslos mein Leben werden könnte.

Ich will nicht wissen, wann ich die ersten Symptome erwarten muss oder wie dramatisch jedes einzelne davon ist.

Ich will nichts davon lesen, dass noch keine Therapie oder Heilungsmethode gefunden wurde, oder mir Gedanken darüber machen müssen, was mir dadurch alles verwehrt bleiben wird. Ich habe nicht vor, Abstriche zu machen und den Rest meiner Zeit in ständiger Erwartung auf das Erscheinen der Krankheit zu verbringen.

Ich will nicht akzeptieren, dass das Einzige, das mir meine Mutter mitgegeben hat, eine tödliche Genmutation sein soll;

dass sie zum zweiten Mal in meinem Leben nichts als tiefe Wunden und negative Auswirkungen in mir hinterlässt.

Ich werde diesen Test nicht machen, weil ich *heute* lebe. Weil ich mich nicht von etwas werde fertigmachen lassen, auf das ich ohnehin absolut keinen Einfluss habe.

Die einzige Frage ist, wieso ich mich dann trotz dieser Entscheidung, mein Leben zu genießen, so dreckig fühle. Sollte es mir so denn nicht besser gehen?

Ich hebe den von mir im Versuch, meine aufgestaute Wut irgendwie loszuwerden, quer übers Feld geworfenen Football gerade erst zum dritten Mal vom Rasen auf, als Max über den Schulzaun zum Sportplatz klettert und mit den Händen in den hinteren Hosentaschen auf mich zumarschiert.

„Herzlichen Glückwunsch! Es ist dir gelungen, drei dir nahestehende Menschen in weniger als einer Minute stinksauer zu machen und zu verletzen“, beginnt er. Genervt drehe ich mich von ihm weg, um den Ball ein weiteres Mal zu werfen. Max lässt sich aber nicht abwimmeln und versetzt mir einen Stoß, der mich um ein Haar den sicheren Griff des Footballs kostet. Ich beiße mir fest auf die Zunge, drehe mich ruckartig um und donnere ihm den Ball gegen die Brust.

„*Was* willst du?“

Max lässt sich weder von meiner Aggression noch von meiner Kälte beeindrucken. Er sieht mir weiterhin starr direkt in die Augen und antwortet gewohnt rational. „Was auch immer vorgefallen ist, weder Claire noch Jules hat es verdient, so mit sich reden zu lassen.“

Sein Ton, sein Blick, seine starre Haltung erinnern mich an den Abend vor meinem Haus, als er sauer war, weil ich ihm nichts vom Stipendium erzählt hatte. Damals hatte er mich stehen gelassen, weil er kurz davor war, mir eine zu verpassen. Heute sind wir beide sauer und unnachgiebig.

„Toll, der Nächste, der alles besser zu wissen glaubt. Ich sag dir was: Warum verschwindest du nicht einfach zurück zu ihnen, dann könnt ihr drei euch über neue Methoden austauschen, so zu tun, als ginge es bei dieser Sache wieder einmal um einen von euch statt um mich. Das könnt ihr ja *alle drei* am besten."

Bevor ich über meine Worte nachdenken oder sehen kann, wie er sie aufgefasst hat, bekomme ich die Antwort in Form eines Fausthiebes quer über mein Gesicht. Stolpernd falle ich gegen das Geländer, das den Platz vom Zuschauerbereich abtrennt. Zornig schlage ich mit der flachen Hand aufs Eisen, bevor ich mich wieder aufrichte und ihm empört in die Augen sehe. Starrsinnig und ohne den Hauch einer Sorge, dass ich zurückschlagen könnte, stiert er mich an. Einzig und allein die Art, wie er seine rechte Hand kräftig ausschüttelt, zeigt mir, dass der Schlag nicht nur mich verletzt hat.

„Bruder oder nicht. Bester Freund oder *verdammt* noch mal nicht. Noch so ein dämlicher Spruch, und ich schlage richtig zu, verstanden?"

Ich schmecke Blut. Meine Lippe ist wohl aufgeplatzt, und mein Kopf pocht jetzt nicht mehr nur wegen des Alkohols. Selbst wenn ich das vielleicht verdient habe, bin ich sauer. „Mach das noch mal, und finde heraus, was passiert", erkläre ich undeutlich, bis ich das Blut aus meinem Mund auf den Rasen spucke. Das ist das erste Mal, seit wir uns kennen, dass einer dem anderen gegenüber gewalttätig wird. Er muss echt wütend auf mich sein.

„Wieso benimmst du dich wie ein Arsch?", will er wissen. Er hat mich durchschaut, das ist mir bewusst. Ihm ist klar, dass das, was mich aus der Bahn geworfen hat, keine Lappalie ist.

„Ich habe gerade die Frau kennen gelernt, die mich geboren, sitzen gelassen hat und nicht einmal heute bereut, was sie getan hat, verdammt noch mal. Da darf man doch wohl mal schlecht drauf sein.“ Ich wende meinen Blick ab, im erneuten Versuch, mich von ihm wegzudrehen.

„Was du bist, ist nicht einfach nur schlecht drauf, Jeremy. Du verhältst dich wie ein Idiot, fährst jeden an, der dir helfen will, und verletzt die Leute, die dir am meisten bedeuten. Egal, wie scheiße das Gespräch mit deiner Mutter gewesen sein mag, so bist du nicht.“

Meine Fassade bröckelt immer mehr, meine Hände zittern, und mein Magen rebelliert. „Woher willst du denn bitte wissen, wie man sich in so einer Situation fühlt? Du erlebst zu Hause doch nichts anderes als die perfekte amerikanische Familie.“

„Zieh diesen Dreck nicht vor mir ab, okay? Ich kenne dich gut genug, um zu wissen, dass du so nicht mit mir umgehen würdest, auch nicht mit Jules und erst recht nicht mit Claire. Also was zum Henker ist wirklich vorgefallen? Warum stößt du jeden weg?“ Um seine Worte zu verdeutlichen, rammt er mir die Faust in den Oberarm.

„Weil sie nicht die Einzige ist, die stirbt. Jetzt zufrieden?“

Verständnislos blickt er mich an. „Was soll das bitte heißen?“

„Sie sagt, sie stirbt an einer Prionenkrankheit. Erinnerst du dich, ich habe ein Handout für Biologie darüber erstellt.“ Ich lache über die Ironie dabei auf, selbst wenn das Geräusch erbärmlich trocken und humorlos klingt.

„Was? Creutzfeld Jacob?“

„Nein, aber etwas in der Art. Nur mit dem Unterschied, dass sie das Gen dieser Krankheit an ihre Kinder weitervererbt“, erkläre ich und deute auf mich. Ein paar Sekunden starrt Max mich einfach nur wortlos an, als warte er auf einen positiven Ausgang meiner Schilderung. Eine Lösung, eine Grauzone. Aber es gibt keine.

Langsam kommen meine Worte bei ihm an. Er öffnet den Mund, schließt ihn daraufhin wieder und geht dann in die

Knie, um sich letztlich zu Boden fallen zu lassen. Seine Verzweiflung schürt die Wut in mir nur weiter, weil durch seine erschütterte Reaktion alles so real und endgültig wird. Ich drehe mich zur Seite und schleudere den Ball so fest zu Boden, dass er ein Loch ins Gras haut, ehe er abprallt und weiterfliegt.

Wo ich heute Morgen noch an den Schulabschluss, den Sommer mit Jules, unsere gemeinsame Zukunft gedacht habe, wird nun alles klein und unerreichbar, in Anbetracht der Dunkelheit, die alles andere verschluckt. Jeder Gedanke an das Morgen bedrückt mich mehr, als er zur Vorfreude anregt. Vergangene Tage erscheinen so sinnlos, so versäumt.

„Wie sicher ist es, dass du …“, bringt Max schließlich hervor, bricht den Satz aber ab, bevor er zu Ende gesprochen ist.

„Fünfzig Prozent, dass ich das Gen habe, hundert Prozent, dass ich draufgehe, wenn ich es habe.“

Max greift sich an den Kopf. Ich glaube, er hat die Konsequenzen schon viel eher begriffen, als ich es bisher getan habe. Sollte ich heulen? Flehen? Ängstlich sein? Aber zu welchem Zweck?

„Du darfst es keinem sagen, klar?“

Alarmiert sieht er auf. „Jer, das kann ich nicht …“

„Du sagst es keinem, hast du verstanden? Das ist meine Entscheidung, und ich will weder, dass sich irgendwer Sorgen macht, noch mich bemuttert, oder mir einzureden versucht, was ich zu tun habe.“

„Jeremy, du bist alkoholisiert aus dem Haus gestürmt und in dein Auto gestiegen. Du hättest Claires Gesicht sehen sollen. Und dann erst Julias.“ Er betont ihren Namen besonders, um mir deutlich zu machen, wie sehr ich's versaut habe. Betrunken Auto zu fahren war Joshuas Todesurteil. „Jeder macht sich schon *jetzt* Sorgen. Das ist nichts, was du auf Dauer verheimlichen kannst. Und auch nichts, was du alleine durchstehen solltest.“

„Ich bin nicht alleine. Du weißt es, und das reicht. Versprich es!"

Missbilligend schüttelt er den Kopf und hebt seine Hände zum Widerstand, lässt sie bei meinem keine Widerrede akzeptierenden Ton aber gleich wieder fallen.

„Max, du bist mein bester Freund. *Versprich* es!" Ich brauche sein Wort. Und ihm bleibt in Anbetracht der Tatsachen nichts anderes übrig, als es mir zu geben.

Julia

„Hey, Kleine, alles gut?“ Danny zieht mich ins Haus und in eine kurze Begrüßungsumarmung, als ich mit Max bei ihm erscheine. Nickend sehe ich zu ihm hoch und ringe mir ein Lächeln ab, welches er mir – seinem Blick nach zu urteilen – für keine Sekunde abkauft, doch lässt er es auf sich beruhen. Dann schüttelt er Max’ Hand. Danny hat seinen engeren Freundeskreis heute Abend zum gemütlichen Zusammensetzen, Playstation-Spielen, und Plaudern eingeladen, wie die Jungs es oft abwechselnd tun. Die letzten beiden Wochen seit New York blieb ich mit Jeremy zu Hause, nachdem er immer abgesagt hatte. Nun brauche ich dringend Abwechslung. Mit ihm zu Hause geblieben zu sein, bedeutete nämlich nicht wirklich *mit* ihm, sondern vielmehr alleine zu sein. Selbst wenn wir gemeinsam vor dem Fernseher saßen und einen Film anschauten, sprachen wir kaum miteinander. Er sah mich nur an, wenn es nötig war, und entfernte sich körperlich wie emotional Stück für Stück mehr von mir. Das ertrage ich nicht noch einen Abend, deswegen bat ich Max, mich heute mitzunehmen. Für Jeremy schien das keine Rolle zu spielen, er wirkte eher erleichtert, dass ich eine Beschäftigung hatte.

Tommy, Aaron und Kevin hocken vor der Playstation und sehen mitten im Spiel gefesselt nur kurz auf, um uns freundlich zu begrüßen.

„Wo habt ihr Jer gelassen? Ist er krank?“, will Kevin wissen, der scheinbar bei seinem Autospiel abgekratzt ist, weil er die Konsole weglegt und sich zurücklehnt.

„Ist ja nicht unbedingt was Neues, dass er nicht mehr dabei ist“, meint Tommy mit einem Schulterzucken. Unbehaglich sehe ich mich im Wohnzimmer um, als ginge mich dieses

Gespräch nichts an. Als schnüre mir die Situation nicht langsam die Kehle zu.

„Ja, aber ich nahm an, das Liebespaar würde die Abende eben lieber zu zweit verbringen.“ Tommy macht eine Hand frei, um ihm eine über den Kopf zu ziehen, während ich am liebsten im Erdboden versinken möchte.

„Was ich prinzipiell gut nachvollziehen kann, nicht falsch verstehen“, ergänzt Kevin, macht es damit aber nur schlimmer, denn es ist ja ganz anders, als er denkt.

Max verdreht die Augen und stöhnt genervt, bevor er sich weiter ins Wohnzimmer bewegt und auf die Couch fallen lässt. „Er wird schon wieder aufkreuzen. Lasst ihn einfach mal in Ruhe.“

„Trinken finde ich in der Küche?“, werfe ich ein, weil ich einen Ausweg aus dieser Konversation suche. Ich will nicht hören, wenn sie über Jeremys Abwesenheit sprechen, weil ich diese tagtäglich mehr zu spüren bekomme.

Dannys Augenbrauen zucken misstrauisch, bevor er selbst aufsteht und mich in die Küche begleitet.

„Okay! Wow … sind wir heute etwas kratzbürstig, ja?“, höre ich Kevin hinter mir sagen.

„Nein, ich habe nur keinen Bock, ständig über das gleiche Thema reden zu müssen“, ist Max’ Antwort. „Jetzt lass mich mitspielen!“

Dannys Küche ist extrem verrückt. Die Wände sind rot, die Kästen und Schränke hellgrün. „Da mein Dad öfter kocht als meine Mom, hat er darauf bestanden, zumindest einem der Räume seine persönliche Note verleihen zu dürfen“, klärt Danny mich schmunzelnd auf, nachdem er meinen verwunderten Blicken gefolgt ist.

„Ja, das ist ihm gelungen. Es hebt sich definitiv vom Rest ab“, lache ich.

Er lächelt mich einen Moment lang an und zeigt dann auf den Kasten über meinem Kopf. „Gläser sind dort, Kühlschrank ist nicht zu übersehen. Du kannst dir jederzeit nehmen, was immer du willst, solange du deinen Müll nachher selbst wegräumst. Das sind hier die einzigen Regeln. Das und nicht in den Garten pinkeln oder ins Haus kotzen, aber ich glaube, da brauche ich mir bei dir nicht allzu große Sorgen zu machen."

Ich kichere verhalten und schüttle den Kopf, während ich mir eine Limonade ins Glas schütte. „Nein, darüber bestimmt nicht."

Er lehnt sich gegen die Theke und verschränkt die Arme vor der Brust. „Über irgendetwas anderes schon?"

Konsterniert sehe ich zu ihm rüber. „Was meinst du?"

„Jules, du hast dich verändert. Jeremy hat sich verändert. Ich kenne ihn schon lange und weiß, dass irgendetwas faul ist. Dich kenne ich noch nicht sehr lange, ich bin aber nicht blind und sehe den Unterschied zwischen deinem jetzigen Verhalten und dem von vor ein paar Wochen und Monaten. Jetzt frage ich mich natürlich, was passiert ist."

Ich reibe kurz die Stelle über meinem Herzen, weil ich tatsächlich gerade physischen Schmerz darin gespürt habe, und trinke erst einmal einen Schluck Limonade, um Zeit zu gewinnen. „Du denkst, es hat etwas mit mir oder unserer Beziehung zu tun, dass er sich zurückzieht."

Eine Furche bildet sich zwischen Dannys Augen, während er mich studiert. „Nein, das glaube ich nicht. Nur habe ich ehrlich gesagt auch keine Ahnung, was ich glauben soll. Er ist einer meiner besten Freunde, und ich finde es scheiße, dass es ihm ganz offensichtlich schlecht geht und ich nicht weiß, was ich dagegen tun soll oder tun kann, um ihm zu helfen. Genauso stört es mich aber, dich anzusehen und darüber nachzudenken, wie wenig ich euch in letzter Zeit lachen sehe. Du bist dauerblass und wirkst, als würdest du jedes Wort abwägen, bevor du es sagst. Vor allem, wenn er in der Nähe ist. Für mich sieht das einfach nicht gesund aus.“ Ich schätze seine Ehrlichkeit, aber mir wird schlecht, wenn ich daran denke, wie wir nach außen hin wirken müssen. Welches Bild wir offenbar abgeben, das die Leute zu wilden Vermutungen führt.

„Und nachdem Max auch so gereizt war in letzter Zeit, frage ich mich eben, was los ist.“

Er bekommt eine falsche Ahnung, die ich beinahe spüren kann.

„Danny, Max hat nichts damit zu tun. Jeremy hat mir nichts angetan und umgekehrt auch nicht. Er …“ Ich ringe mit den Worten, weil ich nicht weiß, wie viel ich sagen darf, um ihn zu beruhigen. Gleichzeitig darf ich aber auch nicht zu viel verraten. „Er ist mit Dingen konfrontiert worden, die für ihn sehr schwierig zu verdauen und anzunehmen sind. Ich habe keine Ahnung, wie lange es noch dauern wird, bis er es uns erzählen oder damit klarkommen kann. Natürlich tut es mir weh, dass er mich aus diesem Prozess ausschließt, und deswegen bin ich wahrscheinlich auch so still, wie du sagst. Aber das ist auch schon alles. Ich würde dich als seinen Freund bitten, nicht sauer auf ihn zu sein, sondern dich ihm gegenüber so normal wie möglich zu verhalten. Ich denke nämlich, dass es das ist, was er gerade am meisten braucht.“ Ich sehe ihm direkt in die Augen, alle Authentizität in meinem Blick und meinen Worten, die ich aufbringen kann, weil ich momentan auch keine andere Antwort für ihn hätte. Danny senkt letztlich seinen Blick und nickt, bevor er seinen Arm um mich legt und mich zurück ins Wohnzimmer begleitet.

„Alter, wenn du mir irgendwann mal eine schlüpfrige Nachricht zukommen lässt, die für eine Tussi bestimmt ist, schicke ich meine eifersüchtige Freundin zu dir. Keine Ahnung, wie viele SMS ich in den letzten Tagen von dir bekommen habe, die alle den gleichen Inhalt haben und meist nicht mal an mich geschrieben werden hätten sollen.“ Aaron boxt Max gegen die Schulter, als dieser sein Handy auf den Couchtisch wirft.

„Erstens: Halt die Klappe und rede nicht so dämlich. Und zweitens hast du nicht einmal eine Freundin“, antwortet Max mit zusammengekniffenen Augen.

„Hallo? In zwei Wochen ist der Abschlussball. Da sorge ich schon dafür, dass ich bis dahin eine habe.“

„Zwei Wochen? Sicher, dass du für so einen Marathon bereit bist?“, höhnt Tommy.

„Ihr Säcke! Wenn ich wollte, könnte ich auch zwei Monate eine haben.“ Aaron kassiert mit dieser Meldung mehr Spott von seinen Freunden.

„Wenn du weiterhin so darüber spricht, fürchte ich, dass es nicht einmal zwei Tage werden.“ Tommy high-fived mich grunzend, Aaron schnarcht gelangweilt, lässt das Thema dann aber fallen.

„Ja, aber ehrlich jetzt: Ich lese SMS von dir schon gar nicht mehr, weil es langsam nervt, solche, die nicht mal für mich bestimmt sind, an die fünfmal zu kriegen“, erklärt auch Tommy.

„Ja, keine Ahnung, was mit dem Dreck ist, aber bis zum Schulabschluss habe ich keine Kohle, um mir ein Neues zu kaufen. Da krieg ich dann sicher von irgendwem wieder Geld für eines. Bis dahin müsst ihr es einfach ertragen und dürft euch freuen, dass zumindest irgendwer mal eure Handys zum Klingeln bringt“, feixt Max frech und zieht eine Grimasse.

Kapitel 10

Julia

Zum hundertsten Mal streiche ich mir diese eine widerspenstige Haarsträhne aus meinem Gesicht, die trotz etlicher Haarnadeln und kleinen Klammern nicht in der geflochtenen und seitlich hochgesteckten Frisur bleiben möchte. Claire hat sich diese Kreation einfallen lassen und sie auch wunderbar umgesetzt. Sie sagte, sie hatte sich immer schon gewünscht, ihre Tochter eines Tages für den Abschlussball herrichten zu dürfen, und dieser Traum gehe in mir nun in Erfüllung. Ich lächelte daraufhin, verschwieg ihr aber, wie sehr es mir vor diesem Abend graut und wie ich mir wünschte, einen Rückzieher machen zu können.

Als Jeremy mich fragte, ob ich mit ihm zum Abschlussball gehen würde, war ich trotz meiner kläglichen Versuche, deswegen innerlich gleichgültig zu bleiben, unendlich euphorisch. Ich malte mir den Abend aus, wie wir dort gemeinsam als Paar auftreten und vielleicht sogar tanzen würden, freute mich zum ersten Mal in meinem Leben auf eine Schulveranstaltung dieser Art und verabredete mich sofort mit Laura zum Kleiderkauf.

Nie hätte ich damit gerechnet, dass sich die Dinge so entwickeln würden, dass ich mit gebrochenem Herzen in diesem plötzlich wieder so fremd gewordenen Zimmer stehen und auf einen wirklich liebenswerten, aber in diesem Fall leider falschen Jungen warten würde, der mit mir zum Ball geht. Nachdem Jeremy uns gestern nach der Schule erklärt hat, dass er seine Zeit nicht mit solch einer kindischen Veranstaltung vergeuden wolle, holt mich nun also Max ab.

Die letzten Wochen waren nichts als ein Kampf für jeden von uns. Seit dem Gespräch mit Joanne zieht sich Jeremy immer mehr zurück. Er kapselt sich ab, nimmt weder am Familienleben noch am sozialen Geschehen mit seinen Freunden teil. Zu Hause ist er kaum noch, und wenn er da ist, ist er schweigsam, in seine Gedanken versunken und zieht sich so schnell wie möglich in sein Zimmer zurück.

Die Lebenslust und jegliche Emotionen scheinen aus seinen Augen verschwunden. Ich kenne diesen leeren Blick. Ich habe ihn oft genug bei Mom, bei Dad, bei Joshua und bei mir selbst gesehen. Es ist der Blick, der nach einer Verletzung entsteht, hartnäckig bleibt und sich aus der Selbstlüge, dass man alleine ist und niemanden braucht, nährt.

Ich versuche seinen Wunsch, ihm mehr Zeit zu geben, um die Dinge zu verarbeiten und damit umzugehen zu lernen, zu respektieren, so gut ich kann. Doch es ist so schmerzhaft, ständig neben ihm zu sitzen, im Auto, im Schulhof, am Esstisch, und nicht wirklich mit ihm reden zu können. Die Niedergeschlagenheit in seinen Augen zu sehen, die mich beinahe bricht, aber nicht zu wissen, was um Himmels willen ihm so zusetzt. Ihn kaum berühren zu können, ohne dass er zusammenzuckt, aber gleichzeitig die Sehnsucht in seinem Blick zu erkennen, die er mit jedem Mal erfolgreicher zu verbergen versucht, wenn er mir nahekommt oder in Zeitlupe die Augen öffnet, nachdem er meinen Duft eingesogen hat. So gern wäre ich für ihn da, würde ihm die Stütze sein, die Stärke, die er so lange für mich war. Würde er es doch zulassen.

Auch in der Schule geht Jeremy mir und seinen Freunden aus dem Weg. Er sitzt zwar in den Pausen bei uns, wirklich anwesend ist er jedoch nicht. Ab und an klinkt er sich ins Gespräch ein und redet mit, doch *sagt* er in Wahrheit nichts.

Die meiste Zeit verbringt er auf dem Trainingsfeld. Er braucht Bewegung, meint er, oder will mit dem neuen Quarterback fürs kommende Schuljahr trainieren. Jeder, der genauer hinhört, weiß, dass all dies Ausflüchte sind, um sich nicht anmerken zu lassen, dass da etwas sehr Schlimmes dahintersteckt.

Max weiß Bescheid, da bin ich sicher. Deswegen kann auch er mir kaum noch in die Augen sehen. Oft schlingt er sein Essen einfach nur hinunter und leistet Jer dann auf dem Feld Gesellschaft. Diese Verschwiegenheit, meine Ahnungslosigkeit und die Ungewissheit sind zum Verrücktwerden. Max kann ich nicht böse sein, denn man sieht, wie sehr die Situation auch ihm zusetzt. Er wirkt müde, fast rastlos, und scheint das Gefühl zu haben, mich beschäftigen oder ablenken zu müssen, damit ich Jeremy zwar den nötigen Raum gebe, ihn aber nicht abschreibe. Er ist der einzige Grund, weshalb ich nun tatsächlich auf den Abschlussball gehe, obwohl ich keine Lust habe, Melanies, O'Mallys oder sonst jemandes Gesicht zu sehen, welches sich darüber wundert, lästert oder mich bemitleidet, weil ich ohne Jeremy auftauche.

Ich sehe in den Spiegel, lasse meinen Blick ein letztes Mal über mein traumhaftes Kleid wandern. Es ist bodenlang, besteht aus drei Lagen champagner-, beinahe roséfarbenem Chiffon und ist an der Brust mit zarten Perlen besetzt. Zum ersten Mal in meinem Leben fühle ich mich wie eine Prinzessin. Doch in welchem Märchen muss die Prinzessin ohne Aussicht auf ihren Prinzen auf den Ball gehen? Meine Mitternacht ist bereits gekommen, noch bevor der Abend überhaupt begonnen hat. Der Zauber ist vorbei.

Max müsste gleich da sein, pünktlich wie er immer ist. Entschlossen nicke ich mir im Spiegel zu, streiche mein Kleid noch einmal glatt und gehe hinaus auf den Gang. Vor Jeremys verschlossener Zimmertür bleibe ich stehen. Nach einem zittrigen Atemzug klopfe ich sachte und öffne seine Tür.

Mit dem Rücken zu mir und dem Kopf auf den Arm gestützt, sitzt er lethargisch an seinem Schreibtisch, scrollt eine Internetseite entlang und hört leise Musik.

„Letzte Chance, uns zu begleiten“, sage ich mit krächzender Stimme, unendlich nervös, obwohl ich genau weiß, wie seine Antwort lauten wird. Beim Klang meiner Stimme schreckt er hoch und klappt augenblicklich den Laptop zu. Laut atmet er aus und reibt sich erschöpft das Gesicht. Er hat mich wohl nicht reinkommen hören. Verwirrt über seine Reaktion ziehe ich die Augenbrauen zusammen und ärgere mich darüber, dass ich keinen Blick auf den Text geworfen habe, den er gerade gelesen hatte. Unten läutet es, und Claire öffnet Max die Türe.

Ich schlucke den Kloß in meinem Hals hinunter und räuspere mich, um wieder normal zu klingen. „Entschuldige, wenn ich dich erschreckt habe. Ich gehe jetzt.“

Langsam schüttelt Jeremy den Kopf, als würde er mich daran hindern wollen, ihn alleine zu lassen, und wendet sich mir endlich zu. Als er mich sieht, klappt sein Mund ein paar Zentimeter auf, und seine Augen weiten sich. Eine leichte Furche bildet sich auf seiner Stirn. Es ist die erste Gefühlsregung, die ich seit Wochen bei ihm erkennen kann.

„Jules …“, beginnt er, und mein Herz klopft, hoffnungsvoll und so naiv. Ich versuche die Tränen zu unterdrücken, die der sanfte und wehmütige Ton in seiner Stimme auslöst.

Doch dann ertönt das Signal einer neuen Nachricht auf seinem Handy, und er wendet sich ab. „Viel Spaß!“, wünscht er mir kühl und sinkt zurück in seinen Sessel. Dann liest er die Nachricht, wartet mit einer Hand auf seinem Laptop, bis ich das Zimmer verlasse.

„Können wir nicht einfach zu einer Imbissbude fahren, uns mit Fast Food und Milkshakes vollstopfen, bis ich platze und das Kleid zerreißt und am Montag lediglich so tun, als wären wir beim Ball gewesen? Wahrscheinlich wird sich sowieso niemand mehr wirklich daran erinnern können“, frage ich lustlos, nachdem ich die Beifahrertüre mit einem übertrieben lauten Knall geschlossen habe.

„Keine Chance. Wir gehen auf diesen Ball, finden den Typen, der es geschafft hat, Alkohol hineinzuschmuggeln, machen uns beim Tanzen zu Idioten, schicken die Kerle zum Teufel, die versuchen, dich anzugraben, und ziehen über die unnötige Kür der Ballkönigin her. Jeremy mag sich zu Hause in sein Schneckenhaus verzogen haben, aber ich lasse bestimmt nicht zu, dass er damit auch dir den Abschlussball versaut, sodass du noch in dreißig Jahren heulst, weil du glaubst, du hättest etwas Essenzielles in deinem Leben verpasst.“

Irgendwie wäre mir das aber lieber, als den Abend ohne ihn in Erinnerung zu haben. Doch ich halte meinen Mund und schnalle mich an.

Von unserem gewöhnlichen Schulturnsaal ist nichts übrig. Wie in einer anderen Welt sieht es hier drinnen aus. Passend zum diesjährigen Motto „Frozen“ schmücken etliche blaue, weiße und türkise Luftballons den Raum. Sie sind auch an weißen Plastikbäumen befestigt und mit Glitter besprenkelt, was zusätzlich für eine zauberhafte Stimmung sorgt. Nebelmaschinen und blaue Scheinwerfer arbeiten um die Wette. Von der Decke hängen Glitzerketten wie dichte Lianen herunter. Falscher Schnee und Dutzende selbst gebastelte Schneeflocken bedecken Boden und Wände, die mit dunkel- oder eisblauem Stoff abgedeckt wurden. Sogar in ein kleines begehbares Schloss und einen Springbrunnen, die aussehen, als wären sie gefroren, wurde investiert. Das Buffet mit Torten,

Sandwiches und Snacks ist selbstverständlich auch in den passenden Farben gehalten.

Wir haben wirklich talentierte Schüler und Schülerinnen an unserer Schule, die sich vor der Zeit, die sie einbringen müssen, dem Aufwand und der Mühe dafür nicht scheuen.

„Da seid ihr ja!“, ruft Aaron aus, der uns mit Susan im Schlepptau abfängt. „Habt ihr Jer schon verloren?“ Er lacht, doch ich spüre in dem Moment, dass dieser Abend ein Desaster wird.

„Der ist zu Hause geblieben. Geht ihm nicht besonders gut“, springt Max für mich ein und tritt näher an mich heran. Ungläubig verzieht Aaron das Gesicht, und auch Susan hebt eine Augenbraue.

„Wenn er das hier freiwillig verpasst, muss er ja todkrank sein.“ Meine Kehle trocknet aus, während ich bereits nach dem nächsten Ausgang suche. Normalerweise ist es doch nur die Dunkelheit, die mich in dieser Art bedrängt. Doch alle Symptome, die mich nachts heimsuchen, treten nun auch hier in Erscheinung. Mein Kleid wird zu eng, ich habe Atemschwierigkeiten.

Als hätte sie es geahnt, erscheint Melanie just in diesem Moment mit ihrem Date aus dem Basketballteam an der Hand neben ihrer Freundin und hakt sich bei ihr ein.

„Komm, Sus. Ich will noch mal meine Rede für die Kür durchgehen“, meint sie siegessicher, mustert mich dabei von oben bis unten, bevor sie demonstrativ auch Max und Aaron unter die Lupe nimmt und sich umsieht. Sie trägt ein schillernd blaues Satinkleid und Locken.

„Bist du gar nicht mit Jeremy hier?“, fragt sie und setzt ihr gespielt besorgtes Gesicht auf.

„Entschuldigt mich. Ich muss mal“, lüge ich und mache mich aus dem Staub, weil ich keine Lust darauf habe, vorgeführt zu werden.

Es ist schräg und tut gleichzeitig enorm gut, ins Besucher-WC an der oberen Tribüne zu treten, denn dort ist es leise, leer und ungeschmückt. Hier fühle ich mich sicher, weniger unbeholfen, weniger bedauernswert. Abseits der Musik, des „Zaubers“, der Leute, denen ich jahrelang aus dem Weg zu gehen versuchte. Genau aus diesem Grund. Sobald sie einen sehen und eine offene Wunde entdecken, wird gebohrt und gestochert, bis auch das letzte bisschen befürchteter Konkurrenzfähigkeit, das sie auf dem Weg zu ihrem persönlichen Thron gefährden könnte, ausgemerzt ist. Und damit meine ich nicht den Thron der Ballkönigin. Hierbei geht es um mehr. Es geht um ihren Selbstwert, den sie offenbar über Ruhm, Jungs, die Meinung anderer und ihre Schönheit definiert.

Ich lasse mir Zeit, bis ich mich wieder zu den anderen geselle, vor allem in der Hoffnung, dass Max ihnen bis dahin alles erklärt hat. Ich hingegen muss mich schleunigst damit abfinden, dass Jeremy heute nicht mehr auftauchen wird; dass dies hier keine dieser Geschichten ist, die sich am Schulball magischerweise fügen und zu einem perfekten Happy End führen. Nicht heute.

„Yay! Endlich, J!“, quietscht Laura und fällt mir im gleichen Atemzug um den Hals, als hätten wir uns seit Ewigkeiten nicht mehr gesehen. Durch ihre direkte Art und weil sie in wichtigen Momenten keine Scheu kennt, ist es ihr gelungen, Tommy tatsächlich zu überzeugen, mit ihr zum Schulball zu gehen, obwohl die beiden vorher so gut wie kein Wort miteinander gewechselt haben. Grinsend steht er nun hinter ihr und zwinkert mir zum Gruß zu.

Laura schrieb ich bereits gestern, dass ich ohne Jeremy, dafür aber mit Max kommen würde, damit sie kein schlechtes Gewissen hätte, mich überredet zu haben, zum Ball zu gehen. Ich wollte ihr jedoch auch nicht mehr dazu erklären und bin sehr dankbar, dass sie dies auch gerade nicht von mir verlangt.

„Hast du schon die Cupcakes gekostet? Die Elsa-Cremehauben sind die besten“, verrät sie mir, während ich mir Mühe gebe zu lächeln. „Ich glaube, ich hätte doch die größere Nummer nehmen sollen“, flüstert sie mir lachend ins Ohr und klopft mit geweiteten Augen auf ihren Bauch. Nun entlockt sie mir tatsächlich ein aufrichtiges Lächeln. Dann sehe ich hinüber zu ihrem Date, dem Bären, der sich zu den Jungs gestellt hat, die zur Abwechslung einmal über Football und Max’ regelmäßige Besuche beim UMass-Team sprechen.

„Zeig mal das Video vom Training, Max!“, verlangt Tommy. Stolz grinsend zieht Max sein Handy aus dem Sakko und sucht nach seinem Mitschnitt. Danny schlägt Tommy mit der Rückhand auf die Brust, um seine Aufmerksamkeit auf sich zu lenken. „Ich habe gehört, einer ihrer Top-Defensive Backs wäre schon jetzt von der Columbia abgeworben worden. Da würde ich auch nicht zweimal überlegen.“

„Ja, aber wenn die jetzt Ersatz brauchen, melde ich mich gerne freiwillig“, erwidert dieser und beugt sich dann wieder über Max’ Handy. „Jetzt beeil dich endlich, Mann. Ich habe heute auch noch etwas anderes vor“, drängt Tommy, blickt seitlich zu uns und hebt eine Augenbraue in Lauras Richtung, die gluckst und meine Hand drückt, obwohl es sich anfühlt, als drücke sie mein Herz zusammen.

„Warte, ich hab’s gleich.“

„Alter, kauf dir *endlich* ein neues Handy! Deins ist Schrott“, meckert Tommy, der langsam ungeduldig wird.

„Apropos Handy … Welchen Test soll Jeremy *endlich* machen? Hat er sich jetzt doch für eine Uni beworben?“ Bei der Nennung seines Namens in Verbindung mit dem Wort „Test“ stockt mir der Atem, und mein Herz setzt ein paar Schläge aus. Meine Augen suchen Max, der meinem Blick im gleichen Moment mit einem befremdlichen Gesichtsausdruck begegnet.

„Wovon sprichst du?“, frage ich statt Max nach. Danny sieht etwas unbeholfen zwischen Max und mir hin und her. In böser Vorahnung ballen sich meine Hände zu Fäusten, und meine Brust hebt und senkt sich unregelmäßig.

„Alles okay?“, erkundigt sich Laura leise und zieht leicht an meinem Arm.

Nichts ist okay. Ich aber kann nicht antworten. Ich brauche *seine* Antwort. Ich brauche *viele* Antworten.

„Die SMS, die du ihm gestern schicken wolltest, ging mal wieder an mich. Ich wollte zwar zurückschreiben, hab's aber dann verpennt. Außerdem nervt's mittlerweile echt. Wie gesagt, du brauchst ein neues Handy. Da ich nämlich weder vorhabe, irgendeinen Test zu machen, noch glaube, dass *ich* mich um Julia kümmern sollte – auch wenn ich damit kein Problem hätte …“ Danny legt seinen Arm um mich und zieht mich etwas näher. Ich fixiere jedoch weiterhin Max und kann nicht einmal lächeln. In meinem Kopf wirbeln Dutzende Gedanken herum.

Jedes Wort, welches in den letzten Wochen aus Jeremys Mund kam, das Wenige, das ich über den Besuch bei seiner leiblichen Mutter weiß, versuche ich wie Puzzlestücke zusammenzusetzen, um die Bedeutung und den Zweck eines bestimmten Tests einordnen zu können.

„… nehme ich an, dass dein Telefon sich mal wieder eigenständig gemacht hat.“

Max schluckt und kratzt sich den Nacken, weil er weiß, dass es jetzt kein Zurück mehr gibt.

„Also?“, setzt Danny nochmals lang gezogen und ungeduldig an. „Hat er sich wo beworben?“

„So was in der Art, ja“, reagiert Max letztlich. Nur, dass ich zu hundert Prozent weiß, dass er sich für keine Universität beworben hat.

„Deswegen war er in letzter Zeit so unbrauchbar. Langsam ist mir sein Verhalten schon auf die Nerven gegangen. Aber das hätte er ja einfach sagen können. Ich meine, wenn er aus der Sache mit dem verschwiegenen Stipendium letztes Jahr nichts gelernt hat …“ Noch während Danny den Satz zu Ende führt, dränge ich mich an den Anwesenden vorbei und marschiere zum Ausgang.

„J!?“, versucht Laura mich aufzuhalten.

Sorge, Frust und Wut kämpfen in meinem Inneren gerade gegeneinander, während ich mich durch die Horde tanzender und lachender Jugendlicher schiebe.

„Jules!“, ruft Max hinter mir über den Lärm, doch ich drehe mich nicht um. Erst als ich stehen bleiben muss, um die Türe zu öffnen, stellt er sich vor mich und streckt seine Hände aus, um mich am Gehen zu hindern. „Warte mal!“

„Welchen Test?“

Er schweigt und sieht zu Boden.

Wir stehen an einer denkbar ungünstigen Stelle, um das zu besprechen. Am laufenden Band werden wir hin- und hergeschoben, weil neue Schüler eintrudeln oder andere hinausgehen wollen. Durch die ständig geöffnete Türe wirbelt die kühle Frühlingsluft in den Eingangsbereich, hinterlässt auf meinem Körper Gänsehaut und bläst die Feuchtigkeit hinein, die der inzwischen stärker gewordene Regen erzeugt.

Ich packe Max an den Unterarmen und schiebe ihn einige Meter von der Tür weg, wo weniger Leute stehen.

„Welchen Test, Max?“, wiederhole ich lauter. Meine Stimme bricht bei seinem Namen.

„Ich kann nicht, Jules“, flüstert er fast.

„Ist er krank?“ Meine Hände zittern ebenso wie meine Knie, und ich möchte den Reißverschluss des Kleides öffnen, weil ich fürchte, durch die Luft, die mir wegbleibt, einer Ohnmacht nahe zu sein.

Seine Kiefermuskeln spannen sich an, als er an mir vorbeisieht. Ratlosigkeit und Verzweiflung spiegeln sich in seinen Augen wider.

Das ist also meine Antwort. Die Letzte, die ich hören wollte.

Ich wusste, dass er von Jeremys Schwierigkeiten weiß.

Ich wusste, dass es etwas Schlimmes sein muss.

Ich wusste, dass es hart werden würde.

Doch dieses Gesicht, das Max macht, bringt mich um. Ich kann kaum denken, kaum Luft holen. Mir wird schlecht und schwarz vor Augen, und ich muss mich an die Wand lehnen, um nicht umzukippen.

Er *ist* krank. Habe ich es denn nicht gespürt, doch einfach nicht wahrhaben wollen?

Wie in Trance schlage ich mit der Faust gegen die Mauer. Die Finger der anderen Hand presse ich fest auf meine Augen, bis ich weiße Blitze sehe. Das kann nicht sein. Es *darf* nicht sein. Vehement schüttle ich den Kopf, als könnte ich damit die Fakten ändern, bis der Schwindel meinen Magen zu entleeren droht und ich aufhören muss.

„Was ist es?", bohre ich heiser nach.

„Das weiß ich selbst nicht genau. Mit mir redet er auch nicht darüber. Er macht bei dem Thema komplett dicht."

Wild fahre ich mir über die Haare. Einzelne Strähnen lösen sich dabei, die Frisur ist zur unwichtigsten Nebensache der Welt geworden. Dann stoße ich mich von der Wand ab und nehme meinen Kurs Richtung Ausgang wieder auf.

„Wo willst du jetzt hin?" Doch ich bin schon zur Tür hinaus.

Über meine Schulter sehe ich zurück, damit er mich hört. „Was denkst du denn? Ich hole mir Antworten."

„Warte, ich fahre dich", bietet er an, doch ich muss jetzt alleine sein.

„Nein, Max. Bitte lass mich gehen."

Auf seine Antwort warte ich nicht mehr, sondern verschwinde hinaus in die Dunkelheit.

Wie oft werde ich so was noch durchstehen müssen, Gott? Warum immer wieder?

Das gewaltige Prasseln des Regens auf die Dächer und die Autos um mich wird einzig und allein von dem Klackern meiner niedrigen Absätze gestört. Die unbarmherzig kalten Tropfen auf meiner Haut fühlen sich richtig an. Notwendig. *Real.* Anders als der Rest der Situation.

Zum wiederholten Mal mache ich mich auf den Weg zu dem Ort, zu dem ich vor einem knappen halben Jahr geflüchtet bin, um Schutz zu suchen; den ich die letzten Monate mein Zuhause nannte. Dem Ort, der sich in den letzten Wochen in einer ganz anderen Art als bisher zu einem Gefängnis entpuppte, obwohl ich dieses Mal nicht diejenige bin, die eingesperrt ist, sondern die, die ausgesperrt wurde. Und jetzt weiß ich, weshalb. In meinem Kopf gehe ich alle Erbkrankheiten durch, die ich kenne, weil mich jedes Szenario gerade wahnsinnig macht.

Der durchweichte Stoff meines Kleides macht es schwerer und länger, sodass ich es an meinen Oberschenkeln raffen muss, um überhaupt noch voranzukommen. Ein paar wenige Leute, die sich trotz der Uhrzeit und des strömenden Regens auf dem Gehweg befinden, sehen mich an, als wäre ich einem Film entsprungen. Ein älterer Herr erklärt mir, dass ich bestimmt krank werde, wenn ich mich nicht bald wo unterstelle und abtrockne.

Ich brauche mich nicht umzudrehen, um sicher zu sein, dass es Jeremys Auto ist, welches auf einmal hinter mir fährt und langsamer wird, während er den Blinker betätigt. Unter tausenden würde ich den Klang seines Motors erkennen.

Ich *kann* mich gar nicht umdrehen, weil ich plötzlich eine enorme Angst verspüre, ihn anzusehen, ihn anzusprechen, seine Stimme zu hören, zu erfahren, was tatsächlich los ist. Ich habe Angst vor meiner Reaktion, weil ich mich selbst im Moment absolut nicht einschätzen kann. Werde ich ihn anschreien? Weinen? Ihm in Verzweiflung und Sorge um den Hals fallen? Nichts davon erscheint mir in dieser Situation angemessen, ausreichend.

Aber er ist gekommen, um mich zu holen. Max muss ihm gesagt haben, dass ich gegangen bin. Zum ersten Mal seit Wochen ist ihm etwas wichtig genug, um sein Schneckenhaus zu verlassen. Und das bin ich. Das muss doch etwas bedeuten!

Er lässt das Beifahrerfenster herunter und fährt im Schritttempo neben mir her. „Steig ein, Julia!"

Julia. Harte Stimmlage. Er klingt gereizt. Mit welchem Recht ist *er* gereizt? Unbewusst hat er mir damit geholfen, meine Gefühlslage zu finden. Ich bin wütend.

„Nein!", antworte ich stur, gerade laut genug, damit er mich über den Lärm um uns hört.

Ich vernehme sein Seufzen und stelle mein Verhalten infrage. Wahrscheinlich sollte ich ihm gerade eher sagen, dass ich für ihn da bin. Ich sollte ihn trösten und ihm versichern, dass alles gut wird.

Eine gute Freundin würde das tun.

Doch darüber bin ich schon hinaus. Das wollte ich die letzten drei Wochen machen. Jetzt bin ich einfach nur ungehalten.

„Jules! Was machst du?! Steig ins Auto!"

„Nein!", schreie ich wie eine bockige Dreijährige. Ich bin viel zu aufgewühlt, zu rastlos, um mich im Moment mit ihm auf so engem Raum befinden zu können. Ich brauche das Gefühl der Regentropfen, das Peitschen des Windes und das Geräusch der Reifen von Autos, die über den nassen Asphalt fahren, um meine Nerven nicht komplett zu verlieren.

„Jules, *bitte!* Dein Kleid ist schon total durchnässt."

„Sehe ich aus, als würde mich mein Kleid gerade auch nur ansatzweise interessieren?"

„Gott, bist du *stur!"* Verärgert schlägt auf sein Lenkrad. Das sagt mir gerade *er?* Jetzt steige ich erst recht nicht in dieses Auto.

Er schließt das Fenster, fährt einige Meter weiter, um sich in eine Parklücke zu stellen, und würgt den Motor ab. Ich überlege, stehen zu bleiben, umzudrehen, die Flucht zu ergreifen, so wie er es bisher getan hat, doch meine Beine tragen mich automatisch weiter in seine Richtung. Er fängt mich buchstäblich mit den Händen ab, als er mir auf dem Gehsteig entgegenkommt, und hindert mich damit am Weitergehen. Seine Berührung elektrisiert mich, und ich zucke etwas zusammen. Er spürt es ebenso, denn sofort lässt er mich los und weicht zwei Schritte zurück.

Er ist hier, sage ich mir. Es ist ihm nicht egal.

Sekunden verstreichen, in denen wir einander lediglich unnachgiebig in die Augen sehen. Seine Hände stecken tief in seinen hinteren Hosentaschen.

„Also … Was hat er dir erzählt?" Wieder dieser gereizte Ton.

Ich presse die Lippen fest aufeinander, ehe ich antworte. „Sei jetzt *ja* nicht sauer auf Max. Er hat eigentlich gar nichts gesagt. Aber ich bin nicht dämlich, Jeremy. Wenn ihr von irgendeinem Test redet … und die Art, wie du dich verhalten hast, seit wir in New York waren – dachtest du wirklich, du könntest es ewig vor mir geheim halten?"

Er sieht weg. An mir vorbei. Überallhin, nur nicht in meine Augen. Seine Augenbrauen sind zusammengezogen. „Nein", antwortet er endlich.

„Darf ich fragen, wann du dann vorhattest, mir davon zu erzählen?"

Er schüttelt leicht den Kopf und starrt provokativ auf das Pärchen zurück, welches unseren Streit aus der Ferne beobachtet, erwägend, ob sie eingreifen sollten. „Ich hätte es dir noch gesagt", gibt er zurück. Leise. Unbeeindruckt. Selbst nicht überzeugt.

„Was gesagt?" Ich werde wieder lauter, mache verzweifelt einen Schritt auf ihn zu. „Ich weiß ja noch nicht einmal jetzt, was los ist. Ich weiß nichts, weil du mich ausgeschlossen hast."

Auch er ist bereits durchnässt vom Regen. Sein sonst so wildes Haar hängt in Strähnen über seinen Augen, die ständig herablaufende Tropfen wegblinzeln. Seine Körperhaltung ist nicht mehr so abwehrend wie vor wenigen Sekunden, sondern eher resigniert. Mit dem Unterarm wischt er sich die Haare aus dem Gesicht und hält dann beide Arme kopfschüttelnd von sich weg. „Was willst du von mir, Julia?"

„Ich will *dich,* Jeremy! Ich bin verliebt in dich." *Ich bin schon lange darüber hinaus* ... „Aber ich will alles von dir, uneingeschränkt, und nicht nur die Bereiche, die du mit mir zu teilen bereit bist. Ich will, dass du mich für dich da sein lässt. Ich will, dass du mit mir redest, und ich will, dass du mir das gibst, was du immer von mir wolltest ... Vertrauen. Ich *brauche* dein Vertrauen, und ich will Ehrlichkeit."

Mir ist bewusst, wie egoistisch und kindisch ich gerade klingen muss. Aber wie könnte ich das nicht sein? Ich habe meinen Bruder verloren, meine Eltern, meine beste Freundin. Ich habe es Jeremy bereits vor Monaten gesagt: Ich kann nicht noch jemanden verlieren. Ich kann *ihn* nicht verlieren, und ich bin nicht bereit, ihn aufzugeben, geschweige denn ihn sich selbst aufgeben zu lassen.

„Ich vertraue dir, Jules. Ich will nur die Freiheit behalten dürfen, eigene Entscheidungen zu treffen."

Frustriert verziehe ich das Gesicht. Das Gefühl dieses einseitigen Gesprächs frisst mich auf. „Die Entscheidung *wozu,* Jeremy? Was hat sie?“, zwinge ich mich, die entscheidende Frage endlich zu stellen, trotz der Furcht vor der Antwort.

Jeremy schneidet eine Grimasse, als ringe er mit sich, ob er es mir nun sagen soll oder nicht.

„Gerstmann-Sträussler-Scheinker-Syndrom. Eine Erbkrankheit mit tödlichem Ausgang, die ich zu fünfzig Prozent in mir trage, und die zu hundert Prozent ausbrechen wird, wenn dies der Fall ist.“

Die Krankheit ist mir nicht bekannt, aber das spielt keine Rolle. Mein Herz zerbirst trotzdem in unzählige kleine Stücke. Zum zweiten Mal heute Abend zwingt mich der Moment in die Knie, und diesmal gebe ich ihm nach. Alles verschwimmt vor meinen Augen, der körperliche und seelische Schmerz untragbarer, als jeder zuvor, den ich noch bei meinen Eltern erlebt hatte.

Das darf nicht wahr sein! Nicht er! Das hat er nicht verdient.

„Jeremy … das …“

Energisch dreht er sich von mir weg. „Sag jetzt bloß nicht, dass es dir leidtut, okay? Das kann ich gerade echt nicht hören.“ Sein Ton ist so hart, so beißend und unnachgiebig.

Seit Wochen will ich ihn so vieles fragen, und doch kommt keine dieser Fragen über meine Lippen. Alles, woran ich denken kann, ist ihn zu verlieren.

„Darum der Test“, folgere ich beinahe lautlos, obwohl die Worte trotzdem in meinen Ohren dröhnen.

„Den ich nicht vorhabe zu machen, weil ich den Sinn dahinter nicht sehe. Das Ergebnis lässt sich weder ändern noch beeinflussen.“

„Du willst ihn nicht machen? Aber was heißt das?“

„Der Test nutzt nichts, Julia. Die Krankheit ist unheilbar, unaufschiebbar. Da kann ich genauso gut einfach darauf warten, mit vierzig abzukratzen. Ob ich nun weiß, dass ich wegen der Krankheit sterbe oder wegen etwas anderem, bringt mir nichts."

Stille, ungehaltene Tränen vermischen sich auf meinen Wangen mit dem Regenwasser und versalzen den Geschmack in meinem Mund. Ich wische sie nicht weg, weil ich ihn nicht darauf aufmerksam machen will, dass ich weine. Auch wenn ich mir sicher bin, dass er es schon bemerkt hat.

„Vierzig?", wiederhole ich.

Erst mit vierzig?

Schon mit vierzig?

Welches denn nun?

Es wirkt so weit weg für uns, obwohl es viel zu bald ist. Doch in Anbetracht dessen, in Ungewissheit zu leben, ob man die Krankheit nun hat oder nicht, erscheint es schrecklich lange.

„Und was ist bis dahin? Wie kannst du das nicht wissen wollen?"

„Siehst du? Genau das ist der Grund, warum ich keinem davon erzählen wollte. Ich habe gerade genügend Müll, über den ich nachdenken muss. Zeug, das *ich* regeln muss, ohne dass andere mich dazu drängen oder mich unter Druck setzen, etwas zu tun, das nicht das ist, was ich will oder brauche."

Sein Zorn bringt die Kraft in meinen Beinen zurück. Ich richte mich auf. Antworte nicht. Beiße mir auf die Zunge und warte. Das kann nicht alles sein, was von ihm kommt – ein Vorwurf.

„Ob ich nun dieses Gen trage oder nicht, lässt sich auf die Schnelle sowieso nicht eruieren, also warum sollte ich mich deswegen verrückt machen?" Er sinkt ein. Sucht Ausflüchte.

„Aber du machst dich schon jetzt verrückt, Jeremy. Du bist seit Wochen nicht mehr derselbe. Du bist anwesend, aber nicht da. Du versuchst zu lächeln, aber deine Augen bleiben leer. Du bist zu einem Zombie geworden. Es vereinnahmt dich. Es frisst dich auf."

Er öffnet den Mund und lacht humorlos, ohne die Mundwinkel zu bewegen. „Hast du zugehört? Ich werde zu fünfzig Prozent an einer grausam schmerzhaften, lebensunwürdigen und schon Jahre vor dem Tod absolut einschränkenden Krankheit sterben. Wie kann mich das kaltlassen?"

„Eben! Denkst du, das wird sich ändern, nur weil du es verdrängst? Du bist *jetzt* am *Leben!"*

Gib dich nicht auf!

„Und selbst wenn du die Krankheit haben solltest, hast du noch Jahrzehnte voller Leben vor dir."

Gib uns *nicht auf!*

„Du hast sie nicht gesehen, okay? Ich schon! Du hast nicht gehört, nicht gelesen, was ich sehr wohl habe. Das ist kein Leben, das ich führen möchte. Zu führen gedenke. Allein mit dem Vorgeschmack, den sie mir geliefert hat, wäre es besser, ich weiß nicht, ob ich die Krankheit tatsächlich habe."

Seine zu Fäusten geballten Hände krallen sich tiefer in den Stoff seiner Jeans. Sein Geständnis macht ihn selbst stutzig, nervös, nachdenklich. Nach einigen Augenblicken, in denen ich meine Stimme, meinen Verstand wiederzufinden versuche, stoße ich die Luft aus, die ich unbewusst angehalten habe.

„Also was? Wirst du alles hinschmeißen? Dich? Uns? Dein Leben? Steigst du aus, oder nimmst du den Notausgang, weil du derjenige sein willst, der alles aufgibt, bevor er es womöglich verliert?" Resultierend aus der unregelmäßigen Atmung, schluchze ich einmal auf, obwohl das nicht meine Absicht war. Er wusste schon vorher, dass ich weinte, doch jetzt erweichen sich seine Gesichtszüge vollständig. Minimal streckt er die Hände aus, aber diesmal weiche ich zurück. Ich muss zu Ende sprechen.

Er muss das hören.

„Du bist nicht wie Josh, okay? Du bist ein Kämpfer. Du weißt, was du willst, und du holst es dir. Und wenn dir jemand oder eine Sache Steine in den Weg legt, dann versucht du *verdammt noch mal* einen nach dem anderen zu bewältigen, statt stehen zu bleiben und das Handtuch zu werfen."

Seine Augenbrauen zucken. Seine Lider senken sich. Er *hört* mich. Trotzdem blockt er ab. Schüttelt den Kopf.

„Ich habe nie verstanden, warum manche Leute darauf bestehen, einen Test zu machen, um herauszufinden, ob sie unter Umständen eines Tages eine gewisse Art von Krebs bekommen könnten, nur um dann womöglich an einer ganz anderen Art von Krebs zu erkranken oder einfach gar nicht krank zu werden. Oder schlichtweg von einem Bus überfahren zu werden. Noch sinnloser ist es also, wenn man, wie in meinem Fall, sowieso nichts daran ändern kann, was die Berechnung eines Werts ergibt."

Würde ich den Test machen, auch wenn er keine Besserung bewirken kann? Wahrscheinlich, weil ich mit der Ungewissheit nicht umgehen könnte. Auch wenn meine Antwort für mich selbst aber in diesem Moment eine andere wäre, würde ich in meiner Verzweiflung und Panik, ihn aufgeben zu sehen, alles tun, alles sagen, um ihn zurückzuholen.

„Aber es bringt Klarheit, gedankliche Auseinandersetzung mit der Thematik, sein Leben so planen zu können, dass es in seiner Fülle gelebt werden kann. Und vor allem unter ärztlicher Beratung zu stehen. Sehen, ob es doch eines Tages Heilungschancen gibt oder zumindest bessere Medikamente als jetzt."

Bitte, Gott, lass es Heilungschancen geben!

Jeder Muskel unter seinem inzwischen fast durchsichtigen T-Shirt spannt sich an. Er beugt sich vor und verschränkt die Hände in einer flehenden Bitte, ich möge ihn verstehen.

„Ich *will* das *nicht,* Jules. Ich habe keine Lust darauf, eine Laborratte zu werden und mein ganzes Leben rund um meinen

Tod zu planen. Da mach ich nicht mit. Lieber krepiere ich in Unwissenheit."

Keine Pause, Julia! Nicht setzen lassen. Erlaube ihm nicht, so zu denken!

„Und welche Art von Leben ist *das?* Du schließt uns aus, einen nach dem anderen. Du bist nicht alleine, Jer, aber du bist auch nicht alleine davon betroffen. Noch nie war ich so glücklich wie mit dir. Ich fühle mich in deiner Nähe angenommen, sicher, ganz. Momentan fühle ich mich aber einsamer denn je. Und hast du in den letzten Wochen mal deine Eltern angesehen? Es bringt sie um, nicht zu wissen, was mit dir los ist, und wie man dir helfen kann." Ein Wimmern schneidet mir das Wort ab. Mein Wimmern. Ein erbärmliches Geräusch. Ein „Ich-stehe-kurz-vor-dem-Zusammenbruch"-Geräusch.

„Ich verstehe, dass du Angst vor dem Test und dem Ergebnis und all der Veränderung hast. Die habe ich auch. Die hätte jeder. Aber manchmal stellt man sich dieser Angst eben nicht nur für sich selbst. Manchmal nimmt man die Angst in Kauf für die Menschen, die man *mehr* liebt als sich selbst. Das ist etwas, das ich von dir gelernt habe."

Die Schluchzer kommen jetzt immer häufiger. Brechen meinen Redefluss, meinen Willen, meine Wut. Alles, was bleibt, sind die Tränen, die mit dem Regen an meinem Gesicht um die Wette herunterlaufen. Jeremy schließt die Augen und atmet tief ein. Dann überbrückt er die Distanz zwischen uns, legt seine Hände auf meine Wangen und wischt mit seinen Daumen ungestüm die nachkommenden Tränen aus meinem Gesicht.

Diesmal lasse ich ihn.

Diesmal verliere ich mich in dieser Berührung. Brauche sie.

„Es tut mir leid, Jules. Okay?" Er presst mich an sich. Umarmt mich. Lässt mich nicht mehr los.

Ich bin schrecklich. Ich müsste *ihn* trösten. Nicht mich von ihm trösten lassen. Stattdessen stehe ich hier und genieße es, bin dankbar, ja, sogar erleichtert, nach so langer Zeit der Kälte von ihm im Arm gehalten zu werden. Denn nirgendwo sonst möchte ich lieber sein.

Das heißt nicht, dass ich naiv genug bin zu glauben, die Situation wäre damit geklärt, für mich gewonnen und erledigt. Es heißt nur, dass er mich endlich durch seine Barriere hindurchdringen lässt. Dass er mich ein Stück weit zurück in sein Herz lässt. Und das ist vorerst das Einzige, was uns keiner nehmen kann.

„Es tut mir leid", wiederholt er aufgewühlt und hebt mein Kinn, bis ich ihn ansehe. Seine Augen sind rot.

Mir tut es auch so leid. Alles. Aber er will das von mir nicht hören, also behalte ich es für mich. Unfähig, es nicht zu tun, presse ich stattdessen in einer hektischen Bewegung meine Lippen auf seine, damit ihm keine Zeit bleibt, sich zurückzuziehen. Nach wenigen Momenten scheint er das jedoch auch gar nicht mehr zu wollen und erwidert meinen Kuss, sanft, gefühlvoller als bei meiner Initiative, zugleich schmecke ich förmlich die Verzweiflung, die Sehnsucht nach dieser Zuneigung, die wir so lange nicht mehr teilten.

Erst als unsere Lippen taub werden lösen wir uns voneinander, und ich vergrabe meinen Kopf wieder in seiner Halsbeuge.

„Tut mir leid, dass ich es verschwiegen habe. Ich habe dir gesagt, du wärst mein ‚Für immer'-Mädchen, und ich wünsche mir wirklich, dass das wahr wird. Ich möchte alles mit dir haben und dir alles geben, aber ich kann dir nun mal ‚für immer' nicht versprechen. Mein ‚für immer' ist begrenzt."

Seine Worte tun mir so weh – für ihn und für mich –, dass ich meinen Griff um ihn verstärken muss, weil mir die Kraft fehlt, selbst zu stehen. „Jer! Ein begrenztes ‚für immer' ist das

Gleiche, das Einzige, das ich dir versprechen kann. Es liegt nicht in unserer Hand, wie lang der Rest unseres Lebens ist. Der Tod nimmt nicht Rücksicht auf unsere Pläne. Für uns wird es nie fair sein, wer leben darf und wer sterben muss. Ich bin sicher, deine Mutter will nicht sterben, und niemand dachte daran, dass mein Bruder in solch jungen Jahren sterben würde. Trotzdem passiert es.“ Meine eigenen Worte reißen mir das Herz heraus. Ich spreche davon, als wäre die Vorstellung von seinem Tod nicht das Schlimmste, was ich mir vorstellen kann. Doch hierbei geht es nicht um mich. Es geht um Jeremy und darum, ihn aus diesem Sumpf von Gedanken zu ziehen, den er sich die vergangenen Wochen alleine geschaffen zu haben scheint. „Es wird immer zu früh sein, aber du darfst die Angst vor dem Tod nicht dein Leben bestimmen lassen, dass du hier und jetzt hast.“ Nun ist er es, der zitternd einatmet, und ich wage es nicht aufzuschauen. Er würde es ohnehin nicht erlauben, nachdem auch er mich fester umschließt und seinen Mund auf meinen Scheitel presst.

„Ich kann damit *nicht* umgehen, Jules. Überhaupt nicht. Aber ich kann auch nicht sagen, ob es durch den Test schlimmer oder besser für mich, für uns wird. Ich kann dir nicht versprechen, dass *irgendetwas* besser wird. Ich weiß nicht, was ich tun soll.“

Ich verstehe, und gleichzeitig verstehe ich nichts.

Ich habe keine Ahnung, was zu tun ist.

Keine Ahnung, was für ihn das Beste ist.

Nichts für den Augenblick.

Außer hier zu stehen. Genügend Worte sind gefallen. Was er braucht, ist mich zu halten und gehalten zu werden.

Das Wissen, nicht alleine zu sein, zu verinnerlichen und gemeinsam zu einer Lösung zu finden, wie wir über die Zeit gelernt haben, es immer wieder zu tun.

Jeremy

Die vergangenen Tage seit unserem Streit im Regen waren anders. Ich kann nicht unbedingt sagen, ob sie gut oder schlecht waren. Einfach anders. Einerseits bin ich froh, dass Julia jetzt Bescheid weiß. Sie hat das Recht dazu, eingeweiht zu werden. Das Recht, sich zu entscheiden, ob sie Teil des Ganzen bleiben will. Selbst wenn es mich umbringen wird, sobald sie dies nicht mehr will – und das ist bestimmt nur noch eine Frage der Zeit.

Andererseits schneidet sie das Thema immer wieder an, obwohl ich mir nichts sehnlicher wünsche, als überhaupt nicht darüber sprechen zu müssen. Nicht einmal darüber nachdenken zu müssen, was war, was auf mich, auf uns zukommt. Oder welche Bedeutung es für unsere Beziehung hat.

Wie ich ihr in der Nacht des Abschlussballs sagte, hatte ich sie auch genau aus dem Grund vorerst nicht einweihen wollen, weil ich eine essenzielle Entscheidung wie die hinsichtlich des Tests nicht unter Druck treffen wollte. Nicht wegen eines schlechten Gewissens oder Verantwortungsbewusstseins Jules oder meinen Eltern gegenüber. Auch wenn ich die Drei liebe, ist es trotz allem *mein* Leben, von dem wir hier reden. Und es geht um etwas, mit dem zuallererst ich leben muss.

Es war die Hölle für mich, Jules nach New York dermaßen fernzuhalten von mir, sie nicht berühren zu können. Wie bei einer gespaltenen Persönlichkeit wollte ein Teil von mir nichts mehr, als sie in meine Arme zu nehmen, mich von ihr halten zu lassen, sie zu küssen, meinen Kummer, meine Angst mit ihr zu teilen. Ihr alles erzählen zu können. Gemeinsam einen Weg zu finden. Mir von ihr sagen zu lassen, dass wir das zusammen durchstehen werden. Gleichzeitig hielt mich der andere, dominantere Teil von mir wie durch eine unsichtbare Barriere davon ab, sie überhaupt anzusehen, sie an mich heranzulassen, weil ich ihr all das nicht zumuten will. Sie hat genügend erlebt, genügend durchmachen, genügend Leute verabschieden müssen. Und genau darauf wird es nun mal hinauslaufen. Einer von uns beiden wird sich vom anderen verabschieden. Die Frage ist nur, wer der Mutigere, der Realistischere, der Klügere oder einfach der Kaputtere von uns sein wird.

Letzte Woche zerschmetterte sie temporär diesen Panzer, den ich aufgebaut hatte, so wie ich vor Monaten ihren zerstört habe. Sie dermaßen erschüttert im Regen stehen zu sehen, weinend um mich, um mein Leben und um uns, hat nicht nur meinen Panzer durchbrochen, sondern auch mein Herz berührt. Dass sie einmal meinetwegen so verletzt aussehen könnte, fühlte sich vor ein paar Wochen noch wie ein Ding der Unmöglichkeit an. Nie würde ich sie absichtlich verletzen, nie ihr Herz brechen. Das hatte ich ihr jedenfalls versprochen. Man hat ja gesehen, wie lange ich dieses Versprechen halten konnte.

Als ich sie am Samstag wortwörtlich vom Boden aufsammelte und endlich in die Arme schloss, fühlte es sich so richtig an. Gut. Als könne diese enge Umarmung tatsächlich alles besser machen. Als könne ich zum ersten Mal seit so langer Zeit wieder durchatmen.

Es fühlte sich extrem notwendig an, denn ich habe Jules vermisst. Vermisse sie noch immer oder wieder, denn nur kurze Zeit später fühlte es sich plötzlich nicht mehr richtig an.

Jetzt zum Beispiel, wo ich im Bett liege, sie an meiner Seite, unter meinem Arm, wir beide auf den Fernseher starrend, keiner das Fernsehprogramm wirklich beachtend, fühlt es sich nur noch falsch an.

Falsch, dieses bezaubernde Mädchen mit meiner Art, meiner Laune, meinem Schicksal traurig zu machen, wenn es eigentlich meine Aufgabe wäre, sie für den Rest unseres Lebens glücklich zu machen.

Falsch, ihr Hoffnung zu geben, wenn ich selbst hoffnungslos bin. Ich habe meine Ansicht bezüglich des Tests nicht geändert. Ich bin auch nach wie vor nicht bereit, mich zu intensiv mit der Thematik auseinanderzusetzen oder anderen Leuten davon zu erzählen. Mit jedem Mal, das ich auf Jules zugehe, sie durch Gesten wie diese näher an mich heranlasse, vermittle ich gleichzeitig ungewollt die Bereitschaft, irgendwann vielleicht doch meine Meinung zu ändern. Und da das nicht passieren wird, ist es unfair ihr gegenüber. Dann komme ich mir umso schäbiger vor, was sich wiederum durch mein Schweigen äußert.

„Unvorstellbar, dass unsere Schulzeit in nur wenigen Wochen zu Ende ist. Ich glaube, die meisten haben das noch gar nicht so richtig realisiert“, murmelt Jules in mein Shirt und streicht mit ihrer Hand sanft über meinen Bauch, bis er von Gänsehaut übersäht ist. Diesen Effekt hat nur sie auf mich. Momentan ist er nur nicht gewünscht.

„Mhm“, ist alles, was ich dazu zu sagen habe. Gibt es denn kein Gesprächsthema mehr, ohne dass ich ständig daran erinnert werde, was mir bevorsteht?

Jeder Tag, der verstreicht, lässt mich dem näher rücken, an dem ich nicht mehr davor davonlaufen werde können. Denn den Test nicht zu machen hält die Krankheit trotzdem nicht davon ab, auszubrechen. Die beendete Schulzeit bedeutet für mich, Entscheidungen für eine ungewisse Zukunft treffen und meinen Eltern erklären zu müssen, weshalb ich jetzt einen berechtigten Grund habe, nicht studieren zu gehen.

Zeitverschwendung.

„Susan ist heute auf dem Klo zusammengebrochen, weil sie *nur* an der UMass Amherst genommen wurde, obwohl sie sich in New York an etlichen Universitäten beworben hat. Sie wollte dort entdeckt werden oder so, glaube ich.“ Wie immer in letzter Zeit versucht sie die gedrückte Stimmung durch unbedeutende Geschichten aufzulockern. Ein Thema zu wählen, über das man in ganz normaler Art und Weise reden können sollte. Nur bin ich nicht einmal dazu fähig.

„Ich habe einen Brief von ‚Jugend mit einer Mission‘ zu meiner Jüngerschaftsschule bekommen. Ich werde mich an der Base in Boston anmelden, dann bin ich zumindest die ersten drei Monate in der Nähe. Danach kann ich immer noch entscheiden, ob ich es dabei belasse oder die weiteren drei Monate ins Ausland mitreise.“

Ich fühle eine Wut in mir aufsteigen. „Wieso solltest du nicht mitreisen?“

Sie zieht ihre Hand, die zuvor auf meinem Bauch lag, weg. „Na ja, drei Monate sind ziemlich lange, um weg zu sein. Vielleicht …“, beginnt sie und schüttelt leicht den Kopf. Warum spricht sie nicht weiter? Ich hasse es, dass sie denkt, mit mir so vorsichtig umgehen zu müssen, um mich nicht zu verstimmen. Sie will diese Schule machen, ins Ausland gehen und sich dort einbringen, das weiß ich, wie es mittlerweile auch unser ganzer Freundeskreis weiß. Jeder bewundert sie deswegen. Jetzt glaubt sie, sie darf das nicht mehr tun, weil ich sonst alleine wäre. Diese Tatsache nervt mich gerade mehr, als sie mir für Jules leidtut.

„Ich denke, ich werde mich wirklich bei der Army einschreiben. Für alles andere ist es ohnehin schon zu spät, und da kann ich meine Zeit wenigstens sinnvoll nützen.“ Das war’s mit dem Frieden zwischen uns. Sie stützt sich auf einen Ellbogen, streift sich die Haare aus dem Gesicht und sieht mich ernst an. Auch, wenn es in Wahrheit genau meine Absicht war, sie wütend auf mich zu machen, ihr zu zeigen, dass ich auch meine eigenen Entscheidungen treffe, ohne sie zu fragen, sie also das Gleiche tun darf, tut mir ihr entrüsteter Blick doch weh.

„Es gibt Hunderte Wege, dein Leben sinnvoll einzusetzen. Dafür musst du nicht zur Army gehen."

„Ach ja? Die da wären? Tu mir den Gefallen und nenne mir einen, der sich auszahlt, bevor ich mit Mitte dreißig unbrauchbar bin", gebe ich abgeklärt zurück.

Sie kneift die Augen zusammen. Die Kämpfernatur in ihr lebt auf, unwillig, mich in meinem Selbstmitleid baden zu lassen. Eine der Eigenschaften an ihr, in die ich mich verliebt habe. „Einer dieser sinnvollen Wege wäre es, den dämlichen Test zu machen, du Sturkopf."

„Wo wir wieder bei der überflüssigen Diskussion wären, die wir schon mindestens einmal zu oft geführt haben."

„Weißt du was? Diese Arsch-Art, die du hier abziehst, kannst du dir sparen, denn ich weiß, was du damit bezwecken willst, und das kannst du vergessen."

Weiß sie das wirklich? Wahrscheinlich.

Mit verschränkten Armen starrt sie mich unnachgiebig nieder. Meine Reaktion ist ein desinteressiertes Schulterzucken. „Du wolltest doch die ganze Zeit wissen, was meine Pläne sind. *Das* ist meine Antwort", antworte ich kalt. Nicht nur, weil das Thema mir schon maßlos auf die Nerven geht, sondern weil sie auch verstehen muss, dass die Zukunft für mich gerade ziemlich weit weg und nebensächlich ist.

Ihre Augenbrauen ziehen sich stärker zusammen, sie beißt sich auf die Unterlippe, und ihre Gesichtszüge verhärten sich. Tränen der Wut, wie ich annehme, steigen in ihre Augen.

Ich möchte sie nicht zum Weinen bringen. Aber sie muss die Situation begreifen lernen. Ich werde nicht akzeptieren, dass sie ihre Pläne und ihr Leben auf Eis legt, weil wir nicht wissen, wie es mit mir weitergeht.

Jetzt richtet sie sich vollständig auf und setzt sie sich auf ihre Knie. „Habe ich denn einen Platz in dem Leben, welches du da planst?“, stellt sie heftig blinzelnd in den Raum. Einige schweigsame Minuten sehen wir einander lediglich in die Augen.

Sie, wartend auf meine Bestätigung. Ich, der sie ihr nicht geben kann, auch wenn alles in mir danach schreit, einfach „Ja“ zu sagen und sie zurück an meine Brust zu ziehen.

Schließlich richte ich meinen Blick als Erster zurück auf den Fernseher, weil meine Überzeugung, das Richtige zu tun, mit jeder verstreichenden Sekunde schwächer wird.

„Du musst es nur sagen, Jeremy“, beginnt sie kaum hörbar. „Sag mir, dass ich gehen soll, und ich werde es tun!“

Mit all meiner Willenskraft halte ich mich davon ab, meine Augen zurück zu ihr wandern zu lassen und sie mit falschen Versprechungen weiter an mich zu binden.

Sie schnaubt. „Du kannst es nicht, hab ich recht? Du willst nicht alleine sein. Willst nicht alleine warten, bangen.“

Das Gespräch entwickelt sich in eine falsche Richtung. „Ich werde dich nicht bitten zu gehen, aber ich werde dich auch nicht zwingen zu bleiben“, antworte ich schließlich in nüchternem Ton. Dafür hätte ich den Oscar verdient, denn in mir tobt ein Kampf.

„Du meinst, du stellst mich vor die Wahl, ja?“, will sie wissen. „Du denkst, dass du mir einen Gefallen damit tust, wenn du mich von dir fernhältst.“ Obwohl ihre Stimme zittert, wirkt sie auch jetzt noch so stark, so überzeugt. Selbst da ich ihr ständig wehtue, will sie bei mir bleiben. Ich kann nicht mehr anders und sehe sie an. Gleichzeitig bete ich, dass meine Augen mich nicht verraten. Doch sie lässt mir gar keine Zeit zu reagieren.

„Lass mich dich etwas fragen, und ich will … nein, ich *erwarte* von dir ehrliche Antworten.“ Sie wartet auf mein bestätigendes Nicken. Alles, was ich ihr geben kann, ist ein Schulterzucken. Sie fragt trotzdem.

„Wenn die Situation umgedreht wäre, wenn ich diejenige gewesen wäre, die solch eine Nachricht hinnehmen müsste, hättest du dich von mir getrennt?"

Trennung … mein Magen verkrampft sich.

Egal, wie viel ich ihr bisher verschwiegen habe. Egal, wie oft ich sie weggestoßen habe. Belügen kann ich sie nicht. „Nein."

Ihre Augenbrauen zucken ebenso wie ihre Mundwinkel, weil sie erleichtert ist, die Wahrheit zu hören. „Hättest du deine Zukunft ohne mich geplant, als hätte ich nie existiert?"

„Nein." Am liebsten würde ich mir selbst eine dafür reinhauen, ihr mit meinen Antworten schon wieder Hoffnungen zu machen. Aber das *ist* die Wahrheit.

„Hättest du versucht, um mich zu kämpfen, selbst wenn es gegen meinen Willen wäre?"

„Ja."

„Siehst du? Warum lässt du mich dann nicht dasselbe tun?"

Das ist der Punkt, an dem ich ihr die Antwort verweigern muss. Denn die Erklärung würde sie nie akzeptieren: Ich lasse sie nicht dasselbe tun, weil sie Stabilität in ihrem Leben braucht, einen starken, lebensfrohen Mann an ihrer Seite, der sie beschützen und stützen kann. Einen, der ihr alles geben wird und die Welt mit ihr erkundet.

Dieser Mann werde ich nicht sein können.

Ich will und werde ihre Zeit nicht vergeuden. Ein Ende hinauszögern, nur um früher oder später alles wieder zu verlieren. Erneut wende ich meinen Blick von ihr ab und signalisiere ihr, dass dieses Gespräch für mich vorbei ist. Jules bläst getroffen durch die Nase aus, steigt nach wenigen Sekunden über meinen Körper aus dem Bett, und verlässt mein Zimmer.

Nur einen Tag später kann ich selbst kaum glauben, dass ich schon wieder in New York bin. Obwohl ich vor ein paar Tagen noch fest davon überzeugt war, meine leibliche Mutter nie wieder zu sehen, sitze ich ihr nun erneut gegenüber – nur diesmal in einem Krankenzimmer der Intensivstation.

Katherine informierte mich gestern Nacht telefonisch darüber, dass Joanne mit einer schweren Lungenentzündung ins Krankenhaus gebracht worden war und es sehr schlecht für sie aussähe. Unter Schluchzen vertraute sie mir an, davon auszugehen, dass Joanne nicht mehr lange durchhalten würde. Ich drückte ihr mein Beileid aus. Über diese für mich plötzlich kommende Nachricht schluckte ich selbst, dachte aber nicht daran, sie ein weiteres – und wahrscheinlich letztes – Mal zu besuchen. Zu frisch die Wunden, zu viel passiert und zu wenig aufgearbeitet seither, um ihr noch einmal begegnen zu können.

In der Nacht von gestern auf heute konnte ich jedoch kein Auge zutun, nicht abschalten, nicht aufhören, daran zu denken, dass für mich so vieles noch ungeklärt ist und dies vielleicht meine letzte Chance sein könnte, zumindest einige dieser Dinge zu bereinigen. Also setzte ich mich heute Morgen ins Auto und fuhr nach New York. Diesmal alleine.

Hier sitze ich nun. Betrat das Zimmer ohne eine Begrüßung. Auch sie sagte kein Wort, folgte mir lediglich mit ihren Augen, bis ich mir einen Stuhl genommen und mich neben ihr darin platziert hatte. Katherine und ihr Vater verließen das Zimmer, um uns etwas Zeit zu geben, auch wenn zumindest Joannes Ehemann damit nicht besonders einverstanden zu sein schien.

„Ich hätte ehrlich gesagt nicht damit gerechnet, dich noch einmal zu sehen“, meint Joanne leise.

„Ich hätte auch nicht erwartet, dass ich noch einmal kommen würde.“ Ich lasse meinen Blick ein wenig im Zimmer wandern. Mehrere Infusionsbeutel hängen über ihrem Bett, das Essen steht unberührt neben ihr, und auf dem Beistelltisch befinden sich mehrere kleine tiefe Teller aus einer Pappe-Plastik-Mischung, deren Sinn ich nicht verstehe.

„Das sind Kotzbehälter, falls du dich wunderst. Ich spucke regelmäßig Blut“, erklärt sie beiläufig. Ich ziehe die Augenbrauen zusammen und rutsche unentspannt auf meinem Stuhl herum.

„Wieso bist du hier, Jeremy? Bestimmt nicht, um mir die Absolution zu erteilen.“ Es ärgert mich, dass sie das mit einem sarkastischen Unterton äußert, weil der Gedanke, sich bei mir zu entschuldigen, für sie so abwegig ist; meine Vergebung zu erbitten, absurd.

„Ich glaube nicht, dass ich bei diesem Zuspruch besonders glaubwürdig sein könnte, Joanne. Ich habe dir noch nicht vergeben. Aber ich bin dabei.“

„Bist du hier, um dich zu verabschieden?“ Ihre Frage klingt etwas ungeduldig, als mache sie meine Anwesenheit nervös.

„Gehst du denn schon?“, versuche ich die allgemeine Anspannung zu lockern.

Sie übergeht jedoch meinen kläglichen Versuch zu scherzen. „Das weiß man in meinem Zustand nie, Jeremy. Also weshalb bist du dann gekommen?“

Ich lehne mich auf dem unbequemen Stuhl zurück und deute mit meinem kreisenden Zeigefinger auf sie, die Infusionen, das Krankenzimmer. „Wie hat das angefangen?“

Sie blinzelt müde, benommen von den Schmerzmitteln, schätze ich. „Schleichend. Zuerst tauchten Gang- und Koordinationsstörungen auf. Ich konnte mir nicht erklären, weshalb ich auf einmal so tollpatschig war und oft stürzte. Die

Alarmglocken schlugen jedoch erst bei den Sprach- und Schluckbeschwerden. Freunde fragten mich, ob es sein könnte, dass ich einen kleinen Schlaganfall erlitten hatte, doch es war nichts dergleichen. Der Arzt ordnete ein komplettes Blutbild an. Alles, worauf er mich testete, kam negativ zurück. Gedächtnisstörungen traten auf, ich konnte mich nicht mehr konzentrieren, teilweise fiel mir der Stift beim Schreiben aus der Hand, oder ich erkannte meine eigene Schrift nicht wieder." Sie sieht auf ihre Hand, die sie wiederholt öffnet und schließt.

„Ein CT folgte, wie auch Hirnstrommessungen, Hirnwasseruntersuchungen und sogar ein erster Gentest. Da die Prionen aber nur in geringer Konzentration im Blut auftreten, war auch dieser negativ. Es war so frustrierend, nicht zu wissen, was los ist. Das ist schlimmer als die Symptome selbst. Weil aber niemand mit einer solch seltenen Krankheit rechnet, ist es schwierig sie zu diagnostizieren. Du musst genau wissen, wonach du suchst. Nach einem Jahr bekam ich epileptische Anfälle, weshalb ich meinen Job aufgeben musste. Das war kein

Zustand. Ständig suchten mich Tremores und kurzzeitige Lähmungserscheinungen heim. Von Lebensqualität konnte man nicht mehr reden. Schließlich wurde ein zweiter Gentest gemacht, der den dringenden Verdacht dann doch bestätigte."

Sprachlos höre ich Joanne zu. Bei ihr ging alles so schnell. Im Internet hingegen stand, das Erkrankungsalter liege bei ungefähr vierzig Jahren mit etwa zwei bis sieben Jahren Lebenserwartung ab diesem Zeitpunkt. Joanne ist jedoch jetzt erst neununddreißig.

„Das sollte bei dir und Katie anders sein. Die Genforscher wissen in eurem Fall ja bereits, was es zu testen gilt."

Ich wende mein Gesicht ab. Wieso ist es mir vor ihr peinlich zu gestehen, dass ich den Test nicht machen möchte? „Ich will es nicht wissen", erkläre ich heiser.

Joanne zuckt bloß mit den Schultern. „Deine Entscheidung. Das habe ich dir schon beim letzten Mal gesagt. Ich werde mich da nicht einmischen.“ Ein Ruck durchfährt ihren Körper, unter der Decke beginnen ihre Beine zu zittern. Beschämt lässt sie ihre Haare vors Gesicht fallen und zieht ihre Gliedmaßen an ihre Brust, um das Zittern ein wenig verstecken zu können.

„Aber eines sollte dir dabei klar sein: Je mehr du dich jetzt davor verschließt, nicht bereit bist, dich mit der Möglichkeit auseinanderzusetzen, umso härter wird die Situation, wenn die Krankheit dich doch erwischt. Ich hatte im Gegensatz zu dir nicht die Zeit, mich darauf einzustellen oder …“

Bevor sie den Satz zu Ende bringen kann, überkommt sie ein Hustenanfall, vom Klang her viel schlimmer als der, den ich bei ihr zu Hause miterleben musste. Ein Gurgeln unterbricht das bellende Geräusch, bevor sie zuckend nach einem dieser Behälter greift und das im Mund angesammelte Blut hineinspuckt. Mit dem Finger deutet sie auf ihre Sauerstoffmaske, die ich ihr reichen soll. Durch die atmet sie einige Male ein und aus, ehe sie sie langsam von ihrem Gesicht entfernt und probiert, ob sie auch ohne sie Luft holen kann. Erst jetzt fällt mir auf, dass ich aufgrund der Anspannung im Prozess meine Lippe blutig gebissen haben muss.

„Wie dem auch sei … Dieses Mädchen, das dich begleitet hat. War sie deine Freundin?“ Ihre Stimme klingt fremd. Tiefer, verzerrt, wie bei der Benützung einer Stimmprothese. Skeptisch fixiere ich sie. Ich will mit ihr nicht über Jules sprechen.

„Keine Panik. Ich verfolge dich nicht. Ich hab die Kleine vom Fenster aus gesehen. So wie sie dich angesehen hat, als du hinausspaziert bist, nahm ich an, sie war deine Freundin. Ist es nun so?“, fragt sie erneut. Ich nicke.

„Tu ihr und dir selbst einen Gefallen und trenne dich von dem Mädchen.“ Frustriert wirft sie die Sauerstoffmaske beiseite und betätigt den Knopf neben ihrem Bett, um sich selbst eine Dosis Schmerzmittel zu verabreichen. „Glaub mir, das ist nicht die Art von Leben, das du jemandem, den du liebst, zumuten möchtest."

Mein Herz beginnt wie wild zu pochen und meine Kehle trocknet aus. Ich bin nicht gekommen, um das zu hören. „Na, du musst es ja wissen. Wenn ich richtig gesehen habe, bist du ja wohl selbst noch mit deinem Mann zusammen. Ist das denn der, für den du uns damals verlassen hast?"

„Ich lernte John in Europa kennen. Da war ich schon von deinem Vater getrennt. Und ich denke nicht, dass man eine vierzehnjährige Ehe mit einer Highschool-Beziehung vergleichen kann, die ihr seit – wie lange, zwei Monaten führt?" Jetzt hat sie auch noch die Nerven, meine Beziehung ins Lächerliche zu ziehen. Was Jules und ich haben, ist viel mehr als das, worauf sie es zu reduzieren versucht. Das lasse ich mir von ihr nicht bieten. Und noch weniger lasse ich mir Jules ausgerechnet von Joanne nehmen.

Mit einem übertrieben lauten Quietschen beim Zurückschieben des Sessels stehe ich auf und gehe zur Tür. Wie schafft sie es bereits zum zweiten Mal, mich in solch einen Zustand der Verzweiflung, des Grübelns zu bringen?

„Ich wusste, es war ein Fehler hierherzukommen. Einer, den ich bestimmt kein drittes Mal wiederholen werde."

Ich sehe ihr direkt in die Augen, obwohl mich das all meine Kraft kostet, und entdecke das winzige Flackern von Mitgefühl in ihren Augen, bevor sie diese schließt und ihren Kopf in ihre Kissen zurücklegt. „Da kann ich dir wohl nicht widersprechen. Tut mir leid, wenn ich dir nicht den Trost geben kann, den du gerne bekommen hättest."

Sie nennt es beim Namen, ich wollte ihren Zuspruch, denn so sehr ich Claire, Dad, Jules und Max auch liebe, ist Joanne in dieser Sache die Einzige, der ich zuhören würde. Sie ist ja auch die Einzige, die die Situation kennt, durchlebt, versteht.

So wäre sie die Einzige, die mir hätte erklären können, wie sie mit ihren Gefühlen, Gedanken, der Furcht und Hartnäckigkeit ihres Mannes, an ihrem Leben teilhaben zu wollen, umgegangen ist. Dass dieser Test tatsächlich das ist, was ich brauche, um mein Leben zumindest vorerst zu erleichtern. Doch nichts davon hat sie getan.

Stattdessen winkt sie mich nun ab, als wäre ich eine lästige Fliege, die ihren Besuch bereits zu lange ausgedehnt hat. Das gibt mir den Rest. Ich stürme aus dem Zimmer, renne auf meinem Weg hinaus beinahe mehrere Leute über den Haufen und blicke kurz in das verwirrte Gesicht von Katherine, die bei meiner Flucht aus ihrem Wartesessel hüpft und sich besorgt in Richtung Krankenzimmer dreht, als wäre Joanne etwas zugestoßen. Dabei geht es ihr gut. Besser als mir wahrscheinlich. Sie ist abgebrüht, distanziert, desinteressiert an dem Schicksal, welches ich mit ihr teile. Unbeeindruckt von meinen Gefühlen, nicht betroffen von meiner Angst, meiner Bestürzung.

Wieso kann ich dann nicht einfach gehen? Stattdessen wähle ich den Ausgang zum Besucherbalkon, lasse ich mich dort auf einem Plastikstuhl nieder und kratze mir frustriert den Kopf. Meinen Blick lasse ich über die anderen Patienten und deren Besucher wandern, die miteinander lachen, weinen, reden, sich umarmen oder einander einfach nur mit ihrer gegenseitigen Anteilnahme das geben, was alle Beteiligten brauchen.

Ich wollte sie so viel mehr fragen. Die gedankliche Liste an Punkten, die ich mir mental im Auto vermerkt hatte, verblasste einerseits beim Anblick ihres schlechten Zustandes, andererseits bei ihrer kalten Reaktion auf mich. Wenn ich aber ohne zumindest einem Teil der Antworten, die ich brauche, gehe, werde ich nie aus dieser Sackgasse finden, in der ich mich momentan gefangen fühle.

Eine Stunde später fühle ich mich wieder bereit, zurück auf die Station zu gehen, zu ihrem Zimmer, zu dem die Türe wieder geschlossen ist. Durch den Vorhang beobachte ich kurz die beiden Schatten neben Joannes Bett, lausche dem leisen Murmeln, welches bis zu mir vordringt, jedoch kein verständliches Wort preisgibt. Als einer der Schatten plötzlich auf die Tür und somit auf mich zukommt, gehe ich rückwärts auf Abstand und lasse mich auf der Sitzbank in Augennähe des Zimmers nieder. Es ist Joannes Mann, der herauskommt, sich die Haare rauft und erst tief Luft holt, bevor er weitergeht. Er sieht geschlaucht aus, enttäuscht, todunglücklich. Gefühle, die ich sehr gut nachvollziehen kann. Gefühle, die auch Jules besser kennt als die meisten. Einen Moment mustert er mich, geht dann an mir vorbei zum Personenlift.

„Jeremy? Ich dachte, du wärst schon lange weg." Beim Klang von Katherines Stimme wirbele ich herum, weil mir nicht bewusst war, dass auch sie aus dem Krankenzimmer gekommen war und nun neben mir steht. Sie klingt nicht mehr so feindselig, nicht sarkastisch oder genervt, viel eher sachlich. Versöhnlich?

Zu Boden sehend, schüttle ich den Kopf. „Ich musste vorher einfach nur raus", gestehe ich. Aus den Augenwinkeln sehe ich, wie Katherine mich eine Weile betrachtet, bevor sie mir ihren Kaffeebecher entgegenstreckt und wartet, bis ich ihn nehme. Dann lässt sie sich neben mir auf die Bank fallen und lehnt sich schnaufend zurück.

„Schon komisch, dass der bevorstehende Tod eines Menschen einen doch mehr mitnehmen kann, als man geglaubt hätte, oder?"

Ich frage mich, wie sie so emotionslos darüber sprechen kann. Offensichtlich hat sie diese Eigenschaft von ihrer Mutter geerbt.

Als könne sie meine Gedanken lesen, seufzt sie kopfschüttelnd. „Manche Tage fühlen sich irgendwie leichter an als andere, verstehst du? Wir haben gelernt, jeden Tag zu nehmen, wie er kommt. Was bleibt uns denn auch anderes übrig? Ich meine, letzte Woche hatte sie einen extrem guten Tag, da stand sie summend vor dem Herd und machte Dad und mir Pancakes. Ich konnte meinen Augen nicht trauen. Am nächsten Tag wurde ich von ihrem Geschrei aus dem Schlaf gerissen, weil sie in einer ihrer Wahnvorstellungen gefangen war und meinen Dad als Mörder beschimpfte. Wir mussten uns beide auf sie setzen und festhalten, damit sie endlich aufhörte, ihn zu kratzen und zu schlagen. Den Tag darauf fand Dad sie auf dem Boden neben der Couch, bewusstlos, eine Handvoll Blut neben ihrem Mund." Katherine lässt bei der Erinnerung ihren Kopf gegen die Wand fallen und atmet laut ein.

Ich nehme meinen Mut zusammen. „Ich kann nicht sagen, was ich für sie empfinde. Es ist keine Zuneigung. So schrecklich es klingen mag, ist es sogar nur bedingt Mitleid für eine Frau, die mir gerade erst begegnet ist. Am meisten habe ich in Wahrheit Angst um mich selbst." Beschämt und zugleich froh darüber, die Worte ausgesprochen zu haben, beuge ich mich vor und stütze meine Ellbogen auf den Knien ab.

Plump und irgendwie unbehaglich klopft Katherine mir auf die Schulter. „Du musst dich dafür nicht schlecht fühlen. Das ist normal."

Ich warte das neuerliche Rumoren, die Krämpfe in meinem Magen ab, bevor ich weiterspreche. „Es ist aber auch … Hass, weil sie mir nichts im Leben gegeben hat, außer das hier. Weil es ihr nicht einmal bewusst zu sein scheint oder leidtut, was sie mir damit antut und weil …" Ich blase meine Wangen auf und lasse die angestaute Luft gleich wieder stoßartig aus.

„Weil was?"

„Weil sie die Nerven hat, mir zu sagen, ich solle mich von Julia trennen, obwohl sie keine Ahnung hat, wer Julia ist. Wer *ich* bin. Sie hat kein Recht dazu, in mein Leben zu treten und mir zu erzählen, was ich zu tun habe. Sie hat mir *nichts* zu sagen", sprudelt es aus mir heraus.

Katherine streckt einen Fuß nach vorne aus und verschränkt wartend die Arme vor der Brust. „Warum stört es dich dann so sehr, dass sie es getan hat? Hast du denn noch gar nicht darüber nachgedacht?", fragt sie leise, und ein unerträglicher Schmerz jagt mir durch die Brust.

Soll das ein schlechter Scherz sein? Das war das Erste, an das ich dachte, als ich aus der Tür kam und in Jules' besorgte Rehaugen blickte. Es ist alles, woran ich *ständig* denke. Genau das macht mich ja so verrückt.

Weil ich tief in meinem Inneren weiß, dass Joanne recht hat, und all die Konsequenzen, die dieses Wissen birgt, mich umbringen. Fahrig reibe ich mir über das Gesicht. Sie versteht meine Antwort auch ohne Worte.

„Weißt du was? Ich bin nicht gerade der mitfühlendste Mensch, und ich habe auch kein Verständnis für vieles, aber ich werde dir erklären, warum sie dir dazu geraten hat. Nicht, weil sie dich verletzen oder dir etwas Schlechtes will. Ganz im Gegenteil. Sie hat dir aus dem gleichen Grund dazu geraten, aus dem sie meinem Dad die Chance gegeben hat zu gehen, als sie davon erfuhr. Aus demselben Grund, aus dem ich mich von meinem Freund getrennt habe, bis ich den Gentest machen kann und Gewissheit habe. Weil die Krankheit eine Zerreißprobe sondergleichen ist. Du ziehst deinen Partner in etwas Unaufhaltsames hinein, etwas von unermesslicher Tragweite, die nicht jeder zu tragen bereit ist. Nicht zwangsläufig, weil er nicht *will*. Mein Dad *wollte* für Mom da sein, und doch sehe ich, wie er Tag für Tag mehr an ihrer Krankheit zerbricht als sie selbst. Ethan wollte für mich da sein. Sagte, er verstehe die Auswüchse des Ganzen, dass es ihm egal wäre. Und ich glaube ihm, dass es ihm *jetzt* egal ist.

Doch was ist, wenn er dann mal eigene Kinder will oder ein Haus, dessen Kredit wir aber nicht abbezahlen können, weil ich nicht mehr arbeiten kann? Oder wenn er mit meinen ständigen Stimmungsschwankungen, epileptischen Anfällen, Halluzinationen, meiner Demenz konfrontiert wird? Ganz egal, wie sehr er mich jetzt liebt, wie sehr ich ihn jetzt liebe, nur wenige können tatsächlich mit solch einer Bürde leben. Und ich werde ihm nicht eine Zukunft mit einer gesunden Frau und gesunden Kindern wegnehmen, weil ich zu selbstsüchtig bin, ihn loszulassen."

Eigentlich will ich das gar nicht hören. Das ist nichts Neues für mich. Nichts, was mich auf die Idee brächte, meine Meinung zum Test zu ändern. Ganz im Gegenteil. Ich will mir das einfach nicht eingestehen müssen. Ich kann es noch nicht. Ich kann Jules nicht loslassen.

„Aber ich verstehe nicht, weshalb du dir gerade *darüber* den Kopf zerbrichst", spricht Katherine weiter. „In wenigen Monaten wirst du die Testergebnisse haben und dann immer noch entscheiden können, was du mit dem Mädchen machst. An deiner Stelle würde ich mit der Trennung noch warten." Betreten und irritiert nehme ich meine Hände von meinem Gesicht und sehe sie verständnislos an. Sie zieht die Augenbrauen zusammen. Für sie scheint alles so klar zu sein. So unkompliziert.

Für mich ist es das auch irgendwo, nur auf eine andere Art und Weise. „Ich werde diesen Test aber nicht machen."

Ungläubig verzieht sie das Gesicht und klopft mit der Spitze ihres Zeigefingers gegen ihre Stirn. „*Wieso?* Bist du wahnsinnig? Ich zähle schon die Tage, bis ich endlich achtzehn bin und nicht mehr ständig diesen dunklen, bedrohlichen Schatten über meinem Leben mit mir herumtragen muss, der mir sagt, dass irgendetwas lauert und darauf wartet, mich zu zerstören. Ich hasse das Gesetz dafür, dass es mir das Recht auf dieses Wissen, eine Gewissheit, verwehrt."

Ich verzweifle. Wie oft werde ich das denn noch erklären müssen? „Weil es nichts bringt, Katherine. Es ändert doch nichts. Jedenfalls nicht zum Guten. Ich verstehe nicht, weshalb das niemand begreift. Stell dir vor, du machst diesen Test, und du hast tatsächlich dieses Gen in dir. Denkst du wirklich, dass du dein Leben jemals unbeschwert wirst führen können? Dass du nicht jeden Tag jenen fürchten wirst, an dem die Symptome über dich hereinbrechen? Wer will denn wirklich seinen Todestag wissen?"

Sie kaut innen auf ihrer Wange und mustert mich blinzelnd. „Jeremy! Ich möchte Anwältin werden, oder Ärztin oder Gott weiß was. Ich will eine Familie. Ich will heiraten und Kinder kriegen. Ich will alt und schrumpelig werden und Leute anschnauzen, einfach weil ich gerade Lust dazu habe und es darf, *weil* ich alt bin." Humorlos lachend hebt sie eine Schulter.

„Ich will im Schaukelstuhl sitzen und stricken, meine Enkelkinder verziehen, sodass meine Kinder merken, wie mühsam Erziehung wirklich ist. All das werde ich nicht riskieren können, wenn ich den Test nicht mache. Ich kann nicht so egoistisch sein und eine Familie gründen, wenn ich nicht weiß, ob ich damit eine tödliche Krankheit vererbe. Ich kann am Traualtar kein Versprechen geben, meinen Mann in guten wie in schlechten Zeiten lieben zu wollen, wenn er in Wahrheit keine Ahnung hat, wie schlecht die Zeiten wirklich werden könnten. Ich will frei von Angst und Sorge leben. Wenn ich ihn mache und sich herausstellt, dass ich das Gen habe, dann kann ich nichts daran ändern. Dann wird meine Welt zusammenbrechen, ich werde schreien und heulen und toben, und dann werde ich mir einen neuen Plan überlegen müssen. Wenn ich ihn aber nicht mache und all das versäume, nur weil ich Angst vor dem ‚Wenn' habe, dann habe ich mein Leben reichlich versaut."

Beim Versuch, ihre Worte sich setzen zu lassen, schließe ich meine Augen und holte tief Luft. Gerade als ich antworten will, ertönt auf einmal im Schwesternzimmer das Notfallsignal und unsere Köpfe schnellen zur blinkenden Lampe über Joannes Zimmertüre. Katherine springt auf, fällt dabei beinahe vom Stuhl und stolpert zur Tür, an deren Rahmen sie sich gerade noch fangen kann. Ich löse mich aus meiner Starre und folge ihr erst, als zwei Krankenschwestern ins Zimmer laufen und nach einem Arzt rufen, bevor sie Joanne aus der Liegeposition in eine aufrechte Haltung bringen. Ihre Lider sind halb geöffnet, obwohl nur das Weiße ihres Augapfels zu sehen ist. Sie zittert unkontrolliert und verkrampft jeden Muskel. Blut läuft aus ihrem Mund, während ein schrecklich klingender Hustenanfall sie zu ersticken droht. Ihr Gesicht wird blau. Katherine schlägt ihre Hand vor ihren Mund, während sie den Türrahmen zum Halt umklammert. Endlich erscheint ein Arzt, der sich ohne ein Wort an uns vorbeidrängt und genaue Anweisungen gibt.

„Ballonkatheter und Tamponade vorbereiten! Fünf Milligramm Muskelrelaxans verabreichen! Tubus einführen!", befiehlt er knapp, während er ihre Lider hochzieht und die Pupillen beleuchtet.

Das ist das Letzte, was ich höre, bevor ich mir mit beiden Händen die Haare raufe und meine kurzen Fingernägel in die Kopfhaut bohre.

Es ist einfach zu viel. Zu extrem. Zu makaber und fürchterlich, um weiter mit anzusehen, wie ihr Beruhigungsmittel gespritzt wird, wie sie der Beatmungsschlauch zum Würgen bringt, bevor er überhaupt helfen kann. Rückwärts taumele ich aus dem Zimmer. Weg von Joanne, weg von ihrer Krankheit, meiner Krankheit, weg vom Tod, der sie eingeholt zu haben scheint.

Ich sollte Katherine ebenfalls von der Türe wegzerren, sie mitnehmen auf meiner Flucht, dafür sorgen, dass sie nicht sehen muss, was mit Joanne geschieht. Aber ich kann nicht klar denken, ich kann kaum gehen, kaum atmen. Es ist zu viel. Zu real.

Statt Joanne sehe ich dort im Krankenbett nur mehr einen Spiegel, der mir einen Blick in die Zukunft präsentiert, den ich niemals sehen wollte. Den ich um jeden Preis wieder zurückgeben würde.

Ich wende mich endgültig ab und rase durch den Gang zur Notfalltreppe. Es gelingt mir gerade noch, die Türen aufzustoßen und den ersten Treppenblock hinunterzuspringen, bevor ich meine Fassung komplett verliere. Ein enormer Druck macht sich in meiner Brust breit, und ich habe das Gefühl, dass *ich* sterbe. Mit beiden Händen ergreife ich das Geländer neben mir und umklammere es krampfhaft, bis meine Knöchel weiß werden. Ich gebe mir Mühe, kontrolliert einzuatmen und gleichmäßig auszuatmen, um mich zu fangen. Um alles zu tun, um den bevorstehenden Zusammenbruch, der sich seit Wochen ankündigt, zu verhindern.

Aber der Kampf ist bereits verloren. Die unerwünschten Tränen, die unter meinen Lidern brannten, haben ihn gewonnen und tropfen unaufhaltsam auf den Vinylboden.

Ein Schrei der Verzweiflung entlädt sich unbewusst aus meinem Inneren, während ich gegen das Geländer trete, so fest ich kann. Mein ganzer Körper zittert. Meine Knie fühlen sich zu weich zum Stehen an, deshalb gehe ich die paar Schritte zurück, bis ich mit dem Rücken an der Wand stehe. Dort rutsche ich zu Boden, verschränke meine Arme vor mir auf den Knien und drücke mein Gesicht in die Beuge meines Ellbogens, so fest ich kann, im verzweifelten Versuch, die Emotionen aufzuhalten, zu stoppen.

Das ist die Realität.

Das ist zu fünfzig Prozent *meine* Zukunft.
Aber *niemals* werde ich zulassen, dass es auch *ihre* wird.

Julia

Mittlerweile telefoniere ich oft zweimal täglich mit Grace, weil sie momentan die Einzige ist, mit der ich wirklich darüber sprechen kann, was mich und uns belastet. Ich musste ihr von Jeremys Gespräch mit seiner Halbschwester und all den darauffolgenden Ereignissen erzählen, sonst wäre ich darin erstickt. Sie hörte mir zu, weinte mit mir, schwieg mit mir, begleitete mich durch die schwersten Nächte, in denen ich mich zwingen musste, nicht an Jeremys Wand zu klopfen, weil sich von einem Tag auf den anderen alles zwischen uns geändert hatte. Die vergangene war wieder eine dieser Nächte, in denen ich mich an sie klammerte, da Jeremy nicht nach Hause kam. Wir redeten nicht viel, sie blieb einfach dran und ließ mich wissen, dass ich nicht ganz alleine bin.

„Hast du schon etwas von ihm gehört?“, erkundigt sich Grace am nächsten Morgen.

„Nein.“

Alte Ängste, Erinnerungen an ein ähnliches Ereignis mit anderem Hintergrund überfluteten mich letzte Nacht, weil er zwar sagte, er würde nach New York fahren, dabei aber nie erwähnte, er würde die Nacht dort bleiben.

Grace seufzt. „Ich wünschte, ich könnte dir irgendwie helfen. Etwas sagen, tun …“ Ich erwarte von ihr keine Lösung. Sie gibt mir alles, was sie in dieser Situation geben kann.

Kopfschüttelnd sehe ich aus dem Fenster und warte auf den blauen Camaro, der in meinen Albträumen letzte Nacht entsetzlich entstellt im Graben lag. Vehement schiebe ich die Bilder in meinem Kopf beiseite.

„Ich weiß, er durchlebt gerade berechtigte Ängste. Nach unserem Gespräch gab er sich zum Teil wirklich Mühe, mir entgegenzukommen. Er verbrachte wieder mehr Zeit mit mir und wich nicht ständig einem Gespräch oder einer Berührung mit mir aus. Gleichzeitig habe ich bei fast allem, was er zu mir sagt, jedem Blick das Gefühl, dass wir an der Schwelle einer Trennung stehen. Jeden Morgen wache ich mit einem flauen Gefühl im Magen auf, weil ich nicht weiß, welche Wendung der heutige Tag bereithält."

Grace schnaubt in den Hörer. „Du kannst jederzeit zu mir kommen, wenn du mal ein wenig Abstand oder einen Tapetenwechsel brauchst. Das weißt du, oder? Du hast sowieso schon mehr als die benötigten Anrechnungspunkte, um dein Jahr vorzeitig beenden zu können." Sie hat recht, die hatte ich bereits vor Wochen. Ich könnte sofort die Sommerferien beginnen, obwohl ich nie mit dem Gedanken gespielt habe, es wirklich zu tun.

„Danke, Grace, das weiß ich zu schätzen, aber jetzt kann ich nicht hier weg." Ich drücke meine Hand auf meine pochende Stirn. „Ich habe das Gefühl, dass ich mich für uns beide an dieser Beziehung festklammere, weil ich fühle, dass sie mir, sobald ich meinen Griff auch nur ein wenig lockere, aus den Fingern rutschen wird."

„Aber sie ist es wert." Grace betont den Satz nicht als Frage. Es ist vielmehr eine Tatsache für sie, und es stimmt: Die Beziehung ist es wert, ebenso wie Jeremy es ist.

„Ich bin nur nicht sicher, wie lange ich ihn noch davon überzeugen kann", gestehe ich geknickt.

„Ruf jederzeit an, wenn du etwas brauchst, okay?" Zustimmend verabschiede ich mich von meiner besten Freundin, und kehre mit einem Klick zurück in die Einsamkeit. Weil mich das Warten wahnsinnig macht, geselle ich mich zu Claire in die Küche, die gestern lediglich eine Nachricht von Jeremy erhielt, er wäre nach New York gefahren, jedoch auch keine Information darüber, dass er vorhatte, dort zu bleiben.

„Hast du schon etwas gegessen?“, fragt sie sofort, als sie mich bemerkt, weil jeder auf den ersten Blick erkennen kann, dass ich die letzten Wochen ziemlich abgenommen habe. Verneinend schüttle ich den Kopf.

„Ich warte auf Jeremy.“ Verständnisvoll und mitfühlend streichelt sie kurz über meine Haare, ehe sie auf ihrem Handy vergeblich nach einer neuen Mitteilung sucht. Doch da hören wir auf einmal doch endlich das Geräusch seines Wagens, der in die Einfahrt kommt und dort den Motor abstellt. Claire und ich tauschen einen erleichterten und dennoch verstimmten Blick aus, weil wir uns – sie sich noch mehr als ich – ausgeschlossen fühlen, als wären wir kein Teil seines Lebens mehr.

Jeremy kommt durch die Tür, wirft lauter als nötig seine Schlüssel auf den Schuhkasten und schlurft dann missmutig in die Küche. Er sieht von mir zu Claire, sagt jedoch kein Wort, sondern geht weiter bis zum Kühlschrank, wo er die Packung Orangensaft herausnimmt und direkt daraus trinkt. Claire verschränkt die Arme vor der Brust und zieht die Augenbrauen zusammen.

„Ebenfalls Hallo! Möchtest du mir vielleicht erklären, wo du die ganze Nacht unterwegs warst?“

Seine Lider fallen zu, während er weiter aus der Packung trinkt, als wäre er am Verdursten. Mit einem lauten Stöhnen setzt er dann doch endlich ab und lehnt sich gegen die Kühlschranktür. Er hat tiefe Ringe unter seinen Augen, und als er diese wieder öffnet, sehen sie trocken und blutunterlaufen aus. Bei dem beinahe kranken Eindruck, den er macht, schlucke ich.

„In New York, wie ich dir geschrieben habe. Du hast die Nachricht doch bekommen?!“, antwortet er schließlich. Er sieht nur mehr Claire an, mich kein einziges Mal, und ich kann mir vorstellen, was das zu bedeuten hat. Er ist gebrochen. Etwas, das noch viel schlimmer ist als alles, was er bisher bereits durchmachen musste, hat ihn bei diesem Besuch zerbrochen, und ein Gefühl, ein Wissen, das ich nicht beschreiben kann, macht sich in mir breit, dass es nichts mehr gibt, was ich dagegen oder für ihn tun könnte. Nicht, wenn er es nicht will. Mit schwachen Beinen erhebe ich mich vom Stuhl und verschwinde unbemerkt aus der Küche, während sich Claire mit Jeremys ungenügender Antwort nicht zufriedengibt.

„Du magst mit deinen achtzehn Jahren vielleicht rechtlich gesehen erwachsen sein, aber du lebst nach wie vor in diesem Haus. Somit hast du dich an die Regeln und Abmachungen zu halten, die von uns kommen. Ich habe keine Ahnung, wo du genau warst, noch was du dort getrieben oder wo du geschlafen hast. Ich habe selbst kein Auge zutun können, weil ich mich um dich gesorgt habe, denn bei dem Verhalten, welches du seit Wochen an den Tag legst, bin ich nicht sicher, ob ich deinem Urteilsvermögen und deinem Verantwortungsbewusstsein noch ausreichend trauen kann. Wie kann ich momentan davon ausgehen, dass du nichts Dummes anstellst, wenn du mit deinem Auto unterwegs bist?"

Ich höre nicht mehr, was danach kommt, ob Claire weiterspricht, oder ob Jeremy antwortet. Ich schließe hinter mir die Eingangstür und setze mich auf die Verandatreppe, wo ich mich seitlich an den Pfosten des Vordachs anlehne.

Innerlich bereite ich mich schon auf das vor, was kommt, sobald ich mit Jeremy alleine bin. Die Worte, die ich nicht hören will, den Kampf, für den keiner von uns mehr genügend Kraft hat. Mir ist nach Weinen zumute, doch meine Gefühle sind wie eingefroren. In mir fühlt es sich kalt an, wie die Ruhe vor dem Sturm.

Meine Hände liegen schlaff in meinem Schoß, als die Tür nach Minuten hinter mir auf- und wieder zugeht und der Mann, den ich liebe, vermisse, neben mir Platz nimmt. Ich kann ihn nicht ansehen, er sucht auch gar nicht meinen Blick.

Ebenso still wie ich verharrt er in seiner Position, erschöpft und stoisch. Schließlich bricht er das Schweigen.

„Joanne hat eine schwere Lungenentzündung. Sie liegt auf der Intensivstation, weil sie durch die epileptischen Anfälle ständig zu ersticken droht. Die Ärzte waren nicht sicher, ob sie die Nacht überleben würde."

Ich hole leise Luft, bevor ich mich ihm zuwenden kann. „Geht es ihr …?" Er schnaubt verächtlich. Gut wäre definitiv der falsche Ausdruck zur Frage, doch was ist in diesem Zusammenhang passender?

„Sie lebt zumindest noch, ja." Jeremy reibt sich die Augen mit seinen Handballen. Er wirkt so müde.

„Hast du geschlafen?"

„In meinem Auto. Ich konnte gestern nicht nach Hause fahren."

Du hättest dich melden können, beschwere ich mich in Gedanken, doch seine Gesamterscheinung sagt mir, ich solle es lieber für mich behalten. Dann dreht er sich zu mir. Begegnet meinen Augen zum ersten Mal heute und tut dies mit solch einer Intensität, einer Entschlossenheit, die mich buchstäblich erzittern lässt. Er blinzelt einmal träge und sieht mich an, als ob er sich jedes Detail meines Gesichtes genau einprägen müsste, weil er es sonst vergessen könnte, sobald die Konsequenzen seiner folgenden Worte in Kraft treten. Der Entschluss, der sich in seinen grünen Augen spiegelt, lässt sich auch von der Wehmut und der Liebe, die sich immer noch darin verbergen, nicht beirren. Mein Herz sinkt mir stechend in die Hose, als meine Lider zufallen.

Er hat uns aufgegeben. Er gibt mich auf.

„Ich bitte dich, triff jetzt keine überstürzten Entscheidungen", ersuche ich verzweifelt, ihn davon abzuhalten, das Einzige, was zumindest noch das Potenzial hätte, gut zu sein, kaputt zu machen. Meine Stimme ist nur mehr ein Hauch.

Ich höre, wie er seufzend ausatmet, den Kopf gegen den Pfosten auf seiner Seite prallen lässt. „Ich glaube, ich kann das nicht mehr, Jules."

Es gibt kein Zurück. Ausgesprochen sind die Worte, auf die die letzte Zeit hingeführt und hingewiesen hat. Er kann sie nicht mehr zurücknehmen, und ich kann ihn nicht aufhalten. Wie meine Eltern auch, wirft er mich aus freien Stücken weg. Er entscheidet sich gegen mich, lässt mich los, sieht zu, wie mein Herz entgegen seines Versprechens zum wiederholten Mal, diesmal vor seinen Füßen, zerbricht. Das macht mich nicht nur traurig, sondern auch wütend. Ich bin es leid, herumgeschubst zu werden.

„Was ist *das?"*, frage ich provokant, weil ich will, dass er den Mumm hat, richtig mit mir Schluss zu machen, wenn er das schon tun muss. Ich will, dass er es ausspricht, doch er schweigt. Er soll seine Gefühle zeigen. Er soll mich zumindest wissen lassen, dass ihm diese Trennung ebenso wehtut wie mir. Dass sie ihn genauso kaputt macht wie mich. Ich werde nicht einfach vom Erdboden verschwinden, nur weil *er* für uns beide entschieden hat.

„Gott, wie ich diesen Spruch hasse. *Was* kannst du nicht? Deine Zeit mit mir verbringen, da du nun weißt, dass sie begrenzt sein könnte? Mich lieben? Dich von mir zurücklieben lassen?"

Ich bin mir der Tatsache wohl bewusst, ihm damit zum ersten Mal auch in eindeutigen Worten meine Liebe gestanden zu haben. Ich hatte nicht vor, es ihm so zu sagen, nicht unter diesen Umständen. Er soll nicht denken, die Worte wären leer; ich würde sie nicht ehrlich meinen. Sie nur im Affekt betonen, weil ich weiß, dass er sie gerade hören muss.

Es ist aber wahr. Ich liebe ihn. Mit jeder Faser meines Körpers. Er ist mein bester Freund, mein menschlicher Anker und derjenige, dem ich mittlerweile absolut vertraute. Und in nur wenigen Sekunden habe ich all das verloren. Er auch, denn ich weiß, dass ich all diese Dinge auch für ihn war. Die Ruhe vor dem Sturm ist vorbei, der Damm bricht, und dicke Tränen kullern meine Wangen hinab.

„*Was* ist es, das du verdammt noch mal nicht tun kannst?“, stelle ich erneut die Frage und sehe ihn fordernd an. Ich habe es satt, die Starke zu sein, jedes Mal nachzugeben, wenn er nicht mehr reden wollte und mich ausklammerte. Er darf ruhig sehen, wie sehr mich das trifft.

Jeremy ballt die Hände an seinen Seiten zu Fäusten. Eine tiefe Furche liegt zwischen seinen Augenbrauen. „Ich habe versprochen, dich nicht zu verletzen. Das ist der einzige Weg, den ich kenne, um dieses Versprechen zu halten.“

Zynisch lachend schüttle ich den Kopf, bevor ich mit meiner Hand auf mein tränenüberströmtes Gesicht deute. „Jeremy. Das ist so eine leichte Ausrede.“

Erschöpft entkrampft er seine Fäuste, seine Finger bleiben reglos neben ihm liegen. „Tut mir leid, wenn du das denkst, aber ich meine es so. Ich würde lügen, würde ich behaupten, dich nicht zu lieben. Denn ich liebe dich mehr als mein Leben. Ich *kann* dir das, was mir bevorsteht, aber nicht antun. Genau deshalb tue ich gerade das einzig Richtige.“

Ich lasse seine Worte sickern. Handelt er tatsächlich aus Liebe oder doch vielmehr aus Egoismus. Obwohl diese zwei Dinge eigentlich nicht weiter voneinander entfernt liegen könnten, werden sie oft miteinander verwechselt.

„Hör zu, ich werde dich nicht zwingen, mit mir zusammen zu sein. Und ich werde dir auch nicht hinterherrennen, okay? Ich kann einfach nicht. Ich kann mir das selbst nicht mehr antun. Ich schaffe es nicht, immer wieder weggestoßen zu werden. *Vor allem* nicht von dir. Nicht nach all dem, was wir gemeinsam durchgestanden haben. Und ich verstehe dich. Ehrlich. Ich verstehe, dass das hier viel zu verarbeiten ist und du deine

Zukunft infrage zu stellen beginnst. Was ich aber nicht mitmache, ist hinzunehmen, deinen Wunsch, mich beschützen zu wollen, als Trennungsgrund missbrauchen zu lassen. Denn alles, was du hiermit machst, *ist,* mich zu verletzen. Ich sehe ein, dass du Angst hast – ich habe auch Angst ..."

Machtlos reibe ich mir unsanft die Tränen von meinen Wangen und stehe auf, unfähig, länger in seiner Nähe zu sein. Seine Wärme zu spüren, seinen Geruch einzuatmen. Mit traurigen Augen sieht er mir bei meinem unsicherem Versuch zu stehen zu, jedoch nicht bereit, mich zum Bleiben zu bewegen.

„Ich bin davon überzeugt, dass wir das miteinander hätten durchstehen können. Wir hätten gekämpft. Gemeinsam. Ich kann dir aber nicht helfen, solange du nicht weißt, ob du *das hier* nun kannst oder nicht. Tut mir leid."

Ich mache keine Szene beim Hineingehen. Wäre Claire nicht direkt beim Treppenaufgang gestanden, hätte sie meine Tränen überhaupt nicht bemerkt, doch sie sieht sie und versteht. Enttäuscht lässt sie die Arme neben ihrem Körper baumeln, unglücklich über das, was sie sich denken kann. Sie machte kein Geheimnis daraus, der Meinung zu sein, dass ich gut für Jeremy bin. Sie sagte, ich fordere ihn auf eine gesunde Art und Weise heraus und bringe ihn dazu, erwachsene Entscheidungen zu treffen. Froh darüber, dass sie mich jetzt nicht aufhält oder etwas sagt, setze ich meinen Weg ins Zimmer fort.

Ich nehme mir nicht die Zeit zum Weinen, nicht den Raum zum Zusammenbrechen und nicht die Luft zum Durchatmen. Stattdessen greife ich nach den beiden Reisetaschen und dem Rucksack, die ich vor Monaten zum Umzug verwendet habe, und packe dieses Mal sorgfältig meine Kleidung, meine Bücher, meine Kosmetika und meine Schulsachen ein. Bei dem blauen Kleid, welches ich zum Jahreswechsel trug, muss ich innehalten und schlucken, weil die aufsteigenden Tränen meine Sicht wiederholt verschwimmen lassen. Schreckliche Ereignisse führten zu wunderbaren Erlebnissen in diesem Haus mit diesen Menschen, die wahrhaftig mein Leben beeinflussten, ja sogar veränderten. Doch nun ist es Zeit, selbst loszulassen, weiterzuziehen, zu akzeptieren, dass es vorbei ist.

Nachdem ich alle meine Sachen verstaut habe, reiße ich einen Zettel aus meinem Schulblock und setze mich ein letztes Mal an den Schreibtisch.

Liebste Claire, lieber Robert,

ich möchte euch von Herzen für die Zeit danken, die ich hier bei euch verbringen durfte. Ihr wart mein Rettungsanker, als ich nicht wusste, wohin ich gehen sollte. Ihr habt euch um mich gesorgt, mir ein Dach über dem Kopf gegeben und mir euer wertvolles Vertrauen geschenkt, obwohl ihr mich gar nicht kanntet. Niemals werde ich euch sagen können, wie viel mir das bedeutet hat. Ich weiß nicht, was ich ohne euch, euer Verständnis und eure Gastfreundschaft getan hätte, obwohl ich nie das Gefühl von euch bekommen habe, nur ein Gast zu sein. Ich habe mich auf eine ganz neue Art, als ich sie kenne, zu Hause gefühlt und verstanden, dass es auch anders möglich ist, Familie zu erleben.

Es tut mir leid, dass ich mich nun nicht persönlich von euch verabschiede, dass ich euch auch nicht erklären kann, weshalb ich gehen muss. Seid deswegen nicht böse auf Jeremy, er hat mich nicht gebeten zu gehen, doch unter den momentanen Umständen halte ich dies für das Beste. Ich werde für die letzten Wochen der Schule Obdach bei einer Freundin finden und mir dann über den Sommer Arbeit und eine Wohnung suchen. Bitte macht euch keine Sorgen! Ich hoffe, ich kann euch in ein paar Monaten wieder einmal besuchen kommen, denn ihr seid mir sehr ans Herz gewachsen.

Danke für alles!
In Liebe,
Julia

Den Zettel falte ich zusammen und lege ihn in ein Kuvert. Erst als ich Jeremys sich schließende Zimmertüre und leise Musik durch die Wand, die uns trennt, durchdringen höre, hänge ich mir meine drei Taschen um und verabschiede mich leise von diesem Zimmer. Ich will Jeremy nicht bestrafen, nicht bloßstellen oder dafür sorgen, dass er sich schuldig fühlen muss, wenn ich gehe, aber ich will aus seinem Mund auch nicht hören, dass ich bleiben soll, nur weil ich sonst niemanden habe, der mich nehmen könnte.

Auf Zehenspitzen gehend, schaue ich nach, ob Claire noch da ist, bevor ich meinen an Jeremys Eltern adressierten Brief auf den Küchentisch lege und aus dem Haus verschwinde. Es ist mir egal, wie feige ich bin, dass ich mich ihnen gerade nicht stellen kann. Nicht egal ist mir, dass ich Claire oder Robert mit meinem Verhalten verletzen könnte. Ich weiß aber, dass sie meine Lüge durchschauen und mich nicht würden gehen lassen, wohl ahnend, dass ich in Wahrheit niemanden kenne, bei dem ich einfach so Unterschlupf finden könnte.

Mit meinem gesamten Lebensinventar im Gepäck marschiere ich den gleichen Weg zurück, den ich im November in die andere Richtung gegangen bin. Den Weg, der mich ein für alle Mal von meinen Eltern trennte, der mich von dem Haus mit all seinen dunklen Erinnerungen entfernte. Und nun kehre ich doch dorthin zurück, weil es der einzige Ort ist, wo ich momentan hingehen kann. Ich denke gar nicht darüber nach, versuche mir nicht auszumalen, wie Dad reagieren wird, wenn er mich mit meinen Taschen sieht. Wie er sarkastisch lachen oder mich daran erinnern wird, dass ich meine Chance, mit ihm zu leben, im Grunde verpasst habe und jetzt sehen solle, wie ich zurechtkomme. Oder wie Mom mich anschreien wird, dass ich Nerven habe zurückzukommen. Ob sie dort weitermachen wird, wo sie letztes Mal aufgehört hat, als wir uns gesehen haben?

Doch zu all dem wird es nicht kommen. Bereits als ich in unsere Straße einbiege, sehe ich das Schild, welches in der Erde unseres Vorgartens steckt. Anstatt schneller zu gehen, verlangsame ich meinen Gang, als könne ich damit verhindern, was hier offenbar schon vor einiger Zeit geschehen ist. *Zu verkaufen* steht groß auf dem Schild eines Immobilienmaklers. Die unteren Fensterläden im Erdgeschoss sind verschlossen, die Blumen neben dem Gehweg beinahe verwelkt. Die dürften seit Wochen nicht gegossen worden sein.

Unfähig zu glauben, dass Mom und Dad tatsächlich verschwunden sind, ohne mir zu sagen, wann und wohin sie gehen, lasse ich meine Reisetaschen vor dem Schild zu Boden fallen und jogge die letzten Meter zur Haustür hinauf, an der ich rüttle und warte, bis mir jemand aufmacht, denn ich habe ja keinen Schlüssel mehr. Nichts rührt sich.

Ich gehe eine Runde um das Haus, finde ein einziges Fenster, dessen Fensterladen einen Spalt, hat, durch den ich in die Küche blicken kann, doch wie befürchtet, ist diese leer. Die Küchenzeile steht noch an ihrem Platz, doch alles, was darauf stand, jeder Meter, der ins Wohnzimmer hineinführte – der Esstisch, die Stühle, die Couch –, alles ist weg und leer.

Nur mein Klavier, welches durch den Spalt gerade noch zu erkennen ist, steht noch wo es war. Sie wollten es nicht mitnehmen, weil es meines war, weil es sie an mich erinnern würde und sie offensichtlich keine Erinnerung an ihre Kinder – oder zumindest mich nicht in ihr neues Leben – mitnehmen wollten.

Fassungslos und leer gehe ich zurück zur Tür, setze mich im Schneidersitz hinter die Brüstung, sodass mich nicht jeder, der vorbeifährt, sofort sieht und bemitleidet, und umarme meinen Oberkörper, weil mir bereits kalt wird.

Was soll ich jetzt tun? Zurückgehen kann ich nicht mehr. Die einzige Möglichkeit, die mir bleibt, ist, meine Tanzlehrerin Sophie zu fragen, ob ich ein paar Nächte bei ihr schlafen darf. Ich weiß, sie würde Ja sagen. Ich weiß, sie würde mir versichern, so lange bleiben zu können, wie ich möchte, doch das schaffe ich noch nicht.

Auch wenn ich eine Künstlerin im Schmieden von Notfallplänen geworden bin, ich gelernt habe, viele meiner Ängste und einen Großteil meiner Scham beiseitezuschieben, zu bewältigen, bin auch ich damit irgendwann am Ende. An genau diesem Punkt befinde ich mich jetzt. Ich will keinen Plan B, C und D mehr finden, keine vierten und fünften Leute mehr in meinen Dreck hineinziehen und kein Mitleid mehr bekommen, weil ich zu allem Überfluss von meinem Freund verlassen wurde, obwohl doch „alles so gut aussah". Es darf ohnehin keiner von ihnen den Grund unserer Trennung erfahren. An diesem Versprechen, welches ich ihm geben musste, niemandem von seiner möglichen Krankheit zu erzählen, ändert sich nichts.

„Also habe ich doch richtig gesehen, dass da wer um das Haus schleicht", reißt mich Max, der hinter mir auf die Brüstung der Veranda klettert, aus meinen Gedanken. Ich lächle, während sich wie aus einer nie versiegenden Quelle neue Tränen anbahnen, weil es gerade unerwartet guttut, ihn zu sehen. Einen, der mich nicht bemitleidet, nicht richtet, nicht verletzen wird. Hätte ich die Kraft dazu, würde ich ihm womöglich um den Hals fallen.

„Was tust du hier, Jules?“ Sein Ton ist verwundert, aber auf besorgte Weise. Ich versuche krampfhaft, mein Schluchzen zu unterdrücken, doch mein zitternder Körper verrät mich.

„Oh, *scheiße!* Sag nicht …“ Er schwingt beide Beine über die Brüstung und landet neben meinen Füßen, aber ich verstecke mein Gesicht. Er soll mich nicht so sehen. Ich sollte nicht der Grund sein, weshalb er wütend auf seinen besten Freund ist. „Dieser Vollidiot. Gott!“, donnert er aufgebracht und tritt gegen die Holzverkleidung der Veranda.

„Aber das beantwortet meine Frage nicht, warum du hier sitzt. Du hattest doch wohl nicht vor, wieder zu denen zurückzugehen?“, setzt er nach, die Stimme diesmal etwas weicher als zuvor.

Ich wische mit meinen Händen über mein Gesicht und zucke mit den Schultern, bevor ich seinem Blick begegne. „Ich habe den Housers gesagt, ich hätte Unterschlupf bei einer Freundin gefunden. Sonst hätten sie mich nie gehen lassen, aber ich weiß nicht, wohin ich sonst sollte. Nur ist das ja offensichtlich auch nicht mehr möglich“, erkläre ich und finde es dabei selbst eigenartig, dass ich lache, während ich meine Situation beschreibe. Max sieht sich kopfschüttelnd um.

„Ehrlich, welche Eltern sagen ihrem Kind nicht, wohin sie ziehen?“ Ekel liegt in seinen Augen, Schuld, weil er wohl gewusst hatte, dass sie weggezogen sind, mir aber nichts sagte.

Ich fahre mir durch die Haare und schnaube. „Welche Art von Tochter ist sich nicht einmal sicher, ob sie das überhaupt wissen will?“

Max sieht mich streng an. „Muss ich diese Frage wirklich beantworten? Die gesunde Art, Buttercup. So, jetzt komm!“, fordert er mich auf und zieht mich mit sich hoch. „Hier bleibst du jedenfalls nicht. Wir werden schon ein Bett für dich finden.“

Kapitel 11

Jeremy

Ich habe doch das Richtige getan!

Warum fühlt es sich dann aber so falsch an? So wider die Natur? Wieso drängt es mich derart, rüber in ihr Zimmer zu gehen, sie in den Arm zu nehmen und die vergangenen paar Wochen, vor allem die letzten Stunden, rückgängig zu machen? Warum habe ich generell in letzter Zeit das Gefühl, dass alle meine richtigen Entscheidungen falsch sind und die saublöden, falschen und verkehrten richtig sein sollen? Claire meinte immer, einige meiner besten Eigenschaften wären meine Intuition, mein Urteilsvermögen, meine Menschenkenntnis. All diese Dinge scheine ich verloren zu haben, scheinen mich zu trügen und mir nun, da ich alleine in meinem Bett liege, ins Gesicht zu lachen.

Weder habe ich seit gestern die Kopfhörer von meinen Ohren genommen, noch habe ich das Zimmer verlassen. Ich habe keine Lust, mit meinen Eltern darüber reden zu müssen. Jules wird es nicht darauf anlegen, ihnen irgendetwas zu erzählen oder sich bei ihnen auszuheulen, aber sie sind nicht blöd oder blind. Sie werden zwei und zwei zusammenzählen können, und das darauffolgende Gespräch mit mir möchte ich so lange wie möglich hinauszögern. Sie werden es ohnehin nicht verstehen.

Ich wollte auch Jules nicht begegnen. Tief drinnen weiß ich, dass ich zu schwach, zu egoistisch bin, um mich komplett von ihr fernzuhalten. Ich bin nicht einmal sicher, ob ich stark genug bin, um tatsächlich zu meiner Entscheidung zu stehen. Jedes Mal, wenn ich sie sehe, vergesse ich einen Augenblick lang alle meine Sorgen, vergesse Joanne, New York, die Krankheit, den Test und alles, was damit zusammenhängt. Ich sehe nur sie, ihre liebevollen, ehrlichen und treuen Augen, ihren wunderschönen Mund, den ich küssen, und ihr Herz, das ich beschützen will. Solange ich diese Gefühle nicht in den Griff bekomme, sollte ich auch nicht in ihrer Nähe sein.

Es war das Härteste, was ich in meinem Leben bisher machen musste, als ich unsere viel zu kurze gemeinsame Zeit beendete. Ihr ins Gesicht zu sehen und dabei trotzdem Überzeugung dieser Trennung zu vermitteln, die ich tief im Inneren doch gar nicht möchte.

Als mein Wecker neben meinem Kopf läutet und das Ende dieser langen Nacht signalisiert, werfe ich meine Kopfhörer beiseite, fahre mir über das Gesicht und verweile mit den Händen auf meinen müden Augen, die seit Tagen brennen. Der fehlende Schlaf fordert immer mehr seinen Tribut. Ich sehe kaum noch in den Spiegel, wenn ich mir das Gesicht wasche und Zähne putze, weil ich die Ringe unter meinen Augen und die Blässe nicht mehr sehen will. Lieblos packe ich meine Schulsachen für den Tag zusammen, verlasse mein Zimmer und werfe einen Blick zu Julias Zimmer, bevor ich die Treppen hinuntergehe. Sie muss schon aufgestanden sein, denn ihre Tür ist nur angelehnt. Ich zwinge mich weiterzugehen, anstatt wie ein Feigling erneut Schutz in meinem Zimmer zu suchen vor den unbehaglichen und heiklen Situationen, die mir bevorstehen. Werden wir gemeinsam frühstücken? Miteinander reden oder einander ignorieren? Wird sie weiterhin mit mir zur Schule fahren oder den Bus nehmen? Ich habe keine Ahnung.

Langsam gehe ich in die Küche, um die Lage dort abzuchecken, aber nur Dad sitzt mit seinem Kaffee und seiner Zeitung am Küchentisch. „Wo sind alle?“, erkundige ich mich zaghaft, als ich mir einen Kaffee mache. Dad blickt irritiert von seiner Zeitung auf. Eine Geste, die man bei ihm nur in seltenen Fällen sieht. Jetzt geht's los …

„Claire ist bereits in der Klinik", beantwortet er mir zumindest teilweise meine Frage. Wartend auf den Rest, lehne ich mich gegen den Kühlschrank und rümpfe bei seinem stirnrunzelnden Blick die Nase. Was will er von mir?

„Ich werde dir nicht sagen, dass es nicht einer deiner hellsten Momente war, das Mädchen gehen zu lassen, aber ich hoffe für dich, du weißt, was du tust."

Irgendwas an seinem Satz macht mich stutzig. „Moment! Was meinst du mit gehen lassen?" Hat Jules ihnen wirklich schon gesagt, dass wir nicht mehr zusammen sind, und er nimmt einfach an, dass es von mir ausgegangen ist? Nicht, dass das nicht stimmt … Aber ich habe nicht den Eindruck, dass es das war, was er damit meinte.

Dad studiert mich lange, bevor er die Hände in die Hüften stemmt. „Sie hat einen Brief hinterlassen, in dem steht, dass sie zu einer Freundin zieht. Sag bloß, du weißt davon nichts?"

Mit einem Mal extrem aufgebracht setze ich meinen frisch gemahlenen Kaffee ab und jogge mit großen Schritten in den Flur und die Treppen hinauf. Oben stoße ich Julias angelehnte Tür auf, nur um nicht nur das Zimmer wie befürchtet leer vorzufinden, sondern auch tatsächlich alle ihre Sachen als fehlend zu registrieren.

„Scheiße!", rufe ich, weil ich niemals wollte, dass sie glaubt, ausziehen zu müssen. Ich hätte ihr sagen müssen, dass das nicht meine Absicht oder mein Wille ist. Dass unsere Trennung nicht bedeutet, dass sie hier nicht weiterhin willkommen ist. Was für ein Mensch oder Freund wäre ich, wenn ich das eine vom anderen abhängig machen würde? Aber ich habe es ihr nicht kommuniziert, und jetzt ist sie weg. Keine Ahnung, wie lange schon. Ich springe die Treppen hinunter, schnappe meinen Rucksack, greife nach meinem Schlüssel und folge meiner einzigen Idee, wo ich nach ihr suchen könnte.

Es ist Max' Schwester Lucy, die mir die Tür öffnet, doch sie kommt gerade einmal zur – für sie – unüblich kühlen Begrüßung, bevor Max sich an ihr vorbeischiebt und in vermeidlicher Verteidigungshaltung die Arme vor der Brust verschränkt. Mir ist es unangenehm, dass meine Quasi-Familie so abweisend auf mich reagiert. Zugleich bestätigt das meine Vermutung, dass sie über die Trennung von Julia und mir Bescheid wissen. Das heißt, sie ist hier bei ihnen. Trotzdem frage ich.

„Ist Julia hier?" Er sieht nicht besonders wütend auf mich aus, eher enttäuscht von mir. Frustriert bin *ich.* Lucy verdreht Zunge schnalzend die Augen und lässt uns alleine.

„Nein", antwortet Max knapp.

„Du lügst." Es ist keine Frage, sondern eine Feststellung. Sie muss hier sein. Ich kenne niemand anderen, zu dem sie sonst gehen würde. Ich empfinde ein mulmiges Gefühl, bei der Vorstellung, dass sie hier ist; dass sie bei meinem besten Freund Zuflucht sucht, wenn ich nicht mehr da bin. Andererseits *bete* ich, dass sie hier ist, weil ich sie nirgendwo anders wissen will. Ihm vertraue ich. Nie würde er sie oder die Situation ausnützen, und trotzdem wurmt es mich. Und in Wahrheit habe ich sie doch selbst in diese Ecke gedrängt. Ich kenne Jules gut genug und hätte wissen müssen, dass sie nicht bei uns bleiben würde; dass sie sich wie eine Bürde fühlen und flüchten würde. Ich denke, ich hätte es nicht anders getan.

Max hält meinem Blick stand, schüttelt lediglich den Kopf und weicht keinen Zentimeter zurück, als ich einen Schritt auf ihn zutrete, andeutend, dass ich ins Haus will.

„Stellst du dich jetzt gegen mich?", frage ich, ehrlich konsterniert, getroffen von seinem Misstrauen. Max blinzelt und streckt die Arme hinauf zum Türrahmen, wo er sich festhält und scharf ausatmet.

„Soll ich dir was sagen, Jeremy? Du machst es mir dieser Tage wirklich schwer, an deiner Seite zu bleiben. Nicht nur, weil du in meinen Augen idiotische Entscheidungen triffst, angefangen davon, dass du immer noch glaubst, es wäre besser, den Test nicht zu machen.“

Genervt, weil er schon wieder davon anfängt, mache ich einen Schritt zurück und rolle mit den Augen, doch er lässt sich nicht von meinem Desinteresse beirren.

„… weiter zu der Tatsache, dass deine Eltern nach fast einem Monat immer noch nichts von dieser Geschichte wissen, bis hin zu dem, was du gestern mit Jules verbockt hast. Dieses Mädchen wäre dir beigestanden bis zu welchem Ende auch immer, und du hast sie weggeschoben. Also frage ich mich natürlich – warum stehst du vor meiner Tür und willst zu ihr?“

„Ich muss mich vor dir nicht rechtfertigen, Max. Ob sie nun meine Freundin ist oder nicht, sorge ich mich um sie, und sie hat mir nicht einmal gesagt, wohin sie gegangen ist. Ich musste durch meine Eltern erfahren, dass sie *überhaupt* weg ist.“

Mit einem unbarmherzigen und wenig mitfühlenden Gesichtsausdruck mustert er mich. „Was hast du ihr die vergangenen Wochen alles *nicht* erzählt? Wie ehrlich warst du ihr gegenüber bezüglich deiner wahren Gefühle? Wie ehrlich warst du zu dir selbst?“ Er trifft den Nagel auf den Kopf, aber das braucht er nicht zu merken.

„Alter, wenn ich einen Psychiater brauche, dann suche ich mir einen, okay? Alles, was ich jetzt will, ist die Loyalität meines besten Freundes.“

Max schließt die Augen und schüttelt resigniert den Kopf. „An meiner Loyalität hat sich nichts geändert. Derjenige, der sich geändert hat, bist du.“ Er beendet seine defensive Haltung und weicht etwas von der Tür zurück, als wäre er jetzt bereit, mich gewähren zu lassen. „Sie ist wirklich nicht hier. Sie ist schon sehr früh heute Morgen zur Schule gegangen. Ich habe sie gar nicht mehr gesehen."

Mit dieser Information ist das Gespräch für mich beendet. Ich mache kehrt und marschiere zurück zum Auto. Überfallen werde ich sie nicht, zur Rede stellen möchte ich sie jedoch schon, denn egal, was zwischen uns war, ihre Wohnsituation gehört geklärt.

Die ersten paar Stunden fühle ich mich wie in einem Déjà-vu der ersten Wochen unserer echten Bekanntschaft, als ich versucht habe, sie auf ihre Verletzungen anzusprechen, und sie es ständig schaffte, mir irgendwie aus dem Weg zu gehen. Heute ist es genauso: Die Geschichtestunde verpasst sie, weshalb auch immer. Danach haben wir getrennte Kurse, und in der ersten größeren Pause gelingt es ihr ebenfalls, sich vor mir zu verstecken. Erst in der Mittagspause, bevor die anderen sich an unseren Tisch im Schulgarten setzen, finde ich sie unter ihrem Baum, bei dem sie sich schon sehr lange nicht mehr aufgehalten hat. Verblüfft, wie nervös ich bei ihrem Anblick werde, nähere ich mich ihr, rufe ich ihren Namen, um sie auf mich aufmerksam zu machen. Ebenso schreckhaft wie am Anfang zuckt sie zusammen, ehe sie aufsteht und sich mir zuwendet.

„Ich habe dich vorhin bei Max gesucht", beginne ich unbeholfen. Welche Antwort würde ich jetzt gerne von ihr hören?

„Ich hatte noch etwas mit der Schulleitung zu besprechen", erklärt Julia und steckt ihre Hände in die Hosentaschen.

Stirnrunzelnd gehe ich automatisch einen Schritt auf sie zu. Sie weicht nicht zurück, sieht aber verhalten und irgendwie warnend zu mir, was mich sofort zum Stillstand bringt. „Was denn?", frage ich verwirrt und ein wenig besorgt nach. Hat sie

Probleme, von denen ich nichts weiß? Bei Jules' Notendurchschnitt kann ich mir das aber nicht vorstellen. Ist es etwas wegen ihrer Eltern?

Sie kämmt sich die Haare hinters Ohr und leckt sich über ihre rissigen Lippen. Damit versucht sie nicht einmal sexy auszusehen. Sie ist es einfach. Eine Antwort bekomme ich jedenfalls nicht.

Wird es von jetzt an so sein? Dass wir nicht mehr miteinander reden können, nicht einmal über Dinge, die nichts mit unserer Beziehung oder Trennung zu tun haben?

„Was willst du, Jeremy? Ich glaube, wir haben gestern alles besprochen, was es zu sagen gab." Ich hatte gehofft, diese Kälte und Feindseligkeit nie wieder von ihr zu empfangen.

„Warum bist du gegangen? Nur weil das mit uns nicht klappt, heißt das nicht, dass du nicht weiter bei uns leben kannst", sage ich gerade heraus, weil ich nicht länger Zeit schinden will. Sie sieht kurz zum Himmel auf, als suche sie dort Kraft für die Antwort, die sie mir geben wird.

„Doch, Jeremy, genau das heißt es. Denn ich werde dir nicht dabei zusehen, wie du mich und alle anderen, die dir etwas bedeuten, aus deinem Leben entfernst. Du scheinst zu erwarten, dass jeder deine Wahl einfach hinnimmt, anstatt dir zu sagen, dass es Blödsinn ist, was du machst, weil du uns wichtig bist. Das musst du von nun an alleine machen. Und ich bin kein Wohltätigkeitsfall, um den du dich weiterhin auf Biegen und Brechen kümmern musst, obwohl du festgestellt hast, dass ich für dich nie mehr war als das. Jemand, den du glaubtest retten zu müssen. Deshalb bin ich gegangen."

„Hör auf damit! Du weißt genau, dass du nichts mit der Trennung zu tun hast. Es ging hierbei nie um dich persönlich."

„Stimmt, das weiß ich", schnaubt sie. „Ich mag klug genug sein, um zu *wissen"*, sie tippt an ihre Stirn, „dass es dabei nicht um mich als Person geht. Und trotzdem fühlt es sich verdammt noch mal danach an, und es ist kein erbauendes Gefühl, das kann ich dir sagen." Um ihren Kommentar zu untermauern, legt sie ihre Hand auf ihre Brust.

„Aber ich werde tun, was immer ich kann, um dafür zu sorgen, dass all das, wofür ich die letzten sieben Monate gekämpft habe, nicht einfach ausgelöscht und in Stücke gerissen wird. Nicht einmal von dir. Und wenn das bedeutet, dass ich dich und meine Gefühle für dich ausblenden muss, dann werde ich das tun."

„Weshalb bist du dann jetzt so wütend?", frage ich unsinnigerweise, obwohl ich sie eigentlich nicht reizen will, es aber auch nicht ertrage, wenn sie das mit der Distanz tatsächlich durchzieht. Wieder der Egoismus.

Jules presst die Lippen aufeinander. „Ich bin wütend auf dich, weil du zu wissen glaubst, was das Beste für mich ist, und du es einfach über meinen Kopf hinweg zu entscheiden versuchst. Dabei bist *du* das Beste für mich." Tränen steigen in ihre Augen und lassen nicht lange auf sich warten. Das ist ihr sehr unangenehm, weil sich der Garten und die Tische langsam füllen und sie es hasst, vor anderen zu weinen. Sie versteckt sich, soweit es möglich ist, vor den Blicken der anderen hinter ihrem Baum.

Es wird mir immer wehtun, sie weinen zu sehen. Dass sie dies jedoch zum wiederholten Mal meinetwegen tut, löst den Drang in mir aus, mich selbst zu treten. Ihre Worte erwärmen mein Herz und bringen mich gleichzeitig um, weil ich ihnen nicht gerecht werden kann und das Gesagte nicht zurücknehmen werde.

Julia schüttelt den Kopf, beißt sich auf die Lippe. Ich schlucke und versuche den Abstand zwischen uns zu verringern, damit sie von den anderen abgeschirmt ist, doch sie missversteht meine Absicht und schreckt zurück, als hätte ich sie geschlagen. Nun muss ich den Blickkontakt brechen, denn mit solch einer

Reaktion kann ich nicht umgehen. Dass sie mich gedanklich mit ihrer Mutter vergleicht, macht mich krank. Aber in ihren Augen habe ich sie auch so verletzt. Sie hat mir einmal gesagt, dass Worte noch schlimmere, bleibende Schäden anrichten könnten, als Schläge. Und ich habe mein Wort vor ihr gebrochen. Sie fühlt sich betrogen und ich kann es nicht einmal gutmachen.

„Ich hätte mich für dich entschieden, egal, wie es ausgeht. Aber das hast du mir genommen", schließt sie mit zitternder Stimme. Dem habe ich nichts hinzuzufügen, denn sie hat recht.

„Hey, warum sitzt ihr nicht bei uns?", unterbricht schließlich Danny das darauffolgende intensive Schweigen zwischen Julia und mir. Bevor er den Satz zu Ende gesprochen hat, dreht sie sich beschämt weg und wischt ihren Arm über das Gesicht.

„Was ist denn mit dir passiert? Bist du verletzt?" Verärgert sieht er zu mir, weil er genau weiß, dass ihre Tränen meinetwegen rinnen.

„Geh weg, Danny! Das ist nicht deine Sache."

Mit vor der Brust verschränkten Armen kneift er die Augen zusammen. „Wenn du sie vor der ganzen Schule so fertigmachst, dass sie weint, dann machst du es zu meiner Sache. Sie ist auch meine Freundin."

Genervt werfe ich die Hände in die Luft. „Warum zur Hölle meint in letzter Zeit jeder, sich in Angelegenheiten einzumischen, die nur Julia und mich etwas angehen?"

„Weil ich es satt habe …" er versetzt mir einen Stoß, den ich wie aus einem Reflex erwidere, bevor ich mich für einen möglichen Kampf wappne. „… dir dabei zuzusehen, wie du dich uns allen, aber vorrangig ihr gegenüber, wie ein Vollidiot benimmst. Also, was auch immer dein Problem ist, sieh zu, dass du es in den Griff bekommst, und fang verdammt noch mal an, Jules so zu behandeln, wie sie es verdient."

„Oder was? Denkst du, dass du es statt mir besser könntest? Ist es das, was du willst?", schreie ich ihn an, entnervt, dass ich mich nicht mehr unter Kontrolle zu haben scheine. Aus nicht mehr allzu weiter Entfernung höre ich einen Lehrer, der Pausenaufsicht hat, nach uns rufen, sowie Schritte, die auf uns zulaufen. Aber der Punkt ist erreicht, an dem mir alles zu viel, alles egal ist. Ich habe in Danny das Ventil gefunden, das ich brauche, um meinen Zorn loszuwerden. Fassungslos starrt er mich an, weil ich ihm hier etwas unterstelle, was er nie tun würde. Julia tritt zwischen uns, die Hände erhoben, der Gesichtsausdruck streng und intolerant.

„Jeremy! Hör auf damit!“ Diese Geste und ihre Worte bringen mich noch mehr in Fahrt, weil sie mich nun für ein Monster hält. Unüberlegt und unkontrolliert schiebe ich sie weg, weil dies gerade eine Sache zwischen mir und Danny ist, doch sie hat diese Behandlung nicht verdient. Leider ist es bei dieser Erkenntnis bereits zu spät, und Danny packt mich bei meinem Shirtkragen.

„Was zum Teufel soll das, Jeremy? Wer bist du?“ Er wird mich nicht schlagen, er will mich nur davon abhalten, Jules wehzutun, weil er offenbar nicht weiß, dass mir das im Traum nie einfallen würde. Weiß sie das denn, oder hat sie Angst vor mir? Ich kann sie nicht ansehen.

Fuchsteufelswild darüber, in dieser Situation zu sein, fixiere ich Danny und stoße ihn mit beiden Händen von mir. „Seit wann hast du die Aufgabe übernommen, ihr verdammter Beschützer zu sein?“

„Seit du offensichtlich nicht mehr dazu in der Lage bist“, lautet seine Antwort, als plötzlich der Lehrer und O’Mally mit ein paar anderen Schülern neben uns stehen, doch die beiden sind die Einzigen, die agieren. O’Mally streckt vor Danny seinen Arm aus, um ihn daran zu hindern, nochmals auf mich loszugehen. Der Lehrer, Mr. Pegan, stellt sich vor mich.

„Mr. Houser, was soll dieses Verhalten? Beruhigen Sie sich!“ Toll, jetzt bin ich der Arsch, der sich nicht beherrschen kann. Die Aggression ist erloschen, es bleibt nur mehr die Scham. Vor Jules, denn ich habe sie angegriffen. Obwohl ich mir geschworen hatte, dies *niemals* zu tun. Unter keinen Umständen, egal ob fest oder nicht. In letzter Zeit gelingt es mir aber ohnehin nur mehr, jeden, der mir etwas bedeutet zu verletzen. Jules sieht mich an, als sähe sie mich zum ersten Mal, die Enttäuschung in ihren Augen erschüttert mich. Die Arme um ihren Oberkörper geschlungen, wirkt sie kleiner als sonst. So dicht wie möglich tritt sie an mich heran, bis nur ich in dem Getuschel und Gemurmel meiner Mitschüler hören kann, was sie mir zu sagen hat.

„Mit deiner Entscheidung, mich aufzugeben, hast du gleichzeitig dein Recht aufgegeben, eifersüchtig zu sein, klar? Und ich bin kein Job! Kein Auftrag, kein Ding, das man beschützen muss. Falls du also mit dieser Aktion bezwecken wolltest, dass ich dich in Ruhe lasse, dann gratuliere, ich habe es verstanden. Du kannst die Show in Zukunft lassen." Mit diesen Worten wirbelt sie herum, verschwindet in der Masse und überlässt mich dem schadenfrohen Blick O'Mallys, der Zurechtweisung Mr. Pegans und der Ablehnung meines zweitbesten Freundes.

Julia

Mit Abscheu betrachte ich meine Hände, die selbst einige Stunden nach der Szene im Schulgarten immer noch nicht zu zittern aufgehört haben. Erbost über diese kindische Reaktion schüttle ich sie unsanft aus. Irgendwann muss das Adrenalin doch verschwinden. Wenig hilfreich sind dabei natürlich die etlichen Schüler, die mich ansehen, als hätten sie einen privaten Disput erlebt, als wäre ich ein Opfer, welches vor ihrem gewalttätigen Freund gerettet werden muss. Dabei haben die alle keine Ahnung, wie häusliche Gewalt in Wirklichkeit aussieht. Jene Gewalt, aus der mich ausgerechnet Jeremy befreit hat. Dafür werde ich ihm immer dankbar sein.

Was sich heute dort draußen abgespielt hat, war erschreckend, befremdend, im wahrsten Sinne des Wortes, denn ich habe ihn wirklich nicht wiedererkannt. So habe ich ihn noch nie erlebt. Im Grunde weiß ich nicht, ob das Ganze tatsächlich nur Show war, wie ich ihm zum Schluss sagte. So wenig ich seine Reaktion tolerieren kann, wollte ich ihm vor der Horde der anderen zumindest ein kleines Schlupfloch gewähren, damit er nicht als totaler Arsch dasteht. Ich bin sicher, dass einige meine Worte gehört haben, und wenn etwas schnell die Runde macht, dann ist es Tratsch. Was die anderen von mir halten, ob sie mich bemitleiden oder belächeln, kann mir ab morgen egal sein.

Der einzige Grund, weshalb ich noch hier auf dem Boden des Lehrertraktes sitze – in Sicherheit, weit genug weg von der Direktion, in der sich Jeremy und Danny noch aufhalten – ist der, dass ich auf die Bestätigungen warte, ausreichend Credits zu haben, um das Jahr zumindest mit einem guten Erfolg abzuschließen. Das nächste und letzte Mal, dass mich diese Schule demnach sehen wird, wird zum Schulabschluss sein, wenn ich mein Diplom abholen komme.

Ich kann mich hier einfach nicht länger aufhalten. Jeremy sehen, ihn und mich weiter durcheinanderbringen; bei Max einziehen, ihm und seiner Familie eine Last sein; die Freundschaft zwischen den Jungs weiter ins Wanken bringen, weil viele von ihnen Partei für mich ergreifen, da ihnen die wichtigen Informationen fehlen, um sich ein reales, objektives Bild von unserer Lage machen zu können.

Schon gestern habe ich nach einem längeren Gespräch mit Max beschlossen, ein Flugticket nach Seattle zu buchen, meine letzten Angelegenheiten hier an der Schule noch zu klären und die verbleibenden zwei Schulwochen, die uns vom Abschluss trennen, bei Grace zu verbringen. Dort kann ich Kraft tanken, lernen, wieder ohne Jeremy klarzukommen und die Einzelteile, in die ich mich zerborsten fühle, langsam aber sicher wieder aufheben und zusammensetzen.

Ich werde übermorgen fliegen. Max hat mir geholfen, mein Ticket online zu kaufen. Gott sei Dank hat es meinen finanziellen Rahmen nicht gesprengt, trotz der Tatsache, dass ich Last Minute gebucht habe. Viel Geld habe ich nicht mehr, hatte ich auch nie. Da ich aber im Sommer arbeiten gehen werde, um irgendwo ein kleines Zimmer zu mieten und für die paar Monate meiner Jüngerschaftsschule das Geld zusammenzukratzen, ist es mir wert, vorerst von hier wegzukommen. Außerdem war das Geld ohnehin für nichts anderes als den Flug zu Grace, den ich spätestens im Juli buchen wollte, geplant.

Ich fahre zusammen, als ich die Direktionstür aufgehen höre und Jeremy, Danny, Sebastian und Mr. Pegan den Raum verlassen sehe. Mr. Pegan zeigt noch einmal mit dem Finger auf Jeremy und Danny, sagt im gedämpften Ton irgendetwas, das ich aus der Distanz nicht ausmachen kann, aber beide wirken ziemlich teilnahmslos. O'Mally gibt sich nicht einmal

Mühe, so zu tun, als würde er die Situation nicht genießen. Selbstgefällig lehnt er sich an den Türpfosten und blickt schmunzelnd von Jeremy zu Danny. Es kommt mir so vor, als sähe er Jeremys Not wie eine Art Rückzahlung, Vergeltung für all die Jahre, in denen Sebastian in seinem Schatten stand.

Zu Ende gepredigt, zieht sich Mr. Pegan in das Lehrerzimmer nebenan zurück. Danny reißt Jeremy augenrollend einen Zettel, den anscheinend beide bekommen haben, aus der Hand und zerknüllt ihn gemeinsam mit seinem gleichgültig, bevor er beide in hohem Bogen Richtung Mistkübel wirft. Das sind die Unterlagen zum Nachsitzen, nehme ich an. Er trifft jedoch daneben, die Papierkugel prallt an der Wand ab und bleibt ein paar Meter vor meinen Füßen liegen. Als würden die Zettel in Flammen stehen, ziehe ich automatisch meine Beine näher an mich, im Versuch mich zu verstecken. Doch sie haben mich bereits bemerkt.

Ich sehe zu den Jungs auf, die mich nun alle drei anstarren. Verzweifelte grüne Augen sind es, die mich daran hindern, sofort wegzusehen oder das Weite zu suchen. Stattdessen verharre ich in meiner Position und schlinge meine Arme enger um meine Beine. Nicht weil ich Angst vor Jeremy habe, sondern weil ich Idiotin trotz all der Male, die er mich nun schon zurückgewiesen und mir klargemacht hat, dass wir keine gemeinsame Zukunft haben, immer noch nichts lieber will, als ihm in die Arme zu laufen. Ihn zu umarmen. Ihm zu sagen, dass alles gut wird, und dass er keine Angst haben muss, alleine zu sein. Wie ein unsichtbares Band zieht es mich nach wie vor zu ihm, und es kostet mich all meine Kraft, sitzen zu bleiben. Innerlich verfluche ich mich, weil ich mich nicht besser versteckt habe. Die Zettel verwünsche ich, weil sie nicht *im* Mistkübel gelandet sind.

Danny, der am Feld zwar gut fängt, in der Realität aber leider offenbar ironischerweise nicht zielen kann, bedenkt mich mit einer Geste, die ich aus den Augenwinkeln als beschwichtigendes Kopfnicken ausmachen kann. Er legt seinen Arm um Jeremy, als wäre nie etwas zwischen ihnen gewesen. Wie aus einem Traum gerissen, blinzelt Jeremy heftig, bevor er zu Boden sieht und sich von Danny wegbewegen lässt. Nur beiläufig fällt mir auf, dass O'Mally nicht mehr grinst, sondern nur den Kopf leicht schief legt.

Schwermütig hebe ich meine Hand vor die Augen, weil sich jede Begegnung mit Jeremy neuerdings so surreal und schrecklich anfühlt. Als wären wir plötzlich Feinde – statt Verliebte, beste Freunde, Vertraute.

„Sieht aus, als wäre er doch nicht dein Ritter in strahlender Rüstung gewesen, nicht wahr?"

Beim Klang dieser Stimme schließe ich endgültig die Augen, senke den Kopf, bis er auf meinen Knien liegt. „Ernsthaft, O'Mally! Ich habe gerade weder die Energie noch die Motivation, um deine Schadenfreude zu ignorieren."

„Oh Mann, weinst du schon wieder? Wenn ja, dreh ich gleich wieder um. Es gibt nichts Schlimmeres als heulende Weiber." Ich habe den Eindruck, er versucht mich aufzuheitern. Ich hebe meinen Arm etwas, um ihm einen skeptischen Blick zuzuwerfen.

„Ist das umgekehrte Psychologie?" Irgendetwas an meiner Stimmlage, meinem Auftreten oder irgendein anderer Grund veranlasst ihn dazu, das Scherzen aufzugeben. Kurz sieht er sich um und setzt sich dann neben mich. Unsicher kratzt er sich den Nacken. Ich bin überrascht von dieser anderen, fast unbeholfenen Seite von ihm, die bisher nicht zum Vorschein kam.

„Sorry, habe falsch angefangen", korrigiert er sich und holt dann Luft. „Noch mal von vorne: Kann ich irgendetwas für dich tun?" Erstaunt starre ich ihn an.

„Nein …" Meine Antwort klingt wie eine Frage. „Aber … danke?!" Definitiv eine Frage. Rücksicht und Anteilnahme gehören nicht zu den Eigenschaften, die ich ihm bisher zugeschrieben hätte.

Bestätigend nickt er einmal, dann zuckt er mit der Schulter. „Hat ja nicht lange mit euch gedauert. Nicht, dass ich von etwas anderem ausgegangen wäre."

So viel dazu …

Ich verdrehe die Augen. „O'Mally … Gott sei Dank, da bist du ja wieder. War mir nicht sicher, wie lange der gruselignette Sebastian Ausgang bekommen würde. Aber ehrlich jetzt, bei deinen multiplen Persönlichkeiten sollte man doch meinen können, zumindest *eine* davon wäre sympathisch."

Er lacht in sich hinein. „Ich meinte damit, weil er nun mal ein Arsch ist, und Ärsche bleiben eben Ärsche." Seine Augenbrauen wölben sich vielsagend. „Ich weiß, wovon ich rede." Er zwinkert, und ich akzeptiere seine Beinahe-Entschuldigung.

„Wow, es gibt wohl doch einen Punkt, in dem wir uns einig sind." Die zynische Bemerkung kann ich mir nicht verkneifen und nicke beipflichtend. Dann denke ich über seine Worte nach und reibe meine Unterarme.

„Aber es ist nicht ganz so einfach, wie es vielleicht aussieht. Er ist kein Arsch." Ich will nicht, dass Jeremy so dasteht, denn das ist wirklich das Letzte, was er ist.

O'Mally teilt mein Verständnis für Jeremys Benehmen nicht und schlägt mit einer Faust auf den Boden. „Herrgott, wieso sind Frauen immer so doof und rennen zu dem Typen, der sie gar nicht verdient hat?"

Darauf habe ich keine Antwort. Ich könnte ihm jetzt die Situation zu erklären versuchen, Ausreden finden, Notlügen erzählen, um alles zu verschönern, doch wozu die Mühe?

„Jedenfalls …" Er druckst herum. „Tut mir leid, dass ich all die Monate und Jahre nicht gecheckt habe, was sich bei dir abspielt." Meine Alarmglocken läuten. Unfähig, eine passende

Antwort zu finden, sehe ich ihn mit leicht geöffnetem Mund an. Er starrt auf den Boden.

„Es kommt mir blöd vor zuzugeben, ich hätte dich nicht die ganze Zeit genervt, sondern in Ruhe gelassen, hätte ich von deinen … Umständen gewusst. Nicht, dass das richtig gewesen wäre ...“ Die meisten hätten mich in Ruhe gelassen, weil sie sich nicht damit auseinandersetzen oder hineingezogen werden wollen. Jeremy hat dies nicht getan.

Ich strecke meine Beine von mir. Die verkrampfte Haltung wird unbequem. „Weißt du, was eines der schönsten Dinge am Schulabschluss ist? Dass das gleichzeitig der Moment ist, in dem du alles, was du warst, jede Rolle, in die du hineingezwängt wurdest oder die du dir selbst auferlegt hast, ablegen kannst. Du kannst neu anfangen und sein, wer immer du willst.“ Das wünsche ich ihm. Und Jeremy. Und mir. Trotz all der drückenden Tatsachen.

O’Mally schluckt, lächelt dann. Ich rapple mich vom Boden auf, klopfe meinen Hintern ab und verabschiede mich mit einer Handbewegung von O’Mally. Kurz bevor ich die Direktion erreiche, ruft er mir nochmals nach.

„Ich sollte ja sagen, dass es mir leidtut, aber das tut es nicht.“ Er meint damit das mit Jeremy und mir, denke ich.

Ich verziehe den Mund, akzeptiere es aber. „Okay.“

O’Mally steht ebenso auf und macht Rückwärtsschritte in die entgegengesetzte Richtung, ohne den Augenkontakt zu brechen. „Vielleicht beweist er mir aber doch noch, kein absoluter Trottel zu sein, und kämpft um dich.“

Damit dreht er sich um und lässt mich allein.

Jeremy

Nachdem ich die Haustür hinter mir geschlossen habe, will ich nur mehr ins Bett. Ich bin müde und sauer und weiß nicht mehr, wo mir der Kopf steht.

Der Tag war die Hölle. Nicht wegen der Sache mit Danny oder weil ich schon wieder zum Direktor musste und mir wieder einmal mit dem Schulausschluss gedroht wurde. Auch nicht weil ich zum zweiten Mal eine Woche lang nachsitzen muss, und das sogar noch in der vorletzten Schulwoche – lächerlich. Nicht einmal deshalb, weil ich am Nachmittag so viele bescheuerte Blicke von verschiedensten Leuten kassierte, als hätte ich einen Welpen geschlagen oder so.

Was mich stattdessen wirklich fertiggemacht hat, war das Gespräch mit Jules. Zu wissen, dass ich sie eigentlich gar nicht mehr ansprechen und ihr aus dem Weg gehen sollte, weil das der richtige Weg wäre, meine Überzeugtheit von der Trennung zu unterstreichen. Das Problem ist nur, ich kann es nicht. Ich kann nicht so tun, als existiere sie kaum, als wäre sie mir nicht wichtig oder wir wären wie auf Knopfdruck plötzlich nur mehr platonische Freunde. Ihr ging es genauso, das konnte ich deutlich erkennen, als sie mich im Gang ansah. Umso dankbarer war ich, dass Danny mich intuitiv daran hinderte, zu ihr zu gehen, bevor ich mich von der Stelle rühren konnte. Er murmelte mir zu, dass ich Jules und mir eine Pause gönnen sollte, und schliff mich zurück in den Schulgarten.

Mein Wunsch, mich in meinem Zimmer zu verkriechen, wird mir jedoch scheinbar nicht gewährt, denn Dad steht wartend im Wohnzimmer, unschwer zu erkennen, dass er mit mir reden will. Trotzdem versuche ich mein Glück, salutiere ihm kurz und beginne die Treppen in Angriff zu nehmen.

„Wo gedenkst du hinzugehen?“, will er wissen und verschränkt die Arme vor der Brust.

Fragend hebe ich die Augenbrauen und sehe mich um. „Ähm, in mein Zimmer?!“ Von meinem sarkastischen Unterton lässt er sich nicht aus dem Konzept bringen und fixiert mich weiterhin eisern. Sieht aus, als hätte er sich schon für die mir bevorstehende Standpauke vorbereitet.

Kapitulierend hebe ich kurz die Hände und lasse sie seufzend wieder fallen, um ihm zu zeigen, wie wenig Lust ich auf das Folgende habe.

„Oder … ich bleibe hier“, ergänze ich zynisch und schlurfe ins Wohnzimmer, wo ich mich in einer übertrieben gelangweilten Bewegung auf die Couch fallen lasse. Erst jetzt bemerke ich Claire, die mich vom Esstisch aus betrachtet. Sie sieht böse aus. Und enttäuscht und traurig.

So schlimm war das doch alles gar nicht.

Okay, was heute passiert ist, war wirklich unnötig, und wie ich mit Julia umgegangen bin, ist unverzeihlich. Das hat mich selbst erschreckt. Aber das ist etwas, das ich mit mir alleine ausmachen muss und nichts, wovon Dad wissen sollte, um mich deshalb sprechen zu wollen. Außerdem waren ihre Reaktion auf mein Erscheinen im Lehrertrakt und ihr verletzter, fremder Blick Strafe genug für mich. Und obwohl es gut für den Abschluss zwischen ihr und mir ist, dass sie mich jetzt für das Letzte hält, brenne ich innerlich dennoch darauf, es wiedergutzumachen und ihr erneut das Gegenteil zu beweisen.

Danny und ich hingegen hätten uns nie wirklich geprügelt. Wir kennen uns seit der siebten Klasse. Es kam schon öfter vor, dass wir verschiedener Meinung waren, und anders als bei Max und mir wurden wir dabei auch unter Umständen mal lauter und energischer. Nur weil aber auf einmal ein paar Typen eine riesige Sache daraus machten, war es trotzdem in Wahrheit wenig spektakulär.

„Das war das zweite Mal innerhalb eines Jahres, dass du handgreiflich geworden bist“, setzt Dad unmittelbar an, ohne erst um den heißen Brei herumzureden.

Humorlos lache ich auf. „Handgreiflich?! Es war ein verbaler Streit, sonst nichts.“

Claire schüttelt resigniert den Kopf, steht ohne ein Wort zu sagen auf und verlässt den Raum. Ich ziehe die Augenbrauen zusammen, denn ich kenne es nicht von ihr, dass sie Dad solche Gespräche allein mit mir führen lässt. Nicht, dass es schon viele dieser Art gegeben hätte.

„Offenbar sieht dein Schulleiter darin keinen Unterschied“, fährt Dad fort. „Er sagte, dein Glück wäre, dass ihr rechtzeitig voneinander getrennt wurdet, sonst sähe die Situation jetzt anders aus. Und genau dasselbe hatten wir vor einem halben Jahr auch schon, falls du dich noch erinnern kannst.“

Ich verdrehe die Augen. „Mann! Danny hat mich beim Direktor sogar verteidigt, als es darum ging, wer angefangen hat.“ Seinem Gesichtsausdruck zufolge war meine Wortwahl etwas unglücklich. „Es war nicht so dramatisch, glaub mir! Draußen waren wir wieder beste Freunde“, versuche ich mich vergeblich zu rechtfertigen, doch Dad scheint kaum zuzuhören.

„Solltest du dir noch einmal etwas zuschulden kommen lassen, werfen sie dich raus, und kannst deinen Abschluss an dieser Schule vergessen“, übergeht er meine Erklärungen.

Kopfschüttelnd schnaube ich. Das Theater, welches hier um die Aktion heute gemacht wird, ist wirklich lächerlich.

„Zwei Wochen, Jeremy! Nimm dich zusammen, ansonsten wird sich das Problem der ohnehin schon spontanen Wahl einer Universität von selbst in Luft auflösen.“

Schon wieder die alte Leier. Ist das echt das Einzige, das ihn interessiert?

„Angekommen. Bist du jetzt fertig?“ Provokant sehe ich ihm in die Augen. Er presst sein Kiefer zusammen und schluckt. Plötzlich schlägt mein Herz schneller, weil ich ahne, dass das nicht alles war. Dad setzt sich und fährt ermattet über sein Gesicht.

„Ich habe mit einem der Fachärzte der neurologischen Abteilung des St. Francis in New York telefoniert."

Wellen von Schuldgefühlen, weil ich es nicht früher selbst erzählt habe, Scham, weil er nun darauf gekommen ist und mich mit diesem Wissen konfrontieren musste, aber vor allem Wut, weil er mir nachspioniert hat, überfluten mich.

Außer mir fahre ich von der Couch hoch. „Was fällt dir eigentlich ein? Schon mal etwas von Privatsphäre gehört? Verdammt noch mal, ich hätte es dir schon noch erzählt, aber es ist ja typisch für dich, dass du für mich entscheidest und hinter meinem Rücken deine beschissenen Kontakte spielen lässt."

Es interessiert mich gar nicht, wie er ausgerechnet auf die Neurologie gekommen ist, woher er wusste, in welchem Krankenhaus Joanne liegt, wie sie nach der zweiten Heirat mit Nachnamen heißt, oder was er dafür tun musste, an solch vertrauliche Auskunft zu kommen. Stattdessen trete ich gegen die Couch, weil die gleichen Gefühle wie schon im Krankenhaus an die Oberfläche zu dringen drohen und ich sie Dad unmöglich zeigen kann.

„Du hast kein Recht dazu", brülle ich, doch mit jedem Tritt gegen die Couch lassen sich die Tränen weniger unterdrücken. Beschämt ergebe ich mich und werfe mich zurück auf die Couch. Bevor ich mein Gesicht vor Dad verstecke, fällt mir auf, dass er sich keinen Zentimeter von der Stelle gerührt, sondern mich die ganze Zeit lediglich beobachtet hat. Das ist mir noch unangenehmer.

„Ich kenne dich überhaupt nicht mehr." Seine Stimme klingt gequält, als müsse er sich selbst am Weinen hindern.

„Das überrascht dich?“, lautet meine Retourkutsche, die ich gleich wieder bereue, wie so vieles in letzter Zeit.

Dad schnieft. „Sei nicht unfair. Ich mag nicht immer Vater des Jahres gewesen sein, der gefühlvollste oder einfühlsamste Mensch, aber ich war da. Ich habe dir immer gezeigt, dass ich dich liebe, dass ich mein Leben nie anders hätte führen wollen als mit meinem Sohn an meiner Seite.“

Es tut mir leid, Dad. Die Wahrheit ist bloß, dass ich einfach schon zu weit gegangen bin, um all die Dinge, die ich gesagt habe, zurückzunehmen. Ich habe das Gefühl, dass es kein Zurück mehr für mich gibt.

„Es tut mir nicht nur weh, sondern auch leid, dass du dachtest, du könntest mir etwas Schwerwiegendes wie das nicht erzählen, aber ich bin immer noch dein Vater, und du wohnst in meinem Haus. Ich habe das Recht zu erfahren, weshalb ich meinen Sohn von einem Tag auf den anderen nicht wiedererkenne. Du ziehst dich immer mehr zurück, redest nichts als das Nötigste mit uns. Julia zieht plötzlich aus, obwohl ich genau weiß, dass sie gestern noch nicht wusste, wohin sie gehen würde. Ich habe die Broschüre der Army in deinem Zimmer gefunden, und keine fünf Minuten später bekomme ich die Nachricht über deine Beinahe-Schlägerei mit einem deiner *besten* Freunde.“ Fassungslos sehe ich auf, weil er das mit der Army erwähnt hat. Noch eine weitere Verletzung meiner Privatsphäre.

„Ich werde nicht länger zusehen, wie du dich kaputtmachst“, beendet er seine Rede.

„Du hast kein Recht dazu!“, wiederhole ich wie ein bockiger Teenager. Ich pfeife darauf, mir die Mühe zu machen, ihm zu schildern, wozu genau er kein Recht hat. Es interessiert ihn augenscheinlich nicht. Fahrig wische ich mir über das Gesicht und beuge mich vor. „Auch du kannst mich nicht zwingen, den Test zu machen“, erkläre ich in ruhigerem Ton. „Ich bin achtzehn, mündig und erwachsen, selbst entscheiden zu dürfen, ob ich ihn machen will oder nicht, und ich will es *nicht*."

„Du hast recht. Das kann ich nicht. Aber als dein Vater kann ich dich bitten, *anflehen,* dich nicht aufzugeben, indem du ihn nicht machst. Ich mag nicht jedes Detail deines Lebens kennen, aber ich kenne meinen Sohn lange genug, um zu wissen, dass du den Test für dich brauchst. Nicht für mich, nicht für Claire, Julia oder sonst jemanden. Und du weißt es auch, aber du bist nicht bereit, mit dem Ergebnis zu leben. Und du bist zu stur oder zu stolz, um dir das sagen zu lassen."

Damit trifft er den Nagel ziemlich genau auf den Kopf. Trocken lache ich auf und kratze mir den Nacken. „Ich finde es toll, wie alle hier zu wissen glauben, was das Beste für mich ist, was ich brauche, um glücklich zu sein."

„Ich will, dass du glücklich bist. Aber das bist du nicht mehr. Ich weiß gar nicht, ob du es je richtig warst. In manchen Momenten ja, dann mit Julia. Jetzt bist du es nicht einmal mit ihr. Mit mir ohnehin nicht. Aber alleine wirst du es am wenigsten sein, zumindest wenn du denkst, alleine sein zu müssen, weil es der einzige Weg für dich zu *über*leben ist."

Selbst verblüfft darüber, wie zutreffend seine Beschreibung ist, bin ich gleichzeitig tief getroffen über die Offenheit, mit der mein Vater seine Gefühle äußert. Ungestüm reibe ich meine Augen, wische mir die Tränen weg. Dad setzt sich neben mich und legt seinen Arm um mich. Als er seine Stirn auf meine Schulter fallen lässt und mich an sich drückt, bricht in mir der Damm, und meine Tränen fließen geräuschlos. Mir egal, wenn ich neuerdings zum Weichei werde. Mir auch egal, wenn ich nicht mehr der Starke sein kann, der ich gerne wäre.

Beschwichtigend klopft Dad mir auf den Rücken. „Ich werde dich nicht unter Druck setzen, den Test morgen oder nächste Woche zu machen, aber ich werde während der ganzen Zeit für dich da sein. Werde mich mit dir damit auseinandersetzen und Himmel und Hölle in Bewegung setzen, dass wir eine Möglichkeit finden, damit umzugehen, dich zu behandeln."

Später liege ich endlich im Bett, doch alle Müdigkeit ist aus meinem System verschwunden. Ich will nicht einmal Musik hören, den Fernseher aufdrehen, ich will nach nichts suchen, was meinen Kopf abschalten kann. Reglos liege ich auf meinem Rücken, die Arme über meinem Gesicht, obwohl es schon lange dunkel ist, und grüble über die Worte meines Vaters. Trotz all des Mülls, der damit zusammenhängt, fühlt es sich gut an, von ihm wahrgenommen zu werden. Zu spüren, dass er zu mir steht. Dass er sich auch nicht davor scheut, mir Grenzen zu stecken, mir klarzumachen, dass er nicht klein beigeben wird. Denn so sehr mich das in anderen Bereichen bisher gestört haben mag, so viel bedeutet es mir in diesem Fall.

Meine Zimmertür wird unsanft geöffnet, jemand dreht das Licht auf, ohne dass ich darum gebeten hätte. Das kann nur einer sein. Genervt von meinem Eindringling stöhne ich auf und blicke blinzelnd zur Tür, an der Max lehnt. Kaugummikauend studiert er mich durchdringend.

„Dein Dad hat mich angerufen. Hat mir gesagt, dass du Gesellschaft brauchst, und mir sozusagen in den Arsch getreten, als ich ihm erzählt habe, dass ich momentan keinen Bock auf deine Launen habe."

Ich massiere meine Schläfen. „Und jetzt? Willst du die Gelegenheit nutzen, mir noch mal zu erklären, wie blöd oder welch schlechter Freund ich bin?"

Max mustert mich und kaut mit halb offenem Mund weiter, ehe er sich von der Tür abstößt und auf mein Bett wirft. „Du siehst aus, als wüsstest du schon, dass du einen Scheißtag hinter dir hast. Glaub nicht, dass du noch wen brauchst, der dir das unter die Nase reibt."

Mit ausgestrecktem Arm greift er nach dem Football, der am Ende meines Bettes liegt, und wirft ihn ein paar Mal in die Luft, um ihn dann wieder zu fangen.

„Es stinkt, dass ich jetzt noch Salz in die Wunde streuen muss, aber Jules fliegt bis zur Zeugnisübergabe nach Seattle."

Mit einem Ruck fahre ich hoch und glotze ihn ungläubig an. Ich hoffe, ich habe mich gerade verhört. „Wie bitte? Wann?"

„Übermorgen. Ich habe sie dabei unterstützt, es zu tun", betont er, wie um meine Reaktion zu testen. Zu sehen, wie weit ich tatsächlich zu gehen bereit bin, wenn meine Freunde sich gegen mich stellen. „Und, Mann, stell noch einmal meine Loyalität infrage, und ich schieße dich auf den Mond. Wenn du aber versuchst, sie daran zu hindern, ohne dass du bereit bist zu tun, worum dich jeder bittet, und ihr damit zeigst, dass du es ernst mit ihr meinst, dann wirst du zum zweiten Mal in unserem Leben Bekanntschaft mit meiner Faust machen."

Mit offenem Mund starre ich ihn an, unschlüssig darüber, was ich machen werde. Zu ihr fahren und sie anbetteln, nicht zu fliegen, mich nicht zu verlassen? Zu beteuern, einen Termin für den DNA-Test zu machen, nur um dann Stunden später wieder festzustellen, dass ich es zurücknehmen muss, weil ich nach wie vor nicht fähig dazu bin? Solch eine Entscheidung darf ich nicht von meinen Gefühlen ihr oder irgendjemandem gegenüber abhängig machen. Um sie zum Bleiben zu bewegen, würde ich viel sagen, aber ich will zu meinem Wort stehen können.

Getroffen lasse ich mich zurück auf meinen Kopfpolster fallen und stelle die Beine auf, damit Max mich nicht sehen kann. „Hat sie … Ich meine, in Filmen kommt das ja oft vor …" Ich fühle mich gerade wie ein Zehnjähriger, alleine bei dem Intro zur eigentlichen Frage. „Hat sie irgendetwas von einem Brief für mich erwähnt?“

Max schweigt, wartet auf eine Erklärung, worauf ich hinauswill, wirft weiterhin den Ball in die Luft.

„Es ist nur so, Claire und Dad haben einen bekommen, bevor sie gegangen ist.“ Beschämt knackse ich meine Fingerknöchel und brumme. „Es ist eigenartig für mich, völlig von ihr ausgeblendet zu werden. Also nach all dem, was wir miteinander durchgestanden haben.“ Vielleicht klingt das wie ein Spruch eines verwöhnten Bengels, der es gewöhnt ist, seinen Weg und Willen durchzusetzen, aber Max weiß, wie ich es meine.

„Tut mir leid, Mann, noch nicht. Aber keine Ahnung, vielleicht schreibt sie ja noch einen. Ich würde aber nicht drauf wetten“, antwortet er geradlinig.

Mit einem flauen Gefühl im Magen drehe ich mich zur Seite. „Ich habe ihr versprochen, bei ihr zu bleiben. Ich habe ihr gesagt, dass ich nirgendwo hingehe und sie nicht enttäuschen werde.“

Der Football fliegt nicht mehr in die Luft. Max dreht ihn nachdenklich in seinen Händen. „Und die erste Chance, die du kriegst, vergeigst du.“

Bei seinen Worten ziehe ich eine Grimasse. Das ist nicht unbedingt das, womit ich jetzt gerechnet hatte. „Danke Mann, du bist wirklich eine tolle Stütze.“

„Ich versuche nicht, dich zu stützen. Ich will dich dazu bringen, aufzuwachen und nicht mehr in deinem Selbstmitleid zu baden.“ Er setzt sich auf und pfeift auf meinen Wunsch, nicht gesehen zu werden. „Du bist *vielleicht* krank, hörst du? Vielleicht! Hast du vor, jetzt aufzuhören zu leben, weil du unter Umständen mit vierzig sterben könntest?“

„Ehrlich, wenn ich das noch einmal von irgendjemandem hören muss“, fauche ich, doch Max lässt mich nicht ausreden.

„Ich rede nicht davon, dass du sie enttäuscht hast, weil du GSS haben könntest.“ Er boxt mir gegen den Unterschenkel, damit ich ihn ansehe. „Du bist ein Idiot, wenn du denkst, dass du ihre Zukunft für sie bestimmen kannst. Wenn sie nicht mehr mit dir zusammen sein will, weil du krank oder ein Arsch oder sonst was bist, dann ist das ihre Entscheidung. Aber du hast ihr das Recht genommen, selbst zu entscheiden. Deswegen hast du's vergeigt.“

„Max! Jedes Mal wenn ich an diese verfluchte Krankheit denke, oder an Joanne, Katherine, den Test, ein College, die Zukunft oder was auch immer, könnte ich kotzen. Die Liste ist endlos, such dir etwas aus. Wie lange denkst du, würde da eine Beziehung funktionieren? Wie glücklich könnte Jules mit jemandem wie mir werden, wenn ich ihr nichts bieten kann außer zusätzlichen Schmerz und schlechte Laune? Mag sein, dass ich deswegen ein Arsch bin, weil ich mich nicht gut genug im Griff habe, um meine Gefühle diesbezüglich in Zaum zu halten. Vielleicht würde sie es schaffen, vielleicht du. Ich jedenfalls bringe es leider nicht fertig, darüber hinwegzusehen, und mein Leben normal fortzuführen, weil ich damit die Tatsachen ignorieren und mich selbst belügen würde. Und egal, ob ich in zwei Monaten oder fünf Jahren mit der Krankheit umzugehen gelernt habe. Ich bin nicht bereit zum Klotz an ihrem Bein zu werden.“

Kapitel 12

Julia

Eines steht fest: Ich hasse fliegen. Nie hätte ich mir gedacht, dass ausgerechnet ein Flug quer über das Land meine Gedanken von Jeremy wegreißen könnten. Dafür fühle ich nun aber meine Hände nicht mehr, weil ich sie so fest in die Armlehnen gekrallt habe, dass sie schon nach zehn Minuten eingeschlafen waren. Alles am Fliegen ist furchteinflößend. Die Menschenmassen auf dem Flughafen, der beengte Raum in der Wartehalle und der Maschine, der endlose Schlauch, der hineinführt, und die lauten Geräusche, sobald das Flugzeug sich auch nur im Schneckentempo zu bewegen beginnt. Ich hatte noch dazu das Glück, in der Mitte zu sitzen, und meinen Nachbarn links und rechts neben mir dabei zusehen zu dürfen, wie sie sich zurücklehnten, sobald es losging, die Augen schlossen und augenblicklich einschliefen. Wie ist so etwas überhaupt möglich bei dem ständigen Lärmpegel und dem unangenehmen Gefühl im Kopf und in den Ohren?

Nachdem ich endlich meine Reisetasche zurückergattert habe, bahne ich mir ohne weitere Umschweife einen Weg hinaus aus diesem Wahnsinn. In der Ankunftshalle warten bereits Grace und Maggie grinsend auf mich, Grace sogar hüpfend. Sie halten ein Schild in der Hand, über das ich laut lache, als ich es lesen kann:

„Drittschönstes Mädchen der Welt“, steht darauf.

Überglücklich wirft sich mir Grace um den Hals, Maggie gesellt sich zur Gruppenumarmung.

„Ich habe beschlossen, mit dem Zug nach Hause zu fahren“, erkläre ich. „Es ist einfach nicht natürlich, dass sich ein sechzig

Tonnen schweres Etwas mehr als dreißigtausend Fuß über dem Erdboden bewegt.“ Maggie lacht und rempelt mich im Spaß an, wohingegen Grace meine Ängste anscheinend sehr gut verstehen kann und nickt.

„Komm schon, ich hoffe, du hast Hunger. Mom hat extra TexMex für uns gemacht“, erklärt Maggie und nimmt mir meine Tasche aus der Hand.

Obwohl ich noch nie in Seattle oder bei Maggies Familie war, fühle ich mich hier sofort aufgenommen und wohl. In diesem Haus herrscht zu jeder Tageszeit das reinste Chaos. Und ich liebe es. Man ist nie alleine, ständig platzt irgendein Familienmitglied ins Zimmer oder ins Bad, um etwas loszuwerden, oder schreit vom anderen Stockwerk hinauf oder hinunter, weil derjenige zu faul ist, sich einfach dorthin zu bewegen. Der Gesprächston hat die meiste Zeit etwas amüsiert Gereiztes und keiner ist beleidigt, wenn er einmal zur Zielscheibe für fiese Scherze wird, weil niemand den liebevollen Unterton überhören könnte.

Maggies Mom hat es mittlerweile aufgegeben, besonders ihren drei Söhnen hinterher zu räumen, denn kaum dreht sie sich um, sieht es wieder aus, als hätte eine Bombe eingeschlagen. Dafür strömt den ganzen Tag über ein angenehmer Duft von frisch gemachtem Essen durch das Haus. Auch wenn die Ereignisse, die dazu geführt haben, dass Grace hergezogen ist, schrecklich waren, bin ich unendlich dankbar, dass sie hier nun ihre wunderbare Persönlichkeit tatsächlich entfalten kann. Endlich werden die Freude und Liebe, die sie zu geben hat, geschätzt.

„Also: Ich habe eine endlose Liste von Aktivitäten zusammengestellt, die wir gemeinsam unternehmen werden. Tagsüber kannst du dich einfach ausschlafen und dich mit

Mom und leider auch mit meinem kleinen Bruder beschäftigen, bis wir von der Schule kommen."

„Hey! Ich zeig dir meine Autosammlung, okay, Julia?", lispelt der vierjährige Nachzügler Jack und strahlt mich an, woraufhin ich energisch nicke. Freudestrahlend vergräbt er sich wieder in sein Frühstücksmüsli. Für mich ist es faszinierend zu sehen, wie die ganze Familie, außer dem Dad, der bereits arbeiten gefahren ist, an einem Wochentag trotz der frühen Uhrzeit zusammenkommt.

„Es ist trotzdem unfair, dass ihr da drüben drei Wochen vor uns Ferien habt", meldet sich ein anderer Bruder von Maggie brummend zu Wort.

„Nur die Seniors, Ben. Sieh lieber zu, dass du erst mal dein vorletztes Jahr zu Ende bringen kannst, bevor du dir über deine nächsten Ferien Sorgen machst", quittiert sie den Zwischenruf ihres Bruders und wendet sich wieder mir zu. Grace lächelt kopfschüttelnd in sich hinein. Sie hatte nie Geschwister geschweige denn eine richtige Familie. Deswegen ist es hier wie eine andere Welt für sie.

„Jedenfalls bekommst du von unserem verregnetem Bundesstaat gleich mal als Willkommensgeschenk dicke Wolken und Niederschlag bis zum Wochenende, damit du am eigenen Leib erfährst, weshalb das die ‚Rain City' ist", bemerkt Maggie genervt und hält ihre Haare in die Höhe. „Frag nicht, weshalb ich mir immer wieder einbilde, meine widerspenstigen Haare glätten zu müssen."

„Deshalb ja der Spitzname Frizzy", ergänzt Ben frech und bringt damit alle am Tisch zum Lachen.

„Klappe, Ben! Jedenfalls würden wir am Samstag mit ein paar Freunden zum Golden Gardens Park fahren und uns dort einen schönen Tag mit anschließendem Lagerfeuer machen, wenn das für dich in Ordnung ist?!"

„Klingt perfekt!"

„Es ist zwar noch nicht wirklich warm genug zum Schwimmen, aber ich weiß, du liebst den Strand", wirft Grace ein und zwinkert mir zu. Bei der Erinnerung an das letzte Mal, als ich am Meer war, ebbt die Vorfreude in mir abrupt ab, und ich senke den Blick auf meine Pancakes, die plötzlich gar nicht mehr so köstlich sind. Erinnerungen daran, wie Jeremy und ich im Auto saßen und uns beinahe geküsst hätten, und wie er mich angesehen hat, als wäre ich die einzige Frau, die jemals in seinem Leben noch eine Rolle spielen würde.

„Schmecken sie dir nicht, Herzchen?", fragt plötzlich Maggies Mom Sandy und streichelt besorgt meine Schulter. Ich richte mich auf und schiebe lächelnd meine dunklen Gedanken beiseite.

„Doch! Sie sind köstlich, danke. Ich bin es nur ehrlich gesagt nicht gewohnt, so früh zu essen", erkläre ich und sehe in die sieben Augenpaare, die mich gerade fragend mustern. Die Furche zwischen Graces Augen verrät mir, dass ihr gerade bewusst geworden ist, woran sie mich unwillkürlich erinnert hat. Beschwichtigend schüttle ich den Kopf. Sie soll nicht auf Glasscherben herumtanzen, wenn ich hier bin. Das möchte ich für keinen von uns.

„Ach, ein paar Tage in *diesem* Haus und du wirst nach dem Frühstück davon*rollen*", erwidert der mittlere Bruder Ed mit vollem Mund, während er bereits den nächsten Bissen hineinschiebt. Wieder prusten alle im Chor los, und ich erlaube mir, meine Sorgen endlich wegzulassen und einfach mal mitzulachen.

An diesem Abend besuchen wir die Space Needle mitten in der Stadt, um uns die atemberaubende Aussicht von der Plattform fünfhundertzwanzig Fuß über dem Boden anzusehen. Die Lichter dieser Stadt überwältigen mich. Sie sehen aus wie lauter Himmelslaternen, die in der Luft schweben. Der Asphalt der Straße ist mit durchgängiger Beleuchtung ausgestattet worden, sodass man von hier oben das Gefühl hat, die Autos würden auf purem Gold fahren. Dazu spiegeln sich die Lichter des Hafens und der Schiffe auf dem Meerwasser wie Kerzenflammen im Wind wider.

Ich wickle meine Strickjacke enger um meinen Körper und präge mir diesen traumhaften Anblick ein.

Gracie umarmt mich von der Seite und gibt mir einen kleinen Kuss auf die Wange. Ich habe sie so vermisst. Maggie ist nicht mit uns hergefahren, um uns ein wenig Zeit zu zweit zu geben.

„Ich bin sehr dankbar, dass du es hier so gut hast, Gracie. Du verdienst um nichts weniger."

„Manchmal kann ich es noch gar nicht fassen, weißt du? Ich meine, nach allem, was war. Nach all den Jahren in meiner persönlichen Hölle ..." Sie bricht kopfschüttelnd ab und richtet ihren Blick auf den Hafen. „Ich komme sehr gerne auf diese Plattform. Sie gibt mir ein immenses Gefühl von Freiheit. Als stünde mir die Welt hier offen."

Die Augen schließend konzentriere mich einen Moment lang nur auf das angenehme Summen des Straßenverkehrs und das Geräusch des Windes, der uns durch die Haare weht. Und für den Moment spüre ich diese Freiheit, von der Gracie geschwärmt hat. Ebenso wie sie es Stück für Stück lernt, werde ich auch langsam frei von meiner Vergangenheit, frei von Schuldgefühlen und frei von dem Drang, mich vor allem und jedem verstecken zu wollen. Ich habe mich wirklich verändert; mich auf Neues, Furchteinflößendes eingelassen. Ich habe Augenblicke erlebt und ausgekostet, die ich mir nie so bald und in diesem Ausmaß zu erträumen gewagt hätte. Vieles habe ich alleine geschafft, alles mit Gottes Hilfe, vor allem aber auch durch Jeremy, der mir neue Kraft, neuen Willen gegeben hat, durch seine Treue, seine Loyalität, sein Dasein.

Ich bereue nichts von dem, was war. Ich weine einzig und allein den Dingen nach, die nun nicht mehr kommen werden.

Grace räuspert sich und löst die Umarmung, um mich verschmitzt anzugrinsen, bevor sie wieder auf Seattle sieht. „Vor ein paar Wochen war ich an der Seattle University, um einige meiner restlichen Dokumente einzureichen“, beginnt sie und wirft mir einen Seitenblick zu. Ein Lächeln breitet sich auf meinem Gesicht aus.

„An dem Tag war ein junger Student an dem Schalter, der meine Angelegenheiten erledigt hat. Na ja, und er war ziemlich dusselig auf eine niedliche Art und Weise, dass ich ihm sogar teilweise dabei helfen musste, bestimmte Dinge auf seinem Platz oder dem Computer zu finden. Das war ihm nicht unangenehm, er versuchte auch nicht, sich herauszureden, sondern lachte vielmehr über sich selbst. Er musste scheinbar für einen Kollegen einspringen, deshalb hatte er so gut wie keine Ahnung, was genau zu tun war. Es war echt lustig. Jedenfalls hat er mir keine zehn Minuten, nachdem ich gegangen war, eine E-Mail geschrieben, weil ich Schussel meine Geldtasche mit den Ausweisen bei ihm hatte liegen lassen. Er lud mich auf einen Kaffee ein, um es wieder gutzumachen, dass er mich mit seiner Schusseligkeit angesteckt hat, wie er meinte.“ Sie lacht in sich hinein. „Im Endeffekt sind wir fast drei Stunden sitzen geblieben und haben geplaudert.“

Ich pfeife lang gezogen, weil sie selbst bis über beide Ohren grinst.

„Eigentlich über Belangloses. Nichts Tiefsinniges, aber trotzdem intellektuell, spannend und amüsant. Mit anderen Worten: genau das, was ich geben konnte, und nicht mehr. Verstehst du?“ Ich nicke nachdenklich.

„Hast du ihn seither wiedergesehen?“

Ihr Lächeln kehrt zurück. „Montags war seither immer Date-Night, auch wenn wir es beide eigentlich nicht als solche bezeichnen. Fühlt sich irgendwie sicherer an." Ich kann sie gut verstehen. Keine Ahnung, ob ich in ihrer Situation bereit wäre, mich auf jemanden einzulassen.

„Das Schöne ist, er übt keinen Druck auf mich aus. Es ist, als spüre er genau, wo meine Grenzen liegen, und wann diese erreicht sind. Erst einmal kam beispielsweise das Thema Familie auf, doch allein meine Körperhaltung dürfte ihm gezeigt haben, dass ich darauf nicht eingehen wollte, und so hat er das Thema sofort fallen lassen."

„Das hört sich richtig gut an. Freut mich, wenn er so sensibel und aufmerksam ist."

Sie seufzt. „Ja, aber ich weiß nicht, ob ich bereit bin, ihn weiterhin zu treffen. Ich werde ihm nicht ewig verschweigen können, weshalb ich nach Seattle gekommen bin, oder was davor war, und ich habe Angst davor, wie er reagieren wird, sobald er es erfährt", grübelt sie in gedämpftem Ton. „Ich will nicht, dass er mich als Täterin, als Mörderin sieht ..." Entschieden schüttle ich den Kopf, im Versuch, ihr diesen Gedanken auszureden, doch sie hebt die Hand, um mich zu stoppen. „Aber noch weniger möchte ich, dass er mich als Opfer sieht. Ich will nichts davon sein. Ich will einfach Grace sein. Die Grace, die ab Herbst studieren wird, um eines Tages Schulpsychologin zu werden. Die Grace, die scharf genug ist, um beim sinnfreien Chili-Eating Contest den dritten Platz zu belegen." In einer gekonnten Geste wirft sie ihre blonden Haare zurück und schnalzt mit der Zunge. Gemeinsam kichern wir los, bis sich Grace nach einiger Zeit erschöpft an die Brüstung lehnt.

„Die Grace, die wie alle anderen auch einen netten Jungen kennenlernt, mit ihm ausgeht und nicht wie über ein Minenfeld tänzeln muss, um nicht an ein verfängliches Thema zu geraten, wenn wir uns unterhalten."

„Ich verstehe dich, Grace. Aber du musst nicht sein wie alle anderen. Du kannst ruhig die sein, die du bist, denn offensichtlich ist es das, was er an dir mag." Ich zwinkere ihr zu.

„So, wie es sich anhört, hat er schon begriffen, dass du dich eher langsam öffnest. Wer behauptet denn, dass man immer gleich jedes Detail seiner Vergangenheit mit einer Person teilen muss? Du kannst mit einer Information, die du weiterzugeben bereit bist, beginnen, wenn du ihm ausreichend vertraust, und dann sehen, wie er damit umgeht. Mit der Zeit, denke ich, wirst du es ganz natürlich finden, mehr und persönlichere Dinge von dir preiszugeben."

„Ist das nicht unfair ihm gegenüber? Ihm solch bedeutsame Informationen vorzuenthalten? Was, wenn ich ihn letztendlich wirklich damit abschrecke, wenn wir schon etwas für einander empfinden? Wenn er sich dann hintergangen fühlt?"

Ich denke über ihren Einwand nach, überlege, wie es mir damit ging, dass Jeremy sein Geheimnis lange nicht mit mir zu teilen bereit war. Es hat mich schrecklich verletzt, gleichzeitig war seine Reaktion nur allzu natürlich. Ich weiß ehrlich nicht, was ich in seiner Situation getan hätte.

Schluckend hebe ich eine Schulter. „Selbstverständlich ist das ein Risiko. Das ist die Liebe immer. Du kannst ihm alles offen darlegen, wenn du denkst, dass das gerade nötig ist. Ich bin davon überzeugt, dass du das in dem Moment spüren wirst. Das muss man nicht erzwingen. Andererseits ist es doch auch schön, wenn er dich vorurteilsfrei als lustige, lebensfrohe, starke, erstaunliche Grace kennenlernen darf. Aber in Wahrheit kannst das nur du allein für dich und für euch entscheiden. Und ich mache mir da wirklich keine Sorgen, dass du die passende Zeit dafür übersehen könntest."

Sie saugt ihre Unterlippe ein und nickt. „Okay!" Nervös atmet sie ein und bläst dann die aufgestaute Luft auf einmal aus. „Ich hoffe es."

Die nächsten Nachmittage und Abende verbringen wir im Pike Place Market, der übergeht mit Menschen, doch dieses Mal stört mich das kein bisschen. Zu fasziniert bin ich von den alten Arkaden, den verwinkelten Gassen und der Reizüberflutung an Geräuschen, Gerüchen, Farben und Gegenständen. Da gibt es selbst gebaute Musikinstrumente oder handgefertigten Schmuck, hier und da dürfen wir bei verschiedenen Ständen sogar von dem guten Obst oder den feinen Gebäcken kosten.

Beim Besuch des Original-Starbucks-Café lerne ich ein paar Schulfreundinnen von Grace und Maggie kennen, die mir auf Anhieb sympathisch sind, vor allem weil sie keine Fragen stellen, die ich nicht beantworten möchte.

Wir schlendern durch den Tierpark, lassen unsere Herzen von den Babylöwen erobern und staunen über die beinahe dreihundert unterschiedlichen Tierarten, die hier leben.

Am Samstag fahren wir tatsächlich ans Meer. Drei Jungs und insgesamt fünf Mädchen quetschen sich in einen Minivan, um, ausgestattet mit den Surfbrettern der Jungs und ausreichend Versorgung in Form von Getränken, Marshmallows, Keksen und Würstchen für das nächtliche Lagerfeuer, an den herrlichen Badestrand zu fahren.

Obwohl es in der Sonne angenehm warm ist und es sich trotz des Windes wirklich aushalten lässt, ist das Meerwasser mit nur zwölf Grad kaum reizvoller als vor Monaten in Boston. Trotzdem laufen die Jungs in der Badehose herum und die Mädchen im Bikini. Obwohl ich seit dem gestrigen Ein-kaufstrip mit Grace nun neben vielen anderen neuen Kleidungsstücken tatsächlich auch einen Bikini besitze, ist es mir nach wie vor unangenehm und fühlt sich ungewohnt an, ihn ohne irgendetwas darüber zu tragen. Deshalb ziehe ich meinen langen, dünnen Pullover darüber, der bis zur Mitte meiner Oberschenkel reicht. Mag schon sein, dass das komisch aussieht, aber so ist es besser für mich. Grace macht es außerdem ebenso wie ich, was mich etwas beruhigt.

„Hör auf, ständig zu zupfen. Du siehst klasse aus“, ermutigt mich Grace, weil ich mir selbst mit Pulli ungewohnt nackt vorkomme.

Ihre Freundin Melissa drückt durch reges Nicken ihre Zustimmung aus, während sie Musik aus ihrem Handy über den mitgebrachten Lautsprecher abzuspielen beginnt. „Ja, obwohl du es dir leisten könntest, den Pulli auszuziehen, mag ich deinen Style. Tanzt du?“

Das ist ein Thema, bei dem ich mich sofort wohlfühle, und das meine Nervosität vor all diesen neuen Leuten abebben lässt. „Ja, ich tanze Ballett.“

„Und das auch noch richtig gut“, ergänzt Gracie stolz.

„So opernmäßig oder ‚Step Up‘-Style?“, fragt mich meine Sitznachbarin Abby.

„In einer Oper gibt es Gesang, du Banause“, kommt mir einer der Jungs, Travis, mit der Antwort zuvor.

Abby rümpft die Nase und tippt sich auf ihre Stirn. „Was redest du da? Eine Oper kann genauso von einem Tanzensemble begleitet werden.“

Travis hebt bei ihrem Ton die Hände. „Entschuldige vielmals, dass ich da nicht so bewandert bin wie du. Ich habe nämlich auch ein y-Chromosom.“

„Du musst wissen, Abby ist ein ziemlicher Tanzfan. Sie kennt jeden der ‚Step Up‘-Filme auswendig“, weiht mich Maggie ein. Die ersten beiden Filme kenne selbst ich.

„Die fand ich auch richtig gut“, stimme ich zu.

Travis bringt seine Hände in Trichterform und flüstert mir auffällig zu: „Sie ist ein Freak und *stalkt* die Schauspieler. Sie ist sogar extra nach Baltimore ans Filmset gefahren.“

„Ich stalke *nicht*. Ich *recherchiere*", stellt Abby kichernd richtig.

„So, jetzt haltet die Klappe! Hier kommt mein Lied", funkt Melissa dazwischen und dreht die Musik lauter. Dann springt sie auf und tanzt mitsamt Lippensynchronisation zu Taylor Swifts „Shake it off" vor uns herum. Die Stimmung ist natürlich, ausgelassen und lustig. Mir fällt gar nicht auf, wie schnell die Zeit vergeht, bis die Sonne hinter dem Horizont verschwindet und die Jungs beginnen, das Lagerfeuer vorzubereiten.

„Hier!", sagt ein Typ mit extrem tiefer Stimme und wirft mir eine Decke in den Schoß. „Du siehst aus, als könntest du die gebrauchen." Freundlich zwinkert er mir zu, und ich nehme die Decke dankend an, teile sie aber mit Abby, die ebenfalls schon Gänsehaut hat.

„Lawrence! Hey! Wo ist deine bessere Hälfte?", fragt Nathan, der jetzt erst mit Andy im Neoprenanzug vom Surfen zurückkehrt.

Der Typ namens Lawrence zeigt seinem Freund den Mittelfinger, setzt sich neben Melissa, die Nathan denselben Finger präsentiert, und küsst sie zur Begrüßung. „Sucht einen Parkplatz. Ist immer das Gleiche mit seiner hässlichen Karre. Wie waren die Wellen?"

„Kindergarten", gibt Andy zurück, während er den Neoprenanzug von seinem Körper abstreift. „Wie immer kein Vergleich zu Westport. Aber was soll's."

„Wer bist du eigentlich?", fragt Lawrence erst jetzt und nickt zu mir.

„Julia. Ich bin eine Freundin von Grace und Maggie."

„Ist der Platz neben euch beiden da noch frei? Ihr seht aus, als bräuchtet ihr einen starken Mann um euch zu wärmen", meldet sich jemand hinter uns. Das muss wohl der mit der hässlichen Karre sein.

Abby sieht sich hoffnungsvoll um. „Ach ja? Hast du denn einen gesehen?“ Wir prusten los, und der Hinzugekommene lacht mit, was ihn gleich sympathischer macht.

„Sei leise, Abby! Ich versuche mich gerade vor der Neuen heldenhaft darzustellen.“ Abby verdreht die Augen und wedelt wegwerfend mit der Hand, als solle er sein Glück ruhig versuchen.

„Und? Hat's geklappt?“, fragt er grinsend. Ich gebe lediglich ein unentschlossenes Summen von mir.

Melissa beginnt jedem Marshmallows zuzuwerfen, um sie aufgespießt auf Holzstäbchen zu grillen. „Ich glaube, das ist Ostküstisch für ‚Nö‘. Jetzt setz dich einfach hin, Simon!“

„Ach, du kommst also von der falschen Seite des Landes. Deswegen ist dir hier so kalt und du springst auf meinen Charm nicht gleich an.“

„Ja, oder einfach weil wir zu dieser Jahreszeit schon zehn Grad mehr haben als ihr“, antworte ich und stopfe mir provokativ ein Marshmallow in den Mund. Jeglichen Kommentar zum zweiten Teil seines Satzes behalte ich für mich.

„Du solltest Simon aber nicht unterschätzen. Wusstest du zum Beispiel, dass er eine Schusswunde hat?“, wirft Laurence ein und deutet auf seinen heftig nickenden Freund. Interessiert hebe ich die Augenbrauen, während alle anderen rund um das Feuer gähnen oder Schnarchgeräusche von sich geben.

„Meinst du das eine Mal im Freshmen-Jahr, als du mit deiner Nerd-Gang Gleichungen auf Hausmauern gesprüht hast und von der Spritzpistole eines Fünfjährigen angeschossen wurdest?“, feixt Nathan und kassiert dafür ein High-five von Maggie.

„Oder das Mal, als wir Paintball spielen waren und du dir binnen der ersten beiden Minuten in den Fuß geschossen hast?“

„Ach, was wisst ihr denn schon“, quittiert er die Zwischenrufe seiner Freunde und legt mir seinen Arm über die Schulter. „Mein Bruder war mit mir in der Schießhalle, als ich noch klein war, und hat mir aus Versehen in den Arm geschossen.“

Travis grunzt beinahe vor Lachen. „*In* den Arm? Alter! Du hast im Krankenhaus ein Pflaster bekommen. Das war’s.“

„Mann! Das Krankenhaus darf nur dann Pflaster ausgeben, wenn es dringend notwendig ist, klar?“

Zum Spaß greift sich Melissa mit enttäuschter Miene auf den Kopf. „Manchmal freue ich mich darüber, dass ich dich so viel cooler gemacht habe, seit wir uns kennen, und dann sagst du plötzlich so was.“

„Es hat mir gut getan zu sehen, wie glücklich du heute warst“, flüstert Grace, als wir einige Stunde später todmüde im Bett liegen. Ich streichle kurz ihre Hand in Zustimmung. Es gelang mir wirklich, mich zumindest für ein paar Stunden einzig und alleine auf den Spaß, den wir hatten, zu konzentrieren, statt auf all jene Dinge, die mich belasten.

„Ich mache mir nämlich ein bisschen Sorgen um dich, J. Du schläfst sehr unruhig und weinst, seit du hier bist, fast jede Nacht im Schlaf.“ Abrupt ziehe ich meine Hand zurück.

Oh, Mann! Natürlich ist mir bewusst, dass ich schlecht schlafe, trotzdem dachte ich wirklich, dass sich der Wahn nur mehr in meinem Unterbewusstsein abspielt. Immerhin bin ich schon lange nicht mehr von Träumen geweckt worden. Grace weiß ein bisschen von meinen Albträume, den Angstzuständen während der Nacht. Oft genug hat sie meine blutunterlaufenen Augen und die dicken Ringe darunter gesehen, wenn ich wieder einmal nicht hatte schlafen können und am nächsten Tag erledigt in der Schule erschien. Ich habe ihr zwar erzählt, dass ich immer wieder einmal von Josh träume, bin aber nie ins Detail gegangen.

„Rede mit mir!“ Jetzt ist sie es, die meine Hand streichelt.

Kopfschüttelnd lege ich meinen Arm über meine Augen. „Die Albträume sind schlimmer geworden, Grace. Was ich damals schon für real gehalten habe, erreicht erst jetzt seinen Höhepunkt.“

Unsicher atme ich tief ein. „Es ist schwer zu erklären, aber der Unterschied zu all den Träumen, die ich von Josh hatte, ist der, dass die Szenarien darin sich nicht bewahrheiten konnten, weil ich bei seinem Tod nicht da war. Ich malte mir bestimmte Dinge aus oder steigerte mich in etwas hinein. Jeremy war zumindest das letzte halbe Jahr immer da, wenn ich solch einen Traum hatte. Ich wusste, er würde mich beschützen. Er redete mit mir darüber, nahm mich und meine Ängste ernst, hielt meine Hand, während ich betete, und zum ersten Mal in meinem Leben hatte ich den Eindruck, dass ich sie tatsächlich bezwingen, besiegen und loswerden könnte. Die Albträume, die mich jetzt quälen, haben nicht unbedingt etwas mit seinem Tod, Joshs Tod oder unserer Trennung zu tun. Sie zeigen mir vielmehr, wie ungewollt abhängig ich mich von Jeremy gemacht habe. Wie ich mich an ihn und seine Liebe, seine Nähe, seine Zuneigung und seine Art gewöhnt habe. Sie zeigen mir, dass ich genau das bekommen habe, was ich nie wollte. Das, wovor ich am meisten Angst hatte, bevor wir überhaupt diese Beziehung oder auch nur die Freundschaft eingingen.“

Resignierend hebe ich meine Hände und lasse sie dann aufs Bett fallen.

„Am Ende wieder alleine zu sein und dein Herz schon wieder gebrochen zu wissen“, folgert Grace traurig.

„Gott! Und ich hasse es, ständig über diese Sache zu reden, als ginge es dabei um mich, als wäre ich die Arme, obwohl er es ist, der damit konfrontiert wurde; der am meisten leidet; der Hilfe braucht. Jedes Mal, wenn ich über ihn spreche oder böse auf ihn bin, fühle ich den Zwang mich gleich dafür zu entschuldigen, weil ich so egoistisch bin und es ihm noch schwerer mache, als es schon für ihn ist."

„Ehrlich gesagt glaube ich, dass er einfach noch Zeit braucht. Ich habe gesehen, wie er dich anschaut. In dem Moment im Krankenhaus, bevor ich entlassen wurde, war ich so neidisch, weil ich mir wünschte, dass auch mich jemand so sehr mögen oder lieben würde. Ihr braucht einander, und das weiß er auch."

Ich hoffe, sie hat recht. Aber wenn sie wirklich recht hat – wird mein Herz es dann wagen, sich noch einmal auf ihn einlassen?

Jeremy

Es ist vorbei. Das Läuten der Schulglocke symbolisiert zum ersten Mal in unserem Leben nicht nur das Ende des Schultages oder jenes des Schuljahres. Dieses Läuten steht für das Ende unserer Schulzeit. Die Hälfte meines Jahrgangs hat sich nicht einmal mehr die Mühe gemacht, diese letzte Woche noch zu erscheinen. Auch ich hätte im Grunde nicht mehr kommen müssen. Ich habe meine Credits, meine Noten. Doch wo sollte ich sonst hingehen?

Sollte ich mit den anderen feiern gehen? Bis in die Mittagsstunden im Bett liegen bleiben, wenn ich doch nachts schon kaum schlafen kann?

Ich sehe den restlichen Seniors dabei zu, wie sie lachend, überglücklich und ausgelassen durch die Gänge marschieren, als gehöre ihnen nun die Welt. Als wäre alles, was jetzt kommt, ein Spiel. Jeder hier freut sich darüber, in die Ferien, ihre Zukunft, ihr neues Leben zu gehen. Ich hingegen wollte nicht einmal aufstehen, mich nicht verabschieden, nicht akzeptieren, dass all jene, die uns ständig erklärten, das wäre die unbeschwerteste Zeit unseres Lebens gewesen tatsächlich recht gehabt haben sollen.

Während die anderen hier nämlich einfach noch nicht sehen, dass die Realität nun erst beginnt, dass sie sich Erfolg und Anerkennung von jetzt an härter verdienen und sich im richtigen Leben erst beweisen müssen, bin ich weit über diese Sorgen hinaus. Unbedeutend scheinen sie jetzt, weil für mich nichts mehr so sein wird, wie es war.

Und während sie vermutlich ebenso wie ich zum Teil keinen blassen Schimmer haben, wohin sie die Zukunft bringen wird, was sie für sie bereithält, ist dies für meine Kollegen aufregend, neu, gruselig vielleicht. Ich hingegen fühle mich seit dem Besuch im Krankenhaus wie eine tickende Zeitbombe; als würde ich eine Sanduhr in mir tragen, die auf einmal viel zu schnell in mir rieselt.

Wie gerne würde ich die Zeit zurückdrehen zu den Momenten auf dem Feld, als ich als Held gefeiert wurde. Zu den Pausen in den Gängen, wenn die Jüngeren uns mit offenen Mündern aus dem Weg gingen, weil sie zu uns aufsahen.

All das erscheint mir jetzt so schrecklich dumm, vor allem die Art, wie wir damit umgegangen sind. Dass wir uns auf eine Sportart so viel eingebildet und geglaubt haben, wir wären tatsächlich wichtig. Etwas Besseres. Unschlagbar.

Was jetzt davon bleibt, ist ein einziges Nichts. Alles war in Wirklichkeit nur Schall und Rauch.

Es sind erst ein paar Tage, zwei Wochen, in denen ich Jules nicht gesehen habe, und doch erscheint es mir unglaublich, wie es möglich sein kann, jemanden so zu vermissen, wie ich sie vermisse.

Alles erinnert mich an sie. Wenn ich auf der Couch sitze, denke ich an all die Nächte, in denen wir dort beim Reden oder Fernsehen eingeschlafen sind. Wenn ich in mein Zimmer gehe, erinnere ich mich an die Klopfzeichen, die uns verbunden haben. Steige ich in mein Auto, wiederholen sich in meinem Kopf all unsere Gespräche, die wir darin führten. Die Klasse, das ganze Schulgebäude, sogar das dämliche Footballfeld hält Erinnerungen an sie und mit ihr bereit. Alles um mich herum tut sein Möglichstes, mir eine Ohrfeige nach der anderen zu geben und mich dafür leiden zu lassen, dass ich das wunderbarste Mädchen, welches ich wohl je kennenlernen werde, habe gehen lassen.

Nie hätte ich es für möglich gehalten – es eher als ungesunde Abhängigkeit abgestempelt –, erkennen zu müssen, dass mit ihr ein Teil von mir fehlt. Mag schon sein, dass wir jung sind, dass unsere Beziehung für Joanne und manch andere „nur" nach einer Highschool-Beziehung ausgesehen haben mag, doch dieses „nur" trifft es nicht einmal ansatzweise, was dieses Mädchen für mich bedeutet; was sie mir alleine als Mensch bedeutet.

Langsam wird es ruhiger in den Gängen. Die Freshmen und Juniors sind beim Mittagessen, die Seniors stehen rund um das Schulgebäude und besprechen wahrscheinlich, welche heute Nacht die coolste Party wird. Ich schlendere noch einmal durch das Schulgebäude, nehme mir genug Zeit, die Dinge genau zu betrachten, die ich all die Jahre als selbstverständlich hingenommen oder überhaupt nicht beachtet habe, wie die vielen Pokale oder Medaillen, die wir als Schule und als Team über die Jahre gewonnen haben. Das große Foto von meinem Footballteam zu Beginn des Jahres, auf dem mich meine besten Freunde auf ihren Schultern tragen und ich stolz in die Kamera grinse. Oder auch der ermutigende Spruch, der seit Jahren auf einem Banner über der Eingangstür hängt: *„Du wirst nie tapfer sein, wenn du nie verletzt wirst. Du wirst nie lernen, wenn du nie Fehler machst, und du wirst nie erfolgreich sein, wenn du nie Fehlschläge erlebt hast."*

Ich gewinne ein paar Meter Abstand zum Banner und lasse mich am Ende einer Spindreihe auf den Boden nieder. Ich musste Dad versprechen, einen Termin mit dem Psychologen zu vereinbaren, der mit mir besprechen soll, was für oder gegen den Gentest spricht. Dabei weiß ich das doch schon und habe keinen Plan, was mir der Typ da noch sagen will. Da ich aber sicher bin, dass Dad keine Ruhe geben wird, bis ich es hinter mich gebracht habe und der Psychologe ihm dann hoffentlich erklären wird, dass auch er der Meinung ist, dass der Test in meinem Fall nicht hilfreich wäre, springe ich eben über meinen Schatten. Das schulde ich ihm.

Trotzdem ist es nicht der Psychologe, mit dem ich darüber sprechen will. Es ist nicht Dad, nicht Max, nicht einmal Claire. Ich fische mein Handy aus der hinteren Jeanstasche und suche in meinen Kontakten den Namen der einzigen Person heraus, mit der ich sprechen möchte. Mein Daumen gleitet über die fünf kleinen Buchstaben, die Herzflattern bei mir auslösen, wenn ich daran denke, ihre Stimme hören zu können.

Ich will sie so gerne sehen, sie halten, sie küssen, neuen Mut und neue Hoffnung von dieser unerschütterlichen Kraft, die sie mir gibt, schöpfen. Möchte wissen, wie es ihr geht, und will wieder Teil ihres Lebens sein, da sie wahrscheinlich immer Teil meines Lebens sein wird.

„Gott! Bist du bescheuert, Jeremy!“, murmle ich und schalte das Handy zurück in den Standby-Modus, bevor ich irgendetwas Unüberlegtes tue.

„Ist das eine private Unterhaltung, oder kann sich da jemand dazusetzen?“

Mir war gar nicht bewusst, dass Tommy seitlich neben mir am Türpfosten lehnt und mich beobachtet. Ohne zu antworten, rutsche ich etwas zur Seite, um ihm neben mir Platz zu machen, und drehe dann mein Handy mehrmals in den Händen, weil ich eine Beschäftigung brauche.

Eine Zeit lang sitzt Tommy lediglich wortlos neben mir. Endlich pustet er angestaute Luft aus und schüttelt den Kopf. „Mann, ich habe zwar keinen Schimmer, was in letzter Zeit los ist bei dir und mit dir, aber es gefällt mir nicht.“

Das kostet mich ein zynisches Lachen. „Tja, stell dich hinten an.“

Er streckt die Beine aus und schlägt sich wiederholt auf den Oberschenkel. „Weißt du, du magst vielleicht denken, wenn du feindselig und unfreundlich genug zu deinen Leuten bist, lassen sie dich irgendwann sitzen. Aber glaub mir: In der letzten Zeit hatten wir mehr als einmal den Wunsch, dir

dabei zu helfen, deinen Kopf aus deinem Arsch zu ziehen. Egal, mit welchen Mitteln. Trotzdem sind wir nicht so dämlich zu glauben, dass du die Ich-lasse-niemanden-mehr-an-mich-ran-Masche, die du da abziehst, wirklich ernst meinst. Wir stehen hinter dir, Jeremy. Wann immer du bereit bist, das zu teilen, was dich so fertigmacht, wirst du Freunde an deiner Seite
haben, die dir helfen können, den Scheiß abzunehmen."

Ich lasse mein Handy auf meine Schuhe fallen und fahre mir mit beiden Händen über das Gesicht, damit er meinen Ausdruck darauf nicht sieht. Die sarkastischen Kommentare sind mir nämlich endgültig ausgegangen, alles, was ich noch fühle, sind Frust und Beklemmung.

„Ich will nicht, dass ihr mich sitzen lasst, aber ich weiß auch nicht, wie ich hier noch rauskommen soll, wo ich schon so tief drinstecke", gebe ich ehrlich zu.

„Wieso lässt du dir nicht helfen?"

„Weil mir ganz einfach niemand mehr helfen kann in meiner Situation."

Ungeduldig boxt er mich in den Oberarm. „Seit wann bist du denn bitte der Typ, der das Handtuch wirft? Du bist der Typ, der es allen anderen um die Ohren haut, wenn sie aufgeben wollen."

„Du verstehst das nicht. Hierbei geht es nicht um einen missglückten Spielzug, den man wiedergutmachen könnte. Es geht auch nicht um irgendeinen blöden kleinen Fehler, den ich gemacht habe. Es geht um etwas, das ich nicht beeinflussen kann, das aber mit jedem verstreichenden Tag mein Leben verkürzt."

„Alter! Hör bloß auf mit dem düsteren Müll. Ich habe mittlerweile schon gecheckt, dass es hier um etwas Ernstes geht. Aber Hilfe muss nicht immer nur körperlich sein, verstehst du? Du kannst die Hilfe annehmen, indem du verstehst, dass du Leute an deiner Seite hast, die zu dir stehen, dich lieben und all den Scheiß, egal, was mit dir passieren sollte. Und anstatt diese Leute nach und nach aus deinem Leben zu verbannen, solltest du lieber endlich begreifen, dass es dir immer beschissener geht, seit du dich von jedem abschottest. Oder irre ich mich? Macht das irgendetwas einfacher oder besser für dich?", fragt er herausfordernd, bis ich die Schultern sinken lasse und meine Lippen zusammenpresse, weil ich ihm keine Antwort geben will, die er bereits kennt.

Julia

Es geht mir nicht gut dabei, zurück nach Massachusetts zu kehren, nur hat es diesmal nichts mit dem Flug zu tun. Die innere Unruhe, die ich nun nicht mehr abschütteln oder blockieren kann, quält mich seit gestern Abend. Alles, was ich versucht habe auszublenden, holt mich mit der Rückkehr an meinen sogenannten Heimatort wieder ein.

Ich habe keine Wohnung, keine Ahnung, wie der Sommer weitergeht, und große Angst davor, Jeremy in wenigen Tagen bei der Abschlussfeier zu sehen. Je näher ich ihm zumindest physisch komme, umso größer wird der Wunsch, ihm einerseits eine zu verpassen, andererseits aber für ihn da zu sein und ihm seine Last von den Schultern zu nehmen.

Max holt mich vom Flughafen ab. Ich hatte angeboten, mit dem Zug zu fahren, doch er bestand darauf, dass das kein Problem für ihn wäre. Als ich ihn in der Menschenmenge sehe, wird die Sehnsucht danach, Jeremy hier zu haben noch stärker. Mit einem Blick auf diesen Jungen wird mir mit voller Wucht bewusst, wie sehr ich meine Gefühle und Probleme die vergangenen zwei Wochen verdrängt und unterdrückt habe. Darin bin ich gut, ich habe ja auch ausreichend Übung. Jetzt habe ich keinen Schimmer, wie lange ich meine Fassade noch aufrecht halten kann.

Max lächelt mich freundlich an, als er mich sieht, und streckt einen Arm aus. Ich bin sicher, er will mir eigentlich bloß meine Tasche abnehmen, stattdessen lasse ich sie aber neben mir fallen und lege meine Arme um ihn. Anfangs ist er definitiv überrascht und perplex, doch ich klammere mich an ihn, als würde mein Leben davon abhängen, bis auch er endlich die Umarmung erwidert.

Ich fühle mich schlecht, dass ich Max gerade benutze, um meinen Durst nach Sicherheit und Geborgenheit zu stillen, und doch koste ich jede Sekunde aus, in der er mir freundschaftlich über den Rücken streicht. Ich stoße die angehaltene Luft aus und lockere langsam meinen Griff.

„Wie geht es ihm, Max?“, schniefe ich. Max holt Luft und stützt sein Kinn auf meinem Scheitel ab.

„Was soll ich dir jetzt sagen, Buttercup? Wir geben alle unser Möglichstes.“ Mehr braucht er nicht zu erklären, ich spüre schon, wie ich innerlich zusammensacke. Damit meint er, dass sich nichts verbessert hat, nichts geklärt, nichts ausgesprochen, nichts verarbeitet ist.

Im Auto sprechen wir über Belangloses. Darüber, wie langsam die vergangenen Wochen in der Schule vergingen, weil nur mehr Zeit totgeschlagen wurde, und was ich in Seattle gesehen und erlebt habe.

„Du brauchst dir übrigens über den Sommer keine Gedanken mehr zu machen. Lucy reist mit ihrer Freundin Eve die nächsten drei Wochen quer durchs Land, also ist ihr Zimmer für dich frei.“

„Max …“, protestiere ich, verstumme aber sofort, als ich einen bösen Blick von ihm ernte.

„Sei einfach leise, und nimm es an, okay? Es ist für niemanden ein Problem, klar?“ Streng hebt er eine Augenbraue, was mich zum Schmunzeln bringt.

Das „Zu verkaufen“-Schild steckt immer noch in unserem alten Vorgarten, die Blumen sind endgültig tot.

„Schätze, jetzt kannst du ihn selbst fragen, wie es ihm geht.“ Mein Herz setzt einige Schläge aus, als ich Max Worte mit dem Anblick von Jeremys Camaro vor seinem Haus verknüpfe. Max lässt sich Zeit beim Einparken und Abschalten des Motors. Seufzend lehnt er sich in den Sitz zurück, bis ich mich gesammelt habe und aussteigen kann.

Jeremy hockt auf der untersten Stufe der Veranda und hält seinen Kopf in den Händen. Als er uns sieht, zucken seine Augenbrauen, und er erhebt sich. Mein Gott, er sieht so müde aus, so schrecklich unglücklich. Doch er lässt mich nicht aus den Augen, zwinkert nicht einmal, womit er mich unwissentlich einschüchtert. Oder einlullt?

Ich möchte ihm nicht zu nahe kommen. Max stellt sich verständnislos zwischen uns und sieht missbilligend von Jeremy zu mir.

„Herrgott! Redet einfach miteinander! Das hält doch kein Mensch aus“, meckert er schließlich und joggt kopfschüttelnd die Treppen zum Haus hinauf. Zum ersten Mal blinzelt Jeremy und sieht so lange von mir weg, bis ich mich mutig genug fühle, den Abstand zu verringern, und meine Stimme wiederfinde.

„Was machst du hier?“ Blöde Frage, sein bester Freund wohnt in diesem Haus, ich bin nur die Person, die zufällig auch gerade noch hier wohnt.

„Du warst nicht in der Schule. War ein eigenartiges Gefühl, dich nicht zu sehen.“

Eigenartig? Könnte er sich ein unpassenderes Wort aussuchen? Wie wäre es mit schmerzhaft, grauenvoll, unnatürlich, augenöffnend? Was bedeutet „eigenartig“ überhaupt?

Außerdem: Gewöhne dich dran, Jeremy, denn in wenigen Tagen wirst du mich nie wieder sehen.

Ich muss wegsehen, weil diese Vorstellung mir selbst wehtut. Der Unterschied ist nur: Er hat es sich so ausgesucht, nicht ich. „Ich war bei Grace.“

„Ich weiß“, antwortet er leise. „Ich wollte nur …“

„Was?“, hake ich ungeduldig nach. *Er* ist zu *mir* gekommen. Er soll gefälligst sagen, was er zu sagen hat.

Interessant, wie mich vorhin noch Angst und Traurigkeit begleitet haben, und wie ich nun völlig entnervt bin. Ich will nicht, dass es sich ständig heiß und kalt in seiner Nähe anfühlt. Da mache ich nicht mit. Mein harter Ton lässt ihn einen Schritt zurücktreten. Dann zuckt er mit den Schultern.

„Keine Ahnung, ich denke, ich wollte einfach sehen, ob es dir gut geht."

Daraufhin schnaube ich, selbst wenn das vielleicht unpassend ist. Es geht mir nicht gut. Und ihm geht es auch nicht gut. Dazu muss ich kein Arzt oder Psychologe zu sein, um das an seiner Haltung, seinen Augen, seinem fahlen Aussehen bemerken zu können. Warum also die Spielchen?

Ist es dieses typische jungenhafte Ich-will-was-ich-nicht-haben-kann-Ding, oder vermisst er mich genauso, wie ich ihn vermisse? Ohne dabei zu blinzeln, sehe ich ihm starr in die Augen. Jene Augen, die nach wie vor die Kraft haben, mir den Atem zu rauben, jeden klaren Gedanken in meinem Kopf zu löschen. Jene, die mich anzuflehen scheinen, den Albtraum der letzten Wochen und Monate ungeschehen zu machen. Und so gerne ich ihm diesen Wunsch auch erfüllen würde, muss ich mich von ihm abwenden, weil ich es eben nicht kann. Das hat er mir oft genug klargemacht.

Ohne mir Gedanken darüber zu machen, wie ich mich von ihm verabschieden soll, reiße ich schließlich dieses unsichtbare Band zwischen uns entzwei, schultere meine Tasche und drehe mich um. Bevor ich jedoch die erste Stufe erreiche, greift er im verzweifelten Versuch, mich zum Bleiben zu bewegen, nach meiner Hand und wirbelt mich herum. Seine Hand in meiner zittert ebenso leicht wie seine Unterlippe, doch für mich fühlt es sich an wie ein Erdbeben.

Stocksteif stehe ich vor ihm, warte auf seinen nächsten Schritt, während er nach Worten sucht.

Als er sicher ist oder hofft, dass ich nicht erneut vor ihm flüchten werde, lässt er meine Hand los. Zart wie eine Feder wandert er meinen Arm entlang, bis er über meine Schulter streift und letztendlich seitlich an meinem Hals verharrt. Seine Finger verfangen sich in meinen Haaren, und sein Daumen berührt meinen Unterkiefer. Seine Hand verschmilzt mit meiner Haut, ich kann kaum noch erkennen, wo mein Körper aufhört und seiner anfängt. Alles, was darauf hindeutet, dass er noch da ist, ist die Hitze zwischen seiner Hand und meiner Wange, meinem Hals. Er kommt mir so nahe, dass sein ungleichmäßiger Atem in Wellen Gänsehaut über meinen Rücken, meinen Nacken, sogar meine Kopfhaut jagt.

„Jules …“, haucht er niedergeschlagen. Mein Herz gibt den Versuch zu widerstehen auf und wehrt sich nicht einmal mehr dagegen, die Erinnerungen an die Zeit zu zweit erneut in mir aufleben zu lassen.

„Du fehlst mir“, ergänzt er so leise, dass ich ihn kaum noch über den lauten Pulsschlag in meinen Ohren hinweg hören kann. Mit diesen drei Worten radiert er das letzte bisschen Vernunft in mir aus.

Mit beiden Händen greife ich nach seinem Shirt vor mir, balle sie zu Fäusten, um ihn dazu zu bringen, näher zu kommen. Dann stelle mich in einer vertrauten Weise auf die Zehenspitzen, bis ich seine Lippen und damit den Kuss einfordern kann, den er – egal, ob beabsichtigt oder nicht – eingeleitet hat.

Jeremy lässt nicht lange mit seiner Antwort auf sich warten, platziert seine freie Hand auf meiner Hüfte und schiebt mich zurück, bis mein Rücken und mein Hinterkopf von der Hausmauer gestützt werden. Seine Lippen geben, fordern, vermitteln endlose Emotionen, die er sonst so vehement zu verstecken versucht. Seine Hände bewegen sich keinen Zentimeter, wahrscheinlich aus demselben Grund, weshalb ich mich kaum rühre, nämlich aus Furcht, diesen Moment zu unterbrechen. Ihn kaputtzumachen. Angst, wer als Erstes von uns beiden zur Vernunft kommen und diesen Kuss abbrechen wird.

Zum jetzigen Zeitpunkt ist mir aber völlig gleich, wie weh es später tun wird, wie es mich wieder zerreißen wird, sobald er mich stehen lässt. Freiwillig gebe ich diesen Augenblick nicht auf.

Ein bebendes Seufzen entkommt mir, als er ganz leicht an meiner Oberlippe saugt.

Abrupt hört der Kuss auf. Die Luft, die plötzlich zwischen uns liegt, jagt mir einen kalten Schauer über den Rücken, obwohl es Sommer ist.

Ich öffne die Augen und suche seinen Blick. Erst jetzt schmecke ich die salzige Träne heraus, die sich in unseren Kuss gemischt und Jeremy letztlich zur Besinnung gebracht zu haben scheint. Sein Gesichtsausdruck ist gequält, unentschlossen. Er lässt seine Hand, die auf meiner Hüfte lag, fallen und stützt sich mit der anderen neben meinem Gesicht an der Wand ab, als bräuchte er Halt und Hilfe, stehen zu bleiben.

Mit einem unregelmäßigen Atemzug öffnet er endlich die Augen. Schuld, Scham und Reue spiegeln sich darin, was mich zwingt, meine Lider erneut zu schließen, weil ich nicht in Worte fassen kann, wie sehr mich dieser Einblick in seine Gefühle verletzt.

Ich habe den Kuss begonnen. Wir haben ihn ausgekostet. Er hat ihn beendet.

Er ist es, der ihn bereut.

Seine Stirn folgt seiner Hand, die neben meinem Kopf an der Wand liegt. Er presst sie gegen seinen Handrücken, sagt dabei kein Wort. Gefühlte Stunden vergehen, ehe sein Herz unter meinen Fingern seinen stabilen Rhythmus zurückgewonnen und sein Atem sich normalisiert hat. Meiner ist flach, kaum hörbar, kaum spürbar, denn innerlich wünsche ich mir, mich jetzt in Luft auflösen zu können. Schlapp lasse ich meine Hände neben meinen Körper fallen, verstehe selbst nicht, woher meine Beine die Kraft zum Stehen finden.

„Tut mir leid. Ich weiß nicht, warum ich das getan habe", entschuldigt er sich heiser. Jetzt halte ich den Atem an. Was auch immer ich als Nächstes sage, wird den weiteren Verlauf unserer Beziehung entscheiden. Zumindest fühlt sich der Druck auf meinem Herzen danach an. Eigentlich will ich ihn anschreien, ihm eine Ohrfeige geben und ihn beschimpfen, weil er so mit mir und meinem Herzen spielt. In Wahrheit weiß ich aber, dass das hier *kein* Spiel für ihn ist.

Ich weiß, dass er nicht aus irgendeinem körperlichen Impuls oder aus der Erinnerung an uns so gehandelt hat, sondern weil er seine Liebe zu mir nicht einfach abdrehen kann. Weil er sich nur aus Vernunft von mir getrennt hat, obwohl sein Herz etwas ganz anderes will. Also nehme ich all meinen Mut zusammen und richte mich kerzengerade auf, versuche Überzeugung und Selbstsicherheit auszustrahlen.

„Ich schon. Weil das hier nicht vorbei ist." Ich lege meine rechte Hand zurück auf seine Brust, die Linke auf meine. „Ich weiß, ich habe gesagt, ich würde nicht um dich, um uns kämpfen, aber wenn du bereit bist, es zu tun, bin ich es auch."

Ich höre seine Kiefer neben meinem Ohr mahlen. Er atmet scharf aus und schlägt seine Stirn einmal gegen seine Hand auf der Mauer. „Nichts hat sich …"

Sag es nicht! Ich will nicht hören, dass sich immer noch nichts geändert hat.

Und er sagt es tatsächlich nicht. Stattdessen drückt er sich von der Wand weg, kehrt mir den Rücken zu und bleibt nach wenigen Schritten Abstand ein letztes Mal stehen, ohne sich umzudrehen.

„Es tut mir wirklich leid, Jules. Es wird nicht wieder vorkommen." Seine Stimme ist hart, entschieden, schneidend wie ein Schwert, und trotzdem verbirgt sich Reue darin. Sehnsucht.

Dann lässt er mich einmal mehr mit der Endgültigkeit seiner Entscheidung alleine zurück.

Jeremy

Ich hasse mich dafür, was ich Jules angetan habe. Bevor ich sie verließ, waren in ihren wunderschönen Augen nur mehr Hilflosigkeit und Niedergeschlagenheit zu sehen. Deswegen musste ich meine Augen schließen, wegschauen, mich zwingen zu gehen, ohne ein weiteres Mal zurückzublicken, denn sonst hätte ich sie sofort wieder in die Arme genommen und nie mehr loslassen können. Dieses Mädchen bedeutet mir *alles,* und trotzdem bringe ich es nicht über mein egoistisches Herz, sie in Ruhe zu lassen. Ich wusste von Anfang an, dass es eine schlechte Idee sein würde, zu ihr zu kommen, auf sie zu warten, doch ich musste sehen, ob sie zurechtkommt. Ob sie auf sich achtet und sich auch von jemand anderem – in diesem Fall Max – helfen lässt, egal ob ich deswegen eifersüchtig bin oder nicht.

Faule Ausreden, Jeremy! Du musstest sie sehen, weil es dich fertigmacht, sie nicht *zu sehen. Du hast es nicht für sie, sondern deinetwegen getan. Sie mag den Kuss initiiert haben, doch du hättest sie nie berühren, nie zurückküssen dürfen.*

Und doch war es der erste Augenblick seit Langem, so kurz und falsch er auch gewesen sein mag, in dem ich das Gefühl hatte, es könnte wirklich alles wieder gut werden, zumindest einigermaßen – ich könnte tatsächlich *glücklich* werden. Mit ihr an meiner Seite. Mit ihrer Liebe, ihrer Stärke, ihrer Hoffnung, die die Kraft hätte, uns beide zu tragen, bis ich wieder auf eigenen Beinen stehen könnte.

So inakzeptabel dieses Zusammentreffen nun also auch gewesen sein mag, bin ich zugleich erleichtert, dass sich offenbar doch noch Gefühle in mir verstecken. Dass mir nicht alles egal geworden ist und dass der Wunsch danach, Jules wieder an meiner Seite zu haben, das Gebot, das ich mir selbst auferlegt habe, alleine sein zu müssen, unbedeutender erscheinen lässt. Ich habe ihr gesagt, dass sich nichts geändert hat, ohne zu begreifen oder wahrhaben zu wollen, dass sich scheinbar doch etwas geändert hat. Dass die Aussicht darauf, sie nie mehr sehen zu können, mein Herz sogar noch stärker brechen konnte als die Möglichkeit, die Krankheit zu ertragen.

Doch das ist nur meine egoistische Sicht, *mein* Wunsch, der sich in meinem Kopf nach wie vor nicht mit ihrem, mich testen zu lassen, vereinbaren lässt.

Gott! Ich bin so verwirrt, so durcheinander wegen allem und jedem, der mich infrage zu stellen scheint, denn es sind so viele: Jules, Max, Dad, Claire, Tommy, Danny. Die Liste wirkt endlos und sorgt gleichzeitig dafür, dass ich noch tiefer in mir versinke. Noch weniger klein beigeben kann, weil es sich um dieselben Leute handelt, die enttäuscht, verzweifelt und bestürzt sein werden, wenn es ist, wie ich ihnen schon versuche zu sagen … wenn ich krank werde, krank bin.

„Jeremy, du bist heute hier, weil du dir noch einmal Gedanken darüber machen möchtest, ob ein DNA-Test für dich hilfreich wäre, oder nicht. Ist das richtig?“

Der Psychologe, der laut Dad auf Menschen mit unheilbaren Krankheiten und Gentestungen spezialisiert ist, sitzt mir in seinem riesigen Besprechungszimmer gegenüber. Den Drehsessel zu mir gewandt, die Beine übereinandergeschlagen, Notizbuch und Stift auf seinem Schoß, wie man es aus den Filmen kennt, studiert er mich eingehend. Er versucht wahrscheinlich jetzt schon, mich zu interpretieren. Meine Körperhaltung, meine Mimik, meinen Blick. Deswegen lehne ich mich erst recht nicht zurück, verschränke erst recht nicht meine Arme vor der Brust, obwohl mir danach wäre. Das würde er sofort als passiv-aggressive Haltung werten. Diesen

Triumph gewähre ich ihm nicht. Stattdessen mache ich es mir auf der braunen Ledercouch gemütlich, stütze einen Arm an der Rückenlehne ab und schlage ebenso wie er die Beine übereinander zusammen. Ich versuche ihn absichtlich mit einem winzigen Lächeln zu provozieren, um ihm zu zeigen, dass er kein leichtes Spiel mit mir hat.

„Ich bin hier, weil mein Dad das will, ja", antworte ich gelassen. Entgegen meiner Erwartung notiert er sich das nicht.

„Das heißt, du hast deine Entscheidung schon getroffen?"

„Eigentlich schon lange, ja." Wieder kein Strich auf seinem Papier. Langsam irritiert er mich. Vor allem mit seinen intensiven, unbeeindruckten Blicken. Er bemitleidet mich nicht, versucht nicht, sich mit mir anzufreunden oder mir in den Arsch zu kriechen.

„Möchtest du mir dann die Vor- und Nachteile aus deiner Sicht erläutern?"

Eigentlich gibt es da nicht viel zu erläutern, aber ich habe ja versprochen, dass ich mitspiele. Also, was soll's. „Vorteil ist eigentlich bloß, dass ich Gewissheit habe, was auch nur in dem Fall etwas bringen würde, wenn der Test negativ ausfällt. Ansonsten ist er umsonst."

Jetzt nickt er zwar, als würde er mir zustimmen, doch in Wahrheit überlegt er wahrscheinlich schon, wie er mir dieses Argument gleich wieder entkräften kann. Deswegen sehe ich weg, spreche zügig weiter. „Nachteil ist vor allem, dass ich danach mit dem Ergebnis klarkommen muss, ohne Hoffnung darauf, dass die Krankheit vielleicht trotzdem nicht ausbricht, weil dieses verfluchte Gen ja zu hundert Prozent die Krankheit herbeiführt und es keine Heilungschancen dafür gibt. Das heißt, ich lebe jetzt etwa zwanzig Jahre in der Furcht vor dem Ausbruch, in dem ständigen Wissen, dass ich in Wahrheit nichts dagegen tun kann, außer auf das erste Symptom zu warten. Nein, danke."

„Wenn du so sprichst, bekomme ich das Gefühl, dass du für dich schon beschlossen hast, dass du das Gerstmann-Sträussler-Scheinker-Syndrom in dir trägst und den Test deswegen nicht machen willst. Könnte ich damit recht haben?“ Unleidlich
fixiere ich ihn, weil mir die Antwort darauf zwar logisch erscheint, mir die Frage jedoch nie in dieser Form gestellt wurde. Außerdem nervt mich die Tatsache, dass er mich wirklich durchschauen zu können scheint.

„Gegenfrage: Ist es nicht besser davon auszugehen, dass ich es habe, als unbeirrt weiterzuleben, als wäre nichts? Das wäre doch wohl der unverantwortlichere Weg.“

Bis jetzt noch nicht ein Wort in seinem dämlichen Heft. Wofür hat er es überhaupt, oder ist das, was ich sage, einfach nicht bedeutend genug für ihn?

„Das kommt ganz darauf an, Jeremy, was dieser Weg mit dir macht. Momentan sehe ich einen verärgerten, verzweifelten jungen Mann, der zu Recht wütend ist, sich aber in der fixen Annahme, die Krankheit ohnehin zu haben, in die Lage versetzt, das Leben auch ohne Test nicht mehr genießen zu können. Deiner Meinung nach ist der Test nicht gewinnbringend, weil du das Syndrom sowieso hast. Das bedeutet, du durchläufst jetzt schon den Prozess der Trauer, Wut und Verdrängung, den andere Patienten erst mit positivem Ergebnis des DNA-Tests zu bewältigen beginnen.“

Ich verdrehe die Augen und winke das Gesagte ab. Selbstschutz, weil ich es nicht an mich heranlassen will. „Sie wollen mir also auch erklären, dass ich ihn einfach machen soll?!“

Jetzt legt er das Heft endgültig weg und zieht damit meine Aufmerksamkeit auf sich. Er schenkt mir ja auch seine. Ungeteilt. Unvoreingenommen. Das hier scheint ihm wirklich wichtig zu sein. Ich fühle mich bei ihm wie ein ebenbürtiger

Gesprächspartner, nicht wie ein Kind, das nichts zu sagen oder keine Ahnung hat, wovon es spricht.

„Nein, das habe ich nicht gesagt. Das ist eine Frage, die nur du für dich wirst beantworten können. Alles, was ich dir verständlich machen will, ist, dass du zwar eine fünfzigprozentige Wahrscheinlichkeit der Erkrankung hast, zu fünfzig Prozent aber eben auch nicht. Und diese fünfzig Prozent scheinst du momentan komplett auszuklammern. Du entscheidest dich somit für das Leben, welches du auch *mit* der Krankheit führen würdest."

Das Argument ist zwar nicht unbedingt neu, aber in der Weise formuliert trotzdem zum Kotzen überzeugend. Er ist außerdem der Erste, der nicht mit diesem Schlechtes-Gewissen-Einreden kommt und mir das Offensichtliche vor die Nase hält, dass auch andere von meiner Entscheidung betroffen sind.

Ich finde keine passende Antwort, vor allem keine schnippische. Stattdessen merke ich nur, wie meine Augenbrauen sich senken und mein Puls höher zu schlagen beginnt.

„Du hast vollkommen recht: Dieser Test ‚bringt' dir nur dann etwas, wenn er negativ ausfällt – was ja nun zu fünfzig Prozent der Fall ist. Wenn er also negativ ist, wird er dir diese Angst, die Unruhe und die Ungewissheit ein für alle Mal nehmen. Verstehst du, was ich damit sagen will?"

Mit angespanntem Kiefer sehe ich auf meine Hände, die feucht geworden sind durch dieses Gespräch, weil es mich ungewollt doch auffordert, mir meine Argumente und Denkweise noch einmal durch den Kopf gehen zu lassen. Unwillentlich nicke ich langsam.

„Ob du nun den Test machst oder nicht, ist meiner Ansicht nach trotz allem nicht so wichtig wie die Frage, wie du in Zukunft mit dir selbst umgehen wirst, denn du darfst weiterhin du selbst sein, Jeremy. Diese Krankheit bestimmt dich nicht, sie ändert auch nicht dein Wesen. Zumindest nicht, wenn du es nicht zulässt.“

Ich lasse meinen Kopf auf die Rückenlehne zurückfallen und schließe die Augen. Damit überwinde ich meinen Stolz, vor diesem Kerl nichts zuzugeben, was mich persönlich beschäftigt. Vielmehr *will* ich es ihm jetzt sagen. Ich *will,* dass mir jemand einen Rettungsring zuwirft, bevor ich ertrinke.

„Ich versuche mir ständig einzureden, einen Tag nach dem nächsten zu bestreiten, aber das ist eben viel leichter gesagt als getan. Vor allem wenn die Tage zu Nächten werden und eine Ablenkung jeglicher Art fehlt. Ich sehe mir selbst dabei zu, wie jeden Tag ein kleines bisschen von mir stirbt. Ich empfinde keine echte Freude mehr, komme mir manchmal vor wie eine leere Hülle, die nichts mehr zu geben hat, weil ich im Dauertakt im Hinterkopf habe, dass diese Gefahr irgendwo auf mich lauert. Als ich Joanne in ihrem Krankenbett gesehen habe, wusste ich sofort, ich würde nie wieder derselbe sein. Es hat mich gebrochen, mich zerrüttet, und das kann nun mal niemand verstehen, der es nicht gesehen hat.

Alle glauben, dass ich einfach trotzig bin und den Test nicht machen will, weil ich Angst vor dem Ergebnis habe. Aber die Wahrheit ist, dass ich es einfach schon weiß und Angst vor *deren* Reaktion habe. Tief in mir bin ich mir sicher, dass ich dieses Gen habe und dass ich sterben werde. Und niemand außer mir kann wirklich nachvollziehen, was das bedeutet. Den Test zu machen wäre einfach nur mehr der zerschmetternde Schlag für alle anderen, nicht für mich. Und ab dem Zeitpunkt werden sie sich verändern. Sie werden krampfhaft versuchen, eine Lösung zu finden, die es nicht gibt, werden mich anders ansehen und mich tagtäglich daran erinnern, dass es kein Zurück mehr gibt. Das ertrage ich nicht. Da lasse ich lieber überhaupt keinen mehr an mich heran.“

Zittrig atme ich nach diesem emotionalen Wortschwall ein. Ich bin kurz vorm Heulen, und es kostet mich alles, was noch in mir übrig ist, nicht zusammenzubrechen. Ich kann den Psychologen nicht ansehen, starre auf den Boden, vorgelehnt, bebend. Mir ist schlecht.

Ich will, dass er mich versteht, bestätigt. Dass er sagt, dass ich recht habe.

Ich will, dass er sagt, dass ich unrecht habe. Dass ich mich irre, dass es anders laufen wird.

Er tut nichts davon. Er wartet. Wählt nicht irgendeine Standardfloskel, um mich dorthin zu biegen, wohin *er* will, oder mein Dad. Er wartet, bis ich so weit bin, seine Antwort zu hören. Zu verstehen. In mich aufzunehmen.

„Jeremy, du darfst glücklich sein. Du darfst ein Leben führen, welches es wert ist, Leben genannt zu werden. Du musst nicht alle Leute, die du liebst und die dich lieben, krampfhaft von dir fernhalten, selbst wenn die Umstände herausfordernd sind. Was du dir hingegen nicht erlauben solltest, ist diese Negativität, diese Dunkelheit, die momentan in dir tobt, deine Persönlichkeit verändern zu lassen. Wenn du diesen Gefühlen nämlich lange genug die Tür offen lässt, werden sie nicht zögern, dich zu vereinnahmen und dein Herz zu verhärten. Den Weg aus dieser Verbitterung zu finden ist aber weit schwieriger als jener hinein in eine gesunde, vernünftige, aber nicht lebensbestimmende Akzeptanz.“

Kapitel 13

Julia

Ich kann es nicht fassen, dass dieser Tag nun tatsächlich gekommen ist. Zweihundertfünfzig Schüler stehen hinter den Tribünen unseres Footballfeldes und warten auf den Einmarsch zu unserer Abschlussfeier. Auf jenen Moment, in dem wir auf die Bühne gehen und unser Diplom abholen dürfen. Jenen Moment, wenn wir unsere Kappen von uns werfen dürfen als Zeichen dafür, dass wir „frei" sind, dass wir uns von diesem alten Teil unseres Lebens verabschieden und neu anfangen können.

Hier stehen wir nun in unseren passend zu den Teamfarben gewählten dunkelblauen Gewändern, der Kappe und dem weißen Band über unseren Schultern, warten nervös auf unseren einen großen Moment, wenn wir vor über eintausend Schülern und allen Angehörigen der Absolventen auf die Bühne gehen sollen, als würden wir unseren Oscar abholen. In dieser Masse an Schülern ist es nicht schwierig, bestimmte Menschen nicht zu sehen. Ich habe lauter Roben um mich, die Mitschüler einhüllen, die ich persönlich nur sporadisch bis gar nicht kenne. Das ist gut so. Ich möchte gerade mit keinem reden. Ich möchte stark bleiben, unbeirrt diese Feier hinter mich bringen und dann hinaus in die Ungewissheit gehen.

Zur feierlichen Musik und dem Applaus der Gäste stolzieren wir schließlich nach dem Alphabet gereiht zu unseren Sitzplätzen, Klappsesseln auf dem kurz geschnittenen Rasen, und lassen uns darauf nieder. Eine Schülerin geht auf die Bühne und nennt alle Namen der wichtigsten Anwesenden der heutigen Feier. Die amerikanische Flagge wird im Mittelgang zwischen unseren Sitzen nach vorne getragen, wir erheben uns, legen unsere rechte Hand auf unser Herz und singen die Hymne.

Der stolze Jahrgangsbeste, der vor Nervosität rote Flecken im Gesicht hat, bahnt sich seinen Weg zur Bühne, um seine Rede zu halten. Er spricht von Freiheit, von Dankbarkeit, von Freude über Chancen, Türen, die sich öffnen, und jene, die sich schließen. Er spricht von Dingen, von denen er nichts versteht, von denen wir alle nichts verstehen, weil wir eben bei Weitem nicht so weise sind, wie wir oft gerne glauben. Was wissen wir mit unseren siebzehn oder achtzehn Jahren denn schon von Freiheit, von Verantwortung, von Liebe? Nichts.

Zumindest ist es das, was ich mir einzureden versuche, weil ich nicht glauben möchte, dass ich meine Liebe verloren, meine Verantwortungsübernahme versäumt habe, meine Freiheit alleine genießen muss.

Dann richtet auch unser Direktor ein paar Worte an uns. Er wünscht uns Glück für unsere Zukunft, Weisheit für unsere Entscheidungen, Kraft für unseren Lebensweg und Menschen, die uns auf diesem Weg begleiten, uns unterstützen und beistehen, und ich kann meinen Kopf nicht daran hindern, sich zu Jeremy zu drehen. Zumindest dorthin, wo ich ihn zu sitzen vermute, denn ich finde ihn nicht. Blinzelnd zwinge ich mich dazu, wieder nach vorne zu sehen, als wäre das nun mein Lebensmotto. Ich zupfe an meinen Fingern, um mich von dem Schmerz in mir drin abzulenken.

Mrs. Marques beginnt die Namen der Schüler alphabetisch vorzulesen, die sich ihr Zeugnis holen, verschiedenen Leuten die Hand schütteln, für ein Foto stehen bleiben, wieder hinuntergehen und sich schließlich wieder hinsetzen. Als mein Nachbar auf die Bühne geht, blutet mein Herz für einen Moment, weil ich niemanden habe, der heute für mich hier ist.

Oh Gott, wie Joshua mir fehlt. Immer, aber vor allem in solchen Augenblicken. Was würde ich geben, sein Gesicht irgendwo in der Menge zu sehen. Zu wissen, dass er da ist. Dass er für *mich* da ist. Mich bei ihm ausweinen zu dürfen, weil meine große Liebe sich von mir getrennt hat und mit ihm darüber zu lachen, weil er schon lange über seine erste große Liebe hinweg wäre und eine noch tollere Frau gefunden hätte.

Sophie wäre heute wahrscheinlich gekommen, hätte ich sie gefragt, aber das erschien mir noch mitleidserregender. Doch wer wird mir gleich zujubeln? Wer wird für mich klatschen, weil er oder sie stolz auf mich ist?

Kurz werden meine Knie weich, als mein Name aufgerufen wird, meine Hände schwitzen, und Tränen drohen meine Sicht zu trüben – da höre ich jemanden pfeifen. Eine zweite Person stimmt ein, und jemand ruft meinen Namen, was ein lauteres Klatschen als das verhaltene von eben bewirkt. Ich lache dankbar auf und schniefe die Traurigkeit weg, bevor ich die Bühne erklimme. Das war Max, da bin ich mir sicher. Und wahrscheinlich Danny, Tommy, Aaron. Vielleicht sogar Jeremy?

Lächelnd nehme ich mein Diplom entgegen, schüttle die Hände vor mir, versuche die Kamera zu überzeugen, dass dies der bisher schönste Tag meines Lebens ist, und beende meinen Moment, um dem nächsten Absolventen Platz zu machen. Beim Zurückgehen entdecke ich Max in der dritten Reihe der anderen Hälfte meines Jahrgangs, der mir grinsend zuzwinkert und mir ein nun ehrliches Lächeln entlockt. Ich werde ihm und im Besonderen Jeremy immer dafür dankbar sein, mir gezeigt zu haben, dass das Highschool-Dasein auch angenehmer und lustiger sein kann. Ich dachte, ich hätte mich mit dem Versuch, jeden von mir fernzuhalten vor Veränderungen, vor Verletzungen, vor Spott geschützt. Jeremy hat mich aus dieser

Höhle, diesem Teufelskreis befreit und mir eine neue Lebensqualität gezeigt. Damit meine ich nicht nur das Leben in der Highschool, sondern *mein* Leben.

Als Jeremy auf die Bühne geht, jubelt die Menge. Er war eben nicht nur als Quarterback beliebt, sondern wird auch als Mensch geschätzt. Er ringt sich ein Lächeln ab. Eines, das seine Augen nie erreicht, das ihm nur jemand abkaufen könnte, der ihn nicht kennt. Der nie dieses Glitzern und Glänzen in seinen grünen Augen gesehen hat, wenn er ehrlich glücklich war. Er findet mich in der Menge, fixiert mich, suchend nach etwas Bestimmtem in meinen Augen. Da wir jedoch beide nicht wissen, was es ist, und er mir klargemacht hat, dass ich es ihm *nicht* geben kann, unterbreche ich den Augenkontakt. Ich sehe zu Boden und halte den Atem an, damit ich nicht vor Kummer aufseufze, bis der nächste Name aufgerufen wird.

„Anwärter des Schulabschlusses, bitte erheben Sie sich!“, spricht unser Direktor schließlich stolz ins Mikrofon und wartet darauf, bis jeder einzelne Schüler steht, die Hände bereits auf den Kappen.

„In der Kenntnis darüber, dass jeder der Senior-Schüler, welche heute anwesend sind, alle Anforderungen für einen Schulabschluss erfüllt hat, die vom Schulgremium des Staates Massachusetts festgesetzt worden sind, ist es mir nun eine große Freude und Ehre, Sie zu Absolventen der Highschool ernennen zu dürfen.“ Im Einklang zieht jeder Einzelne in den Reihen seine Kappe und wirft sie mit Freudenschreien zum Jubel der Zuseher in die Luft. „Gratulation der Absolventenklasse dieses Jahres!“, ruft er, während die ersten Kappen wieder hinuntersegeln.

Das war er also: der bedeutsamste Moment meiner Schulzeit.

Jeremy

Sonntagmorgen sitze ich schon früh in unserem Garten, höre den zwitschernden Vögeln zu, dem plätschernden Wasser des kleinen Brunnens, den Claire auf den Fensterladen gestellt hat. Ich sehe den Wolken dabei zu, wie sie die Sonne bedecken und wieder freigeben.

„Du bist früh auf!" Mit zwei Kaffeetassen setzt sich Claire neben mich auf die Stufe und reicht mir eine, die ich dankbar annehme.

„Heute ist Jules' Abschlussaufführung." Sie war so aufgeregt, so glücklich darüber, endlich in ihrer Gruppe tanzen zu können, nachdem sie derart lange ausgefallen war und sich erst wieder in Form hatte bringen müssen. Es war ihr sehr wichtig, dass ich komme, und ich hätte es um nichts in der Welt verpassen wollen.

„Gehst du hin?"

„Ich weiß es noch nicht. Daher wohl die Schlaflosigkeit", erkläre ich mit erhobener Augenbraue. „Ich glaube, mein Hirn hat keinen Bock mehr, sich über irgendetwas Gedanken oder Sorgen zu machen. Jetzt zeigt es nur mehr *System Error* an und lässt mich hängen", füge ich im Scherz an und merke zum ersten Mal seit Tagen, dass die Schwermütigkeit, die meine treue Begleiterin geworden war, einem Witz – selbst wenn er zynisch war – weichen musste.

Claire streichelt mir übers Haar und zieht meinen Kopf zu einem Kuss an ihre Lippen. „Ich weiß, du denkst von ihr wie über eine Porzellanpuppe. Dass du sie vor allem und jedem schützen willst, damit sie ja niemand und nichts verletzen kann, dich selbst eingenommen. Und ich weiß, du denkst, dass die Trennung von ihr der einzige Weg ist, sie vor dir zu schützen.

Aber soweit ich das beurteilen kann, hast du diesen Kampf schon lange verloren. Sie liebt dich, Junge. Sie wird dich nicht aufgeben, nicht aufhören zu lieben, nur weil du ihr sagst, dass sie das tun soll. Ich bin unendlich stolz auf dich, Jeremy, selbst wenn du unkluge Entscheidungen getroffen haben magst. Du bist zurück auf dem richtigen Weg, und du hast begriffen, dass wahre Liebe bedeutet, den anderen über seine eigenen Bedürfnisse zu stellen. Jetzt musst du nur mehr verstehen lernen, wie diese Weisheit anzuwenden ist."

„Was meinst du damit?"

„Schatz, niemand sucht sich aus, krank zu werden. Als ich deinen Vater geheiratet habe, versprach ich ihm, ihn zu lieben in Gesundheit *und* in Krankheit. Dabei liebe ich nicht die Krankheit, nicht die Probleme, die damit einhergehen, aber ich liebe *ihn* und stehe zu ihm. Ich liebe ihn, unabhängig von einer möglichen Krankheit. Damit stelle ich seine Bedürfnisse über meine und gehe eben den steinigeren Weg. Er würde dasselbe für mich tun. Was wir uns nämlich aussuchen können, ist die Art und Weise, unsere begrenzte Zeit hier auf Erden zu verbringen.

Lebe das Leben, das du jetzt hast, in vollen Zügen. Und damit meine ich nicht, irgendwelche sinnlosen Exzesse oder Situationen, die dich in Gefahr bringen. Damit meine ich die Schätze der Momente, die dir im Hier und Jetzt gegeben werden, um entdeckt zu werden. Jemanden zu lieben. Mit Begeisterung. Und dich zurücklieben zu lassen. Die Kontrolle über die Frage, ob und wie lange du leben wirst, abzugeben und Gott stattdessen abends für jeden Tag zu danken, der dir geschenkt wurde, und morgens um einen weiteren zu bitten. Denn keiner davon ist selbstverständlich. Für niemanden. Auch nicht für diejenigen, die eine völlig gesunde DNA besitzen." Sie wischt sich eine Träne von der Wange und legt ihren Kopf auf meine Schulter. Ich lege meinen Arm um sie.

„Und wenn Julia es schafft – und ich habe gesehen, dass sie es tut –, dass du vorbeisehen kannst an all dem Dreck, der die Macht hat, dich in die Knie zu zwingen, wenn du es zulässt … Wenn sie dich stattdessen stark genug macht, standzuhalten und deine Probleme Tag für Tag in Angriff zu nehmen, dann wirf das bitte nicht weg. Denn es ist *ihr* freier Wille, über den du nicht zu entscheiden hast. Das wird sie selbst tun."

Mein Herz überschlägt sich während ihrer Worte mehrmals, weil sie mir mit ihnen den ausschlaggebenden Tritt verpasst, den ich brauche, um meine Zweifel, dieses Mädchen in meinem Leben haben zu wollen, über Bord zu werfen. Max sagte es. Tommy sagte es, Danny indirekt. Der Psychologe bestätigte es, und nun sitze ich neben der Frau, die den wohl größten Einfluss auf mein Leben genommen hat als irgendjemand anderes. Ohne es zu wollen, habe ich auf Joannes Meinung mehr Wert gelegt als auf die all derer, die mich wirklich kennen. Die wussten, was ich brauche, noch bevor ich es verstand.

Ich bedanke mich bei dieser Frau, die für immer meine wahre Mutter sein wird, küsse sie auf den Scheitel und mache mich mit einer neu gewonnenen Euphorie auf den Weg in Jules' Gemeinde.

Natürlich finde ich sie beim Hereinkommen nicht, sie ist wohl hinter der Bühne. Ich schummle mich an den Leuten vorbei und suche mir möglichst weit hinten einen Randplatz, um mir bei kalt werdenden Füßen die Chance zu geben, doch noch abzuhauen.

Die Worshipband singt ein paar Lieder, dann kommt der Pastor auf die Bühne.

„Ich möchte zu Beginn allen Absolventen herzlich zu ihrem Highschool-Abschluss gratulieren." Die Menge klatscht den Schülern Beifall. „Dies ist wahrhaftig ein großer Meilenstein in eurem Leben, den ihr genießen dürft. Lasst euch feiern und seid stolz auf euch!“ Irgendwo in der Menge jodelt einer vor Freude, und Gelächter bricht aus.

Eine Folie wird aufgeblendet, die den Unterschied zwischen Glauben und Wissen hinterfragt, und der Pastor erklärt die Definitionen dieser beiden Begriffe. „Wissen scheint demnach also das Sichere zu sein, während der Glaube als Art Annahme gilt und daher nicht so sicher sein kann. Wissen gründet sich als eine wissenschaftlich für wahr angenommene Erkenntnis immer auf definierten Grund- und Lehrsätzen, stützt sich auf völlige Widerspruchsfreiheit sowie Wiederhol- und Überprüfbarkeit, die diese Erkenntnis dann eben als wahr oder falsch festlegen.

Nun sehen wir aber, dass sich etliches in unserem Leben eben nicht auf solche Erkenntnis, auf unser Wissen stützt. Dass wir vieles nicht oder nur bedingt verstehen können, zum Beispiel den Sinn des Lebens, Geburt, Tod, Gesundheit, Krankheit, Gefühle, Gott und die versprochene Ewigkeit. Spätestens wenn es um Leid und Schmerz geht, kann Logik nicht mehr mithalten. Denn für uns ergeben diese Dinge oft keinen Sinn. Wir sehen also zu Gott auf und hinterfragen ihn: Wie konntest du mir das antun? Wie kannst du mir so viel aufbürden? Gerade, wenn ich gläubig bin, müsste doch alles gut und perfekt in meinem Leben sein, oder? Doch das ist eine manipulative Lüge, denn wir leben doch nach wie vor in einer imperfekten Welt voller Krieg, Hass, Angst und Leid. Und das ist genau der Punkt, an dem der Glaube ins Spiel kommt. Glaube hilft uns über den Berg vor uns hinwegzusehen, das Ende des Tunnels zu sehen, den Frieden in Gott zu finden, nach dem wir uns so sehr sehnen.“

Eine Bibelstelle wird eingeblendet und vorgelesen: „In Römer Kapitel acht heißt es: *Ich bin überzeugt: Nichts kann uns von seiner Liebe trennen. Weder Tod noch Leben, weder*

Engel noch Mächte, weder unsere Ängste in der Gegenwart noch unsere Sorgen um die Zukunft, ja nicht einmal die Mächte der Hölle können uns von der Liebe Gottes trennen. Und wären wir hoch über dem Himmel oder befänden uns in den tiefsten Tiefen des Ozeans, nichts und niemand in der ganzen Schöpfung kann uns von der Liebe Gottes trennen, die in Christus Jesus, unserem Herrn, erschienen ist.

Wissen, Vernunft, Logik sind nicht dasselbe wie Glaube, und Glaube lässt sich nicht auf unsere begrenzte Logik beschränken. Denn auch wenn wir alles daran setzen, Dinge zu erforschen, zu verstehen, werden immer noch Fragen offenbleiben. Worauf jeder von uns selbst seine Antwort finden muss, ist: Kannst *du* auf Gott vertrauen, wenn deine Lebensumstände den Eindruck machen, dass das alles Lüge ist? Wenn du gerade ein Hoch in deinem Leben hast, ist es einfach zu glauben. Schwierig wird es dann, wenn die Angriffe kommen. Und Angriffe werden uns bis zu unserem physischen Tod – dem letzten großen Angriff begegnen, ob wir nun glauben oder nicht, Jesus sagt uns aber: *Werft all eure Sorgen auf mich und kommt her, die ihr müde und beladen seid!*

Glaube bedeutet demnach vollkommenes Vertrauen zu Gott. Da ist kein Platz für den fälschlichen Gedanken, dass Gott mich jemals im Stich lassen könnte. Denn wie die Bibelstelle sagt: *Nichts* kann uns von Gottes Liebe trennen", beendet der Pastor seine beeindruckende Rede, die mir nun zum zweiten Mal schon tief ins Bewusstsein dringt. Was, wenn das, was er sagt, wirklich stimmt? Was, wenn das auch für mich gelten könnte?

Er verlässt sein Rednerpult, als sich die Band schon bereitmacht und Julia mit ihrer Gruppe für den Tanz auf die Bühne kommt.

Das Keyboard spielt das kurze Intro, bevor die Tänzer mit ihrer Darbietung beginnen. Meine ganze Aufmerksamkeit gehört wie immer Jules, mögen sich die anderen noch so gut bewegen. Mein Herz gibt mir einen Stich, als sie die Hebefigur, die wir im Tanzsaal bis zum Umfallen geübt haben, mit Harry perfekt durchführt. Die Zeiten mit ihr waren die bisher schönsten meines Lebens, und ich möchte sie zurückhaben. Das ist sicher.

Ihre Augen leuchten, versprühen eine pulsierende Lebendigkeit, während ihre Lippen sich fast unmerklich zum Songtext mitbewegen.

„Wer liebt wie er, stillt meine Angst, bringt Frieden mir mitten im Kampf? Mein Trost ist er, in allem Leid. In seiner Liebe find ich Halt."

Ich habe das Lied während Jules' Training oft genug gehört, jedoch ist es das erste Mal, dass ich bewusst auf den Text achte. Ich wünsche mir diesen Halt, diesen Frieden, den sie jedes Mal ausstrahlt, wenn sie sich dort oben oder im Übungsraum bewegt. Er ist so ansteckend, und so wünsche ich mir, dass ich ihn selbst eines Tages finden kann.

Mir wird klar, dass ich erst endlich loslassen muss, um das tun zu können, so wie Claire und der Psychologe es gesagt haben.

Also atme ich tief durch und schließe die Augen.

Ich beende den Kampf, den ich vor allem mit mir selber führe.

Ich beende den Zwang, mein Leben krampfhaft festzuhalten, und gestehe mir ein, dass ich nicht entscheiden kann, wer wie lange leben darf und ob das fair ist oder nicht. Ich will mich nicht mehr auf die negativen Dinge in meinem Leben konzentrieren, sondern nach vorne sehen und mich auf die Abenteuer einlassen, die auf mich zukommen – egal, welcher Natur.

In mir zerbricht irgendetwas, gleichzeitig habe ich aber das Gefühl, dass etwas Größeres zu heilen beginnt. Dass ein Loch in meinem Herzen, welches ich seit dem ersten Verlust meiner leiblichen Mutter in mir zu tragen schien, endlich gefüllt wird und sich dort, wo Enttäuschung und Verletzung Zorn hervorgerufen haben, langsam eine innere Ruhe ausbreitet.

Ich sehe wieder vor zu den Tänzern, zu Jules, die sich gerade quer über die Bühne bewegt, während ich den letzten Worten lausche, die vom begabten Sänger vorgetragen werden.

„Mein Leben liegt in seiner Hand vom ersten Atemzuge an. Und keine Macht in dieser Welt kann mich ihm rauben, der mich hält, bis an das Ende dieser Zeit, wenn er erscheint in Herrlichkeit."

Gestärkter, irgendwie veränderter, aber auch verwirrter verlasse ich am Ende des Gottesdienstes den Raum, den Eingangsbereich und gehe hinaus ins Freie. Mit einem Blick zum Himmel fülle ich meine leeren Lungen mit neuer Luft, marschiere über die Straße und warte an die Straßenlaterne gelehnt darauf, dass Jules herauskommt. Ich habe in nächster Zeit vieles, über das ich nachdenken muss, einiges, was ich Jules fragen möchte.

Eins nach dem anderen, Jer! Jetzt musst du sie erst einmal dazu bringen, dass sie wieder mit dir reden will.

Als Jules schließlich durch die Tür kommt, werden all meine anderen Gedanken weggeblasen. Mit ihrem schlampigen Dutt, den Ballettschuhen in ihrer Hand und dem zarten Lächeln auf ihrem Gesicht, während sie sich mit einer ihrer Tanzkolleginnen unterhält, spüre ich, wie die Nervosität wegen ihr, die Angst vor ihrer möglichen Abfuhr, vor ihrer Reaktion größer wird. Ich drücke mich von der Laterne weg und richte mich auf. Unschlüssig, ob ich einfach warten oder sie rufen soll, raufe ich mir die Haare.

Endlich sieht sie mich. Das Lächeln auf ihrem Gesicht erstirbt, was mich fertigmacht. Sie verabschiedet sich von ihrer Freundin, bleibt aber trotzdem noch auf der anderen

Straßenseite stehen und schaut sich hin- und hergerissen um. Sie traut mir nicht mehr. Oder traut sie sich selbst nicht?

Letztlich fixiert sie mich mit kaltem Blick, hängt sich ihre Tasche um die Schulter und kommt mir entgegen. In ihren Augen liegen Frust, Skepsis, Verletzung. Sie ist zu Recht sauer.

„Was machst du hier?“

„Ich muss dir etwas sagen“, antworte ich, nicht bereit, mich von ihrer Wut abschrecken zu lassen.

„Ich will es aber nicht hören. Und um ehrlich zu sein, will dich jetzt auch nicht sehen, also geh bitte!“ Das tat weh, steht trotzdem in keiner Relation zu dem, was ich mit ihr gemacht habe. Daher schlucke ich es und laufe ihr hinterher, als sie sich zum Gehen abwendet.

„Jules, bitte!“, flehe ich mit ausgestreckten Armen. Selbst, wenn sie mich danach in den Wind schießt, muss sie das hören. Erst jetzt bemerke ich, wie außer Atem ich bin, obwohl ich mich überhaupt nicht körperlich angestrengt habe. Trotzdem schlägt mein Herz so laut, dass mir beinahe schwindelig wird.

Ihre Schultern heben und senken sich ein paar Mal, bevor sie sichtbar zitternd einatmet und sich langsam zu mir umdreht. In ihren Augen liegen Wachsamkeit und unendliche Traurigkeit. Da sind Tränen, die ihre Sicht verschwimmen lassen, weshalb sie sich schnell mit dem Ärmel über das Gesicht reibt. Auch ich halte meine Maske nicht mehr vor mein Gesicht und versuche nicht einmal die Feuchtigkeit in meinen eigenen Augen vor ihr zu verstecken.

„Du hattest recht, okay?“, gestehe ich mit brüchiger Stimme. „Ich habe eine unheimliche Angst vor dem, was auf mich zukommt. Ich habe Angst, den Test zu machen, und genauso viel Angst, ihn nicht zu machen. Ich will nicht wissen, ob ich leben oder sterben werde, aber die Vorstellung davon ständig mit mir herumzutragen und darüber nachzudenken, ohne Gewissheit zu haben, macht mich genauso fertig. Ich wusste nicht, was ich tun sollte, bin mir nicht einmal jetzt sicher, ob meine Entscheidung tatsächlich die richtige ist. Und dich an meiner Seite zu haben, in diese Sache mit hineinzuziehen ist furchteinflößend – aus sehr offensichtlichen Gründen –, und es bedeutet, Verantwortung zu übernehmen, die ich mich noch nicht zu tragen bereit fühlte." Starr, wie in Angst blickt sie mir entgegen. Mit ihrem Blinzeln lösen sich Tränen und benetzen ihre weichen Wangen.

„Ich bin ein Vollidiot und habe es absolut versaut. Ich weiß das, und dieses Wissen bringt mich um. Womöglich habe ich dich auch schon verloren. Nur ist es eben so, dass ich mir nicht vorstellen kann, aufzuwachen in dem Bewusstsein, dich nicht sehen zu können. Ich kann mir nicht vorstellen, diese Bürde ohne dich zu tragen, auch wenn ich mir nichts sehnlicher gewünscht habe, als sie selbst nicht tragen zu müssen, und ganz sicher nicht so egoistisch sein wollte, dich mit hineinzuziehen." Kraftlos stützt sie sich an dem Auto neben ihr ab.

„Aber du hattest recht: Ich habe dich bereits mit hineingezogen. Und solltest du mir jetzt sagen, dass du mir nicht vergeben kannst oder dass ich schon zu spät bin, dann werde ich mein Möglichstes tun, es zu akzeptieren, auch wenn das nicht einfach sein wird. Wenn du aber sagst, dass du mich immer noch liebst, dann verspreche ich dir, dass ich für den Rest meines Lebens versuchen werde, meine Idiotie wiedergutzumachen, weil ich für jeden Moment dankbar sein möchte, den ich mit dir verbringen darf." Ich hole tief Luft, dankbar, es endlich ausgesprochen zu haben.

„Jeremy, du weißt, dass ich dich liebe", erwidert sie endlich in schwachem Ton. Warum schüttelt sie dann den Kopf?

„Aber ich werde nicht mit der ständigen zusätzlichen Angst leben, du könntest mich in der nächsten schlechten Phase wieder ausschließen. Ich habe dir gesagt, dass ich immer für dich da sein würde, dass meine Liebe zu dir nicht geringer wird, ob du nun krank bist oder nicht. Was ich aber nicht ertrage und nicht mitmachen werde, ist die Unsicherheit, dass du alle paar Tage deine Meinung bezüglich unserer Beziehung ändern wirst. Dass du mich an einem guten Tag wollen und an einem schlechten wieder wegschieben wirst. Das halte ich einfach nicht durch, Jer, verstehst du?“

Völlig entrüstet über ihre Annahme, ich hätte sie als Person abgelehnt, sacke ich sichtlich ihn mir zusammen und verziehe das Gesicht. „Ich werde dich immer wollen! Daran bestand auch nie ein Zweifel. Ich hatte nur panische Angst davor, mit den möglichen Konsequenzen dieser Krankheit zu leben, wenn du noch dazu Teil davon sein musst.“

Sie schüttelt immer noch den Kopf wie in Verleumdung. „Und jetzt hast du die nicht mehr?“

„Doch“, gebe ich zu und zucke mit einer Schulter. „Trotzdem habe ich einen Termin für den DNA-Test ausgemacht.“ Ich zögere und warte ihre Reaktion ab. Ihre Augen weiten sich, während ihr Atem ruht. Dann öffnen sich ihre Lippen zum Luftholen, und sie geht kurz leicht in die Knie, bevor sie sich wieder aufrichtet und die Arme um ihren Körper schlingt.

„Du machst den Test?“

Ich nicke. Nachdem ich mich ein zweites Mal mit dem Psychologen getroffen hatte, war für mich klar, dass ich das Risiko wagen muss. Dass nicht nur die anderen diesen Abschluss, dieses Ergebnis brauchen, sondern vor allem ich, damit ich nicht noch weiter in meinem persönlichen Sumpf von Selbstmitleid und Einsamkeit versinke. Es ist nach wie vor sehr schwer für mich, mich mit dem Gedanken anzufreunden und daran zu denken, wie das Danach aussehen könnte. Doch das ist der Weg, den ich scheinbar gehen muss. Mein Weg.

„Die Wartezeit auf das Ergebnis ist lange, fast sechs Wochen. Aber selbst unabhängig von dem Test, wird es nicht meine eigene Wahl gewesen sein, wenn ich dich das nächste Mal verlassen sollte. Deswegen probiere ich das jetzt noch einmal: Ich liebe dich! Und trotz all dem, was geschehen ist, und allem, was ich gesagt habe, habe ich nie damit aufgehört. Und das ist die Wahrheit. Ich hoffe, du kannst mir glauben, mir noch einmal eine Chance geben und dein Vertrauen schenken."

Jules sieht resignierend zum Himmel und bläst aufgestaute Luft aus.

Plötzlich kommt sie auf mich zu, streckt die Hand aus und wischt mit ihrem Zeigefinger eine Träne von meiner Wange, derer ich mir nicht bewusst war. Dann umarmt sie mich vorsichtig, zaghaft, aber die Mauer zwischen uns scheint eingerissen. In einer selten dagewesenen Erleichterung lege ich meine Arme um ihren zarten Rücken und presse sie dankbar an meinen Körper. Sie streichelt meine Haare, während ich ihren Duft einatme.

„Ich glaube dir, aber du wirst mir jetzt einfach ein wenig Zeit geben müssen, okay?" Ihre Forderung ist nicht nur verständlich, sondern auch berechtigt. Selbst wenn ich mir erhofft habe, dass sie mich sofort zurücknehmen würde, sitzt die Enttäuschung bei ihr schlichtweg zu groß.

„Ich werde auf dich warten, Jules. Ich gehe nirgendwohin."

Kapitel 14

Julia

Seit wir uns ausgesprochen haben, sind zwei Wochen vergangen. Zwei Wochen, in denen ich zwar nach wie vor bei Max wohne, weil ich nichts überstürzen kann und will, Jer und ich uns aber trotzdem jeden Tag gesehen haben. Natürlich sind wir beide vorsichtiger als zuvor. Er im Umgang mit mir, weil er mich weder drängen noch beeinflussen will, und ich, weil ich zwar nicht an seinen Worten zweifle, aber wie gesagt eben Zeit brauche, um zu sehen, dass er seine Meinung bezüglich unserer Beziehung nicht gleich wieder ändert. Als eines mehrerer positiver Zeichen nehme ich, dass er Danny und Tommy von dem Trip nach New York und seinem Entschluss, den Test zu machen, erzählt hat. Das zeigt mir, dass er es wirklich ernst meint. Die beiden haben sehr unterschiedlich darauf reagiert. Danny war ziemlich fertig. Hat sich außerdem bei Jer entschuldigt, dass er nicht eher dahintergekommen ist, was da im Busch ist, und ihn stattdessen angepöbelt hat. Tommy hingegen hat ihm gesagt, dass sich auch dann nichts an seiner Freundschaft und Loyalität ihm gegenüber verändern wird und dass er sich immer auf ihn verlassen kann. Beides hat Jer auf verschiedene Art gestärkt und ermutigt. Ich denke, der Punkt ist vor allem zu wissen, dass man nicht alleine sein muss, wenn es hart auf hart kommt.

Ich habe immer verstanden, dass er mich in seine Probleme nicht mit hineinziehen, mir kein Leben verwehren wollte, welches ich mir selbstverständlich wünschen würde. Doch er scheint endlich begriffen zu haben, dass *er* es ist, den ich mir mehr als alles andere wünsche. Ob ich Kinder haben werde oder bis an mein Lebensende mit ihm zusammen sein kann, liegt ohnehin nicht in unserer Hand. Beides wäre zwar wundervoll, jedoch kein Kriterium, ihn zu lieben oder nicht zu lieben.

Es ist der Abend vor seiner Testung. Morgen gleich um sieben Uhr muss er in der Klinik zur Blutabnahme erscheinen, und danach heißt es warten. Aber das Warten bezieht sich nur mehr auf die Ergebnisse, nicht auf die Entscheidung, wie er danach sein Leben führen wird. Er hat beschlossen, es nicht zu vergeuden, indem er verbittert oder böse auf die Welt ist, sondern es zu nehmen, wie es kommt.

„Er ist im Garten, Herzchen. Schön, dass du da bist. Ich denke, du bist heute Abend die Einzige, die er wirklich sehen will“, erklärt Claire, als sie mich ins Haus bittet.

Ich nicke und umarme sie fest, bevor ich durch das Wohnzimmer auf die Terrasse gehe. Jeremy liegt im Gras, hat den Blick zum Himmel gerichtet, die Arme und Beine weit ausgestreckt. Ich halte kurz inne und warte darauf, dass mein Herz sich bei seinem Anblick wieder beruhigt, doch das scheint ein Ding der Unmöglichkeit zu sein. An den unzähligen Schmetterlingen in meinem Bauch, wenn er mich ansieht oder berührt, hat sich nichts geändert. Im Gegenteil, sie sind stärker geworden, weil auch wir stärker geworden sind. Gemeinsam und unabhängig voneinander. Auch wenn wir es wieder langsam angehen, lernen, um uns neu schätzen und einander verstehen zu können, steht nach wie vor außer Zweifel, dass er mir alles bedeutet.

Ohne etwas zu sagen, gehe ich zu Jer, lege mich neben ihn ins Gras und platziere meine Hand auf seine. Eine Zeit lang sagen wir beide nichts, sehen bloß hinauf zu den Sternen. Ich bin nicht sicher, wie viele Minuten vergehen, bis mir kalt wird und ich mich an seine Seite kuschle. Das bricht seine Schweigsamkeit. Er zieht mich näher zu sich, reibt über meinen Rücken.

„Hast du Angst vor dem Tod?“, fragt er unerwartet. Eine Sorgenfalte legt sich zwischen meine Augen, weil es mir nicht gefällt, womit er sich scheinbar die letzten Stunden alleine auseinandergesetzt hat.

„Nein“, antworte ich ehrlich. Die Vorstellung von deinem Tod bringt mich hingegen um, ergänze ich in Gedanken.

„Wie kannst du keine Angst haben?“

„Natürlich ist es jetzt leichter, das zu sagen, solange ich nicht wirklich leiden muss oder gefoltert werde oder so. Aber ich weiß, dass der Tod keine endgültige Macht über mich hat. Als Christin glaube ich, dass es nur meine Hülle ist, die begraben wird, nicht meine Seele. Ich weiß, wo ich hingehe, und das hilft. Darum ist mein Tod etwas, vor dem ich mich nicht fürchten muss.“ Jeremy fährt sich mit Zeigefinger und Daumen über das Nasenbein und nickt. „Jemanden zu verlieren, den man liebt, ist hingegen etwas ganz anderes“, ergänze ich trotzdem, weil er wissen soll, dass mir der Tod, vor allem sein möglicher früher, absolut *nicht* egal ist.

Jeremy nickt energischer und küsst mich auf die Stirn. „Lass uns bitte darüber reden, was wir diesen Sommer machen werden. Ich möchte nicht mehr über den Test nachdenken.“

Ich spiele mit dem Saum seines Shirts, während ich überlege, womit ich ihn auf andere Gedanken bringen kann. „Hmm … endlich im Meer schwimmen gehen“, erwidere ich, lächelnd bei der Vorstellung, dieses Mal komplett ins Wasser hüpfen zu können.

„Einen höheren Berg erklimmen. Zum Beispiel irgendeinen in den Rocky Mountains“, wünscht sich Jeremy, woraufhin ich ihm meine hochgezogene Braue zeige. Er lacht und fährt mir über die Augen.

„Ähm, ja oder wir könnten mit einem niedrigeren Berg beginnen, damit ich keinen Herzinfarkt bekomme, ehe wir die Dreitausend-Fuß-Grenze erreicht haben.“

Ich fühle seinen Brustkorb vor Lachen vibrieren. „Du brauchst einfach mehr Ausdauer."

Die Augen zusammenkneifend, steche ich ihm in die Seite, da ich weiß, dass er dort kitzlig ist. Er zuckt lachend zusammen und greift nach meiner Hand, um sie zurück auf seine Brust zu legen.

„Ich war noch nie in Disneyland", murmle ich als Vorschlag für eine weitere Sommeraktivität.

„Ob du es glaubst oder nicht: Ich auch nicht. Aber für Disneyland ist man sowieso nie zu alt."

„Ich wollte immer einmal reiten gehen." Gespannt auf seine Reaktion, presse ich die Lippen aufeinander.

„Oookay", antwortet Jeremy lang gezogen. „Ich werde dann in der Zwischenzeit irgendetwas Männliches machen wie
Bogenschießen oder Kartfahren." Schmunzelnd verdrehe ich die Augen. „Gegenvorschlag: Wir gehen raften", bietet er an.

Jetzt lache ich und hebe fragend die Hände. „Ich habe zwar keine Ahnung, wie das meinem Vorschlag entgegenkommt, aber klar, wieso nicht?!"

Er hebt mein Kinn in seine Richtung und sieht mir lächelnd in die Augen, während er meine Haare streichelt. „Ich freue mich auf einen wunderbaren Sommer mit dir, Julia Carter. Und wenn du reiten gehen willst, gehen wir reiten, denn ich will überall sein, wo du auch bist."

Bei seinen schnulzigen Worten lache ich verlegen und küsse ihn liebevoll. „Ich bin froh, dass du wieder da bist, Jeremy." Ich bette meinen Kopf wieder auf seine Schulter, vergrabe mich im Gefühl der neugewonnen, jedoch anderen Sicherheit.

„Ja …" Er atmet tief ein. „Ich auch."

Jeremy

Vom Wasser aus betrachte ich Jules fasziniert, wie sie strahlend bis zu den Knien im Meerwasser steht und sich von den Wellen beinahe umwerfen lässt, bevor sie sich wieder einen Schritt tiefer ins Wasser begibt. Das hier wird nie langweilig für mich werden. Dabei kann ich gar nicht mehr aufzählen, wie viele Male wir in den Wochen seit dem Schulabschluss hier waren. Selbst nachdem wir wandern gewesen waren, sind wir noch ans Meer gefahren und haben den Abend hier verbracht. Max war mit uns auf dem Mount Greylock. Es war eine atemberaubende Tour – im wahrsten Sinne des Wortes. Denn Jules war völlig am Ende, weshalb Max und ich sie schließlich die letzten paar hundert Meter abwechselnd Huckepack trugen, weil sie uns zu langsam geworden war. Erst protestierte sie natürlich, dann sprang sie aber über ihren Schatten und genoss die Aussicht von „da oben". Immerhin war das ihr achtzehnter Geburtstag. Sie selbst hatte darauf bestanden, dass wir kein großes Aufhebens um ihren Geburtstag machen dürften. Sie sagte, sie verbinde mit Geburtstagen nicht viel Positives, wolle nun aber in kleinen Schritten neue Erfahrungen mit mir machen. Nach Disneyland haben wir es noch nicht geschafft, alles andere konnten wir aber von unserer Ideenliste abhaken. Bisher war es der beste Sommer meines Lebens.

„Komm schon, Sonnenschein! Meine Haut schrumpelt schon vom Warten", schimpfe ich schmunzelnd und breite meine Arme aus, während die gesamte nervöse Energie, die sich schon seit Tagen in mir aufgebaut hat, ihren Höhepunkt erreicht. Nur hat diese Nervosität dieses Mal nichts mit dem ausstehenden Testergebnis zu tun. Sie hat einen anderen Hintergrund.

Jules legt den Kopf schief. „Fängst du mich? Swayze-Style?“

Ich lache herzhaft und gehe wieder einige Meter Richtung Strand auf sie zu, damit mir das Wasser nur mehr bis zur Hüfte reicht. Geschmeichelt sehe ich zu, wie sie meinen Oberkörper abcheckt, so wie immer, wenn ich kein Shirt trage. Ich muss mich sowieso jedes Mal zurücknehmen, wenn ich sie im Bikini vor mir habe, wobei es eigentlich ganz egal ist, was sie anhat. Sie ist bildschön. Innen und außen. Die kleine Narbe an ihrem Kieferknochen durch ihren Vater und die große lange Narbe an ihrem Schlüsselbein durch ihre Mutter tun ihrer Schönheit nichts ab, selbst wenn sie immer sichtbar sein werden und mich ebenso oft rasend machen, wenn ich an all den Schmerz denke, der ihr zugefügt worden ist. Gleichzeitig zeigen die Narben aber ihren Mut, ihre Stärke. Sie zeigen, dass Veränderung möglich ist, dass sie heute frei ist, und dass die Umstände es nicht geschafft haben, Jules zu besiegen. Sie hat sie besiegt. Und dasselbe werde ich tun; werden wir zusammen tun.

Überzeugt, dass wir diese Hebefigur diesmal genauso gut schaffen werden, wie es ihr mit Harry gelang, deute ich ihr an zu kommen. Sie ist nicht schwer, genauso wie diese Übung es in Wahrheit nicht ist. Trotzdem ist immer ein mulmiges Gefühl dabei, sie eventuell fallen zu lassen. Vor allem bei dem starken Wellengang, bei dem ständig neue Wellen an meinen Beinen abprallen.

Julia bläst ihre Wangen auf und lässt dann bestimmt die Luft heraus. Euphorisch nickend läuft sie die paar Schritte auf mich zu. Mit meinen Händen auf ihrer Hüfte hebe ich sie aus dem Wasser, während sie ihre Arme von meinen Schultern nimmt und sie gleichzeitig mit ihren Beinen ausstreckt. Das Gute an dieser Sache ist, dass ich sie nicht oben halten muss, weil sie sich bei dieser Figur um neunzig Grad dreht und auf meine Schulter und meinen Oberarm fallen lässt.

„Yay!“, keucht sie und fuchtelt jubelnd hinter mir mit ihren Händen in der Luft. Ich nehme ihr rechtes Bein und lege es um meine Taille, damit ich sie wieder umdrehen und hinabsinken lassen kann. Zu meiner Überraschung will sie aber bei mir bleiben und wickelt auch ihr zweites Bein um mich.

Gespielt schockiert sauge ich Luft ein. „Jules, die Leute sehen uns zu.“

Sie schnalzt mit der Zunge und umarmt mich fester. „Frag mich mal, wie sehr mich das interessiert.“ Mit einem glücklichen Funkeln in ihren Augen streicht Julia mir die nassen Haare aus dem Gesicht, während ich sie festhalte und tiefer ins Wasser gehe. „Ich wusste ja, dass wir es draufhaben, *Patrick“,* lacht sie zwinkernd.

„Mit dir habe ich das Gefühl, dass alles möglich ist für mich, Jules“, erkläre ich ihr liebevoll, denn es ist mein Ernst. Sie macht mich stark. Sie hingegen wirft den Kopf zurück und lacht verlegen, nachdem sie im Spaß würgende Geräusche von sich gibt. Normalerweise stehe ich auch nicht auf dieses Gesülze, aber Jules ruft es nun mal in mir hervor.

„Trotzdem werde dir jetzt etwas sagen, was dir sicher nicht gefallen wird, und ich kann dir nicht einmal versprechen, dass es das letzte Mal sein wird, dass ich es anspreche“, beginne ich die Rede, die ich mir schon seit gestern überlege.

In gespannter Erwartung legt sie den Kopf schief. Bevor ich weitersprechen kann, drückt sie ihre Hand auf meinen Mund, um mich daran zu hindern. „Dann behalt es jetzt einfach für dich, wie wäre es damit?“

Ich schließe meine Augen und schüttle den Kopf. Zärtlich entferne ich ihre Hand von meinem Mund und halte sie fest. Sie versteht nicht, warum mir das so wichtig ist. Ich will fair genug sein, ihr noch einmal einen Ausweg zu bieten, sie wissen zu lassen, dass sie nicht an meiner Seite bleiben *muss,* nur weil ich endlich zur Vernunft gekommen bin, was meine Liebe zu ihr betrifft. Andererseits will ich sie auch nicht verärgern, verunsichern, verletzen oder ihr gar das Gefühl geben, dass ich doch wieder einen Rückzieher machen könnte. Denn das habe ich ganz sicher nicht mehr vor. Ich habe mich für sie entschieden. Hatte ich vorher schon, aber da konnte ich *ihre* Entscheidung für mich nicht begreifen. Das war der Fehler. Stattdessen hätte ich ihr einfach klarmachen sollen, dass *sie* die freie Wahl hat. Das möchte ich nun ein für alle Mal klären, bevor wir nächste Woche das Testergebnis bekommen.

„Falls der Test positiv ist, würde ich es absolut verstehen, wenn du dich … also wenn wir uns trennen."

„Jeremy!", sagt sie streng.

„Jules, wenn ich GSS habe, werde ich letzten Endes sterben."

„Ja, das haben wir schon besprochen. Das werde ich auch, wie jeder andere Mensch ebenso. Trotzdem ändert das nichts."

Kopfschüttelnd muss ich ihr widersprechen. „Ich weiß, du meinst es gut, wenn du das sagst, und ich weiß auch, dass du es jetzt so meinst. Aber es ändert eben schon etwas. Es ändert alles! Ich werde keine Kinder in die Welt setzen können, außer ich will ihnen das Gen weitervererben."

„Jer. Nicht …", wendet sie ein, doch ich unterbreche sie.

„Ich habe keine Ahnung, wie lange ich zum Arbeiten werde fähig sein. Ich werde irgendwann nicht mehr schreiben, reden können, Anfälle und Wahnvorstellungen haben und dich und jeden um mich herum nicht nur vergessen, sondern auch für euch nicht wiedererkennbar sein. Früher oder später werde ich auf ziemlich miserable und armselige Art und Weise sterben. Das wird kein Kindergeburtstag."

Sie atmet tief ein, schließt die Augen und lässt ihre Stirn auf meine Schulter fallen. Meinen Kopf senkend, küsse ich zärtlich ihren Hals. „Versteh mich bitte nicht falsch, ich suche hier nach keiner Hintertür oder dergleichen. Ich wünsche mir nichts sehnlicher als eine Zukunft mit dir, ich finde es aber nur fair, wenn dir vorher wirklich bewusst ist, was solch eine Zukunft außer mir selbst noch alles beinhalten kann."

Seufzend sieht sie wieder zu mir. Diesmal liegt keine Traurigkeit oder Unsicherheit in ihren Augen. Eher ein Hauch von Ungeduld aufgrund meines neuerlichen Geschicks, den Moment zu zerstören. Ihr in Verstimmung zusammengepresster Mund entlockt mir ein leises Lachen.

„Jeremy! Hör mir jetzt zu!" Sie legt ihre Hände an meine Wangen und zieht mich so nahe an ihr Gesicht, dass sie aussieht wie ein einäugiger Alien.

„Ich liebe dich. Bedingungslos. Das bedeutet: unabhängig von den Umständen. Natürlich wünsche ich mir Kinder, und selbstverständlich werde ich bis zum allerletzten Atemzug hoffen und beten, dass du lange lebst, um zu sehen, wie ich alt, hässlich und schrumpelig werde. Und glaub bitte nicht, ich würde diese Krankheit unterschätzen. Ich habe eine Riesenangst davor, was sie mit dir machen könnte, und mir graut es davor, wenn wir einmal die ersten Symptome bemerken sollten. Aber ich liebe dich ganz unabhängig davon. Ich nehme dich an mit all deinen Stärken und Schwächen, mit deinen Fehlern und mit deiner möglichen Krankheit oder sonstigen Problemen, die noch auf uns beide zukommen werden. Solange du das auch möchtest, werde ich bei dir bleiben und versuchen dich mit Unterstützung von oben durchzuboxen." Sie kneift die Augen zusammen und wartet auf mein Nicken, dass ich es kapiert habe, was sie mir sagen will.

„Und wenn du noch einmal dieses Thema anschneidest, schwöre ich dir, mache ich mein Versprechen wahr, dir mal gehörig in den Hintern zu treten", schließt sie ihre Rede und bleckt die Zähne. Lachend drücke ich ihr einen Kuss auf die Stirn.

„Das klang eben wie ein Heiratsantrag", scherze ich frech und kassiere dafür sofort einen Boxhieb in den Bauch.

„Dir ist schon bewusst, dass du mir demnach schon an die fünfzig gemacht haben müsstest, seit wir zusammen sind, oder? Mr. *Ich-gehe-sogar-mit-dir-reiten-weil-ich-für-den-Rest-meines-Lebens-dort-sein-möchte-wo-du-auch-bist"*, kontert sie und verstellt dabei ihre Stimme, im Versuch, so zu klingen wie ich. Triumphierend hebt sie eine Augenbraue, und ich lache über ihren Dickschädel.

Ich drücke sie näher an mich, weil mir tatsächlich bewusst geworden ist, dass ich zwar nicht sicher sein mag, wie meine Zukunft aussehen wird – ob sie nun angenehm oder schwierig, von Gesundheit oder Krankheit geprägt sein wird –, in jedem Szenario Jules aber Teil dieser Zukunft ist.

„Wieso siehst du mich jetzt so komisch an? So ernst und alles", fragt Jules und betrachtet mich skeptisch. Ihrem Blick nach zu urteilen spürt sie, dass mir mein Herz förmlich aus der Brust springt, während ein entschiedenes Lächeln auf meinem Gesicht auftaucht.

„Alles okay?", fragt sie besorgt und legt ihre Hand auf meine Brust.

„Puh, na ja, das wird jetzt nun mal mein erster *richtiger* Heiratsantrag", grinse ich verschmitzt und warte darauf, dass das Aha-Erlebnis bei ihr einsetzt. Alles, was ich sehe, ist jedoch eine tiefe Falte, die in Verständnislosigkeit zwischen ihren Brauen liegt. Ähnlich wie damals, als ich ihr auf dem Berg meine Liebe gestanden habe, ist es mir wieder nicht gelungen, das zu sagen, was ich mir eigentlich vorgenommen hatte.

„Was?", fragt sie schließlich verwirrt.

Ich hole tief Luft und versuche es noch einmal. „Julia, willst du mich heiraten?"

Wie ein Fisch über Wasser öffnet und schließt sie wiederholt ihren Mund, sieht mich mit großen Augen an, wartet darauf, dass ich ihr erkläre, es wäre nur ein misslungener Scherz. „Jeremy …“, beginnt sie, scheint aber nicht genau zu wissen, was sie als Nächstes sagen will.

Ich schüttle den Kopf. „Nein, nicht ‚Jeremy‘! Ich bin nicht verrückt geworden. Ich weiß, wir sind extrem jung, und niemand wird das verstehen. Sie werden sagen, wir wären impulsiv, wüssten nicht, was Liebe bedeutet, würden nicht nachdenken und sollten uns Zeit lassen. Aber ich bin davon überzeugt, dass wir beide mehr von der Liebe wissen als manch andere mit dreißig. Und wenn man weiß, dass man nicht
endlos Zeit hat, bekommt diese Zeit einen ganz anderen Stellenwert, eine neue Bedeutung. Wenn du das also auch willst, will ich jeden verbleibenden Tag mit dir beginnen. Ich kann dir nicht garantieren, dass es viele sein werden. Aber ich kann dir garantieren, dass ich dich lieben werde bis ans Ende.“

„Jer! Ich glaube … Vielleicht … Für mich klingt das eher wie eine Kurzschlussreaktion, weil wir ja bald die Ergebnisse bekommen und …“ Sie ringt mit den Worten. „Und das möchte ich nicht. Weder für dich noch für mich. Außerdem denke ich, sollten wir uns beide noch Zeit geben …“ Beschwichtigend streichelt Jules meinen Hinterkopf und meinen Nacken, ohne den Satz zu beenden.

Nein, nein, nein, das gefällt mir nicht. Ich ahne, wohin das führt.

„So ist es nicht! Ich habe das alles ganz falsch begonnen. Warte!“ Ich blicke zum Himmel, bitte im Stillen um Unterstützung und Mut und sehe Jules dann mit aller Intensität wieder an. Sie soll meine Entschlossenheit sehen. Das hier ist kein Scherz, und das Neckische in meinem Ausdruck ist verschwunden.

„Julia Carter, ich liebe dich. Ich vertraue dir so sehr, dass es mich oft selbst verängstigt. Ich liebe jede Sekunde, die ich mit dir verbringen darf, weil jede Einzelne kostbar ist. Du hast mir so viel beigebracht, mich herausgefordert, mir geholfen, mich zu verändern, erwachsen zu werden. Du bist klug, witzig, wunderschön und unglaublich weise. Und ich könnte mir nichts Schöneres vorstellen, als dich an meiner Seite zu haben. Denn mit dir werden auch die schlechten Zeiten zu guten und die Krankheit erträglich. So gut ich kann und mit Gottes Hilfe will ich dir ein guter Ehemann sein, dich retten, so oft du es brauchst, dich beschützen, dich lieben. Für den Rest meines Lebens. Wie kurz oder lang es auch immer sein mag. Also ... würdest du mir die Ehre erweisen, dich als Frau nehmen zu dürfen?"

Tränen laufen über ihr Gesicht. Ich bin unschlüssig, ob das positiv oder negativ ist. „Ich weiß, ich sollte auf die Knie gehen, aber hier könnte das irgendwie problematisch sein", sage ich, um die Stimmung aufzulockern, und es funktioniert Gott sei Dank. Sie lacht über die Tränen hinweg, schlingt ihre Arme um meinen Hals und küsst mich so innig, dass ich durch den Schwung beinahe rückwärts mit ihr ins Wasser falle. Der Kuss dauert lange. Sie scheint mit ihrem Körper schon an meinem zu kleben, so nah, wie sie sich an mich geschmiegt hält.

„Ist das ein Ja?", erkundige ich mich lachend, als sie ihre Lippen von meinen nimmt und mir stattdessen den Rest meines Gesichtes liebevoll mit kleinen Küssen bedeckt. Ich fühle, wie ein Lächeln ihre mich küssenden Lippen übermannt, bevor sie sich zurückzieht, um mich ansehen zu können. Das Warten, gemischt mit ihrem Blick, dem Anblick ihrer unordentlichen, nassen Haare und ihrer Unterlippe, in die sie nun ihre Zähne beißt, macht mich fertig.

„Nein", flüstert sie vorsichtig und nimmt mir damit den Wind aus den Segeln. Ich muss jeglichen Muskel in meinem

Körper beschwören weiterzuarbeiten, vor allem jenen meines malträtierten Herzens. Damit habe ich jetzt wirklich nicht gerechnet. Mein Gesicht muss aschfahl sein.

„Hey!“, lenkt sie meine Aufmerksamkeit wieder voll auf sich, denn ich sehe sie zwar an, bin aber nicht mehr bei der Sache. Das muss ich erst einmal verdauen. Mit ihrem Zeigefinger hebt sie mein Kinn an, studiert mich mit ihren Rehaugen, die mich nach wie vor anzuhimmeln scheinen. Ihr Daumen streicht über die Falten meiner zusammengezogenen Brauen.

„Irgendwie bekomme ich hier gerade vermischte Botschaften“, gebe ich etwas frustriert zu.

„Es war kein Ja, zumindest jetzt noch nicht. Auch wenn das das Niedlichste war, was du je zu mir gesagt hast und ich froh bin, dass du mich noch immer hältst, sonst müsstest du mich jetzt aus dem Wasser fischen.“ Sie lacht und kitzelt mich leicht, damit ich aufhöre zu hadern. „Aber es ist ein Versprechen, dass ich Ja sagen werde, sobald ich mir sicher bin, dass du das wirklich willst und wir auch tatsächlich bereit dafür sind. Unabhängig von dem Testergebnis, verstehst du?“

„Soll das also heißen, dass dies auch nicht mein letzter Heiratsantrag war?“, frage ich trocken.

„Sieht so aus, mein Lieber“, feixt sie, zieht aber eine unschuldige Grimasse, unsicher, ob die Zeit zum Scherzen schon gekommen ist.

„Na, also wenn das so ist …“, setze ich an und festige meinen Griff um ihre Hüften. „… brauche ich mir ja jetzt auch keine Sorgen mehr darüber zu machen, dass *ich* den Moment ruinieren könnte.“ Ein wenig Furcht mischt sich in ihren verständnislosen Blick, als ich zwinkernd mit der Zunge schnalze, sie hochhebe und mit Schwung ins Wasser werfe. Kreischend taucht sie unter, was mich etwas aufmuntert.

„Ernsthaft?“, meckert sie, als sie mit verwüsteter Frisur auftaucht. Dann lacht sie über sich selbst und versucht, ihre Haare zu bändigen. „Geht es dir jetzt besser?“

Süffisant nicke ich. Mit spitzen Lippen tut sie es mir gleich.

„Gut“, meint sie, wirft mir einen kecken Blick zu und attackiert mich plötzlich wie aus dem Nichts mit einem Kampfschrei, sodass wir beide im Wasser untergehen.

Keine Ahnung, wie lange wir uns lachend und schreiend einen Kampf im Meer liefern, im Versuch, den anderen unterzutauchen, ohne dabei selbst den Kopf unter Wasser zu bekommen. Zum Schluss muss ich Jules buchstäblich schon aus dem Salzwasser ziehen, weil sie vor Lachen und Anstrengung beinahe untergeht.

Ich drücke sie an meinen Körper und halte sie fest. Während sich ihr Atem normalisiert, streichle ich ihre Wange. Die Tropfen auf ihren langen Wimpern glitzern in der Sonne, und obwohl sie mir gerade eine Abfuhr erteilt hat, bin ich der glücklichste Mann der Welt, diese wunderbare Frau in meinen Armen halten zu dürfen.

Sie schmunzelt, küsst mich und flüstert: „Ich liebe dich. Für immer.“

Epilog

Julia

Es heißt, es gäbe mehrere Stadien der Trauer, die man durchlaufen müsse, nachdem man einen geliebten Menschen verloren hat. Diese Phasen seien normal und erforderten unterschiedlich viel Zeit. Es existieren verschiedene Theorien darüber, wie viele Stadien es tatsächlich sind, doch Experten schwanken zwischen vier und sieben solcher Phasen.
Hier sind meine fünf: Schock, Wut, Depression, Regression und Anpassung.
Du glaubst gar nicht, wie oft sie mir sagten, dass du tot wärst, mir ihr Beileid aussprachen, damit ich deinen Tod endlich akzeptieren würde. Dabei war ich doch selbst anwesend. Ich sah dein Gesicht. Ich wusste, dass es wahr sein musste, trotzdem konnte ich es einfach nicht glauben, denn die Realität schien nicht durchdringen zu können. Je öfter ich es aussprach, desto unwirklicher erschien es mir. Manchmal wache ich noch heute auf in der festen Annahme, der Erwartung, der Hoffnung, dich neben mir zu finden, sobald ich mich umdrehe. Als wäre all das hier nur ein langer, grausamer Traum, aus dem ich doch irgendwann endlich aufwachen müsste. Doch alles, was ich vorfinde, wenn ich neben mich greife, ist die Leere.
Dann übermannte mich die Wut. Oh Gott, wie wütend ich war. Auf mich selbst, weil ich nichts tun konnte.
Auf dich, weil du aufhörtest zu kämpfen.
Auf Gott, weil er uns kein Wunder schenkte.

Auf die Schuldgefühle, die ich hatte, weil ich so wütend war.
Schließlich begann die volle Wucht des Schmerzes und der Verzweiflung auf meinen Körper einzuwirken. Er geriet aus dem Gleichgewicht. Ich konnte nicht schlafen, nicht aufstehen, nicht essen. Alles erschien so unendlich sinnlos, und meine Gedanken kreisten ständig darum, was wir nie mehr gemeinsam erleben würden. Ich fühlte mich wie unter einer Glaskuppel, abgeschnitten von dem Rest der Welt.
Obwohl ich mir so dringend Hilfe wünschte, verhielt ich mich gleichzeitig unglaublich abweisend. Hohe Emotionalität, Aggressivität, Hilflosigkeit wechselten einander immer wieder ab. Ich war nie sicher, ob ich schon bereit war, wieder zu den Lebenden zu gehören, oder weiterhin versuchen sollte, an der Vergangenheit festzuhalten.
Die letzte Phase ist die Rückkehr ins Leben. Die Trauerarbeit ist beendet und die Trauer verarbeitet. Man findet sein Herz wieder und fühlt sich trotz vergangener Verluste bereit dazu, es eines Tages erneut verschenken zu können.
Diese letzte Phase habe ich jedoch noch nicht vollständig erreicht, und bin auch nicht sicher, ob ich sie je erreichen werde. Ich muss jeden Tag kämpfen, mache oft Fortschritte und ebenso oft Rückschritte.
Denn die Wahrheit ist: Jeden Tag, an dem du nicht bei mir bist, sterbe ich ein Stück mit dir.
Seit Gott dich zu sich geholt hat, ist erst ein Jahr vergangen. Man würde meinen, ich hätte mich in den vergangenen einundzwanzig Jahren, seit ich davon weiß, dass dieser Tag einmal kommen würde, mental darauf eingestellt. Damit ich bereit gewesen wäre, es zumindest irgendwie zu ertragen. Doch in meinem Inneren hoffte ich bis zu deinem letzten Atemzug auf dieses Wunder, von dem wir immer geträumt hatten.

Die Medizin hat unglaubliche Fortschritte gemacht seit damals. Die Tatsache, dass du durch die vielen Tabletten nur wenige Symptome aufwiest und sogar eine Impfung gegen die Vererbung dieser Prionenkrankheit entwickelt werden konnte, hat unser Leben bereichert und die Situation erträglicher gemacht.

Unsere Tochter wird heute sechs Jahre alt, und obwohl dieses Kind mich mit ihrer Stärke und ihrer Freude am Leben immer wieder erstaunt, höre ich sie nachts noch oft nach ihrem Daddy rufen. Sie braucht dich, ebenso wie ich dich brauche.

Ich habe jedoch auch begriffen und gelernt, die schönen Dinge im Leben wieder zu erkennen. Zum Beispiel Hopes Augen, dieses wunderschöne Grün, welches sich glücklicherweise von dir durchgesetzt hat und mich täglich daran erinnert, wie dankbar ich dafür bin, dich in ihr wiederzufinden. Sie hat außerdem deine Begeisterung für Sport geerbt. Schelmisch grinsend ist sie diese Woche bereits zum zweiten Mal mit einem zerrissenen Kleid nach Hause gekommen und hat mir erklärt, sie hätte dem großmäuligen Frankie eine Lektion in Sachen Football erteilen müssen. Wie kann man denn da noch böse sein?!

„Hey, Buttercup!“, höre ich Max im Vorzimmer rufen, der sich wie immer selbst hereingelassen hat. Ich lege den Stift auf das Papier vor mir und gehe ihm entgegen.

„Danke, dass du gekommen bist, Max!“ Ich umarme ihn.

„Na klar, ist doch Tradition.“ Vielsagend legt er seine Hände auf meine Seiten. „Irgendwie hab ich den Eindruck, ich muss mal wieder dafür sorgen, dass du dir eine Fettschicht auf die Rippen futterst.“

Verlegen kichere ich und klopfe ihm auf den Rücken. „Okay, ausnahmsweise darfst du mich beim Spiel auf Buffalo

Wings und Chips einladen. Nachdem du jetzt reich bist und so", feixe ich und zwinkere.

„Ich gehe mal die Kleine holen, okay?", informiert er mich und nickt Richtung Treppe.

„Ja, sei aber vorsichtig, die Madame schläft noch, und du weißt, dass sie – wie ihr Vater – ein Morgenmuffel ist."

Er stößt ein bellendes Lachen aus. „Pff! Wenn ihr Lieblingsonkel die Prinzessin weckt, kann der Tag nur gut beginnen. Wirst schon sehen."

Max ist nach wie vor fixer Bestandteil unseres Lebens. Er kommt alle paar Tage vorbei, wenn seine Zeit es erlaubt, und sieht nach uns. Max' Traum, ein professioneller Spieler zu werden, wurde wahr, denn im College rekrutierte man ihn als Wide Receiver für die Jacksonville Jaguars. Zwar erst in der fünften von sieben Runden, doch schon bald sollte sich herausstellen, dass sie mit ihrer Sorge, er könnte unter dem Druck der NFL nicht angemessene Leistungen erbringen, absolut danebenlagen. Vielmehr trieb ihn der Druck an. Max war schon immer sehr konsequent, und er stellte sein Privatleben hintan, um für die Arbeit und das Spiel einhundert Prozent geben zu können. Nur für uns nahm er sich stets Zeit. Nie erschien er abgehoben oder eingebildet. Sympathisch und bescheiden wie immer, blieb er seinen Freunden aus der Schul- und Studienzeit bis heute treu. So wurde es auch eben zur Tradition, dass wir als Familie jedes Jahr Karten zum Super Bowl von ihm geschenkt bekommen, selbst wenn er nur zweimal dabei selbst auf dem Feld stand. Ansonsten genoss er mit uns von der Tribüne aus das Spiel. Die ersten drei Jahre verschlief Hope bereits die Halftime Show mit dem mächtigen Ohrenschutz, doch schon mit ihren vier Jahren ahmte sie das Verhalten ihres Dads und von Max nach und jubelte oder pfiff mit ihnen, so gut sie eben konnte. Es war köstlich.

Als Spieler war Max sehr beliebt, nicht nur weil es ihm gelungen war, hervorragende Leistungen zu erbringen, sondern weil er sich sofort in den verschiedensten Teams, für die er im Laufe der letzten Jahre spielte, aktiv einbringen konnte und sich sehr wohlfühlte.

Vor drei Jahren beendete Max seine Spielerkarriere und zog wieder in unsere Nähe. Er bestand zwar auf seiner Aussage, er hätte aufgehört, weil er einfach schon zu alt für den Job gewesen wäre. Jer und ich wussten jedoch genau, dass er als Favorit für den Posten als Assistenztrainer der Seahawks galt. Max war die Distanz aber einfach zu groß. Immerhin lebte er von Juni bis Februar in Seattle, wo sich sein Team befand. Nur den Rest des Jahres versuchte er sich in Massachusetts aufzuhalten, obwohl sich selbst das als schwierig erwies und er nur wenig Zeit für Privates hatte.

Jers Zustand verschlechterte sich in diesem Zeitraum dramatisch und die wiederkehrenden Gedächtnislücken deuteten darauf hin, dass es ernster wurde. Durch all die Medikamente, die er bekam, merkte man ihm Gott sei Dank meist gar nichts an. Er konnte seinen Beruf als Sportmediziner sogar gegen Ende noch unter Aufsicht eines Arzthelfers ausüben und hatte nur äußerst selten Schmerzen. Trotzdem zeichnete sich ein langsamer Verfall ab, den Max mir durch seine Anwesenheit zu ertragen half. Außerdem holte er Hope zum Footballspielen aus dem Haus weg oder unternahm etwas anderes mit ihr, damit sie ihren Daddy in den schwierigen Phasen nicht leiden sehen musste.

Sie konnte seinen Tod besser verarbeiten als ich, wahrscheinlich auch, weil Jeremy immer ehrlich mit ihr darüber gesprochen und sie vorsichtig darauf vorbereitet hatte, dass er eines Tages nicht mehr bei ihr sein würde, was aber nichts mit seiner Liebe zu ihr zu tun hätte. Ich bewunderte die beiden für ihre innige Beziehung, denn Hope sieht auch jetzt noch zu ihrem Vater auf. Es ist wahr, nachts plagen sie Albträume, wie sie bereits mich als Kind heimsuchten, doch langsam lernt sie, ihre Ängste zu verbalisieren. Sie weiß außerdem, dass sie immer zu mir kommen darf. Sie wird ihre Furcht überwinden, denn sie hat nicht nur eine starke Persönlichkeit, sondern auch das Wissen, dass es zahlreiche Menschen in ihrem Leben gibt, die sie lieben.

Grace ist inzwischen Mutter von drei Kindern und Schulpsychologin, wie sie es sich gewünscht hatte. Sie und Max wurden gute Freunde, als er im Team von Seattle spielte.

Danny ging zur Berufsfeuerwehr. Nachdem er jetzt einige Jahre eine feste Beziehung mit seiner Partnerin vom Rettungsdienst geführt hat, werden sie im Frühjahr endlich heiraten.

Tommy hat uns am meisten überrascht. Er wurde Journalist und schreibt für die New York Times. Seine Frau ist nur halb so groß wie er und wiegt nicht mehr als ein Drittel von ihm, aber er himmelt sie selbst nach fünfzehn Jahren Ehe an wie am ersten Tag.

Ich setze mich zurück an den Schreibtisch und nutze die Zeit, in der Max Hope beim Anziehen hilft, um den Brief, den ich an Jeremy schreibe, fertigzustellen.

Ich halte nicht krankhaft an der Vergangenheit fest, noch bete ich zu *ihm* oder besuche täglich sein Grab, um ihm näher sein zu können. Das habe ich nie getan, auch nicht bei Josh, denn ich trage die beiden wichtigsten Männer meines Lebens stets in meinem Herzen und werde sie nie vergessen. Ich glaube fest daran, dass das weinende Auge des Kummers über den Verlust mit der Zeit kleiner und hingegen das lachende Auge im Gedenken an die schönen Erinnerungen umso größer werden wird. Darauf hoffe und vertraue ich.

Ich liebe dich, Jeremy. Ob du nun hier bist oder nicht. Jede einzelne Träne, die wir miteinander geweint haben, bevor

schließlich nur mehr ich sie für dich vergossen habe, war es wert, denn nichts könnte jemals die wunderbaren Momente schmälern, die wir miteinander erleben durften.
Ich mag dich in diesem Leben nicht mehr an meiner Seite haben, aber ich freue mich auf eine Ewigkeit mit dir.

Für immer,
Deine Julia

DANKSAGUNG

Ich möchte mich von ganzem Herzen bei euch Lesern bedanken. Danke, dass ihr Julia und Jeremy eine Chance gegeben habt, euch zu begeistern und mitzunehmen auf ihrer schwierigen Reise. Ohne euch und eure Unterstützung hätte ich nie den Mut gehabt, ihre Geschichte zu veröffentlichen. Natürlich freue ich mich wieder darauf, eure Meinungen zu diesem Buch zu erfahren. Danke auch an jeden, der sich die Zeit nimmt eine kurze Rezension auf Amazon zu hinterlassen.

Vielen Dank auch meiner Lektorin, all meinen Testleserinnen und den Bloggerinnen, die mir die ersten Rückmeldungen gegeben und mich im Ausgang dieser Geschichte bestärkt haben. Ich bin sehr froh, dass ich mich auf eure Ehrlichkeit verlassen kann.

Danke an meine Familie, vor allem an meinen wunderbaren Ehemann, der mir in den vergangenen Monaten eine enorme Stütze war und viel Geduld aufbrachte, wenn meine Stimmungsschwankungen der Freude und gleichzeitigen Sorge um dieses Buch mit mir durchgingen.